Heißer Norden

Erotische Geschichten
skandinavischer Autorinnen

Zu diesem Buch

Sexuelle Revolution – aber auch Pornoindustrie, strenger Puritanismus und sinnenfroher Körperkult, dafür stehen die skandinavischen Länder bei oberflächlicher Betrachtung. Daß ihre Unterschiede durch die Erotik aber auch zum Zerfließen gebracht werden, klärt sich bald und unterhaltsam. Manche Phantasien plazieren die Autorinnen zwar im sonnigen Süden, aber das Nordlicht und der Schnee haben in diesem Buch zu Recht ebenfalls ihren großen Auftritt.

Der vorliegende Band präsentiert Autorinnen aus Norwegen, Schweden, Dänemark, Finnland und Island – u.a. Toril Brekke, Inger Edelfeldt, Torill Thorstad Hauger, Anna-Leena Härkönen, Vigdis Hjorth, Anne-Vibeke Holst, Rosa Liksom, Kim Småge und Barbara Voors.

Die Herausgeberinnen

Gabriele Haefs, Christel Hildebrandt und Dagmar Mißfeldt leben in Hamburg als Übersetzerinnen aus den skandinavischen Sprachen und als Expertinnen für diese Sprachen. Aus der Vielzahl gemeinsamer Projekte sei hier nur die 1994 erschienene Kriminalgeschichtenanthologie »Mord am Fjord – Skandinavische Crime Ladies« hervorgehoben.

Heißer Norden

Erotische Geschichten skandinavischer Autorinnen

Herausgegeben von
Gabriele Haefs, Christel Hildebrandt
und Dagmar Mißfeldt

Unionsverlag
Zürich

Die deutsche Erstausgabe erschien 1996
im Wiener Frauenverlag.

Im Internet
Aktuelle Informationen,
Dokumente, Materialien
www.unionsverlag.com

Unionsverlag Taschenbuch 261
Diese Ausgabe erscheint
mit freundlicher Genehmigung
des Milena Verlags, Wien

Rieterstrasse 18, CH-8027 Zürich
Telefon 0041-1-281 14 00, Fax 0041-1-281 14 40
mail@unionsverlag.ch

Umschlaggestaltung: Heinz Unternährer, Zürich
Umschlagbild: Getty Images/Digital Vision
Druck und Bindung: Clause & Bosse, Leck
ISBN 3-293-20261-6

Die äußeren Zahlen geben die aktuelle Auflage
und deren Erscheinungsjahr an:
1 2 3 4 5 - 06 05 04 03

Inhalt

Apropos – Erotik! Ich kann das Wort bald nicht mehr hören. Schade, daß es kein anderes dafür gibt. Die allerunmöglichsten Leute führen es schon im Munde und schmücken ihre unsympathischen oder obskuren Erlebnisse damit!

Franziska zu Reventlow

Das einzig wirklich Interessante waren die Eisberge, die wir während zweier Tage an der Küste Neufundlands passierten. Es waren die ersten, die ich je gesehen hatte, und im Gegensatz zu anderen »ersten Erlebnissen« übertrafen sie alle meine Erwartungen.

Sir Roger Casement

Gabriele Haefs,
Christel Hildebrandt, Dagmar Mißfeldt

Vorwort

In einem Kinder- und Jugendbuch über die Wikingerzeit beschreibt Torill Thorstad Hauger das bunte Treiben bei einem Thing. Hier treffen sich Männer, Frauen und Kinder von den verschiedenen Höfen und tauschen Neuigkeiten aus. Zwei Frauen unterhalten sich lautstark über eine dritte, die schon wieder dick ist, na, zum Glück ist die Sprecherin in diesem Jahr verschont geblieben, hat sie doch genug mit ihren Zwillingen – der Mann ist auf Wikingerfahrt und kann ihr also kein Kind andrehen. Und sie ruft die Götter an, daß er doch lange fortbleiben möge.

In einer anderen Szene entdeckt die Hauptfigur, Ravna, als sie mit ihrem wiedergefundenen Bruder ein Bad nehmen will, daß es ihr peinlich ist, sich nackt zu zeigen, und sie ist wütend darüber, schließlich ist es »nur« ihr Bruder. Beide Szenen wurden in der deutschen Ausgabe gestrichen, sie seien nicht relevant für die Geschichte, hieß es von Verlagsseite, zu schwer verständlich fürs kindliche Publikum …

In solchen Fällen läßt sich allerdings nicht immer genau feststellen, ob es hier um eine nationale Befindlichkeit geht, oder ob vielleicht nur der persönliche Geschmack einer Lektorin oder eines Lektors zum Zensor geworden ist. Aus norwegischen Verlagen wiederum hören wir, daß schwedische Jugendbücher in der Übersetzung überarbeitet werden, weil darin zuviel geflucht wird, und warum jahrzehntelang »Pu der Bär« in Norwegen nur in einer verstümmelten und stark überarbeiteten Fassung des englischen Originals erschienen ist, in der zum Beispiel die beiden ersten Kapitel fehlten, ist bis heute das Geheimnis des betreffenden Verlages geblieben.

Und doch wird in skandinavischen Büchern die Sexualität anders behandelt als in deutschen. Wir möchten noch einen Moment beim Bereich der Kinder- und Jugendliteratur bleiben. Bereits in den 60er Jahren hat es uns fasziniert, daß in einem Bilderbuch (zugegeben, ein Aufklärungsbuch) die alleinstehende Mutter sich ihren Unterhalt als Aktmodell für Kunststudenten verdient. Und daß heute auch dem Maulwurf auf den Kopf gekackt wird, oder die Kinder überlegen, ob Mama wohl ein Ei gelegt hat, ist sicher dem Einfluß der nordischen Kinderbücher zu verdanken. Aber die Idee, ein Mädchen die moderne Kunst entdecken zu lassen, einfach auf der Suche nach einer Toilette im Museum, das ist doch typisch skandinavisch.

Anders sieht es in der »Erwachsenenliteratur« aus. Leider gibt es hier nicht diese herrlich zu beschreibenden Trends und Schwerpunkte. Hier stehen stinklangweilige pseudo-erotische Geschichten neben dem vordergründig kaschierten Porno und der wunderbar erotischen Erzählung. Aber was erwarten wir denn? Schon Ingmar Bergman hat uns mit der Schilderung der Ehedramen ernüchtert, der ewige Reigen in der Mittsommernacht, die blonde, immer zur Liebe bereite Schwedin, das sind Klischees, die sich lange in Österreich und Deutschland hielten. Schließlich wurde in Dänemark das Pornographiegesetz ja auch sehr viel früher gelockert als in Deutschland, und es gab eine ganze Welle deutscher Männer, die über die Grenze fuhren, um sich dort zu versorgen – oder nur zu staunen und prahlen zu können.

Aber die Realität sieht natürlich bei näherem Hinsehen anders und vielschichtiger aus. Und Vorsicht – hier lockt auch wieder schnell das Klischee der Superweiber, die Beruf, Familie und Kinder locker unter einen Hut bringen und dabei noch die richtige Bräunungsnuance und ein entspanntes Freizeitverhalten präsentieren.

Darüber hinaus muß auch zwischen den einzelnen skandinavischen Ländern unterschieden werden: Nicht überall ist die Rate der berufstätigen Frauen so hoch wie in Schweden, nicht überall das soziale Netz der Kinderbetreuung so gut. Und die hier gesammelten Geschichten zeigen deutlich die Unterschiede zwischen den einzelnen nordischen Ländern.

Norwegen etwa hat eine der strengsten Anti-Porno-Gesetzgebungen Europas, was jedoch die florierenden Geschäfte der Versandhäuser, die von Schweden aus ihre Kunden beglücken, nicht schmälern kann. Prostitution ist verboten, aber die großen Boulevardzeitungen wie *Dagbladet* und *Verdens Gang* bringen gewerbliche Kontaktanzeigen von einer Offenheit, die in der deutschen und österreichischen Presse undenkbar wäre. Darauf angesprochen, wie er sich als Redakteur einer Zeitung fühle, die wegen dieser Anzeigen als »Papierzuhälter« bezeichnet wird, verwies der betreffende Herr auf die Pressefreiheit, die ihn angeblich zwingt, Anzeigen abzudrucken, die er persönlich ablehnt. Im Sommer 1995 schließlich brach in den norwegischen Massenmedien eine Debatte los, die bis weit in den Herbst hinein wogte. Eine norwegische Staranwältin riet allen Frauen, die in der Wohnung eines Bekannten vergewaltigt worden waren, von einer Anzeige ab – wenn sie freiwillig in die Wohnung eines Mannes gingen und dort vielleicht auch noch Alkohol konsumierten, dann dürften sie sich nicht wundern ... Später schwächte sie ihre Behauptung dahingehend ab, daß sie selbstverständlich keinen Freibrief für Vergewaltiger ausstellen wollte, nur hätten diese Frauen vor Gericht eben keine Chance und könnten sich die Mühe sparen. Die Leserbriefseiten der Zeitungen füllten sich indessen mit zustimmenden Meinungen: *Genau, Frauen, die Männer besuchen oder vielleicht abends allein in Lokale gehen, haben es nicht besser verdient.*

Das schöne Bild vom freimütigen und offenen Umgang mit Sexualität in den skandinavischen Ländern ist, wie dieses Beispiel leider ins Bewußtsein zerrt, eben nur ein schönes *Bild*. Die Entstehung von erotischer Literatur wird durch die Realität nicht gerade begünstigt.

In der Wikingerzeit sah das vielleicht wirklich anders aus, das deutet ja schon das erwähnte Buch von Torill Thorstad Hauger an. Wie überall in Europa, finden wir auch in der altnordischen Literatur des Mittelalters starke Frauen und kraftvolle Männer, die einem erotischen Abenteuer selten abgeneigt sind. Aber diese Tradition wurde in den skandinavischen Ländern nicht fortgesetzt. Während im Barock in Mittel- und Südeuropa derbe sinnliche Dichtung entstand, hatten im Norden puritanische Strömungen des Protestantismus gesiegt – dort wurden Choräle und beschauliche Texte verfaßt. Ein sinnenfroher Dichter wie der auch im deutschsprachigen Raum bekannte Schwede Carl Mikael Bellman (1740–1795) steht so ziemlich allein auf weiter Flur. Die erste namentlich bekannte norwegische Dichterin, Dorothe Engelsbretsdatter (1634–1716) schrieb zwar vorwiegend Choräle, doch ganz deutlich aus weiblicher Sicht und mit vielen Spitzen gegen das Mannvolk mit seiner Arroganz – bis hin zur Aufforderung, sie doch zu kastrieren, wenn sie nicht glaubten, daß eine Frau so etwas schreiben könne.

Was das 19. und 20. Jahrhundert angeht, so sind die Grenzen nicht immer leicht zu ziehen – wann dient die offene Darstellung von Sexualität der Sozialkritik, wann wird ein rebellischer Geist zum Bürgerschreck und möchte den Spießern mal richtig einen Schock versetzen, wann geht es wirklich um Erotik aus Liebe zur Liebe? Christian Krohgs damals umstrittener, noch heute viel gelesener Roman *Albertine*, der bei seinem Erscheinen im Jahre 1877 die Gemüter erhitzte, war einwandfrei ein Fall von Sozialkritik, der Autor wollte das Elend der Prostituierten aufzeigen, die oft gar nicht aus freien Stücken in dieses Gewerbe einsteigen, die vom guten Bürgersmann für unentbehrlich gehalten und dennoch durch Gesetze und Doppelmoral schikaniert werden. Sein Kollege Hans Jæger fällt mit seinen Büchern über die Kristiania-Bohème (auch in deutscher Übersetzung damals viel gelesen) in die Kategorie des Bürgerschrecks, und auch im 20. Jahrhundert hat er da seine Nachfolger gefunden. Der große literarische Skandal im Norwegen der 50er

Jahre war Agnar Mykles Roman *Das Lied vom roten Rubin*, verboten in seinem Heimatland, für die damaligen Jugendlichen eine wichtige Wissensquelle, denn im Prozeß, der zu dem Verbot führte, wurde genau gesagt, auf welchen Seiten unsittliche Szenen beschrieben werden. Nur wenige lasen das ganze Buch, die meisten beschränkten sich auf diese Stellen. Aus heutiger, vor allem aus weiblicher Sicht ist dieses Buch alles andere als erotisch – ein Buch voller Frauenverachtung, in dem Frauen, selbst wenn sie noch so sehr gedemütigt werden, jedem potenten Idioten sofort erliegen und vor Lust außer sich geraten, während der Mann über dieses primitive Gekeuche natürlich erhaben ist und von der geistig ebenbürtigen Gefährtin träumt. Dennoch genießt Agnar Mykles Roman in Norwegen und Schweden noch heute unverdientermaßen den Ruhm, ein »erotischer Roman« zu sein.

Der Prozeß gegen Mykle ließ einem weiteren Bürgerschreck keine Ruhe – sein Landsmann Jens Bjørneboe schrieb ganz bewußt einen pornographischen Roman, weil er wissen wollte, ob die norwegische Justiz in den angeblich permissiven 60er Jahren Fortschritte gemacht habe. Sie hatte nicht. Der Roman *Uten en tråd* (auf Deutsch 1971 unter dem Titel *Nackt im Hemd* erschienen) ist noch heute in Norwegen verboten, wer ihn lesen möchte, kauft die dänische Ausgabe. Pikanterweise geriet Bjørneboe, als er gegen das Verbot prozessierte, vor Gericht an denselben Staatsanwalt, der schon Mykles Buch auf den Index gesetzt hatte. Und als Bjørneboe mit der Freiheit der Literatur argumentieren wollte, hielt dieser Hüter des Gesetzes ihm entgegen: »Was gute Literatur ist, bestimmt immer noch das Gericht!« Als Gymnasiast geriet der 1920 geborene Autor Bjørneboe übrigens wegen einer Vergewaltigung ins Visier der Polizei seiner Heimatstadt – und nur sein angesehener und wohlhabender Vater konnte durch seinen Einfluß ein juristisches Nachspiel verhindern. In einer vor wenigen Jahren erschienenen und auch ins Deutsche übersetzten Bjørneboe-Biographie wird diese Tat übrigens neckisch als »Dummer-Jungen-Streich« bezeichnet – das nur noch als zusätzliche Information zu unserer Überlegung, daß das gesellschaftliche Klima zumindest in Norwegen und Schweden nicht gerade dem Glanzbild der freien Erotik entspricht.

Ebenso wie in Dänemark, Island, Norwegen und Schweden hat auch in Finnland die erotische Literatur keine so lange Tradition wie beispielsweise in England oder Frankreich. Diese literarische Gattung löste im östlichsten der nordischen Länder auch weder Skandale noch hitzige öffentliche Debatten aus. Anders als die unverhohlenen Angriffe des norwegischen Malers Christian Krohg (1852–1925), der sich in seinem Roman *Albertine* (deutsch 1888) auf die bigotte gesellschaftliche Sexualmoral bezog, oder der schwedischen Autorin Agnes von Krusenstjerna (1894–1940) mit ihrem Zyklus der *Fröknarna von Pahlen* (1930–1935), aus dem ein kurzer Auszug in diesem Band erstmals auf Deutsch vorliegt. Gleichwohl haben Frauen, anders als etwa im deutschsprachigen Raum, in Finnland ebenso wie in den skandinavischen Ländern früh und entscheidend die Literaturen ihrer Länder mitgeprägt. So stammt die älteste erotische Erzählung dieser Anthologie aus dem Jahr 1905, von der Finnin Maria Jotuni (1880–1943), einer Realistin ohne Illusionen, die in den Beziehungen zwischen Frau und Mann nicht einen Funken Romantik sah. Ganz im Gegensatz zu den expliziten Sexszenen, mit denen skandinavische Autorinnen der Gegenwart häufig aufwarten, kommen die finnischen erotischen Erzählungen größtenteils nicht ganz so unverhüllt daher. Selbst Rosa Liksom (*1958), die bekannt ist für derbe Schilderungen finnischer Alltagsprobleme, beweist mit den hier veröffentlichten literarischen Skizzen »Vier Variationen«, daß sie auch ganz leise Töne anzuschlagen versteht. Noch sehr viel zurückhaltender zum Thema Erotik äußert sich Anna Heinämaa (*1961) in der vorliegenden Erzählung »Sawidowo«, die ihre Auffassung von Körperlichkeit unter Frauen widerspiegelt. Eine Ausnahme bilden Anja Kauranen (*1954) und Anna-Leena Härkönen (*1965), die in ihren Werken der weiblichen sexuellen Phantasie unverkrampft freien Lauf lassen. Das gleiche gilt auch für die oder den Verfasser/in von »Frau N (Nachtbuch allegro)«, die oder der sich allerdings in das Pseudonym Hanneliina Seret flüchtet.

Wir, die Herausgeberinnen, sind voller Begeisterung ans Werk gegangen, als wir den Auftrag bekamen, eine Anthologie mit erotischen Erzählungen skandinavischer Frauen zusammenzustellen. Und die Begeisterung hielt an, wenn auch zwischendurch immer wieder Momente der Ernüchterung uns heimsuchten: Lest einmal zwanzig »erotische« Geschichten hintereinander, in denen die Erotik mit der Lupe zu suchen ist oder nur darin besteht, daß zwei Menschen im Laufe der Handlung miteinander ins Bett gehen – oder auch nicht. Das nennt sich dann erotische Erzählung! Ergiebiger waren die Anfragen bei den Autorinnen selber, wo wir zum Teil wahre Schätze ausgraben konnten.

Daß die Färöer und Grönland nicht dabei sind und daß samische Autorinnen fehlen, hat den banalen Grund: Wir haben keine erotische Erzählung finden können, und schon gar keine von Autorinnen. Dafür haben wir nach vielen, vielen Umwegen und Mühe Isländerinnen ausfindig gemacht. Obwohl uns bereits von einem in Island lebenden deutschen Mann mitgeteilt wurde, auf Island gäbe es keine erotische Literatur, da die Isländerinnen und Isländer sofort *zur Sache* kämen und keinen Sinn für *Erotik* hätten ... Das rief jedoch eine Isländerin, die seit vielen Jahren in Paris lebt, auf den Plan, und da sie mit viel Engagement interessante Texte dieses Genres ausgesucht hat, haben wir uns auf ihr Urteil verlassen (und möchten Dir hier noch einmal ganz herzlich danken, Hanna). Ansonsten haben wir gemeinsam die Geschichten ausgewählt und dabei versucht, eine möglichst große Vielfalt zu erhalten. Es gab Erzählungen, die durch ihre Qualität oder ihren Witz bestochen haben, daneben war es uns wichtig, Hetero- wie auch Homoerotik im Programm zu haben und die unterschiedlichen Stil- und Inhaltsformen mit aufzunehmen. Sogar der Gewalterfahrung, die sich aus erotischen Spannungen ergeben kann, wird – in der Erzählung von Anne-Marie Bjerg, Platz eingeräumt. Ein sehr wichtiges Kriterium war für uns immer, daß Frauen nicht diskriminierend dargestellt werden oder der Text als reine Wichsvorlage erscheint.

Ausschlaggebend war aber immer, daß uns der Text gefiel – und damit hoffentlich auch möglichst vielen Leserinnen.

Übrigens wäre es leichter gewesen, ein Buch mit Geschichten von Männern zusammenzustellen, rein quantitativ gesehen. Allerdings: Leider sind die meisten der Geschichten, die wir in »gemischten« Anthologien gefunden haben, entweder langweilig oder von frauenfeindlichen Klischees geprägt – wenn nicht gar beides. Presse und Publikum zeigen noch immer auf, daß Männern in der erotischen Literatur mehr erlaubt wird als Frauen: Denn der Mann, der über Sexualität schreibt, ist eben Dichter mit dichterischer Freiheit; betrachten wir sein Produkt, nicht sein Privatleben. Die Frau, die über Sexualität schreibt, muß das ja wohl alles mal ausprobiert haben, sonst könnte sie nicht darüber schreiben, also ist sie eine Schlampe – so läßt sich diese Problematik verkürzt darstellen.

Ein Beispiel ist eine Broschüre, die um 1980 in Norwegen in englischer Sprache verfaßt wurde. Darin wurden wichtige zeitgenössische norwegische LiteratInnen vorgestellt, bezahlt wurde sie aus Steuergeldern, vertrieben über staatliche Stellen, um in anderen Ländern Werbung für norwegische Literatur zu machen. Über den Autor Knut Faldbakken, dessen Romane auch auf Deutsch vorliegen, und der nicht müde wird, die seltsamsten erotischen Marotten seiner Figuren ausgiebigst vorzuführen, lesen wir, er sei ein Meister der ironischen Verfremdung, der mit seinen freimütigen Schilderungen der von ihm als verklemmt erlebten norwegischen Gesellschaft einen Spiegel vors Gesicht hält. Was aber lesen wir über die Autorin Cecilie Løveid (auf Deutsch erschienen sind der Roman *Sog*, 1984, und die Textsammlung *Dame mit Hermelin*, 1986), über deren Bücher und Theaterstücke sich mit Fug und Recht ebenso schöne Worte sagen ließen? »She sleeps with married men and worse«, wird über die Autorin berichtet, wohlgemerkt, nicht etwa über ihre Romanfiguren – und das ohne biographische Anhaltspunkte.

Als die schwedische Autorin Kerstin Thorvall siebzig wurde (1995), fragte man sie in Interviews nach ihren Zukunftsplänen, und als sie von neuen Buchprojekten erzählte, wurden die Interviewer ungeduldig: Ob sie denn nicht vorhabe, zur sexuellen Revolution in den Altersheimen aufzurufen, wurde gefragt, denn Kerstin Thorvall hat in einigen Romanen sehr offen über Sexualität von Frauen jenseits der Wechseljahre geschrieben. Damit ist sie einsortiert, und mann braucht ihre übrigen Bücher nicht mehr ernstzunehmen. Und noch ein Beispiel: Im Jahre 1994 veröffentlichte die norwegische Autorin Anne B. Ragde einen Roman, der im hohen Norden spielt und in dem ein Paar, das Schlittenhunde züchtet, erotisch und emotional heftig aneinander gerät (1998 auf Deutsch erschienen unter dem Titel *Ein kalter Tag in der Hölle*). In einem Fernsehinterview sagte sie, sie habe den Mann in ihrem Buch so beschreiben wollen, wie sonst Männer Frauen beschreiben. Als sie am nächsten Tag ein Taxi nahm, musterte der Taxifahrer sie lange und sagte: »Sie sehen aber gar nicht aus wie eine Frau, die ein dermaßen schweinisches Liebesleben hat.« Und daß Vigdis Hjorth, nachdem sie unvorsichtigerweise in einem Interview gesagt hatte, sie betrachte Schreiben als erotischen Prozeß, noch monatelang von Telefonwichsern behelligt wurde, die sich hechelnd erkundigten: »Na – schreibst du gerade?« gehört auch in unsere Beispielsammlung von Erlebnissen, die dem über Erotik und/oder Sexualität schreibenden Mann nun einmal nicht widerfahren.

Daß es keine Tabus mehr gebe, hören wir oft, wenn von erotischer Literatur die Rede ist, schon gar nicht in den freien nordischen Ländern. Einerseits ist das sicher nicht ganz falsch, niemand wird mehr wegen eines »unsittlichen« Buches ins Gefängnis gesteckt, wie es vor hundert Jahren Hans Jæger passierte, und kein Staatsanwalt maßt sich heute noch an, über den literarischen Wert eines Romans zu entscheiden. Aber Tabus gibt es trotzdem noch, wir müssen nur etwas genauer hinsehen. Geschichten wie die von Kim Småge und Margaret Johansen stehen allein auf weiter Flur. In beiden geht es um Frauen, deren Körper vom Illustriertenglanzbild der Idealfrau abweichen. Margaret Johansens Erlebnisse mit dieser Erzählung lassen tief in die Gesellschaft blicken: Eine Zeitschrift, die in etwa der Frauenzeitschrift *Brigitte* entspricht und die jahrelang zu den Hauptabnehmerinnen für Margarets Geschichten gehörte, lehnte »Sex sechsundsechzig« ab. Aus zwei Gründen: Das vögelnde Paar ist zu fett. Und zu alt. In der schönen Illustriertenwelt ist Sex nur gestattet für schlanke Menschen unter neunundvierzig. Die Altersgrenze neunundvierzig ist nicht erfunden, sie wurde von der Zeitschrift genannt.

Anne Marie Bjerg

Die Wahrheit der Tiere

Die Abiturfeiern waren vorbei, die aussichtslose Verliebtheit in Jørgen war immer noch genauso aussichtslos. Nur ein einziges Mal waren sie sich ein wenig nähergekommen. Das war, als sie eines Abends allen Mut zusammengenommen und ihn allein auf seinem Zimmer in Nørrebro besucht hatte. Das Zimmer roch nach ihm, diesen Geruch würde sie unter Tausenden anderer Gerüche wiedererkennen. Einmal hatte sie seinen Schal unter all den anderen auf dem Schulkorridor herausgefunden, indem sie an jedem Schal gerochen hatte. Davon hatte sie ihm aber nichts gesagt, sondern so getan, als hätte sie den Schal an dem patentgestrickten Muster und der grauen Farbe erkannt. Er hatte es geglaubt und gelächelt.

Nun erklärte er ihr, daß er die Regale selbst gebaut und die Wände eigenhändig mit Leimfarbe gestrichen hatte, die eine grau, die anderen gelb. Er hatte sich einen Plattenspieler gekauft, von dem Geld, das er sich als Botenjunge in einem Blumenladen verdient hatte. »Ein Blumenjunge, wie romantisch«, hatte die Lehrerin ihn einmal in einer Unterrichtsstunde geneckt, als sie über Studienfächer und Zukunft gesprochen hatten. Jørgen war rot geworden, aber sicher mehr aus Stolz darüber, daß er eigenes Geld verdiente.

Jørgen würde einmal Arzt sein, davon war er überzeugt. Er hatte sich schon an der Universität angemeldet, im September würde er immatrikuliert werden. Sie selbst war noch unsicher, was sie machen wollte – wahrscheinlich irgend etwas mit Literatur. Aber zuerst einmal würde sie in einen Haushalt nach England gehen. So lernte sie gleichzeitig Englisch und Hauswirtschaft. Auf letzteres legte ihre Mutter großen Wert. Sie selbst betrachtete es mehr als eine Gelegenheit, Englisch zu lernen. Falls sie es trotzdem irgendwie schaffte, nach ihrer Rückkehr auf die Universität oder die Fachhochschule zu kommen, würde sie ihren Lebensunterhalt selbst verdienen müssen, denn ihre Familie hatte kein Geld, um sie zu unterstützen. Und andere Möglichkeiten gab es nicht.

Aber alles war so unsicher, auch ihre eigenen Vorstellungen darüber, was sie eigentlich wollte. Große, verschwommene Träume voller Sehnsucht danach, über sich selbst hinauszuwachsen, voller Sehnsucht nach einer Art geistigem Reich, das sich immer weiter ausdehnte, in dem eine Wahrheit nach der anderen sie einem Ziel entgegenbrächte, das … nein, man konnte es nicht beschreiben. Es war einfach hell und groß und voller Freude, der Freude, etwas zu wissen, das sie vorher nicht gewußt hatte.

»Welchen Sinn hat das Leben?« sagte Jørgen und zog an seiner Pfeife drüben auf dem selbstgezimmerten Sofa unter der Reproduktion von Picassos *Guernica.* Das Bild machte ihr zu schaffen. Sie fand es häßlich, aber das hatte sie zum Glück nicht gesagt, denn nun erklärte Jørgen ihr den Ernst und das Grauen und die große Kunst, die es darstellte. Von zu Hause war sie gewohnt, ins Hirschsprung-Museum zu gehen, sie sah sich am liebsten die dänischen Klassiker des Goldenen Zeitalters an, besonders die Bilder der Skagen-Maler. Die gefielen ihr, genau wie all die italienischen Bilder. In ihnen lag irgendwie etwas von ihrer eigenen Sehnsucht nach Licht.

»Trine mit den träumenden Augen«, kam es drüben vom Sofa mit einer merkwürdig belegten Stimme.

Sie schrak zusammen und wurde rot. Bestimmt konnte er ihre roten Wangen in der Dämmerung nicht sehen.

»Welchen Sinn?« Eine Menge Worte gingen ihr durch den Kopf und eine Menge verschiedener Gefühle durch den Körper, Erinnerungen an einen Abend mit ein paar Klassenkameraden, an eine lange Diskussion bei viel Tee und Musik: »Freude!«

»Nein. Wahrheit. Um die Wahrheit geht es«, sagte Jørgen. Jetzt war seine Stimme ganz klar. »Deshalb will ich studieren.«

Sie ärgerte sich. Wie schön mußte es sein, wenn man sich seiner Sache so sicher war. Und seiner selbst. Aber sie war auch ein wenig stolz darauf, daß er ihr etwas so Wichtiges über sich selbst anvertraute. War er vielleicht doch ein ganz klein wenig verliebt in sie? Wenn er doch noch einmal etwas mit dieser belegten Stimme zu ihr sagen würde; die erschreckte sie und zog sie gleichzeitig an.

»Und was sind das für Wahrheiten, die du studieren willst?« fragte sie.

Jetzt lag eine Spur Schärfe in seiner Stimme: »Es gibt nur eine Wahrheit. Die über den Menschen.«

Ach, wenn sie sich nur trauen würde, zu ihm zu gehen und ihn zu berühren. Aber er mußte den Anfang machen, das wußte sie. Eine Frau bietet sich nicht an. Die Ermahnung klang wie Glockengeläut in ihren Ohren. Aber wenn man zeigte, daß man verliebt war, hieß das, sich anzubieten? In ihr stand alles still.

»Du meinst, daß wir gewissermaßen Tiere sind?« fragte sie, nur um etwas zu sagen, und wiederholte damit, was der Biologielehrer einmal provozierend gesagt hatte.

Jørgen stand auf, klopfte seine Pfeife aus und machte Licht im Zimmer. Sie sah, wie sein Mund ernst wurde. Hatte sie ihn gekränkt?

Herrje, was hatte sie nur gesagt? Was wollte er? Sie bückte sich und suchte nach ihrer Tasche. Als sie in die Hocke ging, spürte sie, wie es in ihrem Schoß pochte. Es war fast nicht auszuhalten, Lust und Schmerz zugleich. Sie zitterte.

»Na, gleich kommt Ole. Wir wollen Schach spielen. Das gehört ja zu den Sachen, die Mädchen nicht können.«

Ihr lag auf der Zunge, daß sie sehr wohl Schach spielen konnte, ihr Vater hatte es ihr beigebracht. Aber sein anzüglicher Tonfall verriet ihr, daß er wohl etwas ganz anderes im Sinn hatte als Schach, jedenfalls was sie betraf. Der Augenblick war verpaßt, sie konnte nichts sagen.

»Aber vielleicht kommst du mal wieder vorbei?«

Sie hätte heulen können. Hatte er vergessen, daß sie bald nach England fuhr?

»Ich fahre ja bald weg«, sagte sie mit gesenktem Kopf.

»Ach ja. Aber wir können uns ja schreiben.«

Das Herz klopfte ihr bis zum Hals, war er vielleicht doch ...?

Er brachte sie zur Tür, sie gaben sich die Hand – was hätten sie auch sonst tun sollen? –, sie radelte nach Hause, durch die Nørrebrogade, vorbei an den Seen in der Dämmerung, unter den blühenden Kastanienbäumen entlang.

Sie hatte vor ihrer Abreise ihre letzten Bücher in die Bibliothek zurückgebracht, war bis zum Ende der Öffnungszeit dageblieben und hatte die Regale nach neuen Büchern durchstöbert.

Jetzt saß sie auf einer Bank am See unter dem dichten Blätterdach der Kastanien. Das trübe Wasser des Sees war dunkel und glatt. Enten und Schwäne schwammen still vorbei und zogen weiche Wellenkeile in den Wasserspiegel. Oben am anderen Ende des Sees fuhr rasselnd die Straßenbahn vorbei, halb leer. Am gegenüberliegenden Ufer waren die meisten Fenster erleuchtet, und hoch über den Dächern schimmerte das riesige goldene Kreuz der Frue Kirke.

Jørgen, dachte sie. Nein, dachte sie. Ich werde wegfahren und selbst etwas erleben. Und vielleicht schreibt er ja. Warum nur hatte sie an dem Abend, als sie ihn besuchte, nicht ihr schönes Kleid angezogen? Das, das sie jetzt trug? Es war ein abgelegtes blaues Kleid, das sie von einer Cousine aus Amerika bekommen hatte. Als sie es neulich trug, hatte ihr ein Mann auf der Straße nachgepfiffen, das tat sonst nie einer. Sie hätte es an dem Abend bei Jørgen gerne angezogen, aber sie hatte Angst gehabt, allzu herausgeputzt zu wirken, so daß er sie vielleicht durchschaut hätte, und außerdem konnte sie in dem engen Kleid nicht so gut radfahren. Und Geld für die Straßenbahn hatte sie nicht gehabt.

Sie sollte nach Hause gehen, ihre Eltern würden schon mit dem Abendtee am runden Tisch unter der Lampe auf sie warten. Ihre

Mutter hatte alle Hände voll zu tun, ihre Kleidung in Ordnung zu bringen, denn sie mußte sowohl Sachen für den Sommer als auch für den Winter mitnehmen. Jemand kam und setzte sich ans andere Ende der Bank. Nun sollte sie eigentlich wirklich gehen, aber es war so gemütlich hier in der Dämmerung, hier war irgendwie mehr Platz für ihre Gedanken über die Zukunft und ihre aussichtslosen Träume von Jørgen. Hier war es, als sei er trotz allem ganz dicht bei ihr.

Ohne daß sie richtig wußte, wie es gekommen war – eine Bemerkung übers Wetter, über die Kastanienbäume?, und schließlich war sie gut genug erzogen, um höflich zu antworten, außerdem war sie kein Kind mehr – ohne daß sie also richtig wußte, wie es gekommen war, erzählte sie dem Fremden, daß sie in diesem Sommer Abitur gemacht hatte, daß sie nach England fahren würde, etwas erleben, vielleicht einmal studieren würde. Es war ein merkwürdiges Gefühl, über all das zu reden, nicht auf die verkrampfte Art und Weise wie mit Jørgen, sondern einfach frei heraus. Erst als er seinen Arm um ihre Schulter legte, fiel ihr ein, daß sie ihn ja überhaupt nicht kannte.

»Ich heiße Karsten«, sagte er. »Wie heißt du?«

»Annelise.«

»So hieß meine Mutter auch.« Er drückte ihre Schulter vertraulich.

Warum sagte er das? Das war allzu familiär, zu intim. Sie versuchte, von ihm abzurücken, aber er hielt sie fest.

»Und was machst du so?« fragte sie ablenkend.

»Ich bin Arzt. Assistenzarzt.«

Arzt. Jørgen. Sie erstarrte.

»Ja, als Kind hatte ich Kinderlähmung. Vielleicht habe ich deswegen einen Studienplatz gekriegt.« Plötzlich zog er ein Hosenbein stramm um den Oberschenkel. »Siehst du, ein Bein ist dünner als das andere. Aber sonst ist bei mir alles in Ordnung.«

Kinderlähmung. Sollte sie ihn vielleicht bedauern?

»Ich kann gut verstehen, daß du gerne studieren möchtest. Das wirst du bestimmt auch.« In seiner Stimme lag plötzlich ein warmer Ton.

»Ja, aber ...« Sie wollte erzählen, wie schwierig das mit dem Geld war. Aber er hatte es schon verstanden, fand es einfach gut, daß sie Lust dazu hatte.

»Du bist entzückend«, hörte sie plötzlich dicht an ihrem Ohr, und eine Hand kroch unter ihren blaugestreiften Bolero und schob sich unter das ärmellose Kleid.

War das jetzt Traum oder Wirklichkeit? Wenn es Jørgen gewesen wäre ... Aber so? Der hier? Sollte sie schreien, weglaufen, versuchen wegzulaufen? Nein, das wäre zu peinlich. »Ich muß nach Hause.«

»Ach, wir sitzen hier doch so schön. Es ist überhaupt noch nicht spät«, sagte er. »Es passiert doch nichts.«

Nein, aber ... Plötzlich spürte sie seine Hand um ihre Brust, die andere Hand glitt an ihrem Körper hinab, auf ihre Schenkel zu. Seine Lippen legten sich um ihr Ohrläppchen.

Es kitzelte, und sie spürte ein Pochen im ganzen Körper.

»Du bist ja ganz angeschwollen«, sagte er ihr mit rauher Stimme ins Ohr.

Sie spürte Ekel in ihrem Hals aufsteigen. Ihr Kopf wurde kühl und glasklar. »Ich muß jetzt nach Hause.«

Er ließ ihre Brust los und zog die Hand zurück, aber seine andere Hand lag immer noch mit festem Griff um ihre Taille. »Ich bringe dich nach Hause. Wohnst du in der Nähe?«

Sie antwortete nicht, sondern begann das kurze Stück zu gehen. Allein das Gefühl zu gehen beruhigte sie, bald würde sie zu Hause sein, aber wie spät es wohl jetzt war? Es waren nicht viele Menschen auf der Straße. Was ihre Mutter wohl dazu sagen würde, daß sie so spät kam?

Er ließ ihre Taille los, nahm statt dessen ihre Hand. Was für eine Erleichterung. Plötzlich fiel ihr ein, daß sie vielleicht wie ein Liebespaar aussahen. Sie mit einem Mann Hand in Hand, sie, die niemals mit einem gegangen war! Vielleicht war sie ja wirklich hübsch. Einen Augenblick lang wünschte sie, Jørgen würde sie so sehen, oder einfach nur eine Schulfreundin. Aber nein, Gott sei Dank war es dunkel, dunkel genug, daß niemand sie sehen würde.

Sie gingen rasch das kurze Stück nach Hause, er ließ ihre Hand nicht los, und als sie die Haustür aufschloß und das Licht im Treppenhaus anmachen wollte, hielt er sie schnell zurück.

»Ich will dir nur einen Gutenachtkuß geben«, sagte er hastig, während die Haustür hinter ihnen zuschlug, und preßte sie gegen die Wand. Sie konnte seinen ganzen Körper spüren, wie er sich gegen ihren drückte. Er war groß und schwer, und sie konnte den Kopf nicht wegdrehen. Sein Mund war naß. Genau neben ihrem Kopf hörte sie den Zähler für das Treppenlicht ticken. Ein kleiner, exakter Pulsschlag.

Plötzlich nahm er ihre Hand, zog sie nach unten und legte etwas Pulsierendes hinein, das weich und zugleich fest war. »Merkst du, wie gerne ich dich hab?« flüsterte er.

Sie spürte seine andere Hand zwischen ihren Schenkeln, und ein Finger glitt unter das Gummi ihres Schlüpfers und zwischen ihre Schamlippen. Sie merkte, wie sie feucht wurde, und in ihr pochte es bis hinauf in den Kopf. Schwanger! stand in leuchtenden Buchstaben vor ihren Augen.

Sie versuchte, das Lebendige in ihrer Hand loszulassen, aber er hielt ihre Hand fest umklammert. »Ich hab Angst«, flüsterte sie.

»Komm, wir setzen uns hier hin.« Er zog sie hinunter auf die unterste der drei Treppenstufen, die zum Hochparterre hinauf führten.

Sie setzte sich mit weichen Knien, resigniert. Wenn jetzt nur keiner kam, nicht auszudenken, wie unsagbar abgrundtief schrecklich das wäre, wenn jemand sie hier so sähe. Sie versuchte vorsichtig, sich aus seinem Arm zu befreien, stemmte die Hände gegen seine Brust, aber er hielt sie mit eisenhartem Griff fest.

»Wovor hast du denn Angst?«

»Das ist … wie die Tiere«, flüsterte sie.

»Ja, aber das ist doch schön.«

Ihr wurde schwarz vor Augen vor Verwirrung, Ekel, Angst. Sie begriff, daß sie ihm nicht entkommen konnte, er war zu stark.

Plötzlich keuchte er, und sein Arm um ihren Körper wurde schlaff.

»Du bist aber auch in einem schwierigen Alter«, sagte er mit völlig veränderter Stimme. Distanziert, nüchtern. »Lauf lieber hoch zu deiner Mutter.«

Sie stand auf und schlich die Treppe hinauf. Normalerweise nahm sie immer zwei Stufen auf einmal. Sie schüttelte sich. Als sie die erste Etage erreicht hatte, ging das Treppenlicht an, und sie hörte die Haustür ins Schloß fallen. Sie fror so sehr, daß ihre Zähne aufeinander schlugen und sie sich am Treppengeländer festklammern mußte. Sie zog den Bolero zurecht und sah an sich hinunter. Das Kleid war völlig verknittert, und knapp über dem Saum waren ein paar weiße, schleimige Flecken. Sie rieb daran, aber sie gingen nicht weg.

Monika Björk

Wozu zum Teufel brauchte sie noch das Nordlicht…

Sie wußte selber nicht, was in sie gefahren war. Sie, die so kameradschaftlich war! Sie, die nie etwas für sich forderte! Ihre Freundinnen nannten sie »Die Letzte Pfadfinderin«, und das war nicht nur ein Scherz. Bei der Arbeit riefen sie ständig: »EEEVA, würdest du so lieb sein und dich darum kümmern …?« In der sicheren Gewißheit, daß sie es tun würde, so war sie eben.

Wahrscheinlich lag es daran, daß sie den Alkohol nicht gewohnt war. Oder vielleicht war es auch das Nordlicht. Und sein Duft! JA! OH!

Obwohl, zuerst das Nordlicht. Etwas Vergleichbares hatte sie noch nie erlebt. Es zog wie ein Lied vom Meer herüber und glitt eilend über den Himmel, glühte eisgrün zwischen den blassen Sternen. Es war überschwänglich, gottgesandt, sich selbst genug.

Es überkam sie auf dem Hofplatz des Hotels nach der langen Sitzung des ersten Tages. Es kam über sie und hüllte sie ein. Sie hatte das Gefühl, daß jeden Moment um sie herum Funken zu sprühen beginnen würden. Daß ihre Augen anfangen würden, grün zu funkeln und das Haar sich zu einer Pferdemähne aufrichten würde. Unbewußt stellte sie sich breitbeinig hin und öffnete die Lippen. Sie öffnete die Hände und breitete die Arme aus, um den Himmel in sich aufzunehmen.

»EEEVA, bist du da draußen?«

Wieder dieser Peter. Nachwuchskraft der Werbeabteilung, bemüht, dynamisch zu wirken. Sie fand ihn zum Kotzen. Ein Streithammel war er. Und dann diese lächerliche Designerbrille und der Armanischlips. Er hatte noch nie eine eigene Idee gehabt, und er behandelte sie wie eine alte Schachtel. Glaubte er denn, daß sie eine Kletterwand war?

Plötzlich spürte sie das Nordlicht in sich. Sie sog es ein. Sie lud sich elektrisch auf und hatte nicht vor, dagegen anzukämpfen. Es war wie Sektperlen.

Wenn sie still stand, würde er sie vielleicht nicht sehen. Das tat er sonst eigentlich nur, wenn er etwas von ihr wollte.

Sie brauchte sich hier nicht um Peter Kieslowski zu kümmern. Hier waren sie auf Island. Es gab nur einen Grund, aus dem er zu der Umweltkonferenz nach Reykjavík geschickt worden war, und der galt auch für sie. Das Unternehmen hatte schlicht und ergreifend vier Plätze übrig gehabt. Sie hatten sich auf eine Sechs-Personen-Delegation festgelegt; wichtige internationale Kontakte und so was. Und die Medien würden die Veranstaltung überwachen.

Als die Flugtickets kamen, hatte aber niemand in der Werbeabteilung Zeit oder Lust gehabt. Island klang unspektakulär und kalt und abgelegen. Warum sollte man sich dort für mehrere Tage vergraben?

Also durfte sie wieder als guter Kumpel herhalten und fahren. Die liebe Eva. Der junge Kieslowski war dämlich genug, es als Ansporn und Auszeichnung aufzufassen, aber sie wußte es besser. Für sie bedeutete die Konferenz, Visitenkarten zu verteilen und eine Anzahl Sitzungen zwischen den alten Herren abzusitzen. Applaudierwilliges Fleisch im Namen des Unternehmens.

Sie packte ihr zweitbestes Jackett ein, rot und vor dem Bauch zu knöpfen, und hoffte, daß es wenigstens abends am Buffet etwas Gutes zu essen gab. Sie hatte mit Lachs und Brie gerechnet. Aber sie hatte nicht mit dem Nordlicht gerechnet.

»Äh, du …«

Er kam schnaufend auf sie zu. Peter Kieslowski war leicht

beschwipst, sagte ihr ihre Erfahrung. Geld-leihen-für-die-Kneipentour-beschwipst. Spürte er auch das Nordlicht?

»Nette Jungs, die Dänen.«

Er schwitzte. Die teure Designerbrille saß schief.

»Ich hatte vor, noch mit ihnen wegzugehen ... Vielleicht ergibt sich ein gemeinsames Arbeitsprojekt ... Die kennen sich in der EU doch besser aus als wir ...«

Er strich das Haar aus den Augen. Der Seidenschlips glänzte.

»Außerdem sind auch schwedische Journalisten da. Hattest du noch Zeit, auf dem Flugplatz was zu wechseln?«

Sie nahm das Portemonnaie aus der Umhängetasche, ohne ein Wort zu sagen. Er versuchte, das ganze Bündel isländischer Kronenscheine zu schnappen und in seine Tasche zu stecken.

»Falls sie keine Kreditkarte haben. Du gehst wahrscheinlich eh gleich schlafen«, stellte er fest.

Sie blätterte ihm fünf Scheine hin und behielt den Rest. Sie hatte es eilig, ihn loszuwerden, bevor er das Nordlicht bemerkte. Sie wollte es für sich alleine haben.

Eine Gruppe lautstarker Männer strömte aus dem Hotelfoyer. Sie johlten und zeigten in Richtung Strand, dorthin, wo die Häuser aufhörten. Sie erkannte einige der schwedischen Journalisten wieder, die übrigen waren wahrscheinlich Dänen. Zuerst riefen sie nach einem Taxi, aber dann gingen sie doch zu Fuß. Als Schlußlicht schlenderte der letzte Vortragende des Abends hinter ihnen her.

Sie hatte ihm tatsächlich zugehört. Er hatte wache Augen. Im großen und ganzen war es mehr eine Plauderei gewesen; wahrscheinlich sollte er die Stimmung vor dem Buffet etwas auflockern. Das wurde auch dadurch unterstrichen, daß er ein kariertes, am Hals aufgeknöpftes Hemd und eine verknitterte Jacke trug, die wie antiker Cordsamt aussah.

Er hatte seine Scherze über die IT-Dödel und Technikfreaks gemacht. Die alten Herren hatten ihre Cocktailgläser erhoben und gelacht, als ob er nicht sie gemeint hätte. Peter Kieslowski wäre fast vom Stuhl gefallen.

Ihr hatten sowohl der Vortrag als auch seine Augen gefallen. Jetzt schloß er sich den gutgelaunten Jungs an. Sie verschwanden über den Weg.

In diesem Augenblick tat das Nordlicht seine Wirkung. Es brachte sie dazu, Hotelzimmer und Fernseher sich selbst zu überlassen. Sie lächelte in sich hinein, knöpfte das Jackett zu und folgte den lärmenden Männern.

Das Konferenzhotel lag am Rand der Stadt. Nach einer Weile endeten die Häuser und Gehsteige. Wenige Straßenlaternen markierten den schmalen Kiesweg, der sich durch die nächtliche Dunkelheit schlängelte.

Als es still wurde, hörte sie das Rauschen des Meeres. Es mußte ganz in der Nähe sein. Das Geräusch kam von beiden Seiten. Vielleicht führte der Weg ja auf eine Landzunge? Der gesamte Atlantik lag ausgebreitet da, Woge für Woge, bis nach Amerika. Sie spähte in die Dunkelheit, sah aber nur schwarzes Lavagestein und vereinzelte gelbe Grasbüschel aus dem letzten Jahr.

Sie lief in das Nordlicht hinein, ohne sich über das Wohin oder Warum Gedanken zu machen. Es war fast, wie von einer Verliebtheit eingehüllt zu sein, in der nichts Schlimmes passieren kann.

Nun wand sich der Weg um einen Hügel gesprungener Lavablöcke. Die Männergruppe war nicht länger zu sehen. Weiter vorne waren ein paar Straßenlichter kaputt, und der Weg verlor sich in der Dunkelheit. Aber es waren neue Geräusche zu hören. Dumpfe Rockrhythmen grollten wie Donner am Horizont. Es klang wie ein Gewitter, das sich näherte.

Draußen auf der Landzunge lag ein einsames, großes, altes, hellerleuchtetes Holzhaus. Aus den offenen Fenstern dröhnten die Bässe von Gitarren und Schlagzeug. In den Fenstern saßen Leute, oder sie standen draußen herum und grölten und lachten.

Sie ging wie im Traum. Bezahlte Eintritt und bekam einen Stempel auf die Hand. Drinnen gabs eine Disco über mehrere Etagen. Gutaussehende, junge Leute tanzten, daß die Wände vibrierten und der Boden schwankte. Alle tranken hemmungslos und klammerten sich aneinander, als ob es ihre letzte Nacht auf dieser Welt wäre.

Die pulsierende Rockmusik nahm ihr den Atem. Suchte sie nach jemandem? Oder was tat sie hier? Sie wollte einen Drink bestellen und danach ins Hotel zurück. Einen Gin Tonic als Absacker, dann wäre es genug. Nordlicht hin, Nordlicht her.

Er stand an der Theke. Sie erkannte den Cordsamt schon von weitem. Und plötzlich war ihr klar: Sie wollte ihn.

Sie bezahlte ihr Getränk und ging zu ihm. Seine wachen Augen sahen überrascht aus, als sie anfing zu reden. Wie könnte sie ihn dazu bringen, mit ihr zu tanzen?

»Verdammt voll«, sagte sie und zeigte mit dem Glas in ihrer Hand auf die Tanzfläche.

»Die sind so jung«, sagte er. »Sehen noch ganz grün hinter den Ohren aus.«

»Trinken viel.«

»Saufen wie die Schweine. Aber sie sehen noch ganz grün hinter den Ohren aus«, sagte er und trank aus seinem Glas. Er stellte es auf dem Tresen ab.

Hatte er vor zu gehen? Sie kippte ihren Drink runter und sagte schnell: »Man könnte ja noch einen Gin Tonic trinken. Bevor man geht.«

»Ja«, sagte er.

Viel zu schnell standen sie vor dem großen Haus mit all den Berauschten, die noch ganz grün hinter den Ohren waren. Sie hatten nicht getanzt und viel zu wenig geredet bei dem Lärm, und er wohnte in einem Hotel am anderen Ende der Stadt.

»Hast du das Nordlicht gesehen?« fragte sie und dachte, daß sie auf alle Fälle noch mal den Abstecher mit dem Meeresrauschen gehen wollte.

Ja, er hatte es gesehen. Verteufelt schön, sozusagen. Sie stolperte in einer Mulde und hielt sich an ihm fest, um nicht zu fallen. Etwas Grünes blitzte auf. Sie empfand es wie einen Stoß, ein Kribbeln im Körper.

Sie hatte nie an so etwas geglaubt … man lernte einen Mann kennen, entweder in einer Kneipe oder auf einem Betriebsfest, man sagte, wie man hieß, eventuell wurde ein wenig getanzt, und dann ging man miteinander ins Bett. So war es immer gewesen. Recht direkt und freundschaftlich, mit Frühstück am nächsten Morgen. Es konnte passieren, daß man heiratete und sich bald darauf wieder trennte, weil die Begegnung ihren Reiz verloren hatte. Ihr war das auch schon passiert. Besonders außergewöhnlich war es nicht gewesen. Und grün gefunkelt hatte es nie.

Der Kuß an sich war eigentlich auch nicht so außergewöhnlich. Aber daß er überhaupt dort in der Dunkelheit und dem Matsch kam. Und wie sein Hals duftete, dort, wo der Hemdkragen anfing.

Das Hotelfoyer war leer, und seine Augen lachten, als er sagte, daß das Glück sei, weil in isländischen Hotels die Rennerei von unbekannten Damen und Herren auf den Zimmern gar nicht gerne gesehen würde.

Sie zog ihre schmutzigen Schuhe aus und zog die Füße unter sich aufs Bett. Er klappte den Überwurf zur Seite und setzte sich neben sie.

»Ja, ja«, sagte er. »Und was machen wir jetzt?«

Sie rieb ihre Füße, damit sie warm wurden, zog die Schuhe wieder an und folgte ihm nach draußen.

Die Nacht war magisch, als sie durch die Straßen liefen. Er zeigt ihr Dinge und erzählte über die Insel und die Menschen. Aus den Kneipen drang Stimmengewirr, und Leute strömten heraus, weil die Kneipen schlossen, lachten laut, vermischten sich mit den anderen und redeten miteinander, als ob sie gute Freunde oder Nachbarn wären.

Sie gingen lange und froren ein wenig. Als sie in sein Hotelzimmer kamen, zogen sie darum auch alle kalten Kleidungsstücke aus, krochen ins Bett und tranken wärmenden Whisky aus dem Schraubverschluß. Und sie dachte, daß das, was jetzt geschehen würde, sicher lustig würde. Es hatte schon so wahnsinnig gut geduftet, als er sein Hemd aufgeknöpft hatte. Und er war sanfter, als sie erwartet hätte.

Bis er sich plötzlich aus den Laken erhob und sagte, daß er verheiratet wäre und keine Kondome dabei hätte, und für wen sie ihn eigentlich hielte?

Sie erwachte vom Klingeln ihres Weckers und hoffte, daß das Nordlicht noch anhalten würde. Sie, die nette Eva, brauchte dieses grüne Funkeln noch einen Abend lang. Sie wollte ihn. Sie hatte vor, sich ihren Teil zu nehmen. So einfach war das.

Peter Kieslowski sah aus wie Schimmelkäse, als er schließlich zum Frühstück heruntergekrochen kam. Sie biß von ihrem Zwieback ab, daß es nur so krachte, und sah Peter zusammenzucken wie eine gesalzene Schnecke. Er stöhnte und jammerte. Die Dänen hätten ihn um den Verstand gesoffen, und er hatte seine Calvin-Klein-Brille verloren.

Sie dachte an die hundert Male, die sie sich um seine Kundenbesuche gekümmert hatte, wenn er morgens zu spät kam. Wieviel Mühe sie sich gegeben hatte, um ihn in die Computerarbeit einzuführen. Wie sie ihm von ihrer Verkaufserfahrung mitgeteilt hatte, seine Schreibfehler berichtigt und niemals hatte durchscheinen lassen, daß sie alles viel besser konnte als er. Und vor allen Dingen: Wie sie es ertragen hatte, daß er sie wie eine alte Schachtel behandelte, ohne ihm Rattengift in den Kaffee zu schütten.

Jetzt bekam sie die Belohnung für das alles; zu sehen, wie ihm an einem Morgen in Island die Kinnlade runterfiel! Er hatte gerade ein viel zu großes Stück weichgekochtes Ei in den Mund geschoben, als sie sich über den Tisch beugte und ihn ganz ruhig fragte, ob sie ihn um eine Sache bitten dürfe. Könnte er ihr vielleicht ein paar Gummis für den Abend leihen?

Er saß immer noch mit hängendem Unterkiefer da, als sie aufstand und ging. Das Eigelb tropfte aus seinem offenen Mund auf den Seidenschlips von Armani.

Er mogelte sie beim Abschiedsessen in ihre Jackentasche und drückte freundschaftlich ihre Schulter. Sein Blick spiegelte unendliche Bewunderung wider. Dann ließ das Nordlicht sie Peter Kieslowski vergessen. Es kam – diesmal mit einem blaueren Farbton – und es erregte. Sie hatte nur diesen einen Abend, vielleicht nur ein paar Stunden. Wie zum Teufel hieß bloß sein Hotel?

Sie blätterte aufgeregt in dem seltsamen Telefonbuch. Wo standen die Hotels? Die Uhr auf dem Nachtschränkchen tickte. Der Duft seines Halses! Eile! Und wie bestellte man auf isländisch ein Taxi?

Sie würde ihm das Hemd vom Leib reißen, mit einem Ruck. Sie würde sein Schlüsselbein lecken und sich damit nicht begnügen; sie würde den Himmel herunterholen.

Er war gerade dabei, seine Reisetasche zu packen, als sie an die Tür klopfte und eintrat. Sie sah sein Erstaunen. Aber der Duft seines Halses! Hätte er in diesem Augenblick etwas über seine Frau gesagt, hätte sie ihn niedergeschlagen und an den Haaren zum Bett geschleppt.

Hinterher begleitete sie ihn im Taxi zum Flugplatz und fuhr danach zurück ins Konferenzhotel und zu der großen Abschiedsfeier. Als sie in die Damentoilette ging, um die Kleider zu richten, hatte sie das Gefühl, daß sein Duft sie immer noch einhüllte. War das möglich? Er lag auf ihrem Körper, als ob er in ihre Haut gedrungen war.

Das Fest war eine feucht-fröhliche Angelegenheit. Ihr Glas wurde immer wieder gefüllt, und niemals vorher hatte sie so wild und ausgiebig getanzt. Die Rockband aus der Discothek auf der Landzunge war engagiert worden und spielte die gleichen peppigen Stücke wie dort, mit dröhnendem Schlagzeug und dumpfen Baßgitarren.

Sie wollte sein Bild in Erinnerung behalten und versuchte, an seine wachen Augen zu denken. Aber nach einer Weile verwischten die Konturen. Sie konnte sich an seinen Gang erinnern. Aber wie sah seine Nase aus?

Statt dessen tauchte Peter Kieslowskis Visage beharrlich immer dort auf, wo sie gerade war. Ausgerechnet der wollte mit ihr tanzen und zerrte sie mitten im Musikstück von den alten Herren weg. Was war bloß in ihn gefahren?

Er strich um sie herum und flüsterte ihr Dinge über ihr Haar und die Farbe ihrer Augen ins Ohr. Er ging vor ihr auf den Händen.

Sie versuchte, ihn loszuwerden, indem sie ihn gegen einen Tisch mit Grogglässern stieß, so daß er sich an den Splittern schnitt. Sie probierte, auf seinen Schultern zu stehen, und hätte ihm dabei fast den Rücken gebrochen. Sie schaffte es, ihn in Brand zu setzen, als sie Feuerschlucker spielten, so daß er mit Schaum gelöscht werden mußte. Sie schüttete Alkohol in sein Haar, der ihm in die Augen lief und ihn halbblind machte.

Es galt, die Gelegenheit zu nutzen. Ihr war die ganze Zeit bewußt, daß sich alles um das Nordlicht drehte. Morgen würden sie wieder bei der Arbeit sein, und alles würde sein wie vorher.

Sie würde wieder dieselbe, nette Eva werden, die sie immer gewesen war. Eva mit K wie in Kumpel. Die Letzte Pfadfinderin. Sie würde Peter Kieslowski zeigen müssen, wie das neue Fax funktionierte und das Computermodem, das er nie begriffen hatte. Ihr Haar und die Farbe ihrer Augen würden für immer und ewig vergessen sein. Sie würde wieder die alte Schachtel werden und unsichtbar sein, so daß sie sich der Bürotapete anpaßte. Möglicherweise gab es an einem anderen Ort auf der Welt neue Nordlichter, aber die würden nicht für sie sein. Sie hatte ihres gehabt.

Er saß mit einer Serviette um seine blutige Hand auf einem kaputten Stuhl und versuchte, den Löschschaum und den Alkohol aus den Augen zu wischen. Die nassen Stirnhaare hingen ihm ins Gesicht. Sein Blick war auf eine Weise vernebelt, die ihre mütterlichen Gefühle weckte.

»Ich will hier nicht weg«, sagte er undeutlich. »Hast du abends das Nordlicht gesehen?«

»Aber ja«, sagte sie.

»Aber wahrscheinlich ist dir so was egal«, sagte er mit belegter Stimme. »Scheiße, Eva. Ist dir eigentlich klar, daß du mich im Büro gar nicht wahrnimmst? Du siehst nie von diesem verdammten Computerbildschirm hoch. Und außerdem nennst du mich Kieslowski statt Peter!«

Sie nahm eine Serviette vom Tisch, um ihm mit dem Blut und dem Schaum zu helfen.

»Außerdem hältst du mich für dämlich«, stöhnte er. »Aber zu allen anderen bist du so verdammt freundlich.«

Er nahm ihre Hand und küßte ihre Handgelenke und murmelte etwas, das sie nicht verstand. Aber es kribbelte in ihrem ganzen Körper, und sie spürte seinen Duft, der aufstieg, wo der Hemdkragen endete. Ein wahnsinnig guter Duft.

»Du könntest es mir zeigen«, sagte sie. »Das Nordlicht. Wir könnten rausgehen und es uns noch einmal anschauen, bevor wir fahren.«

Er sah zu ihr hoch, und zum ersten Mal schaute sie ihm in die Augen. Sie waren ernst.

»Oder wir gehen erst mal kurz in mein Zimmer«, änderte sie ihre Meinung.

Wozu zum Teufel brauchte sie noch das Nordlicht.

Toril Brekke

Eine funkelnde Straße aus leuchtendem Lächeln

Die Schule war idyllisch an einem kleinen See gelegen. Aus dem Lehrerzimmer hatten sie Aussicht auf das mit hohem Schilf bewachsene Ufer. Ein morscher Steg, an dem mit einem kurzen Tau ein blauer Kahn befestigt war, ragte ins Wasser hinaus. Oberhalb des Stegs lag eine gepflegte, weite Rasenfläche, die schon vor vielen Jahren angelegt worden war. Damals waren auch hier und dort auf dem Grundstück Birken gepflanzt worden, die jetzt sehr hoch waren, und in deren grünen Kronen zu dieser Jahreszeit die Blätter wisperten. Der Gürtel aus frischgemähtem Rasen zog sich bis zur Rückseite der Schule.

Erika Enger öffnete das große Fenster und betrachtete aus zusammengekniffenen Augen den See. Sie streckte ihren langbeinigen, sehnigen Körper und fühlte sich unendlich leicht. Die Vögel sangen, die Fische sprangen im See, und vor ihnen lagen die Tage wie glitzernde Geschenke. Das Zimmer duftete nach frischem Kaffee.

Bei ihrem Eintreffen hier hatte sie sich vor der Begegnung mit den Kollegen gefürchtet; die übliche Angst davor, von außen zu kommen, als die glückliche unter mehreren Bewerberinnen auf eine Stelle. Immer gab es Kollegen, die schon länger im Dienst waren und glaubten, deshalb Vorrang zu genießen.

Sie war mit dem Wunsch hier angekommen, von Neuem, Konkretem erfüllt zu werden; von Menschen und Verantwortung – die halb resignierte Hoffnung einer erwachsenen Frau, nach einem Leben voller Sehnsüchte und Träume.

Eine grauhaarige Dame hatte sie am Bahnhof abgeholt. Mit einem formellen Lächeln, das ihre Augen nicht erreichte, hatte sie die Hand ausgestreckt und sie willkommen geheißen, dann hatte sie Erika zum Parkplatz geführt, wo ihr VW-Bus stand. Als sie die Hintertür öffnete, um das Gepäck zu verstauen, entdeckte Erika eine zusätzliche Bodenplatte mit einer Schiebevorrichtung und einen zusammenklappbaren Rollstuhl an der Wand. Zusammen hatten sie ihre beiden Koffer und die lederne Reisetasche ins Auto gehoben.

Während sie durch den kleinen Ort fuhren, hatten sie über allgemeine Themen gesprochen; ihre Reise, ihre Möbel, die einige Tage später eintreffen würden, über das Bett, das der Hausmeister für sie besorgt hatte, eine Leihgabe, während sie auf ihr eigenes wartete. Beim Abschied in der Diele ihrer Dienstwohnung hatte die Frau sie für diesen Abend bei sich und ihrem Mann zum Essen eingeladen.

Erst, als sie einige Stunden später vor dem weißen Gebäude zwei Häuser weiter stand, ging ihr auf, wer sie da überhaupt abgeholt hatte. Die Frau hatte sich natürlich vorgestellt, aber rasch und undeutlich, einige vage Silben, danach »Frau des Inspektors«.

Sie las die beiden Namen auf dem schlichten Messingschild an der Holzwand neben der Tür; zwei Vornamen, ein männlicher und ein weiblicher, darunter ein gemeinsamer Nachname, und ihre Hand erstarrte auf dem Weg zur Klingel, erstarrte, erstarrte in der Luft und hing untätig da wie Körperteile auf einem Foto, Körperteile von Menschen, die in einem bestimmten Moment zwischen zwei Handlungen in ihrer Bewegung eingefangen und fotografiert werden.

Und so stand sie mehrere Sekunden lang da, bis sie im Haus Schritte näherkommen hörte, und ihr Blut erstarrte oder brauste, ihr Herz hämmerte rascher oder blieb stehen; verwirrt, erfüllt von erwartungsvoller Freude und verwirrtem Schmerz, bis das Geräusch der Schritte sie erreichte und sie sich sammelte, ruhig atmete und ihr Gesicht auf ein freundliches Lächeln vorbereitete: das freundliche Lächeln der Rektorin für die Gattin des Inspektors.

Bald saßen die drei an einem schöngedeckten Tisch; der Mann am Ende, die Frauen einander gegenüber. Und die ältere Frau redete, die Gastgeberin, während sie auf dem Teller ihres Mannes Fleisch und Kartoffeln schnitt, ohne die raschen Bewegungen ihrer Hände zu beobachten. Sie erzählte von der Schule und vom Leben im Ort, mit überzeugender Autorität und einem Hauch von Bitterkeit, als sei sie diejenige, die sich möglicherweise übergangen fühlte, und nicht der Mann. Erika sah ihr höflich zu, ließ die Augen an den farblosen Lippen im verkniffenen Gesicht ruhen und beantwortete Fragen nach ihrer Herkunft und ihren Qualifikationen. Nein, es war durchaus nicht ihre erste Stellung als Direktorin, sie hatte schon einmal eine Grundschule im Norden geleitet.

Der Mann am Tischende schien sich auf das Essen zu konzentrieren. Nur einmal blickte er von seinem niedrigeren Stuhl zu ihr hoch, sah sie ganz kurz an, und das spürte sie, ohne daß sie es wagte, seinen Blick zu erwidern.

Die andere sah er kein einziges Mal an, nicht einmal, als sie erzählte, wie sie beide nach dem plötzlichen Tod des letzten Rektors die Schule geleitet hatten: »Die meiste Papierarbeit habe ich übernommen ...«

Als Erika an diesem Abend in ihrem leeren Haus im Bett lag, weinte sie.

Am nächsten Tag begegneten sie sich allein, der Mann im Rollstuhl und die neue Rektorin. Als Erika in die Schule kam, sah sie das leicht schräge Brett, das einen Teil der Treppe zum Haupteingang bedeckte, die Tür stand offen, sie hatte keine Verwendung für ihren neuen schweren Schlüsselbund. Hinter dem Eingang gab es noch eine Treppe, und auch die war auf einer Seite von einer naturfarbenen Holzplatte bedeckt. Erika ging das Brett hoch, nicht die Treppenstufen, rituell, gleichsam als Geste der Solidarität.

Sie fand ihn im Lehrerzimmer, er hatte Tassen und Untertassen auf dem Schoß liegen und stellte sie auf einen der kleinen Tische vor dem Fenster.

Und dann saßen sie sich gegenüber. Und waren über zwanzig Jahre zurück in der Zeit.

Damals stand sie in einem winzigen Café hinter dem Tresen, und er unterrichtete an einer Schule in der Nachbarschaft. Sie war fast zwanzig, er ein Mann mittleren Alters.

Er kam normalerweise eine Stunde nach Schulschluß: wenn die Schüler nicht mehr herumlungerten, wenn die Hausfrauen nach Hause gegangen waren, um das Abendessen zu kochen, und wenn die Abendkundschaft noch nicht eingetroffen war. »Café und Imbiß« stand auf dem Fenster zur engen Straße. Vormittags wurden vor allem Kaffee und Kuchen verlangt, abends zog die Kundschaft Würstchen und Cola vor.

Es war Erikas erster Arbeitstag, und der schiefe Mann mit der Aktentasche unter dem Arm setzte sich an den hintersten der vier Tische und nickte ihr müde zu. Erika hatte ihm diesen Namen verpaßt, »der schiefe Mann«. Er zog eine Zeitung hervor, faltete sie mit steifen, verkrümmten Fingern auseinander und bat um eine Tasse Kaffee. »Mit viel Milch und losem Zucker.« Als sie Tasse und Untertasse auf den Tisch setzte, fragte er mürrisch nach Zucker und Löffel.

»Probieren Sie doch erst mal«, forderte Erika ihn auf. »Alles, was Sie gesagt haben, viel Milch, Kaffee und Zucker, fertig umgerührt.«

Er beugte den Kopf in den Nacken und blickte zu ihr auf, forschend zuerst, mit gerunzelter Stirn, dann öffnete sein Gesicht sich zu einer Art zaghaften Lächelns, – und seine Augen waren von dem leuchtendsten Blau, das sie je gesehen hatte –, danach wandte er sich schnell wieder seiner Zeitung zu.

Beim nächsten Mal fing sie schon an, Kaffee mit Milch vorzubereiten, noch ehe er bestellen konnte. Als er zu ihr hinübersah, begegneten sich ihre Blicke, und sie registrierte belustigt, daß er leicht errötete.

»Wollten Sie das nicht so haben?« fragte sie, als sie die Tasse vor ihn auf den Tisch stellte.

»So effektive Frauenzimmer sind wirklich das Letzte«, antwortete er, aber der Blick, der ihr folgte, als sie sich umdrehte, war strahlend und hellblau und von verwunderter Freude erfüllt.

Und dann hatte er sich auf seine Zeitung konzentriert und sie langsam mit seinen zerstörten Händen durchblättert.

Um diese Tageszeit stand nur sie hinter dem Tresen. Wenn die Kundschaft fehlte und sie zu zweit im Lokal waren, sprach er mit ihr. Er kommentierte mit ironischem Tonfall und Ausdrücken die Nachrichten, als hielte er den Menschen im Grunde für mißraten.

»Schon wieder hundert Neger weniger«, konnte er mit dem Tonfall eines Menschen sagen, der das Vorgehen der Portugiesen in Angola richtig fand.

»Ja, zum Glück«, antwortete Erika.

Er sah sie an, und sie erwiderte herausfordernd seinen Blick.

»Noch eine Rotzgöre weniger, die den Autos im Weg steht«, sagte er ein andermal.

»Wie gut«, meinte Erika. »Zehn Punkte für den Fahrer.«

Einmal tauchte irgendein Bengel mit Schultasche oder Ranzen unter dem Arm auf und bat um Zuckerkringel und Cola, bezahlte und stürzte mit Kuchen im Mund und Flasche in der Hand wieder davon.

»Kuchen und Limo, das Beste fürs Gehirn«, konnte er daraufhin murmeln.

»Auf der Anrichte steht eine Thermosflasche«, sagte mehr als zwanzig Jahre später der Mann im Rollstuhl.

»Worauf wartest du?« fügte er mit barscher Stimme hinzu, als sie untätig stehen blieb.

Sie sah ihn an und schluckte. Zum ersten Mal sah sie sich die Gestalt im Rollstuhl richtig an; seine Hände, die Füße mit den Wollsocken, die dicken braunen Schuhe auf ihren Fußplatten aus Metall, den schiefen, verkrümmten Rücken, das scharfe Profil, die üppige graue Mähne.

»Hör auf zu glotzen, verdammt noch mal«, sagte er und starrte immer noch vor sich hin, starrte eine gelbe Wand an, ein Bild, auf dem zwei gefleckte Kühe zu sehen waren.

Wieder schluckte sie, drehte sich um und ging zur kleinen Kochnische. Auf der Anrichte standen in einer Plastiktüte eine Thermosflasche und ein Milchkarton. Im Hängeschrank darüber fand sie ein Schüsselchen mit Streuzucker, und aus einer Schublade darunter nahm sie einen Löffel.

Sie setzte sich ihm gegenüber, schenkte sich schwarzen Kaffee und ihm Kaffee mit Milch und drei Löffeln Zucker ein, und sah sich selber dabei zu. Jetzt betrachtete er sie, und sie ließ ihn in Ruhe.

Langsam legte sie den Löffel auf ihre eigene Untertasse. Aus einer Eingebung heraus nahm sie seine, stellte sie beiseite und schob die Tasse auf die andere Tischseite. Noch immer blickte sie nicht auf. Stattdessen griff sie nach ihrer Tasche, nahm Zigaretten und Feuerzeug heraus, zündete sich eine Zigarette an, zog daran und hielt Ausschau nach einem Aschenbecher. Auf der Fensterbank stand einer, eine große flache Schale aus grünem Stein, sie stand auf, holte ihn, stellte ihn auf den Tisch und setzte sich wieder. Noch immer blickte sie nicht auf. Sie griff nach ihrer Tasse und trank. Schluckte, schluckte, zog wieder an der Zigarette und ließ sich in den Sessel zurücksinken.

Damals, vor langer Zeit, war sie im Alter seiner Schüler gewesen. Sie hatte sich das später überlegt, als sie selber als Lehrerin arbeitete, hatte sich gefragt, ob er sie so gesehen habe, ein unfertiges Mädchen, so, wie die Jugendlichen, die sich mit mehr oder weniger aufgesetzter Gleichgültigkeit an ihren Tischen fläzten. Aber im Gegensatz zu ihnen war sie in dem Alter schon verheiratet gewesen, verheiratet mit einem Busfahrer und Mutter eines kleinen Jungen. Das hatte er nie erfahren: Was sie einige Stunden, nachdem er die Zeitung in die Aktentasche gesteckt und zu seinen Aufsätzen und Geschichtsklausuren zurückgekehrt war, erwartete. Er hatte nie gefragt.

Aber so, wie sie ihn damals vor sich gesehen hatte, einsam, in einer achtlos möblierten Junggesellenwohnung, hatte er noch weniger Grund gehabt, sich ihr Leben außerhalb des Cafés vorzustellen: Die beiden Zimmer, den Mann und das Söhnchen. Obwohl, vielleicht hatte er es ja doch gewußt. Vielleicht war er einmal vorbeigekommen, als sie nicht mehr dort arbeitete, hatte sich nach ihr erkundigt und es erfahren. So, wie sie die Schüler nach ihm gefragt hatte, als er sich plötzlich nicht mehr sehen ließ. »Pisa?« hatten die geantwortet. Der lag im Krankenhaus. »Läßt sich die Füße flicken«, sagten die Schüler.

Einige Monate später war sie noch einmal hingegangen, nach Schulschluß, hatte sich mit einer Cola und einem Kringel an den hintersten Tisch gesetzt, unbekannt für die neue Frau hinter dem Tresen. »Den schiefen Turm, meinst du?« fragten die Jugendlichen. »Nein, der hat aufgehört. Ist aufs Land gezogen. Neuer Job.«

Sie hatte ihrem Ehemann nie von dem Schiefen mit den verkrümmten Händen erzählt; sie erzählte von anderen Kunden, darüber, was sie im Laufe des Tages so erlebte, nie jedoch von ihm. Obwohl sie noch immer ihre seltsamen Dialoge hörte, wenn sie abends nach Hause kam, nachdem sie sich über das schlafende Kind gebeugt hatte, wenn sie auf dem Sofa vor dem Fernseher saß, ehe sie ins Bett gingen.

Sie hatten ein Spiel entwickelt, ein Wortspiel, bei dem sie immer etwas anderes meinten, als sie sagten. Anfangs war es für sie einfach der übliche Umgang mit den Gästen gewesen, sie antwortete ihnen in ihrer eigenen Sprache, für ihn war es jedoch etwas anderes; eine Möglichkeit, den Schmerz auszuhalten, oder das Schicksal, hatte sie gedacht.

Sie konnte es sich vorstellen; seine Kollegen, die nicht widersprachen, die ihn mit seiner Bitterkeit und seinen bissigen Kommentaren sitzen ließen, die ihm vielleicht auswichen, lieber nicht im Lehrerzimmer mit ihm den Tisch teilen wollen. Von seinen Schülern hörte sie später, daß sie für ihn eine Mischung aus Respekt und Unbehagen empfanden; Respekt vielleicht, weil er ein fähiger Lehrer war und ihre Leistungen gerecht bewertete; Unbehagen vielleicht, weil er nun einmal so war: arrogant und ironisch; aber vielleicht auch, weil seine Krankheit sie daran hinderte, sich zu wehren, wie sie das bei anderen, etwas schwierigen Lehrern gemacht hätten.

Schließlich hatte sie sich eingebildet, das Café sei seine einzige Freistätte, und sie die einzige, mit der er wirklich sprach, nach einem Tag hinter dem Pult und seinen Wegen durch den Flur voller Jugendlicher, die vielleicht seinen seltsamen Gang nachahmten, ehe er in die Einsamkeit einer leeren Wohnung zurückkehrte.

Das ließ sie bei ihren Gesprächen kühner werden, die Initiative ergreifen und ihre Worte andere Wege gehen lassen, als die bissigen Kommentare des Mannes hinter seiner Zeitung vermuten ließen.

»Noch ein Greis weniger auf dem Glatteis«, konnte er sagen.

»Ja, noch ein alter Krüppel weniger«, antwortete sie mit einem Blick über seine Schulter, denn lagen da nicht zwei Krücken neben der in der Zeitung abgebildeten Gestalt am Straßenrand?

Sein schiefer Körper zuckte, dann blickte er sie aus seinen blauen Strahlern an und streckte eine Hand aus: »Hol dir eine Tasse Kaffee und setz dich, ich lad' dich ein.«

Sie hatte sich lieber ein Glas Cola geholt: »Das ist nämlich besser fürs Gehirn.«

Dann setzte sie sich, zündete sich eine Zigarette an und warf einen raschen Blick zur Glastür und auf die leere Straße.

»Vor allem, wenn man ein junges Gehirn in einem jungen, gesunden Körper hat«, fügte sie hinzu.

Er schluckte, senkte den Blick und faltete die Zeitung zusammen. Sie trat schräg hinter ihn, mit dem brennenden Wunsch, ihn in den Arm zu nehmen, ihn zu umarmen, bis alle Bitterkeit in ihm geschmolzen wäre.

Statt dessen setzte sie sich wieder, blickte in sein verschlossenes Gesicht und fragte: »Hast du schlimme Schmerzen?«

»Es geht so.«

»Was tut am ärgsten weh?«

»Die Füße.«

»Ich meine: Was ist schlimmer, die physischen Schmerzen, oder daß du nicht machen kannst, was du willst?«

Er hob den Blick und sah sie an. Lange. Zuerst mit gerunzelter Stirn und farblosen müden Augen. Dann holte er zitternd tief Luft, seine Gesichtshaut schien sich zu glätten, seine Augen waren groß und blank und von gutem Licht erfüllt. Er feuchtete sich die Lippen an, um etwas zu sagen, schwieg dann aber doch.

»Kleine Hexe«, murmelte er im Gehen, mit belegter Stimme.

Danach ließ er sich einige Tage lang nicht sehen. Und dann war er wieder da, jetzt eher von Galgenhumor erfüllt als von Bitterkeit, und er lachte zufrieden, wenn ihr Formulierungen glückten, die seine eigenen noch übertrafen.

»Du verdorbenes Kind«, sagte er einmal, »von wem hast du bloß diese freche Klappe?«

»Im Dienstleistungsgewerbe bringt die Kundenbehandlung unterschiedliche Herausforderungen mit sich«, antwortete sie. »Wenn die Damen Olsen und Hansen hier beim Vormittagskaffee sitzen, reden wir über Setzlinge. Und über die wachsende Unsittlichkeit. Gestern haben sie sich Sorgen gemacht, weil ich abends allein hier bin; es könnten doch einsame Männer mit bösen Absichten auftauchen.«

Und sie sahen sich wieder an, Blick traf Blick, hell und funkelnd, und diesmal setzte sie sich hin und wandte sich ab, als wolle sie sich verstecken.

In Erikas Leben hatte es mehrere Männer gegeben. Der erste Ehemann wurde vom zweiten abgelöst. Darauf folgten zwei Mitbewohner, und dann legte sie eine Pause ein. In den letzten Jahren hatte sie allein gelebt; ihr Sohn war mit einem Kinderhilfswerk in Bosnien.

Keine ihrer Beziehungen war besonders gut gelaufen; sie wurde den Männern rasch fremd, ohne daß sie hätte erklären können, warum.

Ein ganzes Jahr lang hatten die Serviererin und der Lehrer ihr tägliches Nachmittagstreffen, mit dem Tresen oder dem Resopaltisch zwischen sich. Er sprach, sie drehte alles ins Gegenteil um. Sie hatte ihm Bitterkeit gezeigt; ohne Vorbehalte war sie ihm entgegengekommen, hatte ihn provoziert, so, wie wir nur Menschen provozieren können, die uns wichtig sind, und sein Blick war der ausgerollte Läufer, über den sie ihre Worte zu rollen wagte; zu dem blauen, funkelnden Blick, der im Kampf mit der Stimme und dem verzerrten Körper sein eigenes Leben zu leben schien.

Und dieser Blick lebte in ihr weiter, ohne den Körper, ohne die Hände, die an Vogelkrallen erinnerten, ohne die wunde, schuppige, von Flechten geplagte Stirn; dieses blaue Licht lebte in Erika, ehe er kam, nachdem er gegangen war, brachte sie dazu, singend über die Straße zu laufen und den Schülern, die in der Pause vorbeischauten, scharfe Bemerkungen hinzuwerfen. Das Licht dieses Mannes, den sie nie berührt hatte, erfüllte sie mit stärkerer Zärtlichkeit für ihr Kind und führte zu einer Art neuen Frühlings in der überstürzt eingegangenen Ehe, machte sie weich und geil und ließ sie unter den unbeholfenen Liebkosungen ihres Ehemannes heftiger aufjubeln. Es brachte sie dazu, Gedichte und komplizierte Romane zu lesen, brachte sie dazu, jeden Sonntag Ski zu laufen und ihren kleinen Sohn im Schlitten hinter sich herzuziehen.

Auch ihr Sohn hatte ein solches Licht in den Augen, anders als seine Eltern, und einmal, als ihr zweiter Ehemann bemerkte, wie wenig der Junge doch seinem Vater ähnelte, hatte sie gelächelt und vieldeutig gemeint, vielleicht sei der ja gar nicht der Vater. Aber wer denn sonst? Tja, vielleicht ein Lehrer, den sie früher gekannt hatte … Das hatte dem neuen Mann gefallen, vielleicht, weil er sich ihr nun näher fühlte, so nah wie der erste. Mehr hatte sie nicht gesagt, hatte innerlich aber über diese Worte gelächelt, und als sie abends ins Bett gingen, hatte sie gewußt, daß auch diese Beziehung enden würde, denn als er sie berührte, sah sie nicht mehr ihn, sie schloß im Halbdunkel die Augen und stellte sich vor, daß die Hände zu einem anderen Körper gehörten, und als sie unter seinen Küssen zitterte und bebte, brachte sie die Sehnsucht in ihr dazu, sich hinzugeben, die Sehnsucht nach dem Licht im Blick eines anderen Mannes, einem Licht, das sie erfüllt hatte, das in ihr wohnte, das sie stark machte, das sie sich selber deutlich sehen ließ, weil sie das Gefühl hatte, *gesehen* worden zu sein, auf eine Weise, wie es kein anderer wagte oder konnte …

Sie hatten über Politik und Geschichte diskutiert, immer im Zusammenhang mit der Frage, warum die Menschen handelten, wie sie eben handelten. Wenn sie andere verletzten. Ihre Gespräche brachten sie dazu, sich die Nachrichten aufmerksamer anzusehen als vorher, um vorbereitet zu sein, wenn er kam.

In der letzten Zeit hatten sie außerdem über fremde Orte und Länder gesprochen. Erika war nie weiter gereist als bis nach Schweden, während er große Städte und goldene Strände gesehen hatte. Intensiv und lebhaft hatte er erzählt, von Gassen mit Kopfsteinpflaster, alten Ruinen, Burgen und Schlössern.

Mehr war nicht geschehen. Eine vertrauliche Nische. Scheinbar alltägliches Gerede. Obwohl, vielleicht war es ihr Verdienst, daß er zwei Jahre später angefangen hatte, für Zeitungen zu schreiben, gründliche Artikel, in denen er mit Politikern und Bürokratie abrechnete. Manchmal ging es um das öffentliche Gesundheitswesen, ein andermal um die restriktive Flüchtlingspolitik.

Und sie selber? Vielleicht hätte sie früher oder später sowieso ihre abgebrochene Ausbildung wieder aufgenommen. Aber es war *sein* Blick, den sie jedesmal vor sich sah, wenn sie mit neuen Examenspapieren dastand, *sein* Blick, erfüllt vom Kampf zwischen Ironie und Freude; denn diese ganze Mühe war schließlich Zeitverschwendung und bedeutete doch gleichzeitig alles …

Und immer, wenn sie sich von einem Mann trennte, dann geschah das mit dem Gefühl, ihn betrogen zu haben, so treu sie auch gewesen sein mochte. Denn sie hörte nie auf, von der Adriaküste und den venezianischen Kanälen zu träumen, und in ihren Träumen saßen sie zu zweit in einer vergoldeten Gondel, saßen sie zu zweit unter einem Sonnenschirm und genossen die Abendsonne, wanderten sie zu zweit durch Roms Straßen, fuhren mit dem Fahrstuhl auf den Eiffelturm, wanderten über die Plätze von Istanbul oder Kairo. Und der andere war immer derselbe, und nie der, mit dem sie zusammenlebte.

Und schließlich verstand sie, daß es ein gemeinsamer Traum war, daß seine Geschichten im Café damals die Geschichte von ihr und ihm gewesen war, daß er und nicht sie sie beide zusammengedichtet, sie in Gedanken in einem geträumten Leben an fremde Orte geführt hatte.

Als sie am ersten Abend im neuen Ort im leeren Haus ins Bett ging, weinte Erika.

Sie hatten sich beide nicht zu erkennen gegeben – der Frau des Inspektors gegenüber. Sie hatten mit keiner Miene verraten, daß sie sich schon einmal begegnet waren.

Als Erika das Zimmer betrat, in dem rosa Baumwollkleid, von dem sie wußte, daß es ihr besser stand als sämtliche anderen Kleider, die sie hatte, und als sie gerade seinen Namen auf dem Schild neben der Tür gelesen hatte, saß er im Schatten, ganz hinten im Zimmer, wie ein verkrümmter Baum, mit den Händen auf den Rädern. Sie blickte einen Punkt über seinem Kopf an, nicht ihn, sie ging auf ihn zu, streckte die Hand aus, bückte sich und berührte ihn leicht, noch immer, ohne ihn anzusehen, wortlos. Sie brauchte auch nicht zu sprechen, die andere Frau redete ununterbrochen. Sie redete und redete, geschäftig und verärgert, über das Haus, das nach Süden blicken müßte und nicht nach Westen, über die geizige Schulbehörde, die kein Geld für einen Computer bewilligte, sodaß sie ihn selbst hatte kaufen müssen, um die Angelegenheiten der Schule im Griff zu haben. Und die Sekretärinnen waren immer noch nicht auf Computer umgestiegen, das schien die einfach nicht zu interessieren …

Das ging während des Essens so weiter. Er saß stumm daneben. Hielt unbeholfen die Gabel, führte steif die zurechtgeschnittenen Bissen zum Mund.

Sein Blick streifte Erika, das wußte sie, zweimal ganz leicht, während sie die andere ansah und dem Gerede lauschte, jetzt ging es um irgendwelche Nachbarn, die nie die Sachen zurückbrachten, die sie geliehen hatten, aber sein Blick war matt, das Licht schien erloschen zu sein.

Beim Kaffee hatte die Gattin Bilder von Kindern und Enkeln gezeigt; der Enkel auf dem Fußballplatz, die Enkelin rittlings auf einem weißen Pferd, und der Mann saß stumm da im Wirbel von Wörtern, wie gesund sie doch waren, und wie sportbegeistert, und mühte sich mit dem Stopfen seiner Pfeife ab. Und sofort hatte sie auch dort zugegriffen, die verkniffene, fremde Frau.

Sie erwachte, als die Sommersonne durch die vorhanglosen Fenster schien, als Möwen schrien und Amseln und Stare zwitscherten. Sie duschte, kleidete sich in Rot und Gelb, frühstückte mit offener Gartentür, erfüllt von Erwartung und Schmerz.

Und nun saßen sie am Tisch, wie früher. Einander gegenüber, mit ihren Tassen voll dampfendem Kaffee. Wie früher. Und sie hob den Blick und *sah*.

Und begegnete dem Blick eines Liebenden und Geliebten; einem Lichtweg im Raum einer funkelnden Straße aus leuchtendem Lächeln.

Inger Edelfeldt

Am Fenster

»Ihr Haus sieht aber gar nicht sonderlich exotisch aus«, sagte Linns Mutter, die ihre Reisetasche von der Bushaltestelle bis zur Gartenpforte der fremden Villa trug.

»Ich meine wegen all der Vorstellungen, die man sich vorher gemacht hat«, sprach sie weiter zu ihrer schweigenden Tochter.

Linn trat vor, um die Klinke der Gartenpforte hinunterzudrükken und den fremden Garten zu betreten, doch ihre Mutter hielt sie zurück. »Linn? Bist du uns auch bestimmt nicht böse?«

»Euch?«

»Mir und Papa. Daß wir wegfahren.«

»Wir haben doch schon darüber gesprochen. Das ist o.k., habe ich doch gesagt.« Sie streckte wieder die Hand nach der Klinke aus.

»Daß es so kommt, war nicht geplant«, sagte die Mutter (zum wievielten Mal?) »Ich war wirklich wie vor den Kopf gestoßen, als Karin anrief und sagte, daß du nicht bei ihr wohnen kannst. In allerletzter Minute. So oft wie ihre Kinder bei uns gespielt haben.«

»Das ist o.k., sage ich.«

»Vera kennst du doch kaum?« Die Mutter warf einen argwöhnischen Blick auf das Haus, das in der Tat ganz normal aussah, mit der weißen Treppe und den braungebeizten Schnitzereien.

»Ich habe sie ein paar Mal bei Tante Karin gesehen, doch.« Linn hielt die Hand beharrlich ausgestreckt.

Ihre Mutter hatte die Reisetasche abgestellt. »Du weißt, daß Papa und ich wirklich verreisen müssen«, fuhr sie fort (»gezwungenermaßen«, dachte Linn). »Zum besten für die ganze Familie. Damit wir einander wieder näherkommen. Und du weißt, Apex-Tickets kann man nicht zurückgeben. Und die Renovierungsarbeiten, Linn, die hätten schon längst durchgeführt werden müssen, auch in deinem Zimmer, die Tapeten sind ja ganz und gar zerstochen von all deinen Starpostern und Zeichnungen, die du aufgehängt hast ...« Sie mäßigte sich. »Die Rückkehr wird das reinste Vergnügen«, behauptete sie mit unvermittelter Bestimmtheit. »Wie in eine ganz neue Wohnung.«

»Solange die Tapeten nicht geblümt sind«, sagte Linn, drückte die Klinke hinunter und öffnete die Gartenpforte. Sie streckte die Hand auch nach der Reisetasche aus, doch die Mutter überließ sie ihr nicht.

Schweigend gingen sie den Kiesweg entlang und die kurze Treppe hinauf. Auf dem Türschild stand »Vera Nagy-Caballero«, eine Namenskombination, bei der Linn der Ausdruck »eine bunte internationale Vergangenheit« einfiel. Im selben Augenblick war sie verlegen, fast erschrocken, und ließ die Arme hängen. Ihre Mutter betrachtete sie forschend und drückte auf den Knopf. Es klingelte irgendwo in dem fremden Haus; sogleich war von drinnen Klappern von Absätzen zu hören.

In dem kurzen Augenblick bis zum Öffnen der Tür erinnerte sich Linn noch, daß Vera Nagy-Caballero sich einmal in einem grünen Kleid »mit ganz freiem Rücken!« bei einem ganz gewöhnlichen Nachmittagsbesuch bei Tante Karin hervorgetan hatte. Damals war Linn erst zehn Jahre alt gewesen und logischerweise müßte Vera jetzt, fünf Jahre später, etwas älter und zurückhaltender, weniger wie die fatale Magica de Hex geworden sein. Linn war klar, daß sie Vera auch noch danach getroffen haben mußte, doch allein an das smaragdgrüne Kleid, die sorgsam geschminkte Gestalt erinnerte sie sich: eine Fremde, so wesensverschieden von den anderen Tanten, die sie sonst zu Gesicht bekam, daß die Begegnung mit ihr war, wie auf Skansen voller Begeisterung zuzuschauen, wenn der Pfau seine schillernden Federn aufstellte.

Mit einem Mal war die Tür offen, und da stand die schmale, dunkle Dame, die einen Kopf kleiner war als Linn. Sie sah erstaunlich jung aus, das saloppe T-Shirt und die Jeans, das üppige schwarze Haar und das etwas schräge Lächeln zur Begrüßung verliehen ihr einen Hauch von munterer Nonchalance, die sicher, das ahnte Linn, genauso provokativ war wie das rückenfreie Kleid, »bei einer Frau in ihrem Alter.«

Linn war allzu sehr in ihre Beobachtungen vertieft, so daß sie ganz überrumpelt war, als Vera sich plötzlich lächelnd an sie wendete: »Und Linn, ist sie stumm geworden?«

»Tut mir leid ... Guten Tag.«

»Hallo«, sagte Vera amüsiert. »Kommt herein, möchtet ihr ein Glas Sherry?«

»Ich gehe doch gleich wieder«, murmelte Linns Mutter, und dann standen sie im Flur.

»Kommt und setzt euch aufs Sofa! Nein, nein, ihr müßt euch wirklich nicht die Schuhe ausziehen!«

Sowohl Linn als auch ihre Mutter schlichen auf Strümpfen hinein. Das Wohnzimmer war groß und in Marineblau gehalten. Sogar das breite Ledersofa und die Sessel, in denen sie saßen, waren matt marineblau. Auf dem Boden lag ein Teppich, der einem abstrakten Gemälde glich (»wildes Design«, dachte Linn widerwillig), und zwischen den hohen Bücherregalen stand ein Barschrank, den Vera gerade geöffnet hatte.

»Süß oder trocken?«

Ich glaube nicht, daß Linn ...«

Vera drehte sich um, breit lächelnd. »Ich verspreche, daß sie sich das hier nicht angewöhnen wird.«

Die beiden schweren Gläser mit ihrem bernsteinbraunen Inhalt standen auf dem rauchfarbenen Glastisch. Linn registrierte, wie sie wieder erschrak, daß sie nicht wußte, »wie man sich benimmt«. Nicht weil sie nicht wußte, wie und wo sie sich Weltgewandtheit hätte aneignen können, sondern weil sie sie in gewisser Hinsicht hätte haben müssen, vielleicht wie eine überwinterte Erinnerung an ein früheres Leben in einem anderen Land, wo sie in den richtigen Zirkeln verkehrt hatte. Vera hingegen war mit ihren Eltern aus Ungarn geflohen und in Paris aufgewachsen, wo sie einem spanischstämmigen Diplomaten begegnete, mit dem sie später nach Schweden übersiedelt war. Nun waren sie geschieden, aber die beiden erwachsenen Töchter hatten bei Vera in der Villa gelebt.

Linn hob vorsichtig das Sherryglas und beobachtete Veras Art zu trinken.

»Es ist wirklich lieb, daß Linn herkommen kann«, sagte ihre Mutter.

»Ich habe einfach gern Menschen um mich«, sagte Vera. »Jetzt sind ja beide Kinder ausgeflogen, und ich vermiete ohnehin ständig Maries Zimmer, nun wohnt da Attila.«

»Attila«, sagte Linns Mutter verzagt.

»Ja, er ist der Sohn einer meiner Freundinnen, ein lieber Bursche und überhaupt nicht lästig. Linn kann in Michelles Zimmer auf dem Dachboden wohnen, da ist es gemütlich.«

»Einverstanden«, sagte Linns Mutter.

Linn hörte eigentlich gar nicht zu, sie schaute weg, zum Fenster, wo sie beiläufig eine kleine Statue entdeckt hatte, die zurückglotzte: ein handhoher, grinsender griechischer Satyr, der sein gewaltiges Glied zur Schau stellte, genauso dick wie eins seiner krummen Beine. Dessen Anblick brachte sie zum Lachen, doch nicht zur Ruhe.

Eine Woche, dachte sie, und im selben Augenblick sagte Vera, vielleicht als eine Antwort auf etwas, was Linns Mutter geäußert hatte: »Nach und nach wird sie schon noch auftauen!«

Das Dachzimmer war nicht groß. Darin befanden sich nur ein Bett, ein kleiner Tisch, ein Stuhl und ein Bücherregal mit einigen Büchern, ein alter, zerschlissener Teddy und ein Foto, das wahrscheinlich Michelle darstellte und den Schauspieler, mit dem sie verheiratet war. Die Bücher umfaßten einen Berlitz-Guide *Italienisch für die Reise*, einen Roman von André Gide auf Französisch und ein Buch mit dem Titel *Die Glasglocke* von Sylvia Plath. Linn nahm *Die Glasglocke* heraus und schlug sie aufs Geratewohl auf, so wie man es immer mit der Bibel macht, wenn man einen Fingerzeig braucht: »Constantin füllte ständig neue Gläser mit einem süßen griechischen Wein, der nach Fichtenrinde schmeckte ...«

Linn legte das Buch auf den Nachtschrank und machte sich ans Auspacken. Beim Öffnen der Kleiderschranktür entdeckte sie, daß eins von Michelles Kleidungsstücken noch da war, ein dünner, weicher, seidener Morgenmantel, vanillegelb mit einen Drachen auf dem Rücken. Er duftete leicht nach Moschus, und Linns eigene Kleider, die meist in gedämpften Farben gehalten waren, schwarze Baumwolle, nahmen sich daneben prosaisch aus.

Sie stellte sich ans Fenster. Von dort hatte sie den Blick über die Garageneinfahrt und auf die Kastanie, die in hohen weißen Blütenständen blühte, die ihre Mutter »Pagoden« zu nennen liebte. Linn versuchte, die Worte ihrer Mutter aus der Kastanie zu lösen, doch sie blieben stur hängen, wie Lametta. Sie fragte sich, ob sie hinuntergehen und mit Vera Konversation machen sollte, doch sogleich überkam sie diese Müdigkeit; eine summende, ganz und gar nicht unbehagliche Müdigkeit, die an die Erschöpfung nach einer langen Skitour erinnerte. Das Bett war breit, und darin mit ausgestreckten Armen zu liegen, in einem stillen Zimmer bei geschlossener Tür, vermittelte ihr ein beinahe beschämendes Wohlbehagen. Sie stellte sich vor, sie läge in einem großen, alten Haus auf dem Lande. Ihre Phantasie schweifte in immer weiteren Kreisen ab, zuerst in den Garten um das Anwesen, dann zu den Buchenwäldern, danach zu den weichen, grasbewachsenen Erhebungen, in denen man unausweichlich in Schlaf fiel, bevor man auf jemanden träfe, der dort zu gehen pflegte.

Sie registrierte, daß der Motorenlärm sie aufgeweckt haben mußte, doch ihr gefiel die Vorstellung, daß sie aufgewacht war, weil der Sinn darin lag, daß sie sehen sollte, was sie nun zu sehen bekam, verborgen hinter einer dünnen Gardine am Fenster in Michelles Zimmer.

»I feel as if I'm still dreaming«, flüsterte eine Stimme in ihrem Kopf.

Ein silbergraues Auto war auf die Garagenauffahrt gefahren. Die Autotür war geöffnet worden und heraus war ein dunkelhaariger junger Mann gestiegen. Sie konnte nur einen flüchtigen Blick auf ihn werfen, bevor er unten auf der Veranda verschwand. Danach hatte sie gehört, wie ein Garagentor aufgeschoben wurde, und es hatte eine Weile gedauert, bis er wiederkam, ausgerüstet mit Lumpen, einer Flasche Putzmittel und einem Gummischaber.

Jetzt zog er sich die Jeansjacke aus, und darunter trug er ein schwarzes, ärmelloses Hemd, das sonnengebräunte, wohlgeformte Schultern und beinahe unglaublich schöne Arme preisgab. Sie sah seinen Scheitel, und das dunkelbraune, lockige Haar fiel (»wie ein Wasserfall von Mahagoni«, dachte sie) zwischen seine Schultern. Das Gesicht hatte sie nur flüchtig gesehen, doch sie wußte instinktiv, daß es genauso schön war wie die Arme. Ja, das war es, jetzt sah sie es, und sie begriff plötzlich, voller Ehrfurcht und an Entsetzen grenzender Begeisterung, daß er es war: das Bild, mit dem sie gelebt hatte, der Mann, dem sie nachts hinterherging, nach ihm hatte sie auf ihren Starpostern gesucht, nach ihm, dessen Portrait sie zu zeichnen versucht hatte, nach ihm, dem sie viele Namen gegeben hatte … er war es, der sie immer in ihren Träumen berührte und es immer wußte, der sie zustimmend anlächelte und geradewegs in sie hineinsah, während sein Haar vom Wind aus einer abgetrennten, schreienden Landschaft gehoben wurde, wo jede Geste und jeder Blick eigentümlich und bedeutungsvoll waren, die aus der normalen Welt ein blasses Abziehbild machten. Es hatte einen tieferen Sinn, daß sie hier in diesem Haus gelandet war. Hier war er.

Sie begriff, daß das der junge Mann sein mußte, den Vera als »lieb und nicht lästig« bezeichnet hatte, Worte, die nicht das geringste Interesse in ihr geweckt hatten. Attila. War sein Name lächerlich oder schön? Sie verkniff sich ein Lächeln, ärgerlich und entschieden.

Er verschwand von der Veranda und kehrte mit einem Eimer voll

Wasser zurück. Linn wurde von zwei Wünschen hin- und hergerissen: am Fenster stehen zu bleiben oder ins Badezimmer zu verduften, um zu duschen, Kleider zu wechseln und sich weiter zu schminken. Sie wollte sich doch keine Sekunde entgehen lassen von dem, was da unten vor sich ging. Wenn er aber nun andererseits hereinkam, um sich vorzustellen? Da mußte sie doch gut aussehen.

Sie löste das Problem, indem sie sich in Etappen schminkte: zuerst die Lippen, dann zurück zum Fenster, danach die Augen, dann wieder zum Fenster. Mit einer Schnelligkeit, die sie nicht an sich kannte, zog sie den kurzen Rock, den breiten Gürtel und einen Pullover an, von dem sie wußte, daß er ihr stand. Dann stürzte sie wieder zum Fenster. Ja, er war noch da, nun putzte er die Heckscheibe.

Es war beinahe ein Vergehen, ihn so zu betrachten. Er beugte sich vor und richtete sich auf, strich sich das Haar zurück, wusch und spülte, unwissend, daß er beobachtet wurde. Ihr Blick registrierte jede neue Bewegung wie ein Kameraverschluß. Die Bilder wurden aufbewahrt, alle Bilder wurden aufbewahrt und wurden zu den anderen gelegt; von ihnen ließ sie sich hinreißen, sobald sie mit ihnen allein war, nachts im Bett, im Zug, in einer langweiligen Schulstunde, wann immer sich ihr die Gelegenheit bot, in dem Rausch zu versinken, den solche Vorstellungen hervorriefen.

Kürzlich hatte es einen Film gegeben, der diesem Rausch neue Nahrung gegeben hatte: sie war von der Schule nach Hause gekommen, der Fernseher lief in dem leeren Wohnzimmer, und aus irgendeinem Grunde war sie schnurstracks hineingegangen, während ihre Mutter ihrem Vater gleichzeitig zurief: »Sport läuft im anderen Programm!«

»Der hat doch wohl nicht schon angefangen?« hatte der Vater von der Toilette geschrien, und Linn hatte gerufen: »Nein, laß dir ruhig Zeit!« während sie die Szene beobachtete, in der ein junger Mann eine dunkle Holztreppe hochging, gefolgt von einer Dame in schönen, altmodischen Kleidern. Dem jungen Mann haftete etwas Starkes, aber dennoch Scheues an, als sei er ein halbzahmes, fluchtbereites Tier, und auf einmal empfand Linn es als eine tiefe, fast unerträgliche Ungerechtigkeit, daß nicht sie selbst hinter ihm die Treppe hochging.

In der nächsten Szene waren die beiden in einen Raum gekommen, möbliert mit dunklen, alten Möbeln und einem Bett mit weißem gehäkeltem Überwurf. Draußen vor dem Fenster bewegte sich Laub, durch das das Licht drinnen diffus und erwartungsvoll wurde, als ob es lebte. Die Dame saß auf einem Stuhl und stützte sich auf ihren zusammengeklappten Sonnenschirm. Sie war älter als der junge Mann, jedoch nicht alt. (Linn hoffte, daß sie selbst einmal so eine Dame werden würde, unterkühlt schön, gegenwärtig und anmutig, Blick und Lächeln voller Hintersinn.)

Der junge Mann im Film stand noch immer, ganz offensichtlich kannte er sich in dem Raum nicht aus. Linn fand sein Gesicht und seine Haltung so schön, daß es beinahe schmerzte, wie Musik.

Jetzt sagte die Dame etwas zu ihm in einer Sprache, die Linn nicht verstand, womöglich auf Französisch, und zugleich tauchte der Untertitel auf: »Stell dich ans Fenster.«

Die Stimme der Dame war tief und freundlich, warm amüsiert, so schien es. Der Jüngling zögerte eine Sekunde lang und ging dann zum Fenster.

»Hat Sport schon angefangen?« schrie Linns Vater von der Toilette.

»Nein«, grölte Linn zurück.

»Ist das richtige Programm an?«

»Hat noch nicht angefangen!« Linns Rufen übertönte die nächste Replik der Dame, die dem Untertitel zufolge lautete: »Zieh dich aus.«

Der Jüngling zögerte auch jetzt, begann aber, mit von Verwunderung hingerissenem Gesichtsausdruck sein Hemd aufzuknöpfen. Das flackernde Licht tanzte über seinen Brustkorb, und nun führte er die Hände zum Gürtel, während Linn sich wünschte, sie und der Fernseher wären irgendwo allein in einem verschlossenen Zimmer.

Er drehte sich um und ließ die Hosen fallen.

»Alle Kleider«, sagte die Dame mit einer Art Lachen – oder war es kein Lachen? – in der Stimme.

Der Anblick eines männlichen Körpers hatte Linn nie zuvor so beeindruckt; doch als sie ihn nackt stehen sah – die Rückenmuskeln spielten unter der Haut, die schmale Taille, das perfekt gerundete Hinterteil – schien sie selbst in ein ganz anderes Wesen verwandelt, eins, dessen gesamter Kern anders war, dunkel, heiß und gewaltig.

»Dreh dich um«, sagte die Dame, und im selben Augenblick hörte Linn, wie im Flur die Toilettentür aufging.

Als der Vater ins Wohnzimmer kam, lag der Jüngling mit geschlossenen Augen und halbgeöffnetem Mund auf dem Bett (freilich war nur sein Oberkörper zu sehen), und die Dame hatte sich vom Stuhl erhoben, und Linns Vater sagte: »Das da ist doch kein Sport.« Er schaute einen Augenblick lang auf den Bildschirm und fragte: »Guckst du dir das an?« und Linn, die plötzlich vor Verlegenheit außer sich war, schüttelte den Kopf und ließ ihn ein anderes Programm einstellen, aber in ihrem Kopf lief der Film nachts weiter, oh, was sie einander sagten, was sie in dem laublichtschimmernden Zimmer taten!

Attila war jetzt mit der Autowäsche fertig und klaubte die Lappen, den Eimer und alles andere, was er benutzt hatte, zusammen. Linn fand es merkwürdig, daß sie nicht entdeckt worden war, daß er ihre Blicke nicht gespürt hatte, daß er nicht gemerkt hatte, wie ihm sein Bild gestohlen und in ihre Träume eingefaßt wurde.

Er setzte sich ins Auto und fuhr es in die Garage. Das Garagentor wurde geschlossen.

Linn geriet in Panik. Wohin sollte sie gehen? Sollte sie hinuntergehen? Was sollte sie sagen? Mit einem Mal war sie eher erschrocken als berauscht.

Sie glaubte, ein Gespräch unten im Haus wahrzunehmen, sicherlich Attila, der sich mit Vera unterhielt. Ein schrecklicher Gedanke überkam sie: Wenn Attila Veras jugendlicher Liebhaber war? Wenn er ihr gehorchte, genau wie der Mann im Film der schönen, älteren Dame? Nein, das durfte nicht wahr sein, nicht der Sohn einer Freundin, so schamlos konnte sie doch nicht sein!

Ich will hier weg! dachte Linn, und dann fiel ihr der kleine Satyr unten im Wohnzimmer ein, sein Glied, sein Grinsen, seine ekelhafte, kleine Fratze, und sie dachte an die Zauberin Circe, die Männer in Schweine verwandelte, und sie fühlte sich jung, lächerlich, unschuldig und farblos.

ICH WILL WEG AUS DIESEM HAUS!

Schritte waren auf der Treppe zu hören, und die stammten nicht von Veras gediegenen Modeschuhen. Dann klopfte es an der Tür, und Linn konnte keinen Ton herausbringen. Er stand da draußen. Sie spürte seine Gegenwart durch die Wand. Jetzt sagte er auch etwas, rief nach Vera dort unten: »Sie ist bestimmt weggegangen!« Und er ging die Treppe wieder hinunter.

Linn fuhr gegen ihren Willen zusammen, berührte die Tür und öffnete sie. Attila war mitten auf der Treppe und drehte sich um, sie dachte beim Anblick seines Gesichtes »unwirklich schön«.

»Dann bist du doch da, warum sagst du nichts?« Er lächelte, und das Lächeln machte es Linn nicht leichter, ihre Sprache wiederzuerlangen.

»Ich war … etwas abwesend«, brachte sie heraus. Sie suchte verzweifelt nach einer spannenden Erklärung, war aber so erschrocken, daß sie einzig und allein eine wilde, kalte Anspannung verspürte, so wie wenn man über eine hohe Latte springen soll.

Er kam die Treppe wieder herauf: »Ich heiße Attila.«

»Ich weiß«, sagte sie besonders nachdrücklich und fügte hilflos hinzu: »Und wie ist das, wenn man Attila heißt?«

»Ach, das ist toll, mein historischer Namensvetter war ein total unwiderstehlicher Typ«, sagte er lächelnd, und irgendwie ging deutlich daraus hervor, daß er diesen Spruch schon oft gebracht hatte, doch sie nahm es ihm nicht übel.

»Und du heißt Linn«, klärte er sie auf. Er machte Anstalten, ins Zimmer zu gehen, da trat sie beiseite.

»Du wirst hier also eine Woche lang wohnen?« sagte er und ließ sich »in ungezwungener Nonchalance« auf dem einzigen freien Stuhl im Zimmer nieder.

Linn setzte sich aufs Bett, ihre Hände waren eiskalt und feucht. »Ja.«

»Das ist wirklich das gemütlichste Zimmer im ganzen Haus«, sagte Attila aufmunternd. Dann war es still. Er schielte aus dem Fenster, und Linn wußte nichts mit sich anzufangen. Es mußte etwas geben, ein bestimmtes Wort, eine Zauberformel, die diese eiskalte Spannung fortnahm und ihn erkennen ließ, wer sie war, wer sie für ihn sein konnte, wenn er denn nicht doch Veras Liebhaber, ihr … Gigolo war.

Sie sah Attila im Halbprofil, und was auch immer er war, es war ein Wunder, daß er da war, im selben Zimmer mit ihr, das war nicht wahr, doch, das war das einzig Wahre, ihr restlicher Körper glitt dahin wie ein Schatten.

Stille. Nun mußte sie wirklich etwas sagen. (Stell dich ans Fenster, zieh dich aus, dreh dich um …)

»Sind deine Augen bernsteinbraun oder erdbraun?« fragte sie sachlich. Das klang beinah neunmalklug, sogar in ihren eigenen Ohren.

Doch Attila lächelte wieder. »Ich weiß nicht, was meinst du?«

»Sie sind wohl bernsteinbraun.«

»Herrlich.« Er sah sie direkt an, aufreizend, aber dennoch sanft, so daß sie seinem Blick nicht standhalten konnte. »Wie nennt man deine Haarfarbe?«

»Ich weiß nicht«, sagte sie. »Es stand auf der Flasche, aber ich weiß es nicht mehr.«

Es war wieder still. Attila schaute zum Kopfende des Bettes. Linn bemerkte es und wurde dadurch keineswegs entspannter.

»Was liest du da für ein Buch?« fragte er und nickte zum Nachtschrank.

»Eins von Michelle, *Die Glasglocke.*«

»Worum geht es da?«

»Eine Persönlichkeitsveränderung, steht auf der Rückseite.«

»Aha«, sagte Attila, der natürlich alt genug war, um alles über Persönlichkeitsveränderungen und alles andere zu wissen, was mit Erfahrung zu tun hatte; und der ihr sicher die Unschuld ansah, ja, das war sicher an jeder ihrer Gesten und an jedem ihrer Blicke abzulesen, und je mehr sie darüber nachdachte, daß man es ablesen konnte, umso mehr sah er es ihr an. Sie brachte kein Wort mehr heraus.

»Liest du viel?« fragte Attila, »Kannst du etwas Gutes empfehlen?«

In ihrer Erinnerung kramte Linn nach einem Buch, das gut genug, spannend genug war, damit der bloße Titel ihm verriet, wer sie war, in welcher Sphäre sie sich bewegte. Sie erinnerte sich an ein Buch über Reinkarnation, in dem sie vor dem Bücherregal geblättert hatte, das sie sich aber nicht leisten konnte. Nun hatte sie sowohl den Titel als auch den Autorennamen vergessen. Statt dessen sagte sie: »Ich lese Bücher meistens auf Englisch.«

»Ach ja, wirklich!« Attila klang noch immer aufmunternd.

»Ich las mal eins, das hieß *The Black Art* von jemandem namens Rollo Ahmed.«

»Über Negerkunst?«

»Nein, über die schwarze Kunst natürlich!«

Attila hielt den Kopf etwas schräg, und sein Gesicht hätte sie sofort aus dem Bild ausgeschnitten, egal in wessen Zeitung sie es gefunden hätte.

»Du mußt ziemlich abenteuerlustig sein?« sagte er. »Aber es ist wohl nicht viel los da draußen in … in Bandhagen, sagte Vera nicht, daß du von da kommst?«

»Nein, da ist nicht besonders viel los. Aber es ist viel los … in mir«, sagte Linn nachdrücklich und bekam einen hochroten Kopf.

»Ja«, sagte Attila, »das ist in deinem Alter immer so.«

Linn war sprachlos, wütend auf sich selbst, weil sie rot geworden war und zornig auf ihn, weil er mit ihr wie mit einem Kind sprach.

»Wie alt bist du denn?« keifte sie.

»Dreiundzwanzig«, sagte er, diesmal ohne zu lächeln, und dann schielte er wieder hinaus. Linn verfolgte seinen Blick zur Krone der Kastanie, die triumphierend »Pagoden!« brüllte.

Stille senkte sich wieder über das Zimmer; dieselbe starre Stille. Linn starrte sein Profil an, und vielleicht verursachte ihr böser Blick in seinem Bauch das laute, klagende Knurren, wie das Miauen einer ausgehungerten, alten Katze.

»In mir ist etwas los«, sagte er und wartete auf ihr Lachen, das ausblieb.

Dann war da wieder diese Stille, doch »geladen« konnte man sie nicht mehr nennen; sie war watteartig und schwerfällig, ein zerknüllter Teppich, den einer von ihnen glätten mußte.

Und jetzt, während sie kämpferisch ihren Stolz heraufbeschwor, spürte sie, wie er auf dem Rückzug war, weg von ihr, unwiderruflich. Etwas war aufgeglommen und war in Reichweite gewesen – wenn sie bloß die Zauberformel gekannt hätte! – war aber nicht mehr erreichbar. Sie hielt den Blick gesenkt und wagte nicht, den Mund aufzumachen, dann würde in einer großen, schrecklichen Blase Weinen herauskommen; ein hysterisches, unbeherrschtes Weinen, wie bei einem enttäuschten kleinen Kind, so war es.

Jetzt sagte Attila endlich etwas. »Ich habe vergessen, im Auto die Zündkerzen zu kontrollieren.«

Er erhob sich. Sie wagte noch nicht einmal, hoch zu schauen.

»Wir sehen uns ja wieder«, fügte er hinzu, und dann war der Stuhl leer, die verfilzte Luft füllte blitzschnell die Kluft, die sein Körper hinterlassen hatte.

Sie ging ins Badezimmer und bearbeitete ihr Gesicht mit eiskaltem Wasser, bis das Mascara verlief.

Blöde Kuh, zischte sie das Gesicht im Spiegel an. Alte, blöde Teenagerkuh.

Er hatte aber dennoch gesagt: »Wir sehen uns wieder!« Sie wiederholte es sich, bis sie begriff, daß eine Ehrenrettung möglich war, ein besser vorbereiteter Akt, später. Sie hatte eine Woche.

Vera stand in der Küche und entsteinte Avocados. Sie warf Linn einen freundlichen Blick über die Schulter zu und fragte: »Hast du jetzt dein sicheres Nest verlassen?«

»Ich geh' spazieren«, sagte Linn und hoffte, sie würde den Haß verbergen können, den sie gegen diese kleine, elegante Gestalt hegte. Sie starrte auf ihren einen nicht zugeschnürten Turnschuh hinunter. »Das Wetter ist so schön.«

»Kam Attila nach oben, um dich zu begrüßen?« fragte Vera in einer Unschuld, die bestimmt gespielt war.

»Ja.«

»Worüber habt ihr euch unterhalten?«

»Sein Magen knurrte.«

»Ach, wirklich.«

»Ich hörte, wie er mit dem Auto weggefahren ist.«

»Ja, er macht eine Spritztour. Ich wünschte, er würde bloß etwas öfter fürs Benzin bezahlen. Aber der Junge hat eben solche Angewohnheiten. Er hat eine Freundin in der Stadt, der will er immer imponieren.«

»Ach, ja«, sagte Linn.

»So sind nur du und ich zum Abendessen da.«

»Ich geh jetzt ein bißchen raus.«

»Tu das, aber nicht so weit, denn das Essen ist bald fertig.«

»Ja«, antwortete Linn zwischen den Zähnen, alles vergessend, was sich »Manieren« nennt.

Sie ging durch den eleganten, hellen Flur, öffnete die Tür und stapfte den Kiesweg mit schlackernden Schnürsenkeln hinunter.

Sie stellte fest, daß der Ausdruck »es sticht wie Nadeln in der Brust« stimmte.

Sie marschierte die Eibenhecke entlang und weiter, vorbei an Häusern, die sie nicht wahrnahm.

Wenn er mich nicht haben will, dann verdient er mich auch nicht, sagte sie sich immer wieder, bis sie überzeugt und von einer rebellischen Erleichterung erfüllt war: das Anwesen, der Buchenwald und die weichen grasbewachsenen Erhebungen gab es noch, was einem begegnete, das gab es noch, die Dame und den Jüngling in dem laublichtschimmernden Zimmer gab es noch, und eines Tages würde das Ganze (was es nun auch immer sein mochte, was war es eigentlich?) Wirklichkeit werden; was »Wirklichkeit« nun auch immer sein mochte.

Christine Falkenland

Fleisch von Königen

Lieber Freund!
Ich weiß nicht, wie ich anfangen soll. Zum ersten Mal sitze ich in meinem Arbeitszimmer und schreibe. Es ist spät in der Nacht. Lautlos. Morgen fahre ich. Warum verspüre ich einen derartigen Zwang, mich zu erklären? Das Einfachste wäre, ohne ein Wort zu verschwinden. Man hätte sich rechtzeitig verabschieden müssen. Ich weiß, daß mich niemand verstehen wird. Ich bin schon im voraus für schuldig befunden worden, und vielleicht bin ich auch tatsächlich schuldig? Doch wessen, frage ich mich. Eins weiß ich: daß ich fort und es dieser Stadt überlassen muß, mich zu verleumden. Haßerfüllt oder mit Gelächter. Nun gut, es wird sich allmählich geben, wenn es niemanden gibt, den man mit Schimpfworten überschütten kann.

Wenn ich stärker wäre, könnte ich bleiben, Abbitte leisten und Besserung geloben und nach und nach wieder unter diesen Menschen hier aufgenommen werden. Das zu tun, steht mir aber nicht zu. Ich war eine Fremde als ich kam, nun, da ich fahre, bin ich noch immer eine Fremde. Ich bin auch mir selbst fremd. Ich bin bevölkert von Fremden, deren unterschiedlichen Befehlen ich blind Gehorsam leisten muß, wenn sie mich rufen lassen.

Das habe ich mir nicht ausgesucht. Habe ich es mir ausgesucht? Ich weiß nicht, was ich mir ausgesucht habe. Wie sollte ich? Jetzt, hinterher, in diesem Glauben und mit diesen Prinzipien, die ich einmal besaß, weiterleben können? Das ist sehr lange her. Obwohl ich vor noch nicht einmal einem Jahr hergekommen bin, anders, unwissend und dennoch meiner selbst und meiner Zukunft erstaunlich sicher. Ruhe.

Ich weiß, daß ich eines Tages diese verworrene Zeit, dieses Jahr, als eine Erinnerung ansehen werde. Eine Erinnerung zu bedauern, eine Erinnerung auch zu belächeln. Ein heimliches Lächeln. Aber nun, mitten drin. Am tiefsten in diesem Gefühl. Sollte ich je vorm Kern dieses Gefühls stehen und das Ich betrachten können, das ich einmal war? Ich wünschte, dieser Tag wäre jetzt gekommen. Ich wünschte, die Zeit würde dahinrinnen und mich vor dem Jetzt verschonen. Daß ich die Zeit verschlafen könnte. Weit fort von dieser Qual. Dieser köstlichen Qual.

Ich will nicht, daß du, mein Freund, von irgend jemandem meine Geschichte erfährst, verdreht oder beschmutzt. Sogar wenn du mich verurteilen mußt, so will ich dir erzählen, was mir zugestoßen ist.

Bei meinem Umzug hierher war es noch immer Sommer. Erinnerst du dich an die letzten Sommertage des vergangenen Jahres? Kannst du mich dort sehen: Die Türen standen auf zu den gelben Rapsfeldern. Die Schatten zusammengesunken, eingeschrumpft. Die Mücken schwebten um die dichten Büsche. Das Klirren von Porzellan auf der Glasveranda. Ich war glücklich, in diese kleine, verschlafene Stadt kommen zu dürfen. Ich dachte, daß ich hier zur Ruhe kommen könnte und daß mir die Natur und die ruhigen Sitten der Kleinstadt gut tun würden.

Mein Haus. Ich fühlte mich wohl in meiner Einsamkeit. Die Katze verlangte keine Verstellung. Mein schönes Cello mit dem weichen, warmen Ton, abends neben mir wie ein Körper. Der übertriebene Sonnenuntergang. Die Finsternis vor den Fenstern. Wenn ich im Dunkeln Angst hatte, dann ließ ich nachts eine Lampe brennen. Ich glaubte, daß Fledermäuse an meinem Fenster hingen. Ich dachte an den Tod. Ich las, bis mir die Augen zufielen. Ich ging gewöhnlich durch die Zimmer, um die Lampen, eine nach der anderen, auszuschalten. Die Vorhänge vorzuziehen. Ich glaubte, es fehle mir an nichts. Ich genoß die Einsamkeit und die Freiheit, das Gesicht, die Stimme und den Körper ausruhen zu lassen. Anfangs waren die Tage warm und herrlich. Die Sonne lachte morgens verschwenderisch über dem einfachen Holzfußboden. Die Augen zerbrechlich gegen das Sonnenlicht. Die Katze mit Staub in den Schnurrhaaren.

Seit dem Tod meines Mannes ist meine Lust am Leben verboten und beinahe verwerflich. Ich habe dir alles erzählt, ich weiß. Der Tod verfolgt mich auf Schritt und Tritt. Die Mäßigung des Schmerzes. Des Geruchs. Des toten Lächelns. Ich muß ehrlich sein. Der Wahrheit näherkommen. Die Einsamkeit, sagte ich, schreckte mich nicht. Das ist nicht wahr. Mitunter drückte ich das Cello an mich, als wäre es ein Mann. Ich spreizte meine Beine für das kühle und glatte Holz. Ich legte meinen Mund an den schlanken, geschnitzten Kopf. Ich habe meine Scham abgelegt. Über das, was du bald über mich zu hören bekommen wirst, gibt es nichts mehr zu schämen. Mein Körper war einsam. Ich wollte das nicht zugeben. Ich war auf eine seltsame und widersprüchliche Weise scheu geworden. Ich sehnte mich nach Menschen, doch das gesellschaftliche Leben war nichts mehr für mich. Ein Gefühl, der Erinnerung meines Mannes untreu zu sein. Wie konnte ich glücklich sein oder mich nach der Gesellschaft von Menschen sehnen, wenn er nicht leben und atmen durfte, wenn er mich vermißte? Ich sollte bekennen: ich vermißte ihn nicht oft. Meistens in den kleinen, alltäglichen Begebenheiten. Dann wenn ich krank war, und mir niemand Tee kochte oder mit schwerer Hand auf meiner Stirn nach Fieber fühlte. Oder die satte Stille, die zwischen zwei Menschen liegt, die einander gut kennen. Doch auch wir beide waren einander fremd. Weil wir uns selbst fremd waren. Ich habe es fast vergessen. Was sagten wir zueinander?

Du weißt, daß ich lange allein gelebt habe. Meine Ausbildung beschäftigte und ermüdete mich. Der Umzug hierher war ein Neubeginn, ohne Schatten um mich her. Fort aus den Wänden, in denen ich mein eheliches Leben gelebt habe. Die Erinnerungen.

Ich weiß, daß mein Leben nicht an diesem Punkt enden wird. Auch wenn es jetzt so scheint. Es scheint so, aber es ist nicht so. Ich wiederhole mich. Ich sage mir dies: ich bin nicht alt. Die Zeit schleift das Böse mit dem Guten ab. Die Zeit zermahlt alles zu Sand.

Der erste Schultag. Warm. All diese Gesichter. Ohren. Ich fing mich sehr rasch, mein Freund, und ich flüchtete mich zu dir. Ich fand, du strahltest Stärke und Geborgenheit aus. Vielleicht habe ich mich allzu schwer an dich gehängt? Du nahmst dich meiner an und ermöglichtest mir auf diese Weise Zutritt zum Kreis des Kollegiums. Daß du mich willkommen hießest, hatte Einfluß auf die anderen: ich wurde freundlich aufgenommen. Ich werde dich vermissen. Muß ich das sagen?

Anfangs war nichts unterscheidbar. Die Klassenzimmer. Die abgenutzten Bänke. Große Fenster, viel Licht. Die Gesichter der Jungen. Die Gesichter der Mädchen. Eine Horde zu bändigen und zu besiegen. Mein erster Auftrag.

Der Herbst kam. Im Detail: alles regnete. Die Bäume um mein Haus standen düster und naß vor Feuchtigkeit. Arbeit. Die Musik wie Ruhe und Gegensatz. Die Leichtigkeit des Bogens: wir genossen einander. Ich schrieb Briefe an alte Freunde. Ich korrigierte Klassenarbeiten. Vorbereitungen. Ich war genau, fast übereifrig. Ich wollte nicht, daß sich jemand über mich beschweren konnte. Ich wollte untadelig sein. Habe ich mich übernommen? Ist dies eine Strafe? Doch wie könnte ich bereuen?

Unmerklich geschah es. Lag es daran, daß ich gelangweilt war? Daß die herbstliche Dunkelheit mich bedrückte? Ich will es nicht wissen. Ich gestattete mir, zu träumen anzufangen. Die Einsamkeit des Körpers. Ich war leer. Mangel.

Die Gesichter der Jungen. Wie kam es, daß ich plötzlich ihre Gesichter sah? Einige von ihnen kristallisierten sich heraus. Ich konnte ahnen, ich sah. Die schlummernden Männer hinter ihren zarten, nahezu mädchenhaften Antlitzen. Blässe auf der Haut eines einzelnen. Abgestumpfte Kindlichkeit. Die Haut auf der Brust, die zwischen den Hemdknöpfen zu erahnen war. Eine Hand, die sich ziellos über den Bankdeckel bewegte. Eine hochgestreckte Hand. Die schmalen Hüften. Schatten der Wimpern. Ein paar geschwollene gleichsam kaputtgeküßte Lippen, in einem so jungen Gesicht. Und diese Augen. Überall diese Augen. Sie ließen mich nicht in Frieden. Nachdem die Begierde einmal Halt gefunden hatte, brannte sie lichterloh. Es war wie ein Rausch. Kräftig wie Wein. Alles, was wir sagten und alles, was wir taten, schien eine heimliche Botschaft in sich zu tragen. Wir waren eine geheime Gesellschaft, diese Jungen und ich. Mit einer eigenen Sprache. Ich weiß, daß ich mir das nicht einbilde.

Wir kamen uns in diesen Träumen auf halbem Wege entgegen. Kraftfelder. Die langen, leichten Berührungen. Koketterie. Ihre Düfte. Mein Duft. Reinheit. Ihre Furcht. Erröten. Meine Auserwählten. Besondere und andere. Weichere und Stärkere zugleich. Den Blick auf einem ruhen und die Träume taumeln lassen. Die Reinheit und die Sünde in ihren Augen. Vielleicht riß man in den Pausen derbe Scherze über mich, was weiß ich? Ich weiß, daß einige von ihnen in der Einsamkeit sich mit mir auf ihrer Zunge und unter ihren Lidern streichelten. Der Gedanke erfüllte mich.

Der Erste war wie eine Katze, ich erinnere mich, wie ich es empfand. Weich und mit zerbrechlichen Augen. Ein poetischer Junge. So blond. Es klingt vielleicht durchtrieben, daß ich ihn bat, mit mir zu kommen, um Bücher zu holen? Ich hatte nie Angst. Vielleicht wußte ich die Gefahr nicht genug zu würdigen, oder seine Furcht spornte mich nur zu Mut und Handeln an. Ich vermute, ich handelte wie ein Mann.

Er stand da, die Arme an den Seiten herunterhängend, verloren. Schön, gerade deshalb. Wartend. Ich konnte seinen Duft riechen: seine Unsicherheit. Das Unwirklichkeitsgefühl. Das Grenzüberschreitende. Das schnelle Schaudern über das Gesicht, als ich auf ihn zukam, zu nahe kam, ihn zu fassen bekam, sehr behutsam, sein Gesicht mit beiden Händen und seinen Mund in meinem begrub. Zitternd. Passiv. Mein Gott, ich wußte nicht, daß mein Mund bis dahin so einsam gewesen war. Ich war ausgehungert, und ich aß von seinem Mund und seinen Lauten und seinen feuchten Händen. Einen langen Augenblick. Ein Sprung in der Wirklichkeit. Traum. Unser Geheimnis schwindelte in mir, zwischen uns, als wir in die Klasse zurückkamen. Ich genoß es, so unberührt wie möglich zu spielen. Ich forderte ihn heraus, den jungen Blonden, indem ich meinen Blick auf seinem Mund ruhen ließ.

Ich trieb das Spiel weiter. Ich wollte nicht aufhören. Warum sollte ich aufhören? Ich war hungrig.

Er, mit dem ich durch Zufall – aber durch welchen Zufall – nach der letzten Unterrichtsstunde in dem nahezu leeren Schulgebäude zusammenstieß. Er, der mich den Korridor entlang begleitete. Er sprach nervös von Musik. Er hatte gehört, ich spielte Cello. Er wollte zeigen, was er wußte. Er sah zum Ende des Korridors. Wer war er? Ich weiß es nicht. Halt. Ich unterbrach ihn mitten in einem Satz. Er schwieg still, und im Stillschweigen folgte ich mit dem Finger der Linie des Kieferknochens den glatten Hals hinunter. Ich fühlte kaum seinen Puls. Er wandte sein Gesicht mir zu. Ich zog ihn zu mir heran, wir stolperten gegen die Wand. Seine weiße Brust, die Brustwarze jung und schüchtern. Der Duft nach Seife. Junge. Sein Geschlecht augenblicklich hart. So. Still. Steh so still. Ewigkeit.

Ich schob ihn vorsichtig von mir weg und glättete meine Kleider. Strich mit Zärtlichkeit über seine Wange. Lächelte. Flüsterte. Ein gefährliches Spiel. Ob uns jemand gesehen hatte. Doch wer hätte denn schon ahnen sollen, daß dieser Junge und ich für einander Mann und Frau waren? Konnte tatsächlich nur ich den Mann in ihm sehen, der sich danach sehnte, befreit, erlöst zu werden?

Manchmal konnte ich eine von den Schulmädchen ausgehende Kälte erahnen. Spürten sie unbewußt, instinktiv, daß etwas geschah, woran sie keinen Anteil hatten? Freilich beneidete ich sie um ihre sorgenfreien Gesichter und hellen Augen.

Ungeküßte Münder. Ich stahl etwas, was sie sich nur erträumten und erwarteten. Meine Rache.

Alles ging dann schnell. Mich ergriff Gier. Eroberungslust. Kleine Siege. Wie den, der schöne Schmetterlinge aufspießt. Es klingt vielleicht, als ob ich mir sicher und in gewisser Hinsicht von all dem unberührt war, aber so war es nicht. Auch ich zitterte, wenngleich unmerklich. Jeder neue Junge ließ mich vor der Unmöglichkeit meines Verlangens erzittern.

Das ist nichts für uns. Trauer in ihrem Verlangen. Das Schicksal.

Das Schicksal: nach den Winterferien kam ein neuer Junge an die Schule. Ich weiß nicht, ob du dich noch an ihn erinnern kannst. Olof. Ich will an meinen ersten Eindruck von ihm denken. Ich wandte mein Gesicht ab. Ich vermochte nicht, ihn anzusehen. Was ist das Wort für ihn? Natürlich, ist dieses Wort. In sich selbst ruhend. Das Schönste. Ich weiß, daß die Worte, die seine Mutter später ausspucken sollte, nicht stimmen. Sie sagt, ich habe ihn aus der Wiege gestohlen und zerstört. Ihn geschändet. Ihn beschmutzt. Das sind Lügen.

Er hatte nicht begonnen, sich zu rasieren. Er war für sein Alter nicht groß. Aber ruhig. Als habe er lang gelebt. Diese wundersame Mischung aus Unschuld und Geilheit. Seine Blicke auf mir. Mitunter unberührt, zerstreut. Dann aufflammend, bezwingend. Eine unausgesprochene Übereinkunft. Meine Fragen: seine Antworten.

Die anderen schienen mit dem Schnee dahinzuschmelzen. Alles drehte sich um ihn. Ich war gelähmt. Wie ein Schulmädchen. Verlegen. In Stücke zersprungen angesichts dieses Schuljungen. Dieses Kind mit dunklem Tierblick und grausamem Liebesmund.

Stiche von Mücken. Ein unterliegender Stolz. Ich kann es nicht erklären.

Ein Brief. Ein einfacher Brief. Ich lud ihn zu mir ein. Ich bat ihn zu kommen, um mir beim Spielen zuzuhören. Ist das möglich? Paßt Samstag abends?

Reue. Zum ersten Mal hatte ich Angst, mich lächerlich zu machen. Doch er kam in einem hübschen Hemd. Es war Anfang April. In der Dämmerung. Ich hatte gewartet. Vögel in den Bäumen, prüfend. Seine Schritte auf dem Kies.

Was hatte ich mir gedacht? Ich hatte keinen Plan. Ich redete wie besessen. Ich konnte meine Lehrerinnenrolle zu Hause nicht beibehalten. Mein einsames Zuhause. Alles kam zu nah.

Ich spielte ihm vor. Das Cello zwischen meinen Schenkeln. Die Finger zitterten am Hals. Zögernde Töne. Ich ließ mein Haar herunter.

Die feinen Adern auf seinen Händen. Die Tiefe in seinen Augen, wie die Augen eines Tieres, ich weiß nicht, welches Tieres. Ich hörte auf zu spielen. Im Hintergrund tickte sacht eine Uhr. Er strich der Katze über den Rücken. Sie stupste gegen seine Handfläche. Ich bat ihn, von sich zu erzählen. Er erzählte. Ich wollte lediglich den Klang seiner Stimme hören. Es interessierte mich nicht, was er sagte. Ich wollte mich am Klang seiner Stimme sättigen.

Ich dachte: So ist es vorher. Erinnere dich. So sieht man davor aus.

Spaziergang. Wir gingen den Feldweg entlang, bis zum Madkullen, wo die Tauben schwärmen. Es war dunkel geworden. Schweigen jetzt. Ich konnte die Züge seines Gesichts nicht sehen. Es war kalt, und von irgendwo waren die Schafe zu hören, die von etwas aufgescheucht über die Erde liefen.

Der Augenblick, da es passiert. Festgefroren. Unmöglich, sich in seiner Flüchtigkeit an ihn zu erinnern. Der Mund. Meine Hand in seinem Nacken. Mann und Frau zugleich. Er wankte. Ich wußte sogleich, daß er noch nie eine Frau gehabt hatte. Er ließ mich gewähren. Ich öffnete sein Hemd. Sein unbehaarter Brustkorb. Zart. Was bin ich für ihn? Er ist mein. Ich habe ihn genommen und ihn zu meinem gemacht. Wer kann das bestreiten? Niemand. Ich habe ihm mein Mal aufgedrückt.

Woran dachte ich? Ich habe nie eine heimliche Karte besessen, die ich hätte holen können. Er wurde bei mir zum Mann. Die Schwere. Er klammerte sich an mir fest. Ich wollte, daß er bleibt, und er blieb. Er glaubte daran. Mit all seiner Jugend glaubte er daran. Wie hätte ich es übers Herz bringen sollen, ihn die Wahrheit wissen zu lassen: daß eine Liebe wie sie unsrige, oder eine Lust wie die unsrige, nenn es wie du willst, nicht leben kann?

Ich höre: er schläft. Die Atmung verändert sich. Er schlief mit dem Kopf auf meiner Brust. Ich strich ihm über das Haar und die ebene Stirn. Auf dem Nachttisch, hinter dem Wecker, leuchtete gleichsam das Wasser in einem Glas.

Wir konnten kein Ende finden. Unsere Körper brauchten einander. Um in die Sonne zu schauen. Mir die Sekunden zu nehmen. Jetzt und jetzt.

Er pflegte abends zu mir zu kommen. Ich spielte für ihn. War es Tollkühnheit oder Mut, die uns dies tun ließen? Oder hatten wir keine Wahl? Ich nehme an, daß man immer eine Wahl hat.

Das Ende kam mit einem anonymen Brief. Nicht drohend, nur kalt konstatierend, daß das, was wir taten, schmutzig wäre und daß wir entlarvt würden. Ich weiß noch immer nicht, wie man und wer uns auf die Schliche kam. Vielleicht war es ein gekränktes Schulmädchen? Es ist egal. Ich sehe jetzt, daß es so nicht hätte weitergehen können. Wir müssen verrückt gewesen sein. Ja.

Seine Mutter kam zu mir. Ich war unvorbereitet. Ich habe solchen Haß nie gesehen. Ich hatte nichts zu sagen. Ihr kleiner Junge war für mich ein Mann. Er nahm mich wie ein Mann. Sein Geschlecht war das Geschlecht eines Mannes.

Er sagt, daß er niemals aufhören würde, mich zu lieben, und er weint. Ich habe kein Mittel, seine Tränen zu stillen. Ich weiß, daß er bald junge Mädchen lieben wird. Auf eine andere, reinere Weise. Vielleicht ist wahr, was seine Mutter sagt. Vielleicht habe ich ihn beschmutzt. Was hat er dann mit mir getan?

Wenn du ihm demnächst begegnen solltest, dann sieh ihn bitte mit meinen Augen. Sieh seinen lieblichen Mund und seine tiergleichen Augen für mich. An meiner Statt. Möglicherweise wirst du dann etwas von dem ahnen, was ich gefühlt habe, und verstehen, daß das, was ich gegessen habe, mich zu einer anderen gemacht hat.

Guðrún Guðlaugsdóttir

Ein guter Pfadfinder

Dieses Bild soll erotisch sein? Was findest du denn daran erotisch? fragte das Mädchen und legte das Magazin zur Seite, das ein doppelseitiges Farbposter von nackten Leuten in einer Art Ringerpose enthielt.

Na ja, etwas, das irgendwie kitzelt und erregt, antwortete der rothaarige Junge und betrachtete unablässig die weichen Linien ihres Körpers, wie sie so mit untergeschlagenen Beinen auf einem Stuhl saß.

Zum Beispiel finde ich, daß deine Schenkel eine erotische Wirkung auf mich haben, fügte er hinzu.

Ich kann mir mich selbst nicht als erotischen Anblick vorstellen, sagte das Mädchen.

Darf ich mal probieren, wie sich deine Schenkel anfühlen? fragte der Junge.

Nur durch den Rock, sagte das Mädchen.

Der Junge stand auf und ging zu ihr. Er legte seine schmale, leicht sommersprossige Hand auf ihr eines Bein.

Und, ist es, wie du erwartet hast? fragte sie.

Ich würde es besser finden, wenn ich mit meiner Hand unter deinen Rock dürfte, antwortete er und schob seine Hand unter den dünnen, dunkelblauen Stoff ihres Rocks. Der Stoff war weich, aber ihr nackter Schenkel noch weicher.

Du darfst aber nicht weiter hoch mit der Hand, stieß sie hervor.

Er sagte nichts und hielt seine Hand still unter ihrem Rock. Sie schwiegen beide, und in dem dunklen Zimmer wurde die Spannung langsam unerträglich. Schließlich setzte sie sich ein wenig zurecht, und er nutzte die Gelegenheit, um seine Hand etwas höher zu schieben.

Nicht, flüsterte sie.

Findest du so eine Berührung nicht erotisch? murmelte er leise.

Nein, eher erregend, glaube ich, antwortete sie.

Was findest du dann erotisch? fragte er.

Für mich ist Erotik etwas, das nicht dazu gemacht wird, um einen zu erregen – aber trotzdem erregend ist. Ich kann mich an eine Sache erinnern, die ich wirklich erotisch fand, sagte das Mädchen. Aber ich weiß nicht, ob ich dir das erzählen kann.

Mach doch, ich möchte gerne wissen, was du erotisch findest, flüsterte er bittend.

Vielleicht ist es sowieso egal, ob ich es dir erzähle oder nicht – der Junge, um den es dabei geht, ist tot. Ich war gerade sechzehn Jahre alt, als es passiert ist, und habe als Küchenhelferin in einem Krankenhaus auf dem Land gearbeitet. Da gab es eine Grippeepidemie, kurz nachdem ich angefangen hatte, dort zu arbeiten. Eines Morgens waren so wenige Schwestern da, daß mir gesagt wurde, ich müßte jetzt Arbeit machen, die ich sonst nicht gewöhnt wäre. Ich bekam eine weiße Tracht über meinen blauen Kittel und die Schürze, und die Oberschwester sagte, ich sollte mit ihr mitkommen zu den Sanitärräumen.

Weil so viele Schwestern krank sind, muß ich dich bitten, das Waschen von Kranken zu übernehmen, die sich nicht selbst helfen können. Normalerweise nehme ich dafür allerdings ungern so junge Mädchen auf, und ich hoffe, daß es bei diesem einen Tag bleiben wird, sagte sie.

Schau, das ist die Schüssel zum Waschen untenherum, und dafür wird der blaue Waschlappen benutzt, und die weiße Schüssel ist für das Gesicht und die Hände, und genauso der weiße Waschlappen, das mußt du schön auseinanderhalten, sagte die Schwester und zeigte mir die erwähnten Gegenstände, ehe sie vor mir her in das nächste Krankenzimmer ging. Dort lag ein alter, gelähmter Mann, der mit geduldigem Gesichtsausdruck in die Luft starrte, während die Krankenschwester seine Geschlechtsteile mit geübten Griffen wusch und ihm schließlich leicht über den After wischte.

Jetzt gehst du in das nächste Zimmer und wäscht dort die zwei Kranken, die sich nicht selbst helfen können, und mach das Wasser nicht mehr als lauwarm, sagte die Schwester und überließ mir den rollbaren Tisch mit den Schalen, nachdem sie sie ausgeleert und ein paarmal ausgespült und frische Waschlappen dazugelegt hatte.

Ich trippelte mit meinem Tisch hinein ins Krankenzimmer. Dort lagen zwei Männer, ein junger und ein alter. Ich betrachtete die Kranken kurz und entschloß mich dann, bei dem alten anzufangen.

Entschuldigung, ich soll Ihnen bestimmt beim Waschen helfen, sagte ich leise zu dem Mann, der zu schlafen schien.

Aber meine Liebe, da brauchen Sie nicht zu fragen, murmelte er und versuchte, sich auf die Ellbogen aufzustützen.

Alles ging gut, erst wusch ich sein Gesicht, und dann zog ich ihm die Hose nach unten, nahm das kleine, runzlige Glied mit zwei Fingern und wusch sorgfältig darum herum, strich einmal mit dem Waschlappen darüber und legte es vorsichtig wieder hin. Dann wischte ich noch leicht zwischen den Pobacken des alten Mannes hindurch.

Das haben Sie gut gemacht, meine Liebe, sagte der Alte freundlich und zog seine Decke hoch bis zum Kinn und legte sich wieder zum Schlafen zurecht.

Dann drehte ich mich zu dem jungen Mann um, der mir bei meiner Arbeit aufmerksam zugesehen zu haben schien.

Bist du neu hier, fragte er interessiert, als ich mit den Schüsseln zu seinem Bett kam.

Ich mache das nur heute, weil so viele krank sind, antwortete ich.

Ein guter Pfadfinder ist allzeit bereit, antwortete er und lächelte mich jungenhaft an.

Er war von der Brust abwärts gelähmt und hatte nur wenig Kraft in den Händen. Ich wusch sein junges, helles Gesicht, und ich sah dabei in seine blauen, fröhlich lächelnden Augen.

Wie alt bist du? fragte er.

Sechzehn, antwortete ich.

Dann bin ich zwei Jahre älter als du, sagte er.

Ich schwieg und schlug seine Decke zurück. Er war groß und schlank. Dann wollte ich seine Hose herunterziehen. Das war nicht so einfach, weil er schwer und kraftlos im Bett lag und mir nicht helfen konnte.

Bitte vorsichtig, meine Haut ist empfindlich, obwohl ich gelähmt bin, sagte er, als ich etwas fester zupackte.

Entschuldigung, sagte ich, und versuchte, seine Hose möglichst sanft nach unten zu ziehen. Ich hatte noch nie mit einem Mann geschlafen, als das passierte, und ich hatte noch nie ein erigiertes Glied gesehen. Deswegen war ich sehr verblüfft, als es mir endlich gelang, seine Hose herunterzubekommen. Vor mir stand ein Glied, so groß, wie ich es mir in meinen wildesten Phantasievorstellungen nicht ausgemalt hatte.

Ich ließ die Hände hängen.

Was ist denn los mit dir, hast du noch nie ein steifes Glied gesehen? fragte der junge Mann.

Nein, stammelte ich und fühlte, wie ich langsam rot wurde.

Wenn du so bist wie die meisten anderen, dann schnippst du ihn an, und dann fällt er in sich zusammen. Aber wenn du gnädig bist, dann streichelst du ihn ein bißchen, sagte der junge Mann mit spöttischem Gesichtsausdruck.

Ich tat keins von beidem, sondern nahm dieses riesige, steife Glied mit meinen schmalen Fingern und begann, sorgfältig darum herumzuwaschen, dann wusch ich das Glied selbst. Dabei vermied ich es, dem jungen Mann ins Gesicht zu sehen. Als ein leises Stöhnen über seine Lippen kam, konnte ich mich nicht beherrschen, ihn doch anzusehen, und ich erschrak, als ich sein Gesicht sah. Seine Nasenflügel weiteten sich, Lippen und Augen hielt er zusammengepreßt. Er konnte sich nicht bewegen, aber es schien, als ob sein Glied unerwartet all das Leben angenommen hatte, das seinem Körper fehlte, es bewegte sich in meinen Händen hin und her, rot und geschwollen. Ich sah ihn gebannt an, und bevor ich es selbst bemerkte, hatte ich den Waschlappen weich um dieses unbändige Glied gelegt und begann wie hypnotisiert, zärtlich damit auf und ab zu streicheln. Als ich kurz innehielt, flüsterte der junge Mann: Noch ein bißchen mehr, bitte.

Ich fuhr fort, das Glied mit den gleichen Bewegungen zu massieren, ohne eigentlich zu wissen, warum ich das tat. Ich fühlte, daß ich jetzt nicht aufhören durfte. Etwas in mir verstand, daß das Grausamkeit wäre. Und noch tiefer in mir spürte ich, wie etwas zu schlagen begann. Was auch immer das sein mochte, ich machte weiter. Der junge Mann benahm sich immer merkwürdiger, und ich beobachtete aufmerksam, wie er nun den Kopf auf dem Kissen hin und her bewegte und manchmal leise seufzte. Wieder hielt ich mit meiner Bewegung inne.

Nur noch ein paar Mal, stöhnte er mit zusammengebissenen Zähnen, und ich machte weiter. Plötzlich begann das Glied zwischen meinen Händen stoßartig zu zucken, und beinahe wäre ich zu langsam gewesen, um das, was aus ihm hervorquoll, mit dem Waschlappen aufzufangen.

Eine Weile stand ich und hielt mit dem Waschlappen das Glied fest, das nun ganz weich wurde und sich schnell verkleinerte.

Was jetzt? flüsterte ich dem Jungen zu, der mit geschlossenen Augen im Bett lag und sich nicht mehr bewegte.

Nichts, du hast deine gute Tat des Tages vollbracht, wie es sich für einen ordentlichen Pfadfinder gehört, antwortete er mit schwacher Stimme und lächelte leicht.

Schnell nahm ich den Waschlappen und legte ihn zurück in die Schüssel, auf das Waschen des Hinterteils verzichtete ich.

Als ich hinaus auf den Korridor kam, war mir schwindlig und ich zitterte am ganzen Körper. Alles schien mir verändert zu sein, ich hatte in eine neue Welt gesehen. Der merkwürdige Gesichtsausdruck des Jungen stand mir ständig vor Augen, und ich konnte noch immer sein großes, heißes, wildes Glied zwischen meinen Fingern spüren.

Ich ging zur Oberschwester und sagte ihr, daß ich krank geworden sei. Ja, du bist ja ganz käsig im Gesicht, sagte sie und sah mich besorgt an. Geh ruhig nach Hause und leg dich ins Bett. Wir müssen versuchen zu retten, was noch zu retten ist, sagte sie und strich mir über die Wange.

Tatsächlich bekam ich bis zum Abend hohes Fieber, und als ich wieder zur Arbeit kam, hatte man den jungen Mann nach Reykjavík verlegt. Ich habe ihn niemals wiedergesehen, außer ein Photo von ihm mit einem Nachruf, der nach seinem Tod erschien. Das war nur ein paar Wochen später. Bis dahin hatte ich mich etwas für diesen Vorfall geschämt, aber als er dann so kurz darauf starb, war ich eigentlich sehr froh darüber, wie ich mich verhalten hatte. Schließlich hatte ich ihm einen glücklichen Augenblick geschenkt, oder findest du das blöd? fragte sie und sah den Jungen an.

Willst du mir nicht auch einen glücklichen Augenblick schenken? fragte er.

Du bist nicht gelähmt, sagte sie, und strich ihren Rock über die Beine hinunter.

Und deshalb bin ich nicht erregend für dich? fragte er, und man konnte eine Spur Hohn in seiner Stimme hören.

Ach, du verstehst das nicht, sagte sie.

Warum bist du dann mit zu mir nach Hause gekommen? fragte er.

Vielleicht, weil du mich an diesen gelähmten, jungen Mann erinnert hast, du hast rote Haare und ein jungenhaftes Lächeln, das finde ich süß.

Bitte, mach mit mir, was du mit ihm gemacht hast, ich verspreche auch, daß ich ganz still halten werde – als ob ich gelähmt bin, sagte der Junge eindringlich.

Daß du dich nicht schämst, sagte sie und nahm ihre Tasche vom Tisch.

Mach es mir, sagte er bittend.

Das geht nicht. Ich bin nicht mehr sechzehn, und du bist nicht gelähmt. Verstehst du? Laß mich bitte aufstehen, ich möchte nach Hause. Sie beugte sich nach unten, um ihre Schuhe zuzubinden, während er wie gebannt auf ihren Po starrte.

Sehen wir uns wieder? fragte er leise.

Sie zuckte mit den Schultern und zog sich ihren Mantel über. Er folgte ihr mit den Augen, bis sie die Haustür mit einem lauten Schlag hinter sich zugezogen hatte.

Mette Hansen

Wenn sie im Bus sitzt

Wenn sie mit zwei Plastiktüten auf dem Schoß im Bus sitzt, kann niemand etwas sehen. Sie hat Übung darin, sich im Menschengewimmel zurechtzufinden, fast jeden Tag gibt es zwei Augen, in die sie hineinstarren kann. Sie können blau, braun, grau sein, sie könnten buschige Augenbrauen über sich haben oder junge Strähnchen, das spielt keine Rolle, wenn die Augen nur einem Mann gehören, der auf genau die gleiche wissende Weise zurückstarrt. Sie lächelt nicht. Benutzt nur ihre Augen. Läßt den Blick gleichgültig zum Fenster und ebenso gleichgültig zurück zu ihm gleiten. Manchmal steht er gleich neben ihr. Dann läßt sie ihr eines Bein einige Zentimeter näher an ihn herangleiten, läßt seine Hose ihr Knie berühren, spürt innerhalb einer Sekunde, ob Begehren in seiner Berührung liegt oder nicht, einige Male ist sie aufgestanden, um starken Oberschenkeln näher zu kommen, hat sich gegen die vordere Seite der Oberschenkelhose gedrückt, aber wenn sie aufsteht, sehen sie. Sie fahren zusammen, wenn sie ihren großen hervorquellenden Bauch sehen. Ihre hungrigen Blicke sind nicht mehr hungrig. Jetzt begegnet ihr Verachtung. Sie fühlen sich betrogen, hintergangen, sie verachten die werdende Mutter, weil sie die Mutterschaft nicht heiligt.

So sind sie alle. Sogar der Vater des werdenden Kindes. Jeden und jeden Tag streichelt er ihre Haare, ihre Wange, ihren Bauch, er hält sein Ohr an ihren Bauch und horcht, er berührt mit dem Mund den

Bauch und küßt ihn. Er küßt die weiße, gespannte Haut, aber wenn sie, vorsichtig, versucht, seinen Mund weiter abwärts zu drücken …

Sie kommt eine halbe Stunde früher als er nach Hause. An jedem einzelnen Tag wiederholt sich dasselbe. Sie zieht sich aus. Legt sich aufs Bett. Öffnet die Nachttischschublade und holt den Spiegel heraus, er liegt unter Zeitungen, sie will nicht, daß er ihn findet, will nicht, daß ihm aufgeht, daß sie jeden Tag mit gespreizten Beinen im Bett liegt und sieht. Zwischen die Schenkel sieht, sich ganz betrachtet, ihre Brüste liebkost, alles an sich liebkost und genießt, was nicht Mutterschaft ist, sondern Frau und Geschlecht, was nach Geschlecht riecht.

Und wenn sie so allein daliegt und ein unbekannter Finger bei ihr aus- und einkehrt, aus und ein, ist sie nicht allein, sie schafft es nicht allein, sie schafft es nicht, wenn sie daran denkt, wie es früher mit ihr und ihrem Mann war, sie fährt mit der Hurtigrute. Oder mit einem kleineren Fischkutter. Sie fahren an der Küste von Finnmark entlang, und unten im Salon sitzt eine Gruppe von lautstarken Seeleuten, während sie auf dem Resopaltisch liegt und die Beine breitmacht und ihnen ihre Löcher zeigt und wie die Löcher durch ihre Finger verschlossen werden können, sie zeigt ihnen alles, alles.

Eines Nachmittags hatte sie ein schlechtes Gewissen, weil sie den Fischern soviel gezeigt hatte, während ihr armer Mann … Sie blieb im Bett liegen, bis er nach Hause kam. Lächelte ihn schelmisch über den Deckenrand hinweg an. Zeigte ihm ihre nackten Schultern, ihre nackten Brüste, er sollte wissen, daß sie nackt und naß war, und daß das Baby in ihr fast eine Viertelstunde lang vor Freude gestrampelt hatte, das Baby wollte mehr erleben als nur einen kalten Finger, das Baby wollte etwas Großes und Rundes und Warmes spüren, das Baby wollte seinem Vater guten Tag sagen, sie lächelte, aber der Vater … Setzte sich auf die Bettkante. Erinnerte sie daran, daß ihn das Baby in nur fünf Wochen sehen würde. Erinnerte sie daran, daß sie jetzt, zum Schluß hin, vorsichtig sein müßten.

Sie warf die Decke weg, stieß ihn aufs Bett, warf sich über ihn, biß ihn quer durch seine öde Tweedhose in den Schwanz, er sagte, es tue weh. Stand auf. Fragte, ob sie heute schon Salat gegessen habe, sonst werde er jetzt welchen manchen, für Schwangere seien Obst und Gemüse ja so wichtig.

Er begreift nicht. Wie stark sie geworden ist. Daß nicht nur ihr Bauch wächst, alles in ihr wächst. Ihr ganzes Wesen ist erfüllt von Leben und Saft, die für etwas benutzt werden müssen, *er* ist hier zum Jammerlappen geworden. Er, der sie um den Verstand küssen und lutschen konnte. Er, der zum Tier wurde, sowie sie sich im Bett umarmten. Der starke, energische Mann ist zum Schwächling geworden, der ihr die Haare streichelt und sagt, sie dürfe schwanger sein, sie dürfe in ihrer eigenen Welt leben, er sagt, sie solle sich um seine sexuellen Bedürfnisse nicht kümmern. Daß er sie *liebt* – und daß nach der Geburt ... Dann wird er nicht herumnerven. Sie werden erst dann wieder miteinander ins Bett gehen, wenn sie das will. Wenn er sich ihren Brüsten nähert, dann, um zu fühlen, ob es darin Milch gibt, aber sie ist keine Melkmaschine, sie will geknetet werden, gebissen, sie will so geil sein, daß die Säfte aus ihr herausfließen.

Es war nach so einem Morgen. Als sie ganz sachlich erklärt hatte, daß es jetzt nichts ausmachte, wenn sie vögelten. Das Baby sei jetzt groß genug, um herauszukommen, und er hatte gesagt, sie solle ihre Milch trinken – nach diesem Morgen hatte sie im Bus plötzlich die Lösung gefunden. Sie stand. Neben ihr stand ein Blinder. Er hielt sich an einer Sitzlehne fest. Sie bedeckte seine Hand mit ihrer und drückte sie ganz vorsichtig. Er lächelte. Nur ganz wenig. Genug, daß sie sich traute, ein Bein zwischen seine zu schieben. Sich traute, es immer näher an seinen Hintern heranzudrücken. Und die freie Hand seinen Oberschenkel betasten zu lassen. Stark. Warm. Er zog seinen Körper näher an die Sitzlehne heran, errötete, murmelte Entschuldigung, sie flüsterte, keine Ursache, sie wollte es doch, sie fand seinen Körper so einladend.

Eine scharfe Stimme neben ihnen. Es muß ja wohl Grenzen geben. Einen Blinden begrapschen. Blicke. Auf sie gerichtet. Auf ihren Bauch. Die Verachtung, die in hochmütiges Lächeln überging. Sie war nicht gefährlich. Sie war schwanger. Der Blinde, der aus dem Bus eilte. Sie, die ihm folgte. Sie, die ihren Arm unter seinen schob und sagte, daß sie es wirklich meinte, daß sie seinen Körper so anziehend fand, sie sei keine Nutte, er dürfe das nicht mißverstehen, ob er verheiratet sei? Er brauche keine Angst zu haben, sie sei keine Diebin, er könne sie durchsuchen, sie überall abtasten. Komm. Sie zog ihn in ein Treppenhaus. Hob den Rock. Nahm vorsichtig seine Hand und legte sie an ihren Unterleib, sie war naß, triefnaß, das spürte sie. Das spürte er, aber er sprang nicht an, er fing nicht an, sie zu massieren, er legte sich nicht keuchend auf der Steintreppe zurück, als sie sich an seinem Hosenschlitz zu schaffen machte, er schrie.

Es hallte im Treppenhaus wider. Der Schweiß perlte unter ihren Armen und auf ihrer Stirn und auf dem Rücken, aber dort unten vertrocknete alles, trocknete vollständig ein, und ihr Bauch war so schwer, als sie den nächsten Bus nach Hause bestieg, und müde war sie auch, schrecklich müde, und zu Hause gab es keine rauhbeinigen Fischer, nur gutes Essen, das sie zubereiten sollte, ehe ihr Mann nach Hause kam, und hellgelbes Strickzeug, das ihr zupfiff, daß sie das Teil jetzt endlich fertigstricken sollte, ihre Tränen strömten, während sie sich langsam auszog. Den schwarzen BH anzog, den ihr Mann immer so scharf gefunden hatte. Sich ins Bett legte, sich die Tränen abwischte, den Bauch unter der Decke versteckte, lächelte, ihn anlächelte und anlachte, als er hereinkam, lächelte, daß sie im Bus fast begrapscht worden wäre. Ein unbekannter Mann hatte sich an sie gedrückt und sie zu sich nach Hause eingeladen, ihr Liebster müsse schon entschuldigen, aber sie sei tatsächlich geil davon geworden.

In ihrem Bauch strampelte das Baby wie besessen. Und ihr lieber Mann ... Setzte sich auf die Bettkante, streichelte ihre Wange, lächelte sie an, es muß doch schön sein, trotz des dicken Bauches attraktiv gefunden zu werden?

Wenn sie mit zwei Plastiktüten auf dem Schoß im Bus sitzt, halten alle sie für einen Menschen.

Torill Thorstad Hauger

Lady Godiva

Sie nannte sich Godiva und ließ die Haare wachsen.

Es war ein heimlicher Name, von dem niemand etwas wußte, und niemand sollte ihn erfahren, bevor sie den Richtigen traf. Ein Mann mit Glut und einem Sog im Blick, bereit zum Spiel und neckend, fordernd und beschwörend zugleich, ein Mann, der sie Stück für Stück mit seinem Blick auszuziehen schien. Wie Peeping Tom in der Sage von Lady Godiva. Sie las diese Sage in dem Jahr, als ihre Brüste zu sprießen begannen und wartete ungeduldig, daß auch der übrige Körper sich verändern würde, damit sie eine ebenso reife Frau würde wie die Lady. Damals war sie erst ein kleiner Frauensamen, langbeinig und dünn, und ihren Taufnamen Gunda versuchte sie zu vergessen. Mit regelmäßigen Abständen stellte sie sich vor den Spiegel, um zu sehen, ob die Natur sie mit kleinen Überraschungen gesegnet hätte, und zu ihrer Freude spürte sie, wie Hüften und Bauch sich zu einem weiblichen Oval rundeten. Und das Haar wuchs. Es ergoß sich über ihren Körper wie ein tosender Frühlingsbach, wie ein wildwucherndes Flachsfeld, wie die Ketten eines etwas unordentlichen Webstücks. Es bedeckte Schultern und Brüste, es schlängelte sich zur Taille und über den Nabel hinunter, und es kitzelte sie an Po und Hüften und verbarg zum Schluß sogar den dunklen Flaum, der einen weichen Schatten unter dem Bauch bildete. Sie öffnete ihre Beine ein wenig, sah es dort wie einen feuchten Juwel glänzen und wußte, daß sie jetzt, genau in diesem Augenblick, bereit war, das

Haar fortzustreichen und sich dem Richtigen zu zeigen. Demjenigen, der sie wirklich sehen wollte, der ihr den schönen Namen ins Ohr flüsterte und sagte, daß keine andere auf der ganzen Welt einen ähnlichen Körper unter ihrer Haarpracht verberge. Sie sehnte sich danach, Lady Godiva zu sein.

Schon seit vielen Jahren trug sie diesen Traum in sich. Aber nie wagte sie, den Schleier auch nur ein winziges Stückchen zu lüften, und alle diese versäumten Erlebnisse bereute sie bitter hinterher. Es schien ihr, als würde sie in einem Meer grauer Alltage schwimmen, und manches Mal war sie sich sicher, daß sie in der Menschenmenge, die durch die Straßen strömte, in die Geschäfte drängte und sich in Busse und S-Bahnen quetschte, ertrinken würde. Sie kämpfte, in diesem Gewühl den Kopf oben zu behalten. Denn sie wollte so gern gesehen werden! In ihr schrie es: Seht mich! Seht mich wirklich! Aber niemand sah sie wirklich, und sie wußte, daß es etwas damit zu tun hatte, daß sie es wollte – ja, sie wollte es! – aber nicht wagte.

Sie flocht sich das lange Haar und steckte es im Nacken zusammen, sie kündigte ihren Job in einer Buchhandlung und heiratete einen LKW-Fahrer, der sie nie anders als Gunda nannte, jeden Mittwoch zum Pferderennen ging und jeden Sonntag im Fernsehen Sport anguckte. Sie bekam drei Söhne, die alle dem LKW-Fahrer ähnelten, die auf der Koppel Fußball spielten und mit schmutzigem Sportzeug nach Hause kamen, die das Essen, das sie auf den Tisch stellte, ohne ein Wort des Dankes in sich hineinschaufelten, und die am Wochenende Actionfilme anguckten. Das Leben verlief in seinen gewohnten Bahnen, und sie dachte selten darüber nach, abgesehen von einzelnen Abenden, wenn sie allein war und der Mond wie eine Silberschale glänzte und das Mietshaus, die Straßen und Hinterhöfe in eine funkelnde, fremde Landschaft verwandelte. Dann ging sie in einen kleinen Erker, den sie als ihren Teil des Wohnzimmers empfand, und den sie heimlich ihr Turmzimmer nannte. Sehnsüchte und Träume durchliefen ihren Körper wie ein kitzelnder Bach, und sie nahm ein Buch mit goldenen Buchstaben auf rotem Ledereinband heraus, das die Sage von Lady Godiva erzählte.

Die Lady lebte vor langer, langer Zeit, in der Zeit der Sagen und Märchen, in der Zeit Tausender von Legenden und Fabeln. Sie war mit dem mächtigen Leofric von Coventry verheiratet und wohnte in seinem Schloß. Sie hatte Zugang zu allem, was das Herz an Reichtum und Herrlichkeiten begehrt, sie kleidete sich in Seidengewänder und schmückte sich mit Perlen und funkelnden Juwelen. Aber das schönste an ihr war dennoch ihr dickes, goldenes Haar, das fast den ganzen Körper bedeckte, wenn sie es öffnete. Normalerweise verbarg sie es unter einer großen Samtkappe, wie es alle ehrbaren Ehefrauen taten. Nur ihr Herr und Meister durfte sehen, wie sie es des Nachts in all seiner Pracht entfaltete.

Der Graf war ein strenger Herr, der von den Bürgern von Coventry hohe Steuern verlangte, und es gab niemanden, der tiefer in sein Herz drang als die Lady Godiva. Sie flehte ihren Mann an, seinen Untertanen gegenüber milder zu sein, und benutzte all ihre Überredungskunst. Schließlich willigte er ein, aber unter einer Bedingung: Wenn die Lady über den Markt von Coventry ritt, eingehüllt in ihr langes, goldenes Haar und in sonst nichts, wollte er ihrem Wunsch nachkommen. In seinem Inneren wußte er, daß sie so etwas nie wagen würde. Sie war so schamhaft. Er war sich vollkommen sicher, daß niemand außer ihm in den Genuß kommen würde, den Körper der Lady anschauen zu dürfen.

Aber da irrte er sich. Lady Godiva ging in den Stall hinab und bat den Stallknecht, ihr Pferd mit dem schönsten Zaumzeug aufzuzäumen. Dann schwang sie sich auf den Pferderücken und löste die Haarnadeln, die das schwere Haar hielten. Sie schüttelte es frei, es glänzte in der Sonne wie gesponnenes Gold, und sie schlang es wie einen Umhang um sich. Sodann entledigte sie sich ihrer Kleidung, ein Stück nach dem anderen, und ließ sie in die Hände eines erschrockenen Dienstmädchens fallen, das herbeigeeilt kam, um das Seidengewand der Lady, ihren Hermelinüberwurf und die kleinen, weißen Schuhe aus feinstem Eselsleder aufzuheben. Zum Schluß saß Lady Godiva aufrecht im Sattel, ohne jedes Kleidungsstück, das ihre strotzenden Brüste, den runden, rosa Bauch und ihre geheimste Weiblichkeit verbergen konnte, deren Haarwuchs eine Spur dunkler war als das Haar, mit dem sie sich bedeckte.

»Hü, lauf los«, rief Lady Godiva fröhlich ihrem Roß zu. Da erwachte der Graf aus seinem Mittagsschlaf, schaute aus seiner Kammer, riß das Fenster auf und schrie so laut er konnte: »Halt, halt!« Denn dort sah er seine eigene ehrbare Gattin vom Hof reiten, nur in ihren goldenen Umhang aus Haar eingehüllt und in großer Gefahr, daß das Haar nach hinten wehen würde, wenn das Pferd plötzlich in Galopp fiele.

Lady Godiva ritt ins Dorf hinunter. Sie ritt über den Markt. »Ist das nicht die Lady, die ehrbare Frau Godiva«, flüsterten die Bewohner von Coventry einander zu.

»Kann sie das wirklich sein?« Und alle wandten sich vor Scham und Verwunderung ab und blieben rücksichtsvoll in ihren Häusern.

Alle – außer einem.

Dem, der Peeping Tom genannt wurde.

Er schlug den Blick nicht nieder, als der Wind eine Böe über die Dächer des Dorfes schickte und das Haar der Lady aufwirbelte, und so konnte Peeping Tom an dem Vergnügen teilhaben, das der Graf jeden Abend in seinem Schloß genoß, und bei diesem Anblick fühlte er so ein Wohlbehagen, daß sein Körper sich zu einem Bogen spannte und der Atem schwerer ging, und ihm schienen Sonnensterne vom Himmel zu stürzen. Aber für diese Tat wurde Tom hart bestraft.

Den letzten Teil der Sage, der so traurig war, las sie nicht. Sie wollte ihn nicht lesen, denn für sie gab es immer eine andere Version der Geschichte. Sie hatte hundert Versionen, und alle endeten vollkommen anders als in der Sage. So saß sie da und starrte auf das glänzende Licht, bis sie den LKW auf dem Kies des Hinterhofs rangieren hörte, und die Kinder in ihren Fußballschuhen mit schmutzigen

Stollen und blutigen Knien hereintrampelten, Arbeit für eine kundige Frauenhand.

Dann schob sie das Buch von sich und glitt aus ihrem Traum in die Wirklichkeit, die aus Abendessen, Geschirrspülen, Wäschewaschen und Putzen sowie dem restlichen Abend vor dem Fernseher bestand, vor dem der Hausherr nach seinem ersten Glas Bier einschlief, und sie selbst kurz darauf auch einnickte, denn sie mußte am nächsten Tag wieder früh auf und vier Frühstücksbrotpakete mit Gouda und Wurst vorbereiten. Nur mittwochs, vor allem, wenn er beim Pferderennen etwas gewonnen hatte, kam es vor, daß der LKW-Fahrer guter Laune war, und dann führte er seine Fortpflanzungsübungen durch, ganz genau so, wie er es anhand der Anschauungstafeln in der vierten Klasse gelernt hatte.

Noch einen Sommer halte ich nicht durch, dachte sie. Dann werden die Sehnsüchte und Erwartungen in mir so stark, daß sie mich von innen verzehren. Sie wachte an so einem Sommertag auf und spürte, wie sie zitterte. Draußen fiel leichter Regen auf das Feld, und die Erde öffnete ihren warmen Schoß.

Das Telefon klingelte. Es war die fünfunsiebzigjährige Mutter, die sich gern mit ihr in der Stadt treffen wollte.

Teenagerkinder und eine alte Mutter, um die sie sich kümmern mußte, so ging es den meisten ihres Alters. Sie holte einen Schirm heraus und zog ein Kleid an, von dem sie wußte, daß es ihrer Mutter gefiel. Drei Stunden lang liefen sie in der Stadt herum, um sechs grünkarierte Geschirrhandtücher von dem Typ zu finden, den ihre Mutter als jungverheiratete Hausfrau benutzt hatte, die jetzt aber fast nicht mehr aufzutreiben waren. Als es endlich aufklarte, sanken sie an einem Cafétisch nieder.

»Eklig, wieviel die Zeitungen jetzt über diese Bars Oben-ohne schreiben«, sagte Mutter.

»Na ja, über irgendwas müssen sie doch schreiben ...«

»Ich kann nicht behaupten, daß mir das gefällt. Das ist frauendiskriminierend ...«

Sie hatte nichts gegen Mutters Argumente vorzubringen, versuchte aber dennoch, sie zu beruhigen. Mutter wurde so schnell laut. Das geschah nicht selten, wenn ältere Leute schlecht hörten.

»Da müßten mehr Frauen reagieren«, fuhr Mutter fort, und eine wütende Falte kam zwischen ihren Augen zum Vorschein. »Wir sollten da eingreifen.«

Wieder versuchte sie, Mutter zu dämpfen. »Das ist doch kein Grund, daß du eine Aktion einleiten mußt. Eine Dame von fünfundsiebzig ...«

»Was! Ich sollte nicht das Recht haben, eine Aktion einzuleiten? Es gibt in dieser Stadt doch nur Oben-ohne-Bars. Was ich will, ist eine Unten-ohne-Bar.«

Sie stellte ihre Kaffeetasse so hart hin, daß der Inhalt über die ganze Tischdecke schwappte. Sie starrte ihre Mutter an.

»Unten-ohne-Bar?«

»Ja, stell dir nur mal so richtig knackige Kellner mit kleinen, durchsichtigen Schürzchen vor, da hätten wir Frauen doch auch endlich mal was zu gucken. Das wär doch was, oder?«

Sie verschluckte sich an ihrem Kopenhagener. Sie hustete. Mutter lachte. Ihr Gesicht war ein einziges Lachen. »Stell dir mal vor, wenn ich in beschwipstem Zustand meinen Cocktail umrühren will und aus Versehen falsch greife!«

Sie mußten so lachen, daß es ihnen besser erschien, das anständige Café zu verlassen und zuzusehen, daß sie auf die Straße kamen. So war Mutter eigentlich immer gewesen. Lebendig und verrückt. Sie hatte es bisher nur nie gemerkt.

Den restlichen Tag war sie strahlender Laune. Dazu klarte es auch noch auf, so daß abends der Vollmond deutlich am Himmel stand. Sie war allein. Vater und Söhne waren bei einem Fußballspiel.

Langsam zog sie sich aus, stellte sich vor den Spiegel. Sie löste ihre Haarspangen und ließ ihr Haar fallen. Schwer und weich wogte es über ihre Schulter, fiel über ihren Rücken und bedeckte sie vollkommen. Da hörte sie draußen ein Schnauben. Sie stutzte. Nicht das Geräusch eines Autos, sondern eines Pferdes. Mitten in der staubigen Stadt. In ihrem Hinterhof, hinter einem schäbigen, alten Mietshaus.

Sie ging zum Fenster. Dort stand es. Im Mondschein. Ein weißes Pferd, so schön, daß ihr die Tränen in die Augen schossen.

Sie konnte kaum atmen.

»Es ist gekommen«, japste sie. »Endlich. Nach all den Jahren!«

Sie lief die Treppen hinunter. Näherte sich vorsichtig dem Pferd. Streckte ihre Hand aus, daß es sie mit dem Maul beschnuppern konnte. Dann stieg sie auf den Pferderücken und fühlte sofort einen Stoß durch ihre verborgene Weiblichkeit und wie ein heißes Gefühl sie durchschoß, als sie die Wärme des Hengstes, seinen starken Körper an ihrer nackten Haut spürte.

Sie wußte nicht, wohin er sie trug. Sie hielt sich an der struppigen Mähne fest und ließ das Pferd in dem singenden Licht dahintraben. Es ging durch Wald und Felder, Berge und Täler, bis sie in ein Dorf mit kleinen Häusern kamen. Sie ritt über den Marktplatz, und es war kein einziger Mensch zu sehen, aber die ganze Zeit spürte sie, ja, sie fühlte es genau, daß jemand sie ansah, sie mit neugierigem Blick betrachtete, einem Blick, der so einen Sog beinhaltete, daß ihr ganzer Körper erzitterte. Das Pferd trabte über den Platz und kletterte dann weiter den Berg hinauf. Sie schloß die Augen, weil sie spürte, wie ein rotes Fieber über sie hinwegspülte. Eine Feuerwelle von ihrem feuchten Schoß bis hinauf in ihre angespannten Brüste. Sie ließ den starken Pferdekörper den Weg finden und fühlte den Sternenstaub auf der Stirn, hörte, wie Scharniere quietschten und wie die Pferdehufe auf einer Brücke klapperten. Sie wiegte sich im Takt der Pferdeschritte und folgte willig dem Rhythmus.

Bis das Pferd plötzlich anhielt. Sie öffnete die Augen.

Da stand ein Mann vor ihr. Ein Mann mit einem dunklen Umhang um seine breiten Schultern. Er schaute sie an, und die Augen waren intensiv sinnlich, neckend und verspielt – und sie bargen so eine Begierde in sich, wie sie es noch nie bei einem Mann gesehen hatte.

Er breitete die Arme aus, und mit einem Mal lag sie in seinen Händen. Er hob sie hoch, als wäre sie ein kleines Kind. Viele Treppen und Absätze hinauf, sie wußte nicht, wohin er sie brachte, spürte nur den gleichen, wollüstigen Takt wie auf dem Pferderücken. Er öffnete eine Tür und führte sie in einen Raum, der von zwei Fackeln an der Wand erleuchtet wurde, ein riesiges Bett füllte fast den ganzen Raum.

»Wer bist du?« flüsterte sie, während er sie vorsichtig auf dem Boden niederließ. »Peeping Tom?«

Er lachte. Ein tiefes Lachen, das sie in ihrem heißesten Punkt zwischen den Beinen kitzelte. »Peeping Tom ist nur ein Voyeur«, sagte er verächtlich, »kein Mann der Tat …«

Da hob er vorsichtig ihr Haar und strich es hinter ihre Schultern, über ihren Rücken.

Sie stand nackt vor seinen dürstenden Augen da, und er hatte den männlichsten Blick, den sie jemals erlebt hatte. Voller Glut und Feuer. Er verweilte bei ihren Brüsten, die golden im Fackelschein glänzten, er senkte seinen Blick und streichelte den runden Bauch. Und noch langsamer wanderte sein Blick zu ihrem heimlichen Juwel, das glänzte und schimmerte und im Takt mit dem heftigen Blut pochte, das ihren Körper durchströmte.

»Lady Godiva«, flüsterte er, mit einer Stimme, die aus der tiefsten Tiefe seines Körpers emporstieg, »erkennst du nicht deinen Ehemann, Leofric von Coventry …«

Er machte eine schnelle Bewegung mit seiner Hand und öffnete seinen Umhang. Unter dem Umhang war nur die harte Männlichkeit. All ihre sanfte Weiblichkeit traf auf diese Statue roher Kraft, Sehnen und Muskeln. Sie roch den Geruch von Mann. MANN.

Und eine Spur Diesel vom Lastwagen.

Da wußte sie, daß das Buch offen auf dem Stubentisch gelegen hatte.

Anna-Leena Härkönen

Der Lottogewinner

Sie lagen in einer Reihe unter einer großen Decke im Bett, die drei blassen, nicht ganz schlanken Frauen.

»Immer gewinnen die falschen Leute im Lotto«, sagte Leena. Sanna und Eeva brummten zustimmend.

»Und dann versaufen die das Geld auf Nimmerwiedersehen, so wie dieser Typ da, dieser Sulkanen aus Kauniainen«, fuhr Leena fort. »Stellt euch vor, der hat die ganzen drei Millionen vom Lottogewinn versoffen. Hat Hundertmarkscheine in der Bar vom Hotel Seurahuone verteilt.

Und stellt euch jetzt mal vor, der is' im Suff durch die Wand eines Einfamilienhauses gefahren, über den Besitzer drüber, als der auf dem Sofa Glotze geguckt hat. Steht in der Zeitung.«

»Du meine Güte.«

»Wirklich. Der war so blau, daß er im Wohnzimmer wieder gestartet ist, um abzuhauen. Und der andere lag platt wie 'ne Flunder am Boden. Der Mann hat sich so verletzt, daß er nun im Rollstuhl sitzt. Und der Lottogewinner kriegt Knast, das is' wirklich wahr. Mein Gott, ich würd' mir was Besseres einfallen lassen, um soviel Geld auszugeben.«

In Leenas Stimme begann sich allmählich Weinen zu mischen. »Und jetzt haben die Schweine von der Steuer den Alleinerziehenden zu guter Letzt auch noch Geld gestrichen! Wollen die uns eigentlich umbringen?«

»Hör jetzt auf mit dem Gejammer«, tröstete Sanna sie. »Ich hol' uns 'n Bier.«

Sie lagen mit dem Kopf auf dem Kissen und süffelten das Bier aus der Flasche. Leena schnaubte sich inzwischen die Nase in ein Stück Toilettenpapier.

»Manchmal könnte ich einfach ausrasten«, sagte sie. »An manchen Tagen knall' ich einfach durch vor Frust, und ich könnte einen Welpen im Wasser ertränken, so wie in diesem einen Film da. Wenn so was erst mal passiert ist, dann wundern sich die Leute und schütteln bloß den Kopf, aber dann is' es zu spät. – Ich will Geld, verdammt noch mal, Geld!«

Plötzlich sprang Eeva auf.

»Ladies. Ich hab' 'ne Idee. Wir strippen für den.«

»Für wen?« fragte Sanna.

»Na, für den Lottogewinner. Erst machen wir den besoffen, und dann ziehen wir die Show ab. Wir nehmen 'ne ordentliche Gage, so'n paar Tausender pro Nase.«

»Aber der sitzt doch im Knast, oder?« wunderte sich Leena.

»Nee. Der hat das Gerichtsverfahren noch vor sich. Den rufen wir an.«

»Was sagen wir dem?«

»Gar nix. Wir stöhnen einfach nur in den Hörer.«

Leena prustete das Bier auf den Kopfkissenbezug.

»Und dann fragen wir direkt, ob der interessiert ist? Wir geh'n doch nich' umsonst dahin.«

Sulkanens Telefonnummer und Adresse hatten sie schnell im Telefonbuch gefunden. Eeva nahm schlürfend einen Schluck Bier aus der Dose und begann, die Nummer zu wählen. Sanna und Leena rückten dicht ans Telefon, damit sie mithören konnten.

»Hör jetzt auf zu lachen«, zischte Eeva.

Am anderen Ende läutete es viermal, dann wurde der Hörer mit einem kräftigen Ruck abgenommen.

»Sulkanen«, antwortete eine tiefe, undeutliche Männerstimme.

»Hallo«, sagte Eeva schnurrend. »Mein Name ist Lola.«

Sanna kicherte. Leena preßte ihr die Hand auf den Mund.

»Hast du Lust auf 'ne kleine Sexshow? Du wirst sicher auf deine Kosten kommen«, sagte Eeva.

»Was?« Sulkanen klang verblüfft.

»'ne Striptease-Nummer.«

Am anderen Ende wurde es zunächst still, dann lachte Sulkanen verlegen.

»Soll das 'n Witz sein?«

»Nein, wir meinen das völlig ernst. Das kostet natürlich was, aber das dürfte für dich kein Problem sein.«

»Wieviel?«

»Drei Mille pro Kopf. Wir sind zu dritt. Mit neun Mille bist du dabei. Und wir sind Profis.«

»Scheiße«, begeisterte sich Sulkanen. »Warum eigentlich nicht?«

»Wir sind in 'ner Stunde da«, schnurrte Eeva.

»Alles klar«, sagte Sulkanen.

Als Eeva aufgelegt hatte, schrien sie alle durcheinander und sprangen wie wild herum.

»Jetzt ziehen wir unsere Klamotten an«, bestimmte Eeva. »Hol alle Unterwäsche her, die du hast.«

Auf dem Boden türmte sich ein Haufen aus Spitze und Satin in den unterschiedlichsten Farben. Eeva suchte sich einen violetten BH, Tangas und weiße Stay-ups aus. Sanna zog einen cremefarbenen Body an und dazu Strapse. Leena trug einen Teddy in rosa und Netzstrümpfe.

Knallroter Lippenstift, Wimperntusche, Haarteile, toupiert, Perlen, Ohrringe, mit Poison parfümiert, noch mehr Bier und danach Whisky.

»Es is' höchste Zeit, daß die Kerle uns mal zu schätzen lernen, so, wie die uns das Leben immer schwer machen«, verkündete Leena feierlich. »Und das einer allein 'ne Million verpraßt, kommt nicht in Frage. Da muß auch für uns was abfallen.«

»Stellt euch doch nur vor, ganze drei Mille. Ich kauf' mir diese Jacke mit Schalkragen von Pukeva«, sagte Sanna.

»Und irgend'ne wunderbare Creme von Lancôme.«

»Ich kauf' mir neue Sportschuhe«, meinte Leena. »Und für Akseli 'nen Schneeanzug und 'n Mumin-Video.«

»Erst die Arbeit, dann das Vergnügen«, sagte Eeva, während sie den zweiten Strumpf hochzog.

Der Taxifahrer starrte sie lange an, als sie mit ihren hochhackigen Schuhen über den vereisten Hof gestöckelt kamen.

»Nach Kauniainen«, kommandierte Eeva.

»Is' 'ne große Fete im Gange?« fragte der Taxifahrer, als er sie im Rückspiegel anblinzelte.

»Kann sein, Kumpel, wir haben heute Dienst«, sagte Eeva. »Wir haben 'nen Auftritt. Es is' allerdings zeitweise anstrengend, als darstellende Künstlerin zu leben.«

Leena und Sanna plinkerten hysterisch hinter ihren vorgehaltenen Handschuhen hervor.

»Und ... was macht ihr so auf der Bühne«, wollte der Taxifahrer wissen.

»Das ist etwas schwierig zu erklären«, antwortete Eeva. »Das ist eher 'ne visuelle Angelegenheit.«

Der Wagen fuhr durch das Zentrum von Kauniainen und setzte seine Tour durch eine dunklere Gegend fort, wo dicht an dicht immer wieder die gleichen Reihenhäuser standen. Sie nahmen einen letzten Schluck aus der Whiskyflasche.

»Daraus wird nix«, wimmerte Sanna. »Ich mach' da nich' mit!«

»Hör auf! Denk an Lancôme! Denk dran, deshalb machst du's«, brüllte Eeva.

»Wie soll ich Jampi erklären, woher ich plötzlich drei Mille hab'?« regte Sanna sich auf.

»Sag einfach, du hättest sie auf der Straße gefunden!«

Das Taxi fuhr bei einem der weißen Reihenhäuser vor. Sanna schüttelte den Kopf.

»Ladies, ich bitte euch von ganzem Herzen, reißt euch zusammen.«

»Fangt jetzt nich' an durchzudrehen.«

»Aber ich bin schon so blau, daß ich das nich' mehr durchhalt', die ganze Show geht daneben.«

»Wir schaffen das schon.«

Vor dem Haus stand ein roter, glänzender Audi.

»Was, kann der sich kein besseres Auto leisten?« wunderte sich Leena.

»Das is' natürlich in der Garage, damit nich' irgendso'n pubertierender Bengel den aus purem Neid zu Klump haut«, erklärte Eeva.

Sulkanen hatte die Haustür für sie angelehnt gelassen. Sie gingen auf dem Fußweg zum Haus. Die Umrisse der Wohnräume konnten sie nur vage erkennen.

»Ich hab' eigentlich mehr Luxus erwartet«, murmelte Sanna.

»Männer haben eben vom Einrichten keine Ahnung«, sagte Eeva halblaut.

Sulkanen saß mit einem Whiskyglas in der Hand versunken in einem Ledersessel und stierte auf den Fernseher. Als sie im Türrahmen auftauchten, machte sich ein Ausdruck von Verwirrung in seinem Gesicht breit. Vielleicht hatte er nicht wirklich auf die gewartet, oder er hatte häßlichere Frauen erwartet. Sie stellten sich in einer Reihe vor ihm auf und lächelten gewinnend.

»Tschau«, begrüßte ihn Eeva.

»Ich träum' wohl«, lallte Sulkanen. »Wie seid ihr hier reingekommen?«

»Die Tür stand auf«, antwortete Eeva.

Sulkanen versuchte, seinen Blick zu schärfen. Er wirkte viel blauer als am Telefon.

»Was … wie heißt ihr?« fragte Sulkanen.

»Ich bin Lola, das is' Ursula, und das is' Annabella.«

Sanna unterdrückte ein Kichern.

»Willst du uns nich' was zu trinken anbieten?« fragte Leena.

Sulkanen erwachte aus seinem Geglotze.

»Ach ja, natürlich, nehmt euch was zu trinken, Mädels.«

Sulkanen deutete auf die Jim-Beam-Flasche auf dem Tisch. Er selbst war nicht aufgestanden, um ihnen etwas einzuschenken, das war ihm vielleicht zu anstrengend, oder er fürchtete, daß eine einzige Bewegung die drei Frauen in Luft auflösen könnte. Eeva goß allen ein Glas voll, sie stießen miteinander an, hoben ihr Glas auch auf Sulkanen und nahmen einen kräftigen Schluck. Dann zogen sie ihre Mäntel aus.

Sulkanens Verwirrung verwandelte sich in große Verwunderung. Er öffnete und schloß seinen Mund wie ein Fisch auf dem Trockenen.

»Alle Achtung!« rief er aus.

Eeva reckte sich nach dem Schalter, um das Licht der Deckenlampe zu einer stimmungsvollen Beleuchtung zu regulieren.

»So, jetzt entspannst du dich«, sagte sie mit sanfter Stimme. Sulkanen ließ sich mit noch immer aufgerissenem Mund in seinen Lederstuhl niedersinken.

Leena holte aus der Küche einen Stuhl und setzte sich so sexy wie möglich darauf, Busen raus, die Beine eine Idee gespreizt. Sanna postierte sich auf allen Vieren auf dem Boden und ließ eine Haarsträhne über ihre Schulter hängen, so wie Cindy Crawford.

Beide fixierten sie Sulkanen mit ihren Blicken. Der schlürfte seinen Whisky und lehnte sich in seinem Sessel zurück. Seine Augen begannen zu glänzen.

Eeva stellte den Cassettenrecorder an und setzte sich davor auf den Boden.

Als die Musik begann, streichelte sie sich langsam selbst. Ihre Hände glitten von ihren Schenkeln über ihren Bauch bis zu ihren Brüsten und wieder zurück. Sie hielt die Augen geschlossen und den Mund geöffnet, den Kopf hatte sie wollüstig in den Nacken gelegt.

Sulkanen gab kaum einen Ton von sich, und sein Gesicht strahlte vor vollkommener Glückseligkeit.

Eevas Hände glitten über ihren Slip. Sie liebkoste sich einen Augenblick und flüsterte gleichzeitig mit dem Sänger zur Musik. Mit langsamen, wiegenden Bewegungen begann sie, sich Sulkanen zu nähern.

Ein paar Meter von Sulkanen entfernt hob sie ihren Arm, zog

langsam ihren BH aus und warf ihn in die Ecke. Sulkanen schluckte. Eevas Brüste überzogen sich vor Anspannung mit Gänsehaut.

Sulkanens Visage war ein einziges zufriedenes, dummes Grinsen.

»O mein Gott«, stöhnte er. »Mein Gott …«

Sanna und Leena erhoben sich aus ihrer Stellung und drehten sich zum Takt der Musik in die Zimmermitte hinein. Und jetzt waren sie an der Reihe, sich zu entblättern.

Aber keine von ihnen konnte schnell genug reagieren, als Sulkanen aus seinem Lehnstuhl emporschoß und sich an Eevas linker Brust festkrallte.

»Aber, aber«, sagte Eeva und schlug Sulkanens Hand weg. »Fummeln is' nich' im Preis inbegriffen.«

»Was für'n Preis?«

»Toller Witz. Geld auf'n Tresen.«

»Was für Geld?«

»Stell dich nich' so blöd an, Sulkanen.«

Der Mann kniff die Augen zusammen.

»Mein Name is' nich' Sulkanen.«

»Wie heißt du denn sonst?« schrie Eeva.

»Ruotamo. Jussi«, sagte der Mann.

Die Frauen wendeten sich für einige Sekunden einander zu.

Leena lachte hysterisch.

»Scheiße«, stöhnte Eeva. »Wo zum Teufel wohnt denn dieser Sulkanen?«

»Das is' mein Nachbar«, sagte der Mann.

»Warum haste nich' gleich gesagt, wer du bist?«

»Ihr habt nich' nach meinem Namen gefragt.«

»Blechen mußt du aber trotzdem, ob du nun Sulkanen bist oder nich'. 'nen Tausender pro Kopf! Das war hier keine Wohltätigkeitsveranstaltung!«

»Ich hab' euch nich' herbestellt!« brüllte der Mann. »Verdammte Huren, verpißt euch. Oder ich rufe die Polizei!«

Der Mann griff nach dem BH in Sannas Hand und warf ihn durch die Tür in den Flur.

»Und jetzt raus!«

Vor dem Haus fing Leena an zu weinen. »Das war schrecklich! Mein BH is' noch drin! Und 'n Taxi kostet auch'n Vermögen!«

»Schsch«, beruhigte Eeva sie und nahm ihre Hand. »Nix wie weg hier.«

»Da drüben is' bestimmt das Fenster von Sulkanen«, sagte Sanna. Hinter dem Fenster wurde ein weißes Rollo hinuntergezogen.

»Da, der wartet auf uns! Zieht schon die Fenster zu, damit die Nachbarn nix mitkriegen!«

Eeva führte Leena zum Bürgersteig. Sanna sah sich nochmal sehnsüchtig nach Sulkanens Fenster um.

»Sollten wir nich' doch noch mal ...«

»Nein. Ich ganz bestimmt nich'. Mein Strip is' gestrippt«, keifte Eeva.

»Wie wollen wir denn nach Hause kommen, unser Geld reicht nich' mehr für'n Taxi«, jammerte Leena.

»Mit dem Bus.«

»Aber ich hab' hier gar keinen Bus fahren sehen.«

»Muß aber.«

Sie gingen den dunklen Bürgersteig entlang. Sie spürten den Wind auf ihrer Haut, der durch die dünnen Strümpfe drang.

»Guckt mal, was ich hier hab'«, sagte Sanna.

Sie öffnete ihre Hand, darin funkelte eine schwere Uhr.

»Woher haste die denn?« fragte Eeva.

»Von der Kommode im Flur. Das is' 'ne echte Cartier. Die bringen wir ins Pfandhaus.«

»Das geht nich'! Die zeigen uns an.«

»Wenn schon. Das glaubt uns sowieso niemand. Daß drei Frauen an einem Samstagabend zum Strippen gekommen sind. Die Story wär' wirklich filmreif.«

Eeva mußte plötzlich lachen.

»Der Typ is' billig weggekommen. 's war jedenfalls 'ne gute Show, das muß ich schon sagen.«

Sie liefen weiter geradeaus. Es war eben Neuschnee gefallen, so daß ihre hochhackigen Schuhe darin versanken. Von weitem war eine breite, mit Straßenlaternen eingefaßte Straße zu erkennen.

»Wenn da kein Bus fährt, dann fährt nirgendwo einer«, sagte Sanna.

Anna Heinämaa

Sawidowo

1.

Sawidowo liegt etwas über hundert Kilometer nordwestlich von Moskau. Zuerst fährt man geradeaus und immer weiter geradeaus, dann kommt nach hundertsechzehn Kilometern eine Kurve nach rechts – sie ist leicht zu übersehen – dann wieder weiter geradeaus, bis die Straße sich zu schlängeln beginnt und Felder, ein verwahrloster Friedhof und ein Maschendrahtzaun zu sehen sind. Dort muß man halten und seinen Paß und Passierschein vorzeigen.

»Wieviel Personen?« fragt die Miliz.

»Wir sind zu viert«, antwortet Paula und streckt ihre Hand aus dem Fenster.

»Wollen Sie die Pässe sehen?«

»Ist nicht nötig«, antwortet der Milizionär und lächelt. Irgend etwas scheint ihn zu amüsieren – schwer zu sagen was. Vielleicht das Wetter, das so frühlingshaft klar ist, oder Paulas ausgestreckte Hand, oder wir mit unserem Krempel und unseren Proviantkörben.

»Möchtest du?« fragt Olja, indem sie mir die Brauseflasche über die Rückenlehne reicht. Paula lächelt noch einmal dem jungen Milizionär zu und startet das Auto wieder. Sie sieht hinter dem Steuer des Lieferwagens klein und komisch aus. Ihr Haar ist mit einem Band nach hinten zusammengebunden, so daß ihr rundes Gesicht durch die Röte, die ihr vor Aufregung hochgestiegen ist, noch mehr betont wird.

Schirin schläft hinten im Auto. Sie hat ein Tuch um den Kopf gebunden – vielleicht will sie nicht von meinem und Oljas Gerede gestört werden.

»Täubchen«, sage ich. »Saitschik – wir sind da.« Schirin setzt sich auf. Auf ihrer linken Wange hat das Kopftuch einen Abdruck hinterlassen.

»Habe ich geschlafen?« wundert sie sich.

»Erst seit Klin«, antwortet Olja und hält Schirin die Brauseflasche hin.

»Njet, Olja«, sagt Schirin und schüttelt den Kopf. Sie sieht beleidigt aus, wie ein Kind, das ein Fest verschlafen hat. Schirin lehnt ihr Gesicht ans Fenster. Das Tuch fällt ihr auf die Schultern, und ihr dunkles kurzgeschnittenes Haar kommt zum Vorschein. Vom Schlafen ist es ganz zerzaust, und Schirin versucht, es mit den Händen wieder in Ordnung zu bringen.

Paula fährt bei der Pension vor. Ich, Olja und Schirin gehen am Flußufer entlang, während Paula den Schlüssel zum Ferienhaus holt. Am Strand liegt noch immer etwas Eis. Schilf vom letzten Sommer ragt aus dem Sandstrand gelb auf.

»Gut, daß wir hier sind«, sagt Olja und bricht ein Schilfrohr ab. Getrocknete Samen rieseln auf die Erde.

»Hier ist es schön«, sagt Schirin. Sie hat sich das Tuch wieder um den Kopf gebunden. In ihrem hellgrauen Kunstpelzmantel sieht sie aus wie ein Eskimo.

»Eskimoschütze«, sage ich zu ihr und lache. Sie steckt mir die Zunge heraus und tut so, als sei sie beleidigt.

»Der ist wirklich hübsch«, stelle ich richtig, und Schirin erwidert das mit einem Lächeln.

»Die sind hübsch für die Vase auf dem Kühlschrank«, findet Olja und pflückt noch mehr Schilf.

»Die ziehen Ungeziefer an«, bemerke ich, aber Olja hört nicht. Schirin ist bis zum Wasser hinuntergelaufen. Sie malt mit ihrem

Schuh Figuren in den trockenen Sand. Der Fluß funkelt im Sonnenlicht. Es ist ein herber und heller Samstagmorgen.

Das Ferienhaus ist feucht und riecht unbewohnt. Viele Besucher sind noch nicht hier gewesen, haben sie Paula an der Rezeption erklärt. Später, zum Sommer, kommen mehr.

»Ist auch gut so«, sagt Paula, stellt den Proviantkorb auf den Küchentisch und beginnt, alles in den Kühlschrank, auf die Regale und in den Geschirrschrank zu räumen.

»Hier gibt es Teetassen aus Porzellan«, sagt sie, nimmt eine goldgeränderte Tasse aus dem Schrank und hält sie für einen Moment bewundernd in Händen. Dann stellt sie sie zurück an ihren Platz. Olja kommt mit zwei vollen Plastiktüten in der Hand in die Küche.

»Ich glaube, daß wir alles haben«, meint sie.

»Abgesehen von Paulotschkas Handtasche. Die ist noch im Auto.«

»Die nimmt da niemand weg«, sage ich.

»Es ist aber trotzdem besser, wenn du sie reinholst«, erwidert Schirin.

Wir kochen uns Tee und trinken ihn auf der Veranda, obgleich es dort noch kühler und feuchter ist als im Haus. Paula deckt den Tisch mit den goldgeränderten Teetassen, dem Geschirr und roten Servietten. Schirin trinkt den Tee so wie alle orientalischen Frauen, in kleinen Schlückchen, die Teetasse zwischen beiden Händen.

»Lecker, Apfelkuchen«, sagt Olja. »Woher ist der?«

»Hat Paulotschka gebacken«, antworte ich.

»Täubchen?« sagt Olja verwundert.

»Ihr seid alle Saitschiks«, sagt Schirin und lacht.

»Genau«, antworte ich. »Alle Frauen sind Täubchen, und alle Männer sind ...«

»So heißt das nicht«, korrigiert mich Schirin. »Alle Männer sind elende Schweine und alle Frauen sind dumme Gänse. – Nur die Arbeit macht glücklich.«

Paula legt ihre Füße auf die Armlehne von Schirins Stuhl.

»Gut, daß wir hergefahren sind«, sagte Olja wieder und drückt Paulas Hand, die auf dem Tisch liegt. Leise Musik dringt von irgendwo aus der Ferne zu uns. Dann hört sie auf, und nur noch das Tropfen von der Dachrinne ist zu hören. Wir sitzen lange auf der Veranda, obwohl der Tee längst ausgetrunken ist.

2.

Das Saunahaus steht am Flußufer, nahe der Pension. Vom Ferienhaus sind es dorthin nur ein paar hundert Meter. Der Sandweg knirscht unter unseren Füßen. Es dämmert, und langsam zeigen sich die ersten Sterne am Himmel. Die klirrende Kälte des Abends ist in Frost umgeschlagen. Er zwickt uns in die Ohrläppchen, so daß sich dort das Blut sammelt. Es ist noch nicht lange Frühling.

»In Alma-Ata beginnt der Frühling viel früher«, sagt Schirin und bedeckt ihre Ohren mit den Händen. »Die Sonne scheint, und in den Bergen schmilzt der Schnee. Überall fließen kleine Bäche. Sie sind noch bis zum Rand voller Eis, wo das Wasser es noch nicht weggespült hat.«

»Das muß wirklich wunderbar sein«, sage ich.

»Ja, das ist es auch«, antwortet Schirin. Dann ist sie eine Weile stumm. Ihre schmalen, dunklen Augen blicken nach innen, wohin kein anderer sehen kann. »Aber trotzdem ist es nicht so wie als Kind«, sagt Schirin schließlich. »Was denn?« fragt Paula.

»Na, diese Bäche. Sie sind nicht mehr genauso schön wie in meiner Kindheit.«

Die Saunawärterin begleitet uns zum Umkleideraum. Sie ist alt, faltig und so klein wie ein Kind – ein vorzeitig gealtertes, kleines Mädchen.

»Dewotschki, Mädchen«, sagt sie lächelnd, so daß die kleinen Augen vollständig in den Falten verschwinden. »Hier sind Handtücher für euch. Ich bin nebenan. Wenn ihr Tee und Kekse wollt, dann klopft einfach an die Wand.«

Sie legt die Leinentücher auf die Bank und sieht nach, ob die Sauna heiß genug ist. Ich nehme eines von den Handtüchern. Es ist hart, steif und duftet nach Bügelwäsche. Die alte Frau kommt zurück und fragt nochmals, ob alles in Ordnung ist.

»Laßt euch ruhig Zeit. Ich bin hier nebenan. Wenn etwas ist, dann klopft einfach an die Wand.«

»Spasibo Babuschka«, bedankt sich Olja und fängt an, sich auszuziehen. Die alte Frau humpelt wieder hinaus und schließt die Tür hinter sich.

Die Sauna ist heiß, fast hundert Grad. Olja wickelt das Handtuch um ihre Haare. Unter dem Handtuch hervor rinnen kleine Bäche an ihrem Gesicht und Hals entlang.

»Wie wäre es mit noch einem Eukalyptus-Aufguß?« fragt Schirin und öffnet eine braune Glasflasche. In der ganzen Sauna riecht es nach Eukalyptus. Ich will am liebsten »nicht mehr« sagen, aber ich erinnere mich an die Sonne und die Gebirgsbäche, und ich schweige.

»Nur zu, Saitschik«, sagt Olja.

»Saitschiki, Saitschiki«, wiederholt Paula und wischt sich den Schweiß von der Stirn. Sie sieht aus wie ein Wichtelmännchen oder ein Kobold. Ihr helles, kurzes Haar klebt an ihren Wangen und an ihrem Nacken.

Im Umkleideraum überkommt Olja plötzlich Traurigkeit.

»Ich fühle mich so elend«, sagt Olja. Sie starrt auf die Bretterwand vor ihr. Olja ist auf einmal ganz in sich zusammengesunken wie die Saunafrau.

»Olja, Oljetschka, Saitschik«, sagt Paula und streichelt Oljas Arm, der von der Sauna und der kalten Dusche ganz fleckig ist. Olja preßt das Leinenhandtuch auf ihr Gesicht und schluchzt leise.

»Ich will nicht mehr leben.«

»Oljetschka, Liebes«, sagt Paula. »Alles wird wieder gut. Du mußt tapfer sein und weiterleben.«

»Ich will nicht mehr«, sagt Olja weinend.

»Laß Olja weinen«, sagt Schirin und geht zu Olja und Paula. Sie öffnet wieder die Eukalyptusflasche und gießt etwas Öl in ihre Hand. »Wein ruhig, Oljetschka«, sagt sie, nimmt Oljas Hände von ihrem Gesicht und legt sie in ihre eigenen. Dann beginnt sie, Olja mit Öl zu massieren, ihre Handflächen, ihre Handgelenke, ihre Finger. Sie massiert langsam und blickt an Olja vorbei irgendwohin. Olja schluchzt nicht mehr, sondern atmet unregelmäßig, manchmal tiefer als sonst.

»Alles wird wieder gut«, sagt Schirin immer wieder leise. »Alles wird wieder gut.«

Danach hört Olja ganz zu weinen auf. Sie sieht uns merkwürdig blaß an, als warte sie auf etwas. Von Paula zu Schirin und von Schirin zu mir.

»Ich verstehe das gar nicht«, sagt sie. »Ich habe so vieles schon versucht.« Sie wendet sich wieder an Paula. »Erinnerst du dich? Ich habe es doch versucht?«

»Ja, ich weiß, Saitschik«, antwortet Paula. »Natürlich erinnere ich mich.«

»Aber wie soll ich denn ...«, beginnt Olja, aber sie kann den Satz nicht zu Ende bringen.

»Alles ist gut, Oljetschka«, sagt Schirin und drückt das Handtuch auf den Arm, den sie gerade eingerieben hat. »Alles wird wieder gut. Da bin ich ganz sicher.«

Olja sieht Schirin an, als würde sie sie nicht kennen.

»Manchmal ist es einfach so furchtbar schrecklich«, sagt sie.

Oljas Augen sind gerötet und geschwollen, und sie zittert. Der kleine Raum ist heiß und voller Dampf. Die Saunafrau bringt uns Tee und Kekse, obwohl wir nicht geklopft haben.

»Die Sauna war gut geheizt«, sagt Paula, als die alte Frau den Tisch mit Tassen und Keksen deckt.

»Wir tun unser Bestes«, antwortet sie, »man muß doch immer sein Bestmögliches tun.«

Nun entdeckt sie Olja. Sie betrachtet sie lange, ohne etwas zu sagen. Schließlich seufzt sie und dreht sich um. »Ich kann nicht mehr«, sagt sie. »Ich bin zu alt ...« Die alte Frau humpelt wieder aus dem Umkleideraum. Im Türrahmen dreht sie sich noch einmal um, um uns anzusehen.

3.

Über dem Eingang zur Pension brennt eine Laterne mit trübem Licht, es ist dunkel. Die Laterne flackert so, als ginge sie jeden Moment aus. Die Hitze der Sauna wärmt noch unsere Haut, der Frost kommt uns wie eine frische Brise vor.

»Schaut mal, wieviel Sterne«, sagt Schirin und bleibt stehen. Olja und ich stellen uns neben Schirin. Es sind soviele Sterne, daß der Himmel stellenweise ganz hell ist. Es ist still, und ich höre Oljas und Schirins Atem.

»Manchmal ist es so wunderbar, daß man nicht glauben kann, daß es wahr ist«, sagt Olja.

»Ja«, antwortet Schirin zum Himmel blickend.

»Was gibt es da zu sehen«, fragt Paula und legt von hinten ihren Arm um Schirins Taille.

»Sterne«, antwortet Schirin, »schrecklich viele Sterne.« Paula läßt Schirin los und geht zu Olja.

»Wie fühlst du dich, Saitschik?«

»Besser«, antwortet Olja und lächelt. In der Dunkelheit sieht sie wieder wie ein kleines Mädchen aus.

Im Speisesaal haben nur an einigen Tischen Leute Platz genommen. Ein altes Ehepaar ißt still mit gesenktem Blick, als ob es den Saal um sie herum nicht gäbe, sondern nur ihren eigenen Tisch und ihr Essen; etwas weiter, am Fenster, sitzt eine größere Gruppe, drei Männer und eine Frau. In der Ecke des Saales, vor dem großen Fenster, das die gesamte Wandbreite ausmacht, steht ein ausgestopfter Falke auf einem Sockel.

An unserem Tisch steht »Ferienhaus 5«. Als der Ober kommt, bestellt Paula die Vorspeisen. Schwarzen Kaviar gibt es nicht, nur roten. »Bringen Sie, was Sie haben«, sagt Paula und gibt ihm die Speisekarte zurück. »Blinis können Sie bekommen«, sagt der Ober.

»Bestell Blinitschkis«, sagt Olja zu Paula. »Die gibt es so selten.«

Wir wollen feiern und trinken nach langer Zeit einmal wieder Champagner. Paula bestellt zwei Flaschen.

»Wir kommen schließlich nicht jedes Wochenende her«, sagt sie. »Wenn wir die zweite nicht schaffen, nehmen wir sie mit und trinken sie später zum Apfelkuchen.«

»Champagner und Apfelkuchen – klingt etwas stillos«, sage ich.

»Ich finde, das klingt gut«, antwortet Schirin und lacht ohne rechten Grund.

»Was lachst du, Schinarik?« fragt Olja.

»Ich weiß nicht«, antwortet Schirin. »Es ist schon etwas her, daß ich mich so wohl gefühlt habe.«

Die zweite Champagnerflasche ist getrunken, und die Vorspeisen sind aufgegessen. Schirin lehnt ihren Kopf auf Paulas Schulter. Sie schaut mich und Olja mit halbgeschlossenen Augen an.

»Ich könnte sofort einschlafen«, sagt sie gähnend. Ich werde auch allmählich müde. Nicht so wie sonst, sondern weicher – so als säße ich in warmer Watte. Olja summt ein Lied. Auch das hört sich weich und einschläfernd an.

»Haben die Damen Feuer?« fragt jemand hinter meinem Rücken. Ein Mann steckt uns mit einem Lächeln seine nicht angezündete Zigarette entgegen. Ich reiche ihm die Streichholzschachtel. Schirin hat sich wieder aufgerichtet. Sie sitzt steif auf ihrem Stuhl und sieht aus dem Fenster. Drinnen im Saal ist es hell, jedoch draußen nichts als Dunkelheit.

»Darf ich mich zu Ihnen setzen?« fragt der Mann, holt sich einen Stuhl vom Nachbartisch und setzt sich an eine Ecke unseres Tisches. Er drückt die Zigarette auf dem Brotteller aus. Sie qualmt weiter. Ich drücke sie richtig aus. »Warum sind denn die Damen so schweigsam? Haben Sie etwa ein Geheimnis?«

»Sie haben gerade unser Gespräch unterbrochen«, antwortet Schirin. Sie sieht wieder zur schwarzen Fensterscheibe. Olja hat aufgehört zu summen.

»Unterhalten wir uns doch alle zusammen«, sagt der Mann. Er zündet sich eine neue Zigarette an und schenkt sich aus der halbleeren Flasche etwas Mineralwasser ein.

»Woher haben Sie denn die Schlitzaugen? Kann man damit überhaupt etwas sehen?«

»Können Sie nicht an Ihren Tisch gehen?« frage ich ihn.

»Ich meine es doch nicht böse«, fährt er fort. »Die sind wirklich hübsch.«

Wieder folgt Stille. Paula sucht nach etwas in ihrer Handtasche. Olja malt mit dem Messer Bilder auf das Tischtuch.

Der Mann erhebt sich, aber er geht nicht, sondern bleibt an der Ecke des Tisches stehen. »Kein Grund, so eingebildet zu sein«, sagt er schließlich. »Schon gar nicht mit so einer Visage.«

Keine kann darauf reagieren. Der Mann steht noch einen Augenblick am Tisch. Dann verschwindet er, ohne die Streichhölzer zurückzugeben.

Der Ober kommt und beginnt, das Geschirr von der Vorspeise abzudecken.

»Welches Hauptgericht möchten Sie? Wir haben leckeren gedünsteten Zander.«

Wir wollen kein Hauptgericht mehr bestellen und verlangen die Rechnung.

»Schade«, sagt Schirin.

»Das Hauptgericht hätten wir wohl sowieso nicht mehr geschafft«, entgegnet Paula.

»Das habe ich nicht gemeint«, sagt Schirin und steht vom Tisch auf. Wir müssen am Tisch der Männer vorbei, um zu Tür zu gehen. Wir schauen in eine andere Richtung und tun so, als existieren sie nicht. Olja und Paula gehen voran, Schirin und ich hinterher. Als wir draußen ankommen, fällt Schirin ein, daß wir die Flasche Champagner auf dem Tisch vergessen haben.

Vigdis Hjorth

Der Traum

Lars ging in die siebte Klasse, in die 7c. Im Unterricht brauchte er eine Brille, um lesen zu können, was an der Tafel stand. Sonst ließ sich nichts besonderes über ihn sagen. Die 7c hatte im Herbst eine neue Musiklehrerin bekommen, eine junge, sehr hübsche. Sie hieß Hilde. Früher hatten sie im Musikunterricht Blockflöte gespielt. »Die Blümelein, die schlafen schon lang im Mondenschein.« Aber jetzt, wo sie die junge Lehrerin hatten, hörten sie Platten und redeten dann darüber. Und außerdem spielte sie Klavier. »Was soll ich spielen?« fragte sie, und wenn die Klasse einen Wunsch hatte, dann wurde der erfüllt. Sie konnte zum Beispiel *The Sting* und *Love Story*. Wenn sie *Love Story* spielte, dann wurde Lars traurig. Kriegte ein komisches Gefühl im Bauch. Und nachher war er wütend, weil er so ein komisches Gefühl gekriegt hatte. Er spuckte auf den Schulhof und sage: »Jetzt muß ich mich zum Teufel aber zusammenreißen.«

»Wieso denn?« fragte Reidar.

»Hä?« fragte Lars. »Gar nix.«

Eines Nachts hatte Lars einen Traum. Einen seltsamen und ziemlich blöden Traum, den er nachher nicht ganz vergessen konnte. Der Traum schien in ihm zu stecken und zu drücken, und deshalb konnte er ihn nicht loswerden. Er hatte geträumt, sie hätten Musikunterricht, und die ganze Klasse stände in Reih und Glied am Pult, wie ein Chor. Die Lehrerin saß in der Klasse auf einem Tisch. In Wirklichkeit machte sie das nie, aber im Traum wirkte das ganz natürlich. Sie fuchtelte wie ein Dirigent mit den Armen und rief ihnen Kommandos zu. Alle hatten Triangeln und sollten den Takt schlagen, während sie dreistimmig »Alle Vögel sind schon da« sangen.

Lars konzentrierte sich gewaltig, um seine Stimme in den Griff zu bekommen, aber seine Hand schaffte alles wie von selbst, pling-pling. Er starrte die Lehrerin an, und das war ja klar, schließlich war sie die Lehrerin und saß vor ihnen auf dem Tisch. Aber plötzlich sah er, daß sie ihn ansah. Auf ganz besondere Weise. Seine Hand kam aus dem Takt, pling, an der falschen Stelle. Aber niemand hörte das, alle sangen »Alle Vögel sind schon da«, laut und dreistimmig, und der Boden bebte, und die Vorhänge flogen von einer Seite auf die andere, und das Klassenzimmer schien hellrot zu werden. Und dann schellte es zur Pause.

Einen Moment war alles still, dann legten sie ihre Triangeln weg, liefen zu ihren Taschen und nahmen die Schultaschen auf den Rücken. Und in diesem Moment sagte die Lehrerin: »Lars! Kannst du noch einen Moment hierbleiben? Ich muß mit dir reden.« Lars blickte auf. Und nickte. Und blieb neben dem Pult stehen, während die anderen verschwanden, von Kino und Fußball herumschrien und nichts bemerkten.

Zuerst hatte er Angst, sie könnte sauer sein. Aber er machte doch alle Hausaufgaben und quatschte auch nicht viel in den Stunden. Vielleicht wollte sie etwas über den letzten Test sagen. Über Volkslieder und so. Und deshalb begriff er nicht, warum er dableiben sollte. Hatte ein komisches Gefühl. Etwas steckte in seinem Bauch und drückte.

Die Lehrerin saß noch immer ganz still auf dem Tisch und sah ihn an. Lars trat von einem Fuß auf den anderen. Er war sich nicht sicher, was das zu bedeuten hatte, daß sie nichts machte, sondern einfach bloß auf dem Tisch saß und ihn anstarrte. Als ob sie darauf wartete, daß er etwas sagte. Als ob er der Lehrer wäre.

Aber dann legte sie den Kopf schräg und sagte: »Komm her zu mir, Lars.« Und ihre Stimme war weich und warm, als ob sie allein im Zimmer wären. Und dann fiel ihm ein, daß sie das ja auch waren. Nur sie beide. Und das Zimmer war rot, als ob draußen die Sonne unterginge. Die Vorhänge wehten und wellten sich, und ein schwacher Wind kam durch ein offenes Fenster und streichelte sein Gesicht.

Der Druck in seinem Bauch wurde immer stärker. Das komische Gefühl stieg in seinen Kopf und strömte in seine Beine. Aber er konnte sie doch noch heben und zum Tisch gehen. Sie hielt den Kopf immer noch schräg, er lag fast auf ihrer Schulter. Sie sah klein aus, wenn sie so dasaß, als ob sie kleiner wäre als er.

»Du, Lars«, sagte sie, als er vor ihr stand.

»Ja, Frau Olsen«, sagte Lars. Aber sie sagte schnell, mit ihrer üblichen Lehrerinnenstimme, als ob sie ihm Hausaufgaben aufgeben wollte: »Sag Hilde zu mir, Lars.« Lars klimperte mit den Wimpern. »Ja, Hi-ilde«, stammelte er, aber seine Stimme brach, weil er gerade im Stimmbruch war.

Sie lachte nicht. Sah ihn bloß an und lächelte geheimnisvoll. Dann sagte sie es, sagte: »Ich mag dich so gern, Lars.«

Lars wäre fast umgefallen. Sein Kinn kippte nach unten, und sein Mund wurde zu einer großen Öffnung. Und das Gefühl, das er gehabt hatte, zuerst im Bauch, und dann im Kopf und in den Beinen, war jetzt überall, und er konnte keine Gedanken fassen. Aber er sah Hildes Hände. Sie näherten sich seinem Gesicht. Kamen näher … und nahmen ihm die Brille ab. Legten sie auf den Tisch. Dann kamen sie wieder näher, legten sich auf seine Wangen. Kalte Hände. Es prikkelte und brannte. Sie zogen seinen Kopf nach unten, zu ihrem halboffenen und wartenden Mund. Dann – erwachte er.

Er lag im Bett. Alles sah ganz normal aus. Wie immer. Und er wußte ja, daß es ein Traum gewesen war. Trotzdem hatte er noch dasselbe Gefühl wie im Traum. Daß etwas in ihm drückte und sich bewegte. Und beim Frühstück spürte er es auch, und deshalb konnte er nicht essen, sondern warf sein Milchglas um, und seine Mutter sagte: »Ach, Lars, kannst du nicht vorsichtiger sein«, und da wäre er fast in Tränen ausgebrochen.

Und als er in die Schule kam, hatte er feuchte Hände und war so nervös wie vor einer Mathearbeit. Er hatte Angst, die Musiklehrerin,

Hilde, könnte vorbeikommen und ihn ansehen und wissen, was er geträumt hatte. Und er hatte Angst, der Traum könnte vielleicht ... wahr werden.

Aber er sah sie erst kurz vor der Biologiestunde. Sie kam durch den Flur, weil die 7b Musik hatte, und Lars wurde stocksteif, konnte sich nicht bewegen und merkte, daß seine Augen groß und kalt wurden. »Was stehst du denn hier stocksteif herum?« fragte Hilde und ging weiter. Sie hatte einen ganz besonderen Gang, warf bei jedem Schritt den Kopf in den Nacken, und ihre Haare wurden von einer Seite auf die andere geschleudert. Was hatte das zu bedeuten? Hatte sie etwas gemerkt?

Lars hörte in der Stunde nicht zu, er setzte nicht einmal seine Brille auf. Der Lehrer erzählte von Känguruhs, sagte, sie hingen nachts mit dem Kopf nach unten im Baum.

»Schlafen Känguruhs mit dem Kopf nach unten?« fragte Lars, und die anderen lachten, schlugen sich auf die Knie und brüllten vor Lachen. »Setz doch die Brille auf«, schrie Reidar, denn der Lehrer war von Känguruhs zu Fledermäusen übergegangen, ohne daß Lars es bemerkt hätte.

»Meinst du, Känguruhs schlafen mit dem Kopf nach unten? Hä? Bist du denn total bescheuert? Setz doch die Brille auf, Lars!«

Hinter seinen Augenlidern war ein Druck, als ob er weinen müßte. Aber er sagte sich: Werde doch lieber wütend! Und deshalb wurde er wütend. »Ihr Blödmänner!« schrie er. »Ich hab doch gefragt, weil ich das komisch finde. Echt! Wenn ich das glauben würde, dann hätte ich ja nicht gefragt. Kapiert das gefälligst, ihr Blödmänner!« – »Ist ja schon gut«, sagte der Lehrer und redete weiter, als ob nichts passiert wäre. Aber in Lars bohrte dieser Druck, und er mußte immer wieder schlucken.

In der nächsten Stunde hatten sie Musik.

Als es zur Pause schellte, rannten die anderen zu den Mülltonnen. Da standen sie in jeder Pause und spielten Landvermessen. Lars konnte gar nicht begreifen, daß auch er sonst dabei war, in jeder

Pause, mit dem Messer in der Hand, und daß er das Messer in den Boden stach, so nah an den Mädchenbeinen, wie er sich nur traute. Alles hatte sich verändert. Ihm war ganz schlecht. Aber er konnte doch nicht zur Schulschwester gehen und erzählen, daß er einen komischen Traum gehabt hatte, und daß ihm seitdem selber auch komisch zumute war.

Was sollte er machen? Reidar und die anderen standen bei den Mülltonnen und stachen die Messer in den Boden, und die Mädchen gickelten, und die Sonne schien, und die Luft stand still, und es war heiß und scheußlich.

Er lief in den Flur und in den Keller. Das war verboten, aber unten war es kalt, dicke Steinmauern, in einem Krieg sollte der Keller nämlich als Luftschutzraum dienen. Lars lief bis ganz hinten und setzte sich in eine Ecke, lehnte den Rücken an die Wand und steckte den Kopf zwischen die Beine. Vielleicht war er wirklich krank? Vielleicht hatte er eine Gehirnhautentzündung oder sowas. War das nicht ziemlich gefährlich? Nach einer Weile glaubte er, etwas zu hören, lief da nicht jemand, weit weg, über ihm? Ob es schon geschellt hatte? Er stand auf und ging durch den Keller. Jetzt hörte er nichts.

Er ging die Treppe hoch, nahm eine Stufe nach der anderen, langsam, und dachte dabei nach. Und plötzlich sagte jemand: »Nein, wirklich!« Das war der Oberlehrer, er stand oben auf der Treppe und sagte noch einmal:

»Nein, wirklich!« Er sah scheußlich aus, hatte üble Falten auf der Stirn.

»Wo kommst du denn her? Warst du im Keller? Hast du denn keinen Unterricht?«

Lars versuchte, schnell nachzudenken, konnte er anderswo gewesen sein, hatte er einen Grund, aus dem Keller zu kommen? »Was?« fragte der Oberlehrer, und Lars öffnete den Mund, aber es kam kein Ton heraus.

»Hast du keine Ohren im Kopf, Junge?«

»Aber ich habe sicher Gehirnhautentzündung«, sagte Lars.

»Wiewas?« fragte der Lehrer.

»Mir ist ja so schlecht!«

»Achsosoja«, sagte der Lehrer, er glaubte kein Wort davon. »Wie denn schlecht, Junge?«

»Es drückt.«

Der Lehrer nahm Lars bei der Schulter, zog ihn die Treppe hoch, legte den Arm um ihn und ging mit langen Schritten durch den Flur, so daß Lars neben ihm herlaufen mußte.

»Wie heißt du?«

»Lars«, sagte Lars.

»Und in welche Klasse gehst du?«

»7c.«

»Und was hast du jetzt für eine Stunde?«

»Musik, glaube ich«, sagte Lars.

»Glaubst du?« fragte der Lehrer, ging zum Musiksaal, klopfte an die Tür und öffnete sie. »Gehört der hierher?« fragte er und zeigte auf Lars.

Hilde sah den Oberlehrer und dann Lars an. »Jaa«, sagte sie. »Hm«, sagte der Oberlehrer und stupste Lars so hart in den Rücken, daß er in den Musiksaal stolperte. Der Oberlehrer knallte die Tür hinter sich zu und verschwand. »Nun setz dich doch, Lars«, sagte Hilde genervt. Lars ging zu seinem Tisch und setzte sich.

»Wo waren wir doch noch gleich?« fragte Hilde die Klasse.

»Bei den Volksliedern«, antwortete Reidar.

»Ja, stimmt. Dieser Test. Den kriegt ihr am Ende der Stunde wieder. Aber ich dachte, wir könnten heute singen. Ich bin so müde. Ich hab letzte Nacht wirklich schrecklich schlecht geschlafen. Ich hab so komisch geträumt. Habt ihr Lust zum Singen?« Sie sah die Klasse an. Niemand sagte etwas. Sie ging zwischen den Tischen hin und her und starrte allen einzeln ins Gesicht. Lars glotzte seine Fingernägel an.

»Ach«, sagte Hilde genervt. »Nun seid doch nicht so passiv!« Sie stand direkt neben Lars. »Lars!« sagte sie plötzlich. »Kannst du dich nicht ein bißchen für die Stunde interessieren?«

Lars merkte, daß ihm heiß wurde, bis über Hals und Wangen und Ohren. Er starrte seinen Tisch an und las immer wieder, was in den Lack eingeritzt war. Make love, not war. Make love, not war. »Sieh mich gefälligst an!« befahl Hilde lauter. Lars hob vorsichtig den Kopf. »Wollen wir dreistimmig singen?« fragte sie und beugte sich zu ihm herab. Er klimperte mit den Wimpern.

»Aber welches Lied?«

»Love Story?« schlug Reidar vor.

Lars' Atem hätte fast ausgesetzt. Hilde stand noch immer neben ihm, er konnte ihr Parfüm riechen. Er versuchte, an sein Herbarium zu denken. Daran, wie viele Blumen ihm noch fehlten. Vielleicht würde die Stunde schneller gehen, vielleicht würde sie plötzlich zu Ende sein, ohne daß er das merkte.

»Nein«, sagte Hilde. »Wir nehmen *Alle Vögel sind schon da.*«

Sie teilte die Klasse in drei Gruppen ein und sagte, sie sollten sich wie ein Chor neben das Pult stellen, dann könnte sie leichter dirigieren. Sie würde sich auf einen Tisch setzen, sagte sie. Lars schwitzte immer ärger an den Händen und dachte an Korbblütler, Bergkatzenfuß und Gabelwollkraut, nur, um nicht daran zu denken, daß es ... wie im Traum war.

Hilde versuchte, ihnen die verschiedenen Stimmen beizubringen. Lars schaffte seine nicht, er sang dauernd falsch. Deshalb sang er so leise er konnte und schloß fest die Augen, während er ans Gabelwollkraut dachte, aber stattdessen kamen Vögel, Drosseln, Stare, Meisen und Wellensittiche und flatterten in seinem Kopf herum.

»Lars«, sagte Hilde plötzlich, und alle hörten auf zu singen. Lars glaubte, er müsse umfallen. Aber er blieb stehen.

»Du singst total falsch«, sagte Hilde.

»Ach«, sagte er.

»Kannst du nicht wenigstens die Augen aufmachen«, fragte sie und stieg vom Tisch. »Eine Brille nützt doch nichts, wenn du die Augen zu hast, weißt du.«

Alle lachten. Sie heulten vor Lachen und schlugen sich auf die Schenkel. »Brille nützt nix bei zuen Augen!« schrie Reidar.

»Na, na«, sagte Hilde und setzte sich wieder auf den Tisch. Dann sangen sie weiter dreistimmig »Alle Vögel sind schon da«. Als Lars herausgefunden hatte, daß ihm noch zwei Blumen aus der Familie der Korbblütler fehlten, schellte es zur Pause. Alle schwiegen einen Moment, dann rannten sie zu ihren Tischen und nahmen ihre Schultaschen auf den Rücken. In diesem Moment sagte Hilde: »Ehem … Moment! Ich wollte noch etwas sagen.« Sie runzelte die Stirn und dachte nach. Lars konnte nicht atmen, in seiner Brust drückte und drückte es. Er versuchte, sich hinter Katrine, die neben ihm stand, zu verstecken. Es dauerte schrecklich lang, und sein Nacken und seine Knie taten weh, aber am Ende fiel es ihr ein, sie hob eine Hand und rief: »Ich möchte noch mit einem von euch sprechen, mit … Reidar!«

Lars klimperte mit den Wimpern. Mit Reidar? Er holte zweimal Luft und spürte, daß sein ganzer Körper leicht wurde und schwerelos auf seinen Beinen saß. Er ging zu seinem Tisch zurück und schlenkerte mit den Armen.

Mit Reidar! Sie wollte mit Reidar sprechen!

»Vergeßt die Tests nicht«, sagte Hilde. Sie stand an der Tür und teilte die Tests aus.

»Nein, nein«, sagte Lars und sah Hilde an, sah ihr in die Augen. Die waren braun und wunderschön, aber er brauchte keine Angst mehr zu haben. Er nahm den Test und wollte sich zum Gehen umdrehen, warf aber noch schnell einen Blick auf Reidar. Der stand oben neben dem Pult und lächelte. Ein breites und irgendwie stolzes Lächeln. Als ob er sich auf etwas freute.

Und er hob eine Hand und winkte Lars zu.

Lars ging hinaus und schloß hinter sich die Tür. Dann blieb er stehen. Er bückte sich ein wenig und legte den Kopf schräg und horchte, hörte aber nichts.

Er trat noch näher an die Tür heran. Sogar ganz nah, und dann bückte er sich und legte das Ohr ans Schlüsselloch.

Er glaubte zu hören, daß sie lachten.

Er stand auf und ging langsam durch den Flur, die Treppe hinunter und aus dem Haus. Er sah auf seine Beine hinunter. Die waren nicht mehr so leicht wie vorhin.

»Der arme Reidar«, sagte er zu sich selber. »Was bin ich froh, daß ich nicht an seiner Stelle bin.«

Aber seine Stimme klang komisch, als ob ihm etwas im Hals steckte. Dann nahm er seine Brille ab und sah sich den Test an. Eine Vier. Nur zwei richtige Volkslieder.

Dann geh' ich eben nach Hause und sortiere mein Gabelwollkraut, dachte er.

Hanne-Vibeke Holst

Arztbesuch

Die Frau im Wartezimmer hält den Kopf gebeugt und hat die Augenbrauen leicht zusammengezogen. Mit der rechten Hand faßt sie sich an die Stirn – der Schmerz summt, ist durchdringend und weiß. Die hohen Stimmen ihrer lärmenden Kinder verursachen ihr Übelkeit, sie mahnt sie angestrengt zur Ruhe und kann nur appellierend ihren Mann anschauen, der in kunterbunten Bermudashorts neben ihr sitzt. Er hebt spöttisch die Augenbrauen. Er tut sich nie weh, er ist nie krank, hat niemals Schmerzen. Er akzeptiert keinen Schmerz, weder seinen eigenen noch den anderer. Ihren. Im Gegenteil: er verabscheut hysterische Weiber.

»Entschuldigung«, murmelt die Frau mit einem schwachen Lächeln. »Ich habe nur solche Kopfschmerzen.«

»Schädelbasisbruch!« verbessert sie ihr Mann. Laut sprechend, daß die Buchstaben zu einem Steinschlag in ihrem Schädel werden.

»Du wirst noch auf die Intensivstation in Lorient eingewiesen werden!«

»Fährst du dann mit 'nem Krankenwagen, Mama?« fragt der Sechsjährige mit knabenhafter Erwartung. »Da will ich auch mit!«

»Ich auch!« tönt das hohe Echo des Mädchens.

»Oder willst du lieber nach Hause geflogen werden? SOS International!«

Ihr Mann entblößt seine Zähne für ein grobes Grinsen und

kneift sie mit zwei Fingern fest ins rechte Knie, gleich unter dem Kleidersaum.

Die Frau stößt einen Schrei aus und schaut in plötzlicher Verzweiflung und dem Wunsch, losheulen zu können, weg. Und als die Tür aufgeht und die Sprechstundenhilfe sie hereinruft, greift sie schnell zu ihrer Tasche und folgt ihr mit abweisendem Rücken, um ihn daran zu hindern, mitzukommen.

Die Sprechstundenhilfe, dunkel und gebieterisch, hält die Tür zum Sprechzimmer auf, während die Frau an ihr vorbeigeht, und nickt dem Mann in weißem Kittel hinter dem Schreibtisch offen zu. Die beiden werden allein gelassen, aber die Sprechstundenhilfe ist dennoch zugegen – als Mutter halberwachsener Kinder auf den Familienfotos, die in einem gediegenen Silberrahmen auf dem Tisch stehen. Es sind gelungene Farbfotos von Skiurlaub und Badeferien. Eine glückliche Familie, scheinbar, denn man sollte Fotos nie glauben. Das hat ihr eigenes Album sie gelehrt. Aber der Mann ist schön – in Wirklichkeit – sieht die Frau, als er die Lesebrille abnimmt und die Hand auffordernd ausstreckt: »Asseyez-vous! Setzen Sie sich!«

Dieser Mann ist eine treue Seele. Treu gegenüber seiner Frau, treu gegenüber seiner Geliebten, wie auch treu gegenüber seiner Herkunft – deshalb ist er nie Modearzt in Paris geworden, sondern praktiziert statt dessen hier in der kleinen bretonischen Stadt, in der er aufgewachsen ist. Er ist ein attraktiver Mann und ein guter Arzt, aber eigentlich ist er ganz gut damit gefahren, sich mit weniger zu begnügen, als er hätte haben können. Er *hätte* sicher viele Frauen haben können, eine Modeklinik, und jetzt, wo er fünfundvierzig geworden ist und die Vorausschaubarkeit ihn zu ersticken droht, fragt er sich langsam, ob er nach Höherem hätte streben sollen. Ob er sich zu früh zufrieden gegeben hat. Ob er die verkehrten Frauen gewählt hat, Frauen, die ihn vorzeitig altern lassen. Frauen, die keine Zeit für Poesie haben, Frauen, die lieber über unzuverlässige Handwerker und die synchronisierten Fernsehserien reden, als ihn zu lieben. Seine Fingerspitzen schrumpeln bereits langsam ein, und bald wird der Rest des Körpers folgen, und er wird ein trockener, alter Mann sein. Mit diesen Gedanken, ohne eigentliche Erwartung, schaut er auf, als die skandinavische Frau sich vor ihn gesetzt hat.

Oh! Das Zusammentreffen ist wie ein Meteoreinschlag. Ohne Vorwarnung. Erschütternd. Verwundernd. Die Zeit steht für einen Flügelschlag still – einen Augenblick lang, eine Sekunde, eine Minute oder vielleicht für eine Ewigkeit, existiert nichts außer dem Rauschen ihres Bluts, dem Pochen in ihrem Geschlecht und der schwindelerregenden Empfindung, einander gefunden zu haben. Die Hoffnung und Sehnsucht der verlorenen Jugend in diesem Blick wiedergefunden zu haben, der sich über den schweren Schreibtisch erstreckt, an einem sonnenschweren, heißen Julitag kurz vor dem Essen.

»Vous-êtes Danoise?« fragt der Mann schließlich, heiser, mit einem schnellen Blick auf die Papiere, die seine Frau vor ihn gelegt hat. Es ist überflüssig und spielt keine Rolle, aber er notiert sich auch das Geburtsdatum. Die Frau ist fünfunddreißig. Zehn Jahre jünger als er.

»Oui«, antwortet die Frau und schaut ihn ruhig an. »Je suis Danoise.« Ein Ventilator dreht sich an der Decke, vor den Fenstern sind senkrechte Lamellen, und mitten in dem medizinischen Geruch nach Äther und Jod erahnt sie den Duft soliden französischen Essens. Bœuf bourgignon vielleicht. Sie hat Lust, mit ihm zu essen, in der Küche zu stehen und sein Essen zuzubereiten, zuzuschauen, wie er die Weinflasche öffnet, mit ihm die Siesta hinter geschlossenen Fensterläden zu halten.

»Was kann ich für Sie tun?« fragt der Mann mit einer nicht zu ertragenden neutralen Autorität, die sie aus der Fassung gebracht und hätte zweifeln lassen, wenn er nicht sofort danach seine Lippen angefeuchtet hätte. Ohne nachzudenken steckt sie sich selbst einen Finger in den Mund, während sie sich mit seinem Gesicht vertraut macht. Seine Augenpartie ist maskenschwarz mit einem goldenen Schimmer. Seine Nase springt in dem zerfurchten Gesicht mit dem breiten Kinn und der bläulichen Kieferlinie hervor. Seine Haut ist olivgolden, und sein Haar auf dem Weg zum Graugetönten, und auch wenn seine Schultern zurückweichen und er kein großer Mann ist, eher schmächtig, hat sie nie zuvor einen so starken Drang verspürt, sich von einem anderen Menschen beschützen zu lassen, sich ihm anzuvertrauen. Die Frau saugt die Luft ein, der Mann fragt sie etwas, sie muß antworten, auch wenn die Sprache bedeutungslos ist. Wie ein *alien* aus einer anderen Galaxis hat sie bereits die verbale Dimension verlassen und ist zu einem zitternden, fühlenden Wesen transformiert, dessen einziger Impuls darauf hinausläuft, seine Haut unter dem Kittel zu spüren und den hämmernden Kopf an seine Brust zu legen.

»Ich habe mir den Kopf an einer Felsenklippe aufgeschlagen. Die Strömung hat mich mitgerissen, eine Welle hat mich gegen die Klippen geworfen. Ich bin keine so gute Schwimmerin, ich habe mich dumm verhalten. Es tut furchtbar weh ...«

Die Frau spricht in verblüffend wohlgeformten Sätzen, aber mit einem gequälten, weichen Akzent, der die Zärtlichkeit in ihm aufsteigen läßt. Sie ist Greta Garbo, Anna Karenina und Liv Ullmann in einer Person. Eine schiffbrüchige Bergman-Heldin, ein Edvard-Munch-Schrei, Andersens kleines Mädchen mit den Schwefelhölzern ...

»Haben Sie das Bewußtsein verloren?« fragt er. Die Frau schüttelt vorsichtig den Kopf.

»Mir wurde nur ein bißchen schwindlig«, entgegnet sie, so daß er selbst ganz benommen wird.

»Ist Ihnen übel?« fragt er weiter und sieht sie vor sich, im Wasser wie eine Meerjungfrau treibend, mit ausgebreitetem Haar.

»Etwas.«

»Lärm- und Lichtüberempfindlichkeit?«

Die Frau sieht ihn fragend an, bittet mit einem kleinen schrägen Lächeln zu wiederholen, und er erwidert das Lächeln, daraufhin nickt sie und sagt »Oui« in einer Art, die er am besten als betörend beschreiben kann. Vogelzwitschern. Singvogelgesang. Ouiouioui ...

»Ich möchte es mir mal anschauen!« sagt er und verliert sich in Gedanken. Ihr Sommerkleid ist weiß, an der Vorderseite mit kleinen Knöpfen ganz durchgeknöpft, sie ist blond, und ohne ihre Sommersprossen geküßt zu haben, weiß er bereits, daß sie nach Salz schmeckt. Nach Meersalz und dem Schweiß, den er wie einen schwachen, prickelnden Duft spürt, abgeschickt wie ein heimliches Zeichen. Er liebt sie, und er glaubt, daß er das auch gesagt hat, als er ihr Lächeln sieht und die Flut, die plötzlich in ihren graublauen Augen ansteigt.

Aber dann lächelt sie, weil er sie endlich berühren wird, weil sie ihn nun endlich spüren wird, ohne dieses monströse Möbelstück wie eine Anstandsdame zwischen ihnen. Weil er sie mit den Händen berühren wird, die männlich sind, aber nicht brutal. Erfahren und trocken, wie Holz. Sie bleibt sitzen und sieht den Kittel sich in einem Halbkreis von der anderen Seite des Tisches aus auf sie zu bewegen, worauf er vor ihr stehenbleibt. Zunächst schaut sie auf zwei Leinenhosenbeine und ein Paar geflochtene, mokassinähnliche Slipper. Dann holt sie tief Luft, schaut auf und läßt sich aufsaugen, bereit zur Vernichtung.

»Beugen Sie bitte den Kopf, Madame!« bittet er, sanft, und sie gehorcht und spürt mit halb geschlossenen Augenlidern, wie sich seine Finger durch ihr Haar tasten, um die Wunde zu finden.

»Hier?« fragt er und streicht vorsichtig mit einem Zeigefinger über die Beule und die verschorfte Wunde.

Sie nickt, seufzt leise.

»Wann ist das passiert?« fragt er teilnahmsvoll, während er weiterhin seine Finger durch ihr Haar streichen läßt. Das ist sonnengebleicht, auf dem Haarboden sind kleine Sandkörner. Sie kommt sicher direkt vom Strand.

Ihr Kleiderträger rutscht hinunter, sie läßt es geschehen, und er sieht sie vor sich, im Sand liegend. In der Sonne ausgestreckt mit den langen Beinen und einem Körper, der reif ist, aber immer noch jung. Er sieht die Rundung ihrer Schenkel in der Leiste, die braune, flaumige Bauchhaut und die Wölbung ihrer Brüste unter dem schimmernden Bikinioberteil. Und er wird von einer furchtbaren Eifersucht ergriffen, daß nicht er es ist, der neben ihr auf der flachen Strohmatratze liegt, daß nicht er es ist, der das leuchtende Dreieck sieht, wenn sie abends heimkommt und sich duscht. Wenn sie die seine wäre, würde er im Meer mit ihr schwimmen. Nachts baden, sie in der Brandung lieben, ihren Biß auf der dünnen Haut spüren.

»Vorgestern«, antwortet sie und schließt die Augen ganz, um sich vollkommen auf seine Berührung zu konzentrieren, die sie vom Scheitel bis zu den Füßen elektrisiert.

»Warum sind Sie nicht eher gekommen?« fragt er vorwurfsvoll, »Ich hätte die Wunde nähen können ...«

»Und Sie lieben, beschützen, verehren und begehren können«, fährt er fort, während er hinter sie tritt und seine Hände vom Haar über ihre Wangen und weiter über ihren Hals gleiten läßt, um dann ihre kantigen Schultern zu umschließen.

Die Frau erschauert, lehnt ihren Kopf zurück und läßt ihn leicht an seinem Kittel ruhen, so daß sie nur eben seine Erektion spüren kann.

»Mein Mann meinte ...«, beginnt sie, unterbricht sich dann jedoch selbst. Jens ist ausradiert und vollkommen unbeteiligt.

»Ihr Mann verdient Sie nicht, wenn er nicht besser auf Sie aufpaßt«, sagt der Mann, immer noch mit den Händen um ihre Schultern, immer noch hinter ihr. »Sie haben offensichtlich eine leichte Gehirnerschütterung. Sie brauchen Ruhe, Entspannung und Pflege.«

»Und Liebe«, fügt die Frau hinzu und knöpft wie in Trance die obersten zwei Knöpfe des Kleids auf.

»Et l'amour«, flüstert er und legt in das Wort Trauer und Schmerzen, so daß sie instinktiv sein linkes Handgelenk umfaßt und seine Hand in ihr Dekolleté führt.

»Sie brennen!« murmelt er und läßt die Hand zögerlich suchend aus dem Kleiderstoff hinaus- und wieder hineinfahren.

»Ich habe einen Sonnenbrand«, atmet die Frau, knöpft schnell noch zwei Knöpfe auf und hat sich bereits so weit von dem üblichen

Bild ihrer Person entfernt, daß sie ohne Scham die Beine spreizt und die Brust hervorreckt mit wie spitze Schnäbel aufgerichteten Brustwarzen. Sie muß mit diesem Mann Liebe machen, genau hier, genau jetzt – sie muß sehen, wie sich sein Mund um ihre Brust schließt, sie muß sehen, wie er sich in ihrem Schoß vergräbt, sie muß sein Glied mit ihren eigenen Lippen umschließen, die Nägel in seinen Rücken pressen und ihre Beine um seine kreuzen, wenn er in sie eindringt …

»Ich habe eine Salbe«, flüstert er, entfernt sich von ihr, öffnet und schließt einen Schrank und kommt mit einer kleinen Tube zurück. »Eine lindernde Lotion …«

Er geht vor ihr auf die Knie, dreht den Deckel ab, nimmt einen kleinen Klecks Salbe auf zwei Fingerspitzen und schaut sie abwartend an, während sie mit zittrigen Fingern noch zwei Knöpfe öffnet. Dann sinkt er nieder, zieht die eine Seite des Kleids wie ein Vorhang auf und beginnt mit langsamen, kreisenden Bewegungen, ihre verbrannte Haut einzureiben, während sie lautlos seufzt und die restlichen drei Knöpfe aufknöpft.

»Können wir uns nicht auf die Liege legen? Oder auf den Boden?« jammert sie verzweifelt, während er sie so aufreizend einreibt, daß sie vor Ungeduld und Angst, ihn nie zu bekommen, aufschreien könnte. Sie zittert wie im Fieber, bekommt eine Gänsehaut, jammert wie in Schmerzen, als ihr geschlossener Schoß sich langsam öffnet, beschwerlich, widerspenstig wie ein eingerostetes Schloß nach all diesen Monaten, Jahren, in Trockenheit und Abstand. Weit entfernt hört sie ein Kind, ihr Kind, weinen, und das ungeduldige Gequäke der Sprechstundenhilfe, seiner Frau, wenn sie das klingelnde Telefon abnimmt.

»Ja, gleich«, stöhnt der Mann und würde glücklich sterben, wenn jetzt der Augenblick dafür gekommen wäre, als das Kleid sich teilt, öffnet und die Brüste der Frau wie zwei leuchtende Sonnen hervorquellen. Er küßt sie wie ein Heiligtum, erst die eine, dann die andere, und sie stöhnt, windet sich unter ihm und ergreift sein Glied, das im rechten Winkel wie eine Fahne aus seinem Kittel hervorsteht.

Ein Knopf reißt ab, als sie mit einer Hand hineingreift, seinen heißen, blutgefüllten Stab ergreift, und er sich mit einem Ruck aufrichtet, den Kopf nach hinten wirft, so daß sie die Adern hervortreten sehen kann. Er ist schön, wie ein schwitzendes Pferd im Lauf, und sie saugt und lutscht, streichelt das pelzgekleidete Tier, zwickt und neckt es, bis die Explosion kurz bevorsteht und er sich freimacht und zwischen ihre Schenkel taucht.

»Kaiserschnitt?« murmelt er, als er ihren dünnen, feuchten Slip herunterzieht und seine Zunge glänzende Schneckenspuren über den wiegenden Bauch bis zu der waagerechten Narbe ziehen läßt. Sie nickt, freudig, sie will Kinder von ihm empfangen, sie gebären und großziehen …

Plötzlich klingelt das Telefon auf dem Schreibtisch. Sie erstarrt, wird jäh in die Wirklichkeit mit ihrer weinenden Tochter zurückgebracht, jetzt hört sie auch die durchdringende Stimme ihres Mannes, die näherkommt, jetzt ist sie direkt vor der Tür, und das Telefon klingelt in einem fort.

»Er bringt uns um«, flüstert sie, aber die Aussage hat bereits ihren Wert verloren, bevor sie ausgesprochen war. Es ist einerlei. Denn der Fremde, ihr Geliebter, hat sein Gesicht in ihrem dampfenden Schoß verborgen, schlürft ihren Saft in sich auf, so daß ihre Klitoris wie eine Rosenknospe anschwillt. Das Telefon verstummt, die Welt verschwindet, und ihr gelingt es, ihre Finger um sein kräftiges Haar zu wickeln, bevor sie mit einem halberstickten Hilferuf in einem flammenden Erdbeben aus dem Inneren des Vulkans untergeht …

Er umfaßt ihre zitternden Schenkel, schaut in ihr verzerrtes Gesicht, während sie sich hingibt, und er braucht sich nur zu erheben und sein Glied leicht zu berühren, damit es sich in Kaskaden über ihre Nacktheit ergießt.

»Je vous aime«, flüstert er, und sie lächelt, taucht einen Finger in das Sperma und führt ihn zum Mund.

»Je vous aime aussi!« sprüht sie, und er sieht, daß sie die Ecke eines Vorderzahns abgebrochen hat, und er will etwas zu ihr sagen, sie bitten, zu bleiben, niemals zu gehen, ihm erlauben, sie zu erforschen – als seine Frau fest und wütend an die Tür klopft.

»Einen Augenblick!« antwortet er, reicht der Frau ein paar weiche Papiertücher und bringt sich selbst in Ordnung. Er hilft ihr mit den kleinen Knöpfen, küßt ihren nackten Fuß, der aus der Sandale gerutscht ist, sucht eine endlose Sekunde lang Zuflucht in ihren feuchten Augen, bis er sich schweren Herzens abwendet und hinter den Schreibtisch setzt.

»Entrez!« ruft er, setzt seine Lesebrille auf und hat sich bereits über einen Rezeptblock gebeugt, als seine Frau mit verkniffenem Gesichtsausdruck hereinmarschiert.

»Das Essen ist fertig, der Pharmazievertreter ist da und Madames Familie wird langsam ungeduldig!« spuckt sie aus.

Die Frau lächelt freundlich, verschränkt die Beine und tut, als verstünde sie nichts.

»Bitte den Vertreter, zum Essen zu bleiben und sag Madames Familie, daß sie gleich fertig ist. Der Fall war etwas kompliziert.«

Die Ehefrau des Arztes kehrt auf dem Absatz um, verläßt das Sprechzimmer, läßt aber die Tür offen.

»Meine Frau ist furchtbar eifersüchtig«, lächelt er und schreibt auf den Block. »Hier ist ein Rezept für ein schmerzstillendes Mittel, und hier eins für Antibiotika, infolge einer Fraktur kann eine Entzündung entstehen. Sie sind doch nicht allergisch gegen Penicillin, oder?«

Die Frau schüttelt den Kopf. Der Schmerz kommt herangestürmt, wie ein aufbrausender Rächer.

»Ich habe auch eine Überweisung zum Ultraschall aufgeschrieben. Die Klinik macht um vierzehn Uhr wieder auf. Sie können direkt dorthin gehen. Und ansonsten sind Sie jederzeit bei mir willkommen ...«

»Wir fahren heute abend weiter«, erwidert die Frau kaum vernehmlich.

Der Mann nickt. Sinkt zusammen. Nimmt die Brille wieder ab und schiebt ihr das Rezept hinüber. Er beugt sich über den Schreibtisch und streicht mit einem Finger über ihren Handrücken. Sein Ehering ist aus dünnem Gold, ihrer aus breitem Silber.

»Können Sie für mich Ihren Namen aussprechen? Ihren Vornamen?«

Sie lächelt.

»Ingrid. Wie Ingrid Bergman. Und Sie?«

»François. Wie François Truffaut.«

Sie lächeln. Trennen sich mit dem gleichen offenen, wissenden Lächeln, mit dem sie sich trafen. Klammern sich an dieses Lächeln, können es nur schwer loslassen. Aber dann befreien sie sich, synchron, und gehen zu der halboffenen Tür.

»Gute Besserung, Madame!« sagt er und gibt ihr die Hand, während er sie bei ihrem Mann abliefert, der im Flur wartet.

»Dankeschön!« lächelt die Frau über die Schulter und läßt sich mitziehen.

»Das hat aber gedauert! Was zum Teufel hat er denn mit dir gemacht?« poltert ihr Mann los.

»Mich behandelt. Ich habe eine Gehirnerschütterung. Ich brauche Erholung, Ruhe und Pflege.«

»Ich werde dich verdammt noch mal pflegen!« sagt er und kneift ihr in eine Pobacke.

Sie entfernt seine Pranke mit einem nachsichtigen Seufzen und nimmt, als die Kinder ihr aus dem Wartezimmer entgegenstürmen, eines an jede Hand. Sie hat das Gefühl, als hätte sie die beiden lange nicht gesehen. Als wäre sie fort gewesen, auf Reise. Fast merkwürdig, daß sie nicht gewachsen sind. So wie sie.

Sie treten hinaus in die blendende Mittagssonne und setzen sich bereits ins Auto, als die Frau herbeigeeilt kommt.

»Madame!« ruft sie anklagend. »Sie haben vergessen zu zahlen!« Die beiden Frauen, eine blond und eine dunkel, wenden sich einander zu. Die helle hat bereits im Vorfeld gewonnen und zieht sich aus dem Kampf mit einer leichten Kopfverbeugung zurück.

»Ach mein Gott«, sagt sie zu ihrem Mann. »Kannst du das in Ordnung bringen?«

Er schnaubt demonstrativ, während sie sich auf den Vordersitz setzt. Macht den Sicherheitsgurt fest und spürt das letzte Zusammenziehen wie ein verschwindendes Echo. Saugt an einem Finger. An dem Finger.

Hinter den Lamellen verborgen steht der Mann und betrachtet sie.

»Ingrid«, murmelt er verlassen. »Ingrid, Ingrid, Ingrid.«

Dann geht er zum Essen. Seine Frau ist eine gute Köchin.

Lotte Inuk

Latin Lover

Diana liegt an einem endlosen Strand mit brennendem, heißem, seidenweichem Sand und schaut hinauf in einen Himmel, der hypnotisierend blau ist, so blau, daß man sich vollkommen in ihm verlieren kann, wenn man lange genug hinaufschaut und nicht aufpaßt – so blau, daß es fast wehtut; Diana dreht sich auf den Bauch und blickt statt dessen aufs Meer hinaus. Große türkisfarbene Wellen schlagen rhythmisch gegen den Strand, obwohl nicht die geringste Andeutung von Wind zu spüren ist; sie streicheln flüsternd den weißen, feuchten Sand und kräftiger die wilden Klippen, die, so weit das Auge reicht, die Küste bilden und trotz des jahrtausendealten Versuchs dieser geduldigen Wellen, sie zu zähmen, immer noch roh und ungeschliffen erscheinen wie eine Urlandschaft.

Woher kommen die Wellen, und wo holen sie ihre unglaubliche türkisblaue Farbe her? Wie lange existieren hier am Ende der Welt schon die Klippen, und wieviele Wellenschläge sind notwendig, damit ein störrischer, eckiger Stein glatt und verträglich wird?

»Woran denkst du?« fragt Sisse, die neben Diana auf einem roten Badelaken liegt. »Du bist so still«; manche Leute haben fürchterliche Angst vor der Stille, da kommt man auf derartige Fragen.

»An nichts«, murmelt Diana zögernd. »Oder, doch ... Vielleicht daran, daß ich gerne bald weiter möchte ... die Küste hinauf ... wo der Strand menschenleer ist ...«

»Come on, du hoffnungslose einsame Wölfin!« Diana hatte diese Reaktion erwartet, und deshalb eine Weile gezögert, bis sie die Frage der Freundin beantwortet hatte. »Hier sind doch auch so gut wie keine Touristen, oder? Obwohl das hier doch einer der schärfsten Flecken an der Algarve sein soll. Wir sind schließlich losgefahren, um auch ein bißchen Spaß zu haben, verdammte Scheiße … Und außerdem bist du beim letzten Mal überstimmt worden: Drei gegen eins!«

»Wenn wir nicht in Lissabon die beiden Scheißschweden getroffen hätten, wären es nur zwei bei der Abstimmung gewesen und dann wäre es unentschieden, und wir könnten die Münze werfen, wie immer …« Diana kann selbst hören, wie schlechtgelaunt sie klingt, und das kann Sisse kaum mehr irritieren als sie selbst.

»Oh, Diana!« Sie hat wieder ihre Dackelstimme. »Nur das Wochenende … Dann setzen wir uns von den Schweden ab, das verspreche ich dir. Aber du weißt genau, daß heute abend in der Stadt Disco ist …«

Diana dreht sich um; sie kann ihre eigene Stimme nicht mehr ertragen, nörgelnd und sauer. Es stimmt, am Strand sind nur wenige Touristen, obwohl das Wetter bereits jetzt im April phantastisch ist; es ist auch nicht nur wegen der Leute, daß sie Lust hat, weiterzufahren … Vielleicht gerade weil Sisse nicht will. Oder weil sie unruhig ist, sie hat es selbst noch nicht herausbekommen.

Eine Gruppe Surfer und ihre Mädchen kommen wie eine flimmernde Fata Morgana die lange, enge Treppe hinab, die sich vom Parkplatz zum Strand hinunter an der Felswand entlangwindet. Sie sind schön, sonnengebräunt, muskulös, ganz weich und lässig in ihren Bewegungen und cool auf diese ganz spezielle portugiesische Art, die Diana fasziniert, seit sie mit Sisse die Grenze überschritten hat. Sie folgt ihnen mit den Augen und genießt jeden Schritt, den sie über den Sand zur Felsgrotte gehen, auf der blutrot LOCALS ONLY aufgesprüht ist. Besonders der erste in der Gruppe ist Balsam für ihren Blues, er hat halblanges, ganz ausgebleichtes

Haar, das weich auf breite, starke Schultern fällt. Seine braune Haut hat fast eine brasilianische Farbnuance. Er trägt sein Surfbrett, auf dem ein Haimotiv gemalt ist, über dem Kopf, und ein Mädchen mit der gleichen Hautfarbe, den gleichen schlanken Gliedern und langem pechschwarzem Haar in einem geknoteten roten Surferbadetuch geht direkt hinter ihm und hilft ihm. Die anderen vier, fünf gehen ein paar Schritte weiter entfernt, es herrscht eine offensichtliche, aber anscheinend unproblematische Hierarchie in der kleinen Gruppe. Vielleicht ist der erste einfach nur wie geschaffen fürs Surfen: Diana ist ungeduldig, ihn in die Wellen gehen zu sehen.

Sisses Stimme jault laut und durchdringend und zerstört vollkommen die tranceartige Stimmung, die der harmonische Anblick in Diana erzeugt hat: »Hei! Diana! Da kommt er endlich!«

»Wer?« Ihre Stimme klingt immer noch genauso irritiert.

»Na, der Rettungsschwimmer natürlich. Von dem ich dir erzählt habe. Nun guck doch. Nein, da, Dummkopf ... Ist er nicht süß? Sieht er nicht aus wie Mogens?!«

Eine absurde Behauptung, und in Dianas Ohren fast blasphemisch: Wie kann ein Mann mit dieser Hautfarbe, diesem Körperbau, dieser entspannten, selbstbewußten Haltung, diesem glänzenden, blauschwarzen Haar jemanden überhaupt an einen bleichen, nordischen, intellektuellen Schlappschwanz denken lassen? Es sind zwei vollkommen verschiedene Typen von Männern, die da verglichen werden.

»Doch ... Er sieht sehr gut aus ...« Sie spürt selbst, daß sie noch etwas dazu sagen muß.

»Ach, was weißt DU schon davon. Du hast ja die besten Jahre deiner Jugend für diesen, diesen, wie hieß er noch, diesen Palle verschwendet!« Sisse kichert hemmungslos, als würde allein schon der Name sie zum Lachen bringen. »Und habt ihr überhaupt was zustande gekriegt?« Jetzt ist sie nicht nur ironisch, sondern auch noch unverschämt neugierig, und für einen kurzen, aber intensiven Augenblick haßt Diana ihre beste Freundin.

»Wir haben das zustande gekriegt, was wir wollten.« Sie dreht sich wieder um.

Die Surfer sind weit draußen, wo das Meer von türkis zu azurblau wechselt, die beiden Mädchen sitzen auf den Felsen, schauen ihnen zu, rauchen und unterhalten sich miteinander. Diana wird von einer mittlerweile schon vertrauten Sehnsucht nach diesem ganz besonderen Kontakt erfüllt, den anscheinend Gruppen südländischer Jugendlicher untereinander haben. Die Mädchen könnten verwandt sein, aber sie sehen sich nicht besonders ähnlich, es scheint nur, als würden sie einander ziemlich gut kennen. Sie sind schön, weil sie sich ganz offensichtlich schön fühlen, und entspannt und ganz damit zufrieden, die zu sein, die sie sind, und dort zu sein, wo sie sind, jetzt in diesem Augenblick. Diana liegt voller Unruhe und Rastlosigkeit da und beneidet die beiden, ist aber gleichzeitig von ihnen fasziniert, nicht zuletzt von dem Mädchen mit dem Stirnband. Sie sieht aus wie eine Mischung aus Zigeunerin und Indianerfrau; sie teilt sich eine Zigarette mit der Freundin, schaut nachdenklich drein und läßt ab und zu eine goldbraune Hand durch das lange Haar streichen. Sie hat kein einziges Mal ihren Blick vom Meer abgewandt, bis sie plötzlich den Kopf dreht und Diana direkt ansieht mit einer Selbstverständlichkeit, als hätte sie die ganze Zeit gespürt, daß diese sie betrachtete. Sie hat einen äußerst festen und klaren Blick, und Diana bekommt einen Schreck, fast als hätte ihr jemand völlig unerwartet eine Ohrfeige verpaßt; sie sieht nur Sonne und Sterne. Sie weiß nicht, was sie machen soll, und kommt ganz feige nur darauf, sich hinzusetzen, wegzudrehen und Sisse zu fragen, ob sie für heute nicht genug Sonne haben.

Spät am Abend des gleichen Tages in der vollgestopften, primitiven Discothek des Fischerdorfes: Es drängeln sich dort Menschenmassen, und es ist sehr heiß. Sisse und die Schweden sind in blendender Stimmung. Diana sitzt auf einem Barhocker in einer Ecke und blickt über das verrauchte Lokal und die schwitzende, tanzende

Menschenmenge und wünscht sich ganz woanders hin, an einen Strand, wo die Sonne in ein dunkelblaues Abendmeer untergeht, den Zikaden und dem endlosen Puls der Wellen lauschend, und nicht diesen hoffnungslosen Hits aus dem letzten und vorletzten Jahr, die sie melancholisch werden lassen vor lauter süßlicher, sentimentaler Nostalgie wegen Palle, dem versäumten Frühling, verpaßten Chancen und verpaßtem Leben überhaupt, das anscheinend gar nicht interessant werden will.

»Diana, du hoffnungsloser Trauerkloß! Warum bist du nur immer so scheißsauer?« Das ist Sisse, die vorbeikommt und sie schüttelt, halbbetrunken und irritiert, auf dem Weg zur Bar. Ihre Augen glänzen und funkeln in den phosphorisierenden Farben der flimmernden Lightshow, denn der Rettungsschwimmer ist gerade angekommen. Ebenso wie die Gruppe Surfer; Diana entdeckt sofort den blonden Typen in der Eingangstür. Er trägt ein kreischend pinkfarbenes Baseballkäppi, das sie meint, früher am Tag schon auf dem Kopf eines amerikanischen Touristen gesehen zu haben, dazu schwarze Levi's und ein schneeweißes T-Shirt, das fast von allein im Halbdunkel leuchtet und ihn noch brauner aussehen läßt als am Strand. Die ganze Gruppe sieht hier drinnen vollkommen anders aus, in ganz gewöhnlicher Kleidung, verschlissenen Jeans und kunterbunten T-Shirts, Jeansjacken, Kappen und mit frischgewaschenem und gekämmtem Haar, wie alle anderen trinkenden und tanzenden Menschen, und dennoch fallen sie aus der Menge heraus: Sie erscheinen wie überirdische Wesen, denen die Flügel abgeschnallt wurden und die jetzt versuchen sollen, unter den Sterblichen zurechtzukommen. Selbst ihre Art zu gehen ist etwas eckig und unsicher, als wären sie nicht gewohnt, sich auf festem Grund zu bewegen.

Das Indianermädchen ist nirgends zu sehen.

»Ach, auf DEN hast du gewartet«, kichert Sisse begeistert und stößt Diana wieder an, dieses Mal ein wenig sanfter. »Ich habe mir doch gedacht, daß da was ist – so unkonzentriert, wie du am Strand warst! Wer ist es denn? Der mit den Locken?«

Diana antwortet nicht. Es ist typisch für Sisse, daß sie sofort davon ausgeht, daß der am langweiligsten Aussehende der Gruppe von ihrer Freundin für einen möglichen Flirt ausgesucht wurde. Der Rettungsschwimmer kommt mit einem schiefen Grinsen herangeschlendert, und Diana kann plötzlich weder Sisse noch die Stimmung, den Lärm oder sonst etwas länger ertragen; sie entschuldigt sich und flieht hastig auf die Toilette, wo es, wie sie gehofft hatte, menschenleer ist, kühl und still.

Sie dreht den Kaltwasserhahn auf, den einzigen, den es hier gibt, und läßt das Wasser mit höchstmöglichem Druck laufen; sie beugt sich über das Waschbecken und kühlt plätschernd ihre Handgelenke, ihre Unterarme, ihren Hals, ihr Gesicht, so daß ihr ausgeschnittenes Sommerkleid oben vollkommen naß wird. Als sie aufblickt, trifft ihr Blick in dem beschlagenen Spiegel auf die graugrünen Augen des langhaarigen Surfermädchens; beide starren einander einen endlosen Augenblick lang an.

Diana steht wie gelähmt da, die Fremde hält ihren Blick gefangen, lächelt geheimnisvoll und legt ihre Hände auf Dianas Hüften. Sie läßt sie dort eine Weile schwer liegen, als wollte sie eine Art magischer Energie in Dianas Körper verpflanzen, bevor sie vorsichtig, und ohne aufzuhören, Diana im Spiegel anzulächeln, damit beginnt, deren Kleid hochzuschieben ... Das Gefühl von Stoff, der langsam über ihre Schenkel hinaufgleitet, ist bereits wie ein Streicheln, ein Versprechen dessen, was noch kommen wird: In dem Moment, als diese wunderbaren Hände endlich Dianas heiße Haut finden und sich unter die Slipkante schmiegen, direkt unter dem Hüftknochen, schließt das Mädchen die Augen, neigt ein klein wenig den Kopf, so daß Diana ihr wildes, schwarzes Haar im Spiegel sehen kann, und bedeckt die weiche Stelle zwischen Dianas Ohr und Schulter mit einem feuchten, saugenden, schlekkenden, beißenden Kuß. Diana erschauert, schließt selbst die Augen und streckt ihren Hals, um Platz zu machen, während die fremden Hände weitergleiten und sich fest und entschlossen um ihre Pobacken legen, die einen Moment lang ganz rauh vor lauter

Gänsehaut sind. Sie wird fest in die eine gekniffen, ganz tief in der Rundung, wo die Haut am dünnsten und empfindlichsten ist; der unerwartete Schmerz jagt ihr einen Schauer durch den ganzen Körper und durch den Schoß – und macht sie in einer Sekunde vollkommen weich und offen: Sie beißt sich auf die Lippen, um nicht zu stöhnen, aber sie weiß, daß die Fremde dennoch verstanden hat. Ihre Hand bleibt dort drinnen an dem warmen, schönen Ort, während die andere den gleichen Punkt an der linken Pobacke findet; sie drückt und neckt und massiert, bis sie schließlich ein paar Finger ganz nach unten und zwischen Dianas Beine schiebt.

Diana spreizt die Beine, nur ein ganz klein wenig; sie will eigentlich nicht, aber es ist ganz unmöglich, es sonst auszuhalten: Das Mädchen hinter ihr preßt erhitzt von diesem Zeichen ein Bein gegen ihre Scheide und nimmt ungeduldig beide Hände nach vorn, wo sie Dianas heißen Bauch streicheln können, jetzt fordernder, und der Kuß am Hals ähnelt mehr und mehr einem Biß, einem herrlich nassen und saugenden Biß, der immer wieder sagt: Ich will dich ich will dich ich will dich ich will dich, und –

Sie löst den Biß und Diana, als die Tür hinter ihnen geöffnet wird und Bruchstücke einer wilden, hämmernden Musik mit zwei kichernden und plappernden halbbetrunkenen Amerikanerinnen hereinfallen. Das Gekicher und Geplapper der einen stockt jäh, als sie die beiden am Waschbecken erblickt; die andere braucht ein wenig länger, bis sie die Situation versteht, geht dann aber rückwärts wieder hinaus, als ihr entsetztes Gesicht zeigt, daß sie offenbar endlich irgendwas begriffen hat. Das Surfermädchen zeigt beiden mit einer aggressiven Bewegung den Mittelfinger, so daß es ihnen vor lauter Empörung die Sprache verschlägt: »Fuck off!«

Dianas Knie zittern und werden weich, so daß sie kaum noch stehen kann; sie stützt sich mit einer Hand ans Waschbecken und zupft hektisch mit der anderen an ihrem Kleid, um es hinunterzuziehen. Sie weiß nicht, wie sie sich verhalten soll. Das Indianermädchen beschimpft die Amerikanerinnen laut auf Portugiesisch, und sie wollen gerade gehen, als die Tür wieder aufgeht und Sisse mit einem verschleierten Blick hereinkommt.

»Diana! Wo bleibst du denn?«

»Ich wollte gerade kommen …« stammelt Diana verwirrt, erleichtert und voller Panik zugleich, da sie ihre neue Freundin durch die Tür entschwinden sieht, pausenlos weiter verbissen fluchend.

Diana bleibt noch eine Weile auf der Toilette, dieses Mal allein in einer abgeschlossenen Kabine, und als sie wieder ins Lokal kommt, sitzt Sisse in einer Ecke und knutscht mit dem Rettungsschwimmer, und das Surfermädchen ist nirgends zu sehen.

Am nächsten Tag sind Sisse, Diana und die Schweden auf dem Weg zum Strand. Sisse eilt voran, verzweifelt, weil sie zu lange geschlafen hat und jetzt ungeduldig endlich ans Wasser will, um herauszufinden, ob der Rettungsschwimmer sie immer noch liebt. Diana bleibt ein wenig hinter den anderen zurück – auch in dieser kleinen Gruppe herrscht eine unausgesprochene Hierarchie; sie hat immer noch das Gefühl zu träumen und ist kaum überrascht, als ein Landrover, vollgestopft mit den Surfern vom vorherigen Tag, schlingernd auf dem staubigen Weg an ihnen vorbeifährt und ein Stück weiter mit quietschenden Bremsen hält.

Die Hecktür springt auf, und das Mädchen mit dem Stirnband steckt ein lächelndes Gesicht heraus: »Hey, you! Come with us to the better beach!« Ihr Akzent ist äußerst charmant. Sie trägt eine große Sonnenbrille, so daß ihr Gesicht nur noch aus roten Lippen und weißen Zähnen zu bestehen scheint.

Diana schmeißt ihr Strandgepäck in den Staub, läuft zum Auto und klettert hinein, bevor Sisse und die anderen auch nur ein Wort sagen oder überhaupt begreifen können, was passiert. Sie schlägt die Autotür zu und sieht die anderen mit einem verunsicherten Gesichtsausdruck vorbeigehen, aber Sisse hat es viel zu eilig weiterzukommen, als daß sie irgendwie reagieren könnte.

Diana ist erleichtert; sie fühlt sich in dem vollbesetzten Auto sofort besser als vorher mit ihren Reisekumpanen draußen. Vielleicht, weil sie angenehm zwischen Wagentür und dem weichen Körper des Indianermädchens eingequetscht ist, vielleicht, weil auch die anderen Passagiere sehr sympathisch aussehen. Ihre Nachbarin zeigt auf jeden einzelnen und stellt sie ihr vor: Nuno, Luis, Miguel, Manuela … Der Chauffeur, der breitschultrige Typ mit dem gebleichten Haar, hebt seine Hand an die pinkfarbene Mütze und grinst schief, als sein Name genannt wird, José. Er trägt verwaschene, abgeschnittene Jeans, hat einen nackten Oberkörper, seine sonnengoldene Haut ist bedeckt mit einer feinen mattweißen Schicht trockenen Salzes. Diana überlegt, wie es wohl schmecken würde, wenn sie die Zunge über seine Haut gleiten und eine feuchte, glitzernde Spur im Salz hinterlassen würde; er sieht aus, als würde er sehr, sehr gut schmecken, und sie errötet, als sie seinen Gruß erwidert: »I'm Diana.«

Die Indianerin neben ihr vergißt, ihren Namen zu sagen, »Hi, Diana« sagt sie nur mit ihrer etwas heiseren Stimme und legt eine kühle Hand auf Dianas warmen Oberschenkel, als das Auto mit einem Ruck und einem erschrockenen, rasselnden Geräusch wieder losfährt. Ein lebhaftes Gespräch wird wieder aufgenommen, auf Portugiesisch, als wenn Diana gar nicht vorhanden wäre, offensichtlich kann niemand im Auto besonders gut Englisch.

Die entspannte Stimmung und der beengte Platz machen es der höchst ersehnten Hand der Nachbarin leicht, sich unbemerkt unter Dianas kurzes Strandkleid zu schmuggeln, um dort, verborgen zunächst, die glatten Innenschenkel und danach, dreister, aber ganz vorsichtig, durch den schon leicht feuchten Slip ihren Schoß zu streicheln. Sie sehen einander nicht an, das Indianermädchen und Diana.

Diana schaut aus dem Fenster, auf die trockene, windige und verdorrte Landschaft, an der sie in unglaublicher Geschwindigkeit vorbeifahren, und auf das funkelnde Blau des Meeres, das Blau in der Ferne; ihr Herz pocht schnell und heftig, und sie hat das Gefühl, als müsse sie einen hochroten Kopf haben. Als das Indianermädchen,

Zufall oder nicht, ihr Bein bei einem der dramatischen Bocksprünge, die das Auto zur offensichtlichen Freude des Fahrers und aller anderen vollführt, noch fester gegen Dianas preßt, erwidert sie den Druck genauso kräftig: Sie hätte unbändige Lust, die Beine zu spreizen, sich nach hinten zurückzulehnen und den tüchtigen Fingern dieser wunderbaren Frau allen Platz zu geben, den sie brauchen, aber auf dem Rücksitz ist es so eng, daß sie sich überhaupt nicht bewegen kann. Es ist eine kaum auszuhaltende Situation, doch das Mädchen, welches sie verursacht, scheint nicht im geringsten darunter zu leiden; sie redet und lacht mit den anderen und gestikuliert eifrig mit der freien Hand, in der sie zwischen zwei Fingern eine Zigarette hält.

José richtet den Rückspiegel; auch wenn er eine große Sonnenbrille trägt, kann Diana sehen oder spüren, daß er die beiden auf dem Rücksitz beobachtet, während er fährt. Sie versucht nervös, ihn anzulächeln, aber es gelingt ihr nicht, und er lächelt auch nicht zurück, nicht einmal andeutungsweise.

»Eh! Maria!« durchdringt seine Stimme wütend das laute Gerede der anderen, als es ihm offensichtlich zuviel wird. Das Indianermädchen, das endlich einen Namen bekommen hat, redet scheinbar unbeeindruckt mit Manuela auf ihrer anderen Seite weiter und zieht diskret die Hand zurück. Aber ihr nackter Fuß streichelt weiterhin zärtlich Dianas Knöchel, und das tut er, bis das Auto nach einer halben Stunde dort hält, wo der Kiesweg sich in Wüste und Felsklippen verliert, und der schönste, wildeste Strand zum Vorschein kommt, den Diana je gesehen hat: der Strand am Ende der Welt.

Als die Surfer draußen sind, weit, weit draußen wie verspielte Delphine in den hohen, zischenden Wellen, und Manuela in der Sonne eingeschlafen ist, ohne sich darüber zu wundern, wieso Maria heute so großzügig war und sie den Strandjoint ganz allein rauchen ließ, nimmt das Indianermädchen Dianas Hand und führt sie über den weißen, unberührten Sand, hinter die Felsen, wo sie die Wellen nicht mehr sehen, sondern nur noch hören können.

Sie sehen einander an, ohne ein Wort zu sagen, und als Maria ihren Slip unter dem Kleid auszieht und in den Sand wirft, ohne Diana dabei eine Sekunde aus den Augen zu lassen, tut Diana es ihr ohne zu zögern nach.

Maria kommt ganz nah auf sie zu; etwas von dem Ironischen und Arroganten ist aus ihrem Blick verschwunden, und den kurzen Augenblick lang, während sie Dianas Kleid ganz aufknöpft, ist ihr Blick vollkommen nackt und offen.

Sie zieht Diana das Kleid aus und schaut gierig den entblößten Körper an; begräbt ihr Gesicht zwischen Dianas kleinen, noch nicht ganz entwickelten Brüsten, und beginnt, diese zu küssen und zu beißen, zuerst leicht und spielerisch, dann immer fester und wilder, als sie merkt, daß die Brustwarzen steif und fest werden. Sie drückt Diana hart an sich und preßt ihr Bein zwischen deren Schenkel, noch härter. Diana erwidert den Druck und spürt mit einem Freudenschauer, wie ihr Bein vollkommen naß wird. Sie umarmen einander stürmisch, sie kullern in den warmen Sand; Maria zwingt ihre Zunge tief in Dianas Mund, und Diana muß zurückküssen, sie will zurückküssen, aber Maria ist bereits weiter: Sie küßt feucht, wild und herrlich Dianas Kinn, weiter ihren Hals, noch einmal ihre Brüste und weiter hinab den Bauch … Diana ist wie gelähmt vor Schreck, sie fühlt sich so offen, so verwundbar und machtlos und sie weiß intuitiv, daß es Maria gefällt, daß sie sich genau so fühlt. Als Maria ihre Zunge tief in Diana hineinpreßt und in einem fort küßt, leckt und spielt, weiß Diana, daß sie vor dieser Frau nichts mehr verbergen kann, sie versucht mit allen Kräften, noch ein Fünkchen Kontrolle über sich zu bewahren und wird fast rasend, da es ihr doch nicht gelingt, sie es eigentlich doch gar nicht richtig will: Eine Welle, deren Kraft und Umfang sie sich in ihren wildesten Phantasien nicht hatte vorstellen können, durchfährt sie von oben bis unten. Sie entsteht in ihrer Kopfhaut wie ein wahnsinniges, kitzelndes Prickeln, das Sekunden später ihr Gesicht knallrot werden läßt und dann weiter durch ihren gesamten Körper schießt, in einem glückseligen Krampf und mit einer Heftigkeit, die sie matt und zitternd zurückläßt, bereits bevor sie dort mündet, wo alles bisher konzentriert war …

In den Minuten danach fühlt sie sich taub und gefühllos, etwas saust und braust in ihr, wie das Meeresecho in einer Muschel, und es flimmert vor ihren Augen; das erste, was sie sieht und fühlt, als sie zu sich kommt, ist Maria, die über ihr ist und überall um sie herum, Maria, deren Augen wie Sterne in Dianas strahlen, deren feuchte, salzige, duftende Lippen ihren heißen, unerträglichen Kuß auf Dianas Gesicht, ihren Hals, ihre Brüste und wieder ihr Gesicht fortsetzen; sie lacht leise, als amüsiere sie sich, als wundere sie sich, als fürchte sie sich, aber auf eine zärtliche Weise. Diana liebt bereits dieses Lachen, wie sie die Lippen liebt, diese Zunge, diese Augen, dieses unbändige schwarze Haar, diese weiche, feuchte Scheide, die sanft gegen ihren glitschignassen Bauch kratzt.

»Kleiner Schatz«, sagt sie, oder Diana stellt sich vor, daß es diese Worte sind, die ihre Geliebte sagt, und sie läßt Diana nicht los. Sie setzt ihr Spiel fort, dieses Mal mit der Hand, und unter Küssen, die so tief sind, daß es unmöglich ist, zu protestieren. Maria streichelt in einem fort, kitzelt, streicht und liebkost, obwohl Diana fest davon überzeugt ist, daß sie viel zu weich, matt und leer ist, um überhaupt noch etwas zu fühlen, da wird ihr plötzlich klar, was Maria schon lange wußte, daß sie es doch kann, und wie, und sie beginnt erneut zu wimmern, Maria zwängt soviele Finger, wie nur Platz finden, in sie hinein und flüstert, atemlos von ihrer eigenen Erregung (und Diana weiß genau, daß sie genau das flüstert, auch wenn sie die Sprache des Indianermädchens nicht versteht:) »Nun komm schon, kleines Mädchen, komm, komm …« Es ist ihr nicht möglich, sich den Befehlen der Stimme zu widersetzen oder es nur zu versuchen, und sie gibt ihrer Herrscherin alles, was sie hat.

Dann liegen beide lange Zeit eng umschlungen und schwer atmend, Herz an Herz und Bauch an Bauch; Diana küßt Marias braunen, duftenden Hals, in dem der Puls hart pocht, und sie weiß nicht, was sie sonst noch tun soll und möchte deshalb fast weinen. Diese große Freude, die sie empfangen hat und nicht glaubt, zurückgeben zu können, und nichts haßt sie mehr, als sich dumm und klein zu fühlen und ohne jede Kontrolle darüber, was geschieht … Aber ebenso sehr auch vor Freude, Verwirrung, Ohnmacht und Zärtlichkeit, und weil sie begreift, daß Sisse recht hatte damit, daß sie mit Palle nichts zustande bringen würde. Obwohl sie fest davon überzeugt gewesen war, aber sie hat nichts zustande gebracht, bis heute nicht, und sie hat so viel Zeit vergeudet: Ab jetzt will sie laufen, sie will losrennen, direkt und geraden Wegs, no time to waste & nie mehr schlafen …

Sie hat dennoch etwas geschlafen, als sie plötzlich von lauten, wütenden Stimmen geweckt wird: José steht vor ihnen und schimpft wutschnaubend mit Maria, während diese ohne einen Fetzen am Leib auf einem Stein sitzt, eine Zigarette raucht, maulend zuhört und dabei aussieht, als ob sie völlig unberührt wäre.

Diana ergreift erschrocken ihr Kleid, aber José sieht sie gar nicht an. Er schaut nur auf Maria, und ihre Immunität gegenüber seinen Drohungen und Flüchen lassen ihn rasend werden. Er sieht fast aus, als könne er jeden Augenblick anfangen zu heulen, und Diana tut er abwechselnd leid, dann ist es ihr wieder peinlich, wie schlecht er mit der Situation zurechtkommt.

Schließlich geht er. Maria ruft ihm hinterher und grinst Diana an. Diese ist immer noch ein wenig erschrocken, und das kann man wohl ihrem Gesicht ansehen, denn Maria amüsiert sich ganz offensichtlich: »Don't worry. He do not understand one fuck, never will.« Sie drückt zufrieden ihre Zigarette am Felsen aus und kommt heran, um ihr Kleid anzuziehen.

»Boyfriend?« wagt Diana zu fragen.

»No. Brother.« Sie schaut Diana mit ihrem klaren, grünen Blick an und ist für einen kurzen Augenblick ernst. »NO boyfriend! Stupid …«

Als sie den erleichterten, hoffnungsvollen Funken in Dianas

Augen sieht, wird der Ernst von dem mittlerweile wohlvertrauten Ironischen, Triumphierenden abgelöst, das soviel besser zu ihr paßt. »No girlfriend too. No nothing. Just free, always free! Like sky, like sea, you see …« Sie macht eine Geste aufs Meer hinaus, das zwischen zwei Klippen zu sehen ist und im Abendlicht tiefblau glänzt.

Diana schließt die Augen und lauscht der Stimme. »Ja«, sagt sie, »I see.«

»Diana?« Sisse wacht sofort auf, als sie Diana ins dunkle Hotelzimmer kommen hört. Sie knipst das Licht über dem Bett an und schaut ihre Freundin mit großen runden Augen an: »Gott sei dank bist du da … Ich habe mir wirklich langsam Sorgen gemacht …«

»Warum?« Diana löscht wieder das Licht, als sie ihr Bett erreicht hat, auf das sie sich wirft, ohne sich auszuziehen. Das Licht ist viel zu grell für diese weiche Nacht.

»War er süß? War es schön?« Sisse läßt sich nicht von Dianas abweisendem Ton beirren.

»Sehr süß. Sehr schön.« Diana kann nicht umhin, in der Dunkelheit zu lächeln, und sie weiß, daß Sisse es hören kann. Trotz allem kennen sie einander ziemlich gut, auch wenn es im Augenblick nicht den Anschein hat.

»Ich dachte, Diana … Vielleicht sollten wir schon morgen weiterfahren? Weiter, dahin, wo kein Mensch ist? Und weg von den Schweden?«

»Wieso denn?« Aufrichtig überrascht.

»Ja, um … um auch ein bißchen Zeit für uns allein zu haben. Darum sind wir doch eigentlich losgefahren, oder?«

Beide sind eine Zeitlang still.

»Diana?«

»Hmmm?«

»Willst du immer meine beste Freundin sein – wie wir es uns mal versprochen haben?«

»Natürlich«, aber sie ist sich nicht mehr so sicher. »Schlaf jetzt,

Sisse. Wenn wir weiter die Küste rauf wollen, müssen wir morgen früh hoch.«

»Diana?«

»Was denn nun noch?«

»Hast du was zustande gebracht?«

»Das, was ich wollte.«

Margaret Johansen

Sex sechsundsechzig

Die Sonne stand sicher tief am Himmel und warf dramatische Schatten über den Park, es war schließlich September. Aber sie achtete nicht darauf. Sie spuckte auf ihr Taschentuch und rieb die schlimmsten Schmutzringe vom Plastiktisch, während er Bier und Eis holte. Dann betrachtete sie aus zusammengekniffenen Augen den Selbstbedienungstresen und sah die schwere Gestalt in Jeans und weißem Pullover liebevoll an. Er hatte sich die Haare sorgfältig und ordentlich über die kahle Stelle am Hinterkopf gekämmt, obwohl die doch nach dem Sommer so schön braun war.

Und sie liebte diese Stelle so sehr! Als er sich mit dem Tablett in den Händen umdrehte und auf sie zukam, sah sie seinen wogenden Bauch. Die Alterszulage. Wie bei ihr selber. Sie hatten viele Gemeinsamkeiten. Mehr als die lärmenden Jugendlichen an den anderen Tischen ahnen konnten, wenn sie sich in ihren offenen Flirt vertieften, mit feuchten, geilen Blicken, braun und strahlend in ihren Miniröcken und den hautengen Jeans. Die verpaßten das Wichtigste. Den Aperitif. In ihrer Ungeduld entging ihnen der auserlesene Geschmack jeglichen Anfangs.

Wirklich spannend war doch die Andeutung. Die kleine Unsicherheit, die überwunden und besiegt werden mußte. Die jungen Leute würden ihre Flirts schon sattbekommen, wenn sie erkannten, daß das Erlaubte und Ausprobierte schal war. Er stellte das Tablett auf den Tisch.

»Da hast du Eis und Bier«, sagte er. »Ich muß schon sagen, eine komische Mischung.«

»Ich trinke eben gern Bier nach etwas Süßem«, sagte sie und leckte gierig am Schaum, dann steckte sie den Löffel in das glitzernde Eis mit Krokant, das ihr hier und dort noch einige Extrakilos verpassen würde, das wußte sie. Was es nur noch leckerer machte. Sie genoß es mit sinnlicher Freude und liebkoste nach jedem Mundvoll den Löffel mit ausgestreckter Zunge.

»Jetzt muß ich mir ein Kissen unter den Hintern legen, damit du noch richtig an mich herankommst«, sie lächelte mit Eisschnurrbart.

»Ach, du weißt doch, wie ich das sehe«, sagte er.

»Aber sicher«, antwortete sie und blickte gierig in ihren Eisbecher. »Wenn es nach dir ginge, dann würde ich zum Hund mit Hängeohren, und der ganze Spaß wäre ruiniert.«

»Du Dussel«, sagte er, »dann könnte ich dich überall streicheln, im Nacken und am Hals, und ich könnte deine Brüste festhalten ...«

»Ach ja?« fiel sie ihm ins Wort. »Während ich alle Kräfte aufwende, um meinen Bauch einzuziehen, und überhaupt nichts von der Sache habe?«

Er seufzte und lächelte und spürte, wie eng seine Hose war, und bald würden sie Bier und Eis stehenlassen und nach Hause gehen müssen.

Er blickte sich um.

Unter dem flimmernden Laubwerk des Spätsommers sahen sie braune, langgliedrige, schlanke Frauen, denen die Haare über Gesicht und Schultern wogten, worauf sie sie träge mit dünnen, von großen Ringen bedeckten Fingern fortschoben. Sie konzentrierte sich intensiv auf ihr Eis, wußte aber genau, was ablief. Die jungen Frauen warfen gleichgültige Blicke auf ihn – mit einem Hauch von Interesse in den Pupillen – sie hielten ihn vielleicht für einen attraktiven älteren Mann. Aber er würde keine Sekunde mehr wagen, an so etwas zu denken. Sie lächelte in ihren Löffel. Sollten die anderen doch ihren anstrengenden Flirt weiterführen, sie selber würde bald die Sahne abschöpfen. Sie wußte, wie geil ihn ihre harmlose kleine Auseinandersetzung gemacht hatte.

Sie leckte sorgfältig die letzten Eisreste und ließ langsam die Zunge über ihre Oberlippe gleiten. Ihre Augen wurden schmal und glitzerten, als sie sie an den Tischen der jungen Männer entlangwandern ließ. Nicht viele interessierte Rückmeldungen, nein. Aber das machte nichts.

Denn er sagte: »Jetzt laß uns schon gehen, sonst kann ich nicht mehr aufstehen.«

»Das kommt davon, daß du dich in deinem Alter noch mit engen Jeans zum Narren machst«, sagte sie zufrieden, ließ die Hand unter dem Tisch verschwinden und streichelte seinen Oberschenkel.

Er stöhnte und griff nach seinem Bier.

»Dann gehen wir vielleicht?« schlug sie vor und legte den Kopf schief. »Du kannst meine Zeitung leihen, wenn du irgendwas verbergen mußt«, fügte sie liebevoll hinzu.

Er war ein guter Klavierspieler. Sie gehörten zu den Jazzbegeisterten, und sie wunderten sich immer wieder aufs neue darüber, daß für Leute im Rentenalter offenbar nur Kirchenlieder und Akkordeonwalzer zugelassen waren. Als ob sie plötzlich ihre Vergangenheit verloren hätten und neu geboren worden wären. Gotterbärmlich geschlechtslos war das!

Sie liebten die sinnlichen Jazzrhythmen und die aufreizenden Instrumente. Sie tanzten viel miteinander. Und sie fragen sich oft, ob die heutige Jugend überhaupt wußte, daß der Rock in *ihrer* Jugend aufgekommen war.

Er hatte in seiner Jugend in Tanzkapellen gespielt. Hatte einfach dazu gehört, sie aber hatte nie verstehen können, warum sich alles um ihn drängte, als er noch am Klavier saß. Mit einem Bier auf dem Instrument und einer Zigarette im Mundwinkel. Lässig und spannend für die anderen Frauen, aber nicht für sie. Denn damals war ihr ein anderer Mann wichtig gewesen.

Und jetzt, wo sie ihm vierzig Jahre später wieder begegnet war, dachte sie: Herrgott, was für eine Veränderung!

Aber er konnte noch immer spielen, und die Musik und die Sehnsucht nach Nähe und Zärtlichkeit brachten etwas zu Tage, das sie überraschte, und das doch unumgänglich und selbstverständlich wirkte.

Als sie ins Haus kamen, bat sie: »Spiel doch ein bißchen für mich.«

Er blickte sie ungläubig an und schubste sie ins Badezimmer.

»Etwas Weiches, Sinnliches«, sagte sie über ihre Schulter.

»Du bist eine verdammte Terroristin, weißt du das«, antwortete er und fing an, den Reißverschluß seiner Jeans zu öffnen. Sein Bauch, der munter über dem Gürtel gehangen hatte, senkte sich behaglich. Er versuchte, den Bauch einzuziehen, als er hörte, daß sie die Dusche aufdrehte.

»Mach uns doch was zu trinken, mit viel Eis.«

Nackt verschwand er in der Küche und ließ auf dem Rückweg Flaschen und Gläser gemütlich klirren.

Sie stand im Badezimmer und betrachtete sich stirnrunzelnd im Spiegel.

Sie zog den Bauch ein und hob die Brüste in die Höhe, in die sie gehört hätten. Dann ließ sie alles fallen und blickte zufrieden ihr alterndes Ich an, das braun und schön war, und vor allem verlockend für ihn, der mit den Gläsern und seinem strotzenden Geschlecht zu ihr kam.

Sie schlüpfte unter die Dusche.

Er zog den Vorhang beiseite und grinste boshaft.

»Du siehst genauso aus wie Madonna«, sagte er.

»Wie welche?« fragte sie schlagfertig. »Ich habe schon hunderte in allen möglichen Formen gesehen. Und allen gemeinsam ist die Frömmigkeit, aber die siehst du an mir doch vermutlich nicht? – Die, die du meinst, ist ein klapperdürres, kaltes, sexloses Ding, das in allen Autowerkstätten hängt.«

»Du meine Güte, das war aber heftig«, er lachte gutmütig und trat dicht an sie heran.

Sie hielten Gläser und Köpfe aus der Dusche heraus und nippten zufrieden an ihren Getränken.

Dann stellten sie die Gläser weg.

Das Wasser strömte warm über sie. Sie seifte sich die Hände ein und ließ sie über seinen Nacken und über seinen Rücken gleiten, dann über seine Brust, abwärts, abwärts.

Neckend hielt sie am Nabel inne, nahm wieder die Seife und brauchte sehr lange, um ihre Hände mit Schaum zu füllen.

Dann seifte sie ihn weiter mit behutsamen Händen ein und blickte ihm dabei die ganze Zeit in die Augen. Ihre Augenbrauen hoben sich dunkel von ihren blonden Haaren ab, und ein Fächer von Runzeln um die blaugrünen Augen schien zu lächeln. Sie küßte ihn auf die Nasenspitze.

Er zog sie an sich und hob sie hoch.

»Leicht bist du nicht«, er lächelte. Mit einem Fuß zog er einen Hocker unter sie, und nun waren sie genau gleichgroß.

Sie lächelte nachsichtig und rieb sich an ihm.

Es tat gut, etwas Vollkommenes zu spüren. Aber war das bei ihm wirklich der Fall? Ein kleines kaltes Entsetzen überkam ihn, aber es verschwand, als er den intensiven Genuß bei ihnen beiden empfand, und ihre vertrauten Kehllaute erfüllten ihn mit tiefer Zufriedenheit.

Das Wasser rieselte auf sie herab und machte ihre Haut seidenweich.

Dann kam sie, streckte die Arme zur Decke, packte mit weißen Knöcheln die Stange des Duschvorhangs, schrie vor Freude und warf den Kopf in den Nacken.

Er war jedesmal von neuem überrascht, und er freute sich, weil er ihr einen so intensiven Genuß bereiten konnte, noch zusätzlich zu seinem eigenen.

Und er dachte an die vielen Jugendjahre, an die quälenden Triebe, an Verhütungsprobleme, an zu frühen Samenerguß, an die ewige Angst, etwas könne schiefgehen, und glücklich pries er seine sechsundsechzig Jahre.

»Du bist leider ein bißchen zu schwer zum Tragen«, sagte er und küßte sie leicht.

»Und du bist hinterher immer schrecklich zynisch«, sagte sie zufrieden, denn Rausch und Genuß waren noch nicht vorüber.

Er holte ein großes Badetuch, zog sie aus der Dusche und trocknete sie sorgfältig von Kopf bis Fuß. Dann schob er sie aufs Bett und sah sie aus dunklen, dunklen Augen an. Er küßte sie auf den Bauch und holte die Gläser. Dann legte er sich neben sie.

»Himmel, du mußt endlich die Decke neu streichen«, sagte sie.

»Fängst du schon wieder an zu nerven«, sagte er. Aber ihre Stimmen klangen satt und zufrieden.

»Jetzt wird es aber Zeit, daß du nach Hause gehst«, sagte sie plötzlich ganz praktisch.

Er drehte den Kopf und sah sie an.

»Okay«, sagte er. »Aber laß mich erst austrinken. Und nächstes Wochenende kommst du zu mir«, fügte er hinzu, als er sich erhob und nach Unterhose und Jeans griff.

»Aber sicher«, antwortete sie und trank ebenfalls aus. Mit gerunzelter Stirn und besorgtem Gesicht starrte sie zur Decke hoch. Morgen kaufe ich Farbe, dachte sie.

Maria Jotuni

Anita

Die kleine Anita war gekommen.

Anita aus dem entlegenen Kirchdorf, das Adoptivkind des Bruders, des Pfarrers.

Die Bediensteten bewegten sich mit vor Hast geröteten Gesichtern, nur hinten in der Stube flüsterten sie ein wenig miteinander. Zum Streiten blieb keine Zeit.

Denn der Agronom Göran war ein strenger Mann. Er sparte nicht mit Worten und war unbeherrscht, wenn ihn jemand in Zorn brachte.

Und die Bediensteten zitterten immer vor ihm.

Vor Anitas Ankunft hatte er gerade einen aus dem Dienst entlassen und ganz vom Hof gejagt. »Ihr Tag hier ist erst dann zu Ende, wenn diese Arbeiten fertig sind«, hatte er befohlen.

»Unser Tag ist zu Ende, wenn die Abendglocke läutet«, hatte einer zu erwidern gewagt.

»Dein Tag ist genau jetzt zu Ende!« Und der Mann mußte gehen, und kein Wort fiel mehr darüber.

Ihn amüsierte später der Mut des Mannes, aber im übrigen verachtete er diese dummen Menschen mit ihren rotglänzenden Gesichtern. Arbeitspferde waren sie, und sonst nichts.

Alle Menschen sollten gleich sein? Ach, Hirngespinste!

Was war an ihnen menschlich, wie sie mit offenem Mund glotzten, ohne irgend etwas zu denken, nur schufteten, aßen, in vollgestopften Zimmern schliefen, und der stumpfe Blick, dieser stumpfe Blick, der ärgerte ihn am meisten. Dieser Blick hatte ihn viele Male in Wut versetzt, und er hätte sie beinahe geschlagen, aber er konnte sich schließlich doch zügeln.

Immer die gleichen Blicke, überall und immer diese gleichen Blicke!

Nicht ein einziger zivilisierter Mensch wohnte in der gesamten Umgebung des großen, einsamen Hofes.

Und er sehnte sich oft nach menschlicher Gesellschaft.

Abends, wenn er von der gemeinsam mit dem Gesinde verrichteten Arbeit heimgekommen war und nicht, wie gewöhnlich, müde war, blieb er oben allein sitzen.

Entsetzlich düster waren die riesengroßen, fast leeren Zimmer im Obergeschoß. Er hatte sich bemüht, Möbel von weither aus der Stadt heranzuschaffen, aber er hatte sie schließlich doch nicht ertragen können.

Gott, wenn ich doch eine Frau hätte!

Und dann sah er sie, wie sie sich in der Dämmerung behutsam um ihn herum bewegte, sah ihr Lächeln, sah ihre Figur, fühlte ihre Nähe, fühlte ihren warmen Körper, fühlte sie überall, ach, er fühlte.

Er mußte nur mit geschlossenen Augen dasitzen, die Gedanken fliegen und die Phantasiebilder sich abwechseln und aufsteigen lassen.

Aber dann versanken sie wieder, und der Kummer überkam ihn. Warum wiederholten sie sich immer wieder, um ihn zu quälen? Denn eine Frau – woher sollte er sie nehmen, er kannte ja niemanden – niemanden. Und die Jugendlieben waren vergangen. Ach, wenn man damals etwas geahnt hätte.

Die Haushälterin, sie haßte ihn, hatte ihn jedenfalls gehaßt.

Und der Agronom Göran seufzte laut, während er die knarrenden Dielenbretter mit geballten Fäusten und rot angelaufenem Gesicht entlangschritt.

»Stiina!«, rief er dann das Hausmädchen, und »Ole!«

Sofort wurde sein Befehl hastig ausgeführt. Im Nu wartete Ole, sein Lieblingspferd, bebend und unruhig auf seinen Herrn.

Und dann ritt er, in die dichten Wälder, ritt kreuz und quer, ritt wie von Sinnen.

Ihm wurde leichter zumute, und ruhig kam er zurück. Er klopfte Ole auf die Kruppe, streichelte ihn und sagte ihm gute Nacht.

Es wurde getuschelt, daß er auch trank. Aber was wurde nicht alles über ihn getuschelt!

»Das ist die zukünftige Herrin«, sagten die Bediensteten, nachdem Anita gekommen war. »Deshalb wird hier jetzt so viel vorbereitet.«

»Ach was, die ist doch noch ein Kind, kaum sechzehn, und die Nichte, wie man hört –»

»Aber nur die Adoptivtochter.«

Aber Anita war begeistert vom Hof des Onkels, schaute alles an, und der Onkel folgte ihr und erklärte ihr alles.

Sie waren gute Freunde, und Anita mochte den Onkel, sie mochte ihn sehr gern.

»Onkel Göran, gib mir deinen Arm, wie der mutige Prinz im Märchen, und führ mich herum, zeig mir alles!«

»Ganz wie es beliebt, kleines Dornröschen!«

»Klein!?«

Es war abgemacht, und die »kleine Hofdame« bezirzte den armen Onkel bei der Pferdebesichtung so, daß er die Erlaubnis zu einem Ausritt gab.

»Hei, schau, wie stolz!«

»Das ist Ole, mein treuer Ole!«

»Der scheint seinen Wert zu kennen. Du mußt doch glücklich sein, Onkel, weil du so reich bist. Und hör zu, wenn du wirklich willst, bleibe ich für den ganzen Sommer hier, aber behandle mich gut, du mußt sehr lieb zu mir sein, denn ich will, daß man mich mag, daß man mich wirklich unendlich liebt! Möchtest du das nicht auch?«

Und so mangelte es Anita nicht an Gesprächsstoff. Sie erzählte von zu Hause, erzählte von sich selbst, erzählte dem Onkel offen von all ihren halb ausgereiften Gedanken. Wem auch sonst als dem Onkel, der die Kinderseele so gut verstand.

Aber gegen Abend wurde sie wortkarger. Anita war müde.

Der Onkel selbst hatte die Eckkammer für Anita hübsch zurechtgemacht. Ein weißes Bett stand mitten im Zimmer vor den grünen Fenstern.

»Fürchtest du dich auch nicht allein, Anita, Kind, dein Onkel schläft im Zimmer nebenan.«

»Ich habe keine Angst, aber laß die Tür offen, das stört dich doch nicht?«

»Überhaupt nicht. Also gute Nacht!«

»Gute Nacht! Gib mir einen richtigen Gutenachtkuß, alter Onkel! Das bin ich so gewohnt!«

Und Anita drückte ihren zarten Körper voller Vertrauen an den Onkel. Und die Hände des Onkels zitterten, als er sie ins Bett legte und zudeckte.

»Armer Onkel! Jetzt mußt du hinaus, Onkel Göran!«

Er ging in sein Zimmer, zog sich aus und setzte sich auf die Bettkante.

Er saß lange da. Er konnte nicht schlafen, er dachte immer nur an das Kind.

Er glaubte, dieses reine, unschuldige, offenherzige Geschöpf, das schon voll weiblichen Reizes war, beinahe zu lieben. Für ihn waren ihre großen, fragenden Augen, deren blauschimmernder Untergrund ihre Tiefe noch verstärkte, die schönsten, die er sich je hätte vorstellen können, und der blonde, lange Zopf, der schwer über die noch unentwickelte Taille herabhing, der prächtigste, den er je gesehen hatte, und die Geschmeidigkeit in ihrem Wesen, und die Unschuld, das brach ihm fast das Herz.

Er saß und grübelte.

Aber eigentlich grübelte er gar nicht. Er ließ seine Gedanken frei und ziellos umherschweifen. Er war einfach nur da und ließ seinem Gefühl freien Lauf.

»Grenzenlos lieben« könnte er sie wohl. Ein solches Mädchen!

Er fühlte wieder die warme Berührung von Anitas Körper, fühlte den schwachen Druck der Arme um seinen Hals.

Aber ihre Augen schauten ihn fragend und ernst an.

Ein Kind war sie.

Wenn sie sein Kind gewesen wäre, nur sie zwei auf der Welt, hätte er sie wie seinen kostbarsten Schatz behütet.

Oder wenn sie schon eine vollkommen reife Frau wäre, so rein, wie wenn noch kein einziger Mann seinen Blick in sie versenkt hätte, wäre sie sein!

Er würde zu einem neuen, besseren Menschen werden. Er würde ihr keine Gewalt antun. Er würde sie auf Händen tragen.

Dann hätte er das Recht, ihren zarten Körper zu bewundern, dessen schöne Umrisse zu betrachten. Er hätte das Recht, die Wärme dieses Körpers an seinem eigenen zu spüren, diese reine Jugendlichkeit neben sich zu fühlen.

Er hätte das Recht.

Und sie würden hier leben, genau wie jetzt auch.

Sie zwei.

Und ihm war, als hätten sich die Wände zwischen den Zimmern in Nichts aufgelöst und als hätte Anita ihn zu sich gerufen. Er lauschte.

Anita seufzte noch einmal im Schlaf.

Göran schlich leise zu ihr hin und setzte sich auf die Bettkante.

Anita schlief, ruhte dort auf dem Rücken, halb in das weiche Kissen versunken. Das Hemd hatte sich an der Schulter geöffnet und war heruntergerutscht, und das goldene Haar warf auf dem schimmernden Laken prachtvolle Wellen.

Die Brust hob und senkte sich gleichmäßig und ruhig.

Görans Hand sank auf Anitas junge Brust herab.

Und er vergaß, daß es die Welt um sie herum gab, daß es Eltern gab, daß er der Onkel war.

Er vergaß, daß er kein Recht auf das Kind hatte, vergaß, daß es das Kind Anita war, nur sein kleiner Liebling. Er vergaß alles.

Er fühlte die jugendliche Haut unter seiner Hand, er fühlte den gewichtlosen Körper sich seiner Hand entgegenheben, fühlte die weiche Berührung der Brust, er fühlte, daß dort in seinem Schoß eine vollkommene Frau schlief.

Und Anita erzitterte in seinen Armen und preßte ihren Kopf schutzsuchend gegen seine Schulter, und die feuchten Lippen öffneten sich ein wenig.

Göran legte sie ins Bett, indem er die Feuchtigkeit von ihren Lippen sog.

Es war, als hätte er sich selbst nicht mehr in der Gewalt. Er wußte nichts, dachte nichts.

Aber plötzlich erstarrte sein Gesicht. Er sprang auf.

Gott, was tat er, Herrgott!

Und Anita lag ruhig schlafend in ihrem Bett, wie von einer langen Reise erschöpft.

Und Onkel Göran …

Als dann am Morgen das Hausmädchen den Kaffee brachte, saß der Agronom noch immer wach.

Er bedeutete dem Hausmädchen zu gehen.

Aber auf seiner Kleidung bemerkte das Hausmädchen blutige Striemen, und unten auf dem Fußboden lag eine Hundepeitsche.

Rønnaug Kleiva

Die olympischen Ringe

Ringwerfen, vor allem für Frauen

Zuerst fahren wir auf den Peloponnes und sehen zu, wie die Jungfrauen das olympische Feuer anzünden. Sie sind jünger als wir, und die Männer sind älter. Wir haben noch Zeit zum Trainieren, und die Sonne scheint, bis die Dunkelheit hereinbricht. Auf dem Rückflug trinken wir Cognac zum Kaffee und studieren die Teilnahmeunterlagen.

Danach gehen wir ans Werk. Es ist etwas zwischen Gemeinschaftsarbeit und individuellem Wettbewerb, wie Frauen es zu allen Zeiten betrieben haben.

Wir suchen uns einen passenden Mann. Unsere Aufgabe ist wirklich nicht einfach. Schon gar nicht auf Flugplätzen, bei den vielen überarbeiteten, alternden Männern, die wir da unter den Fluggästen finden. Aber unser Blick ist gut trainiert, und wir finden doch ein Objekt, einen Mann in den Zwanzigern. Ohne zu viele Fragen zu stellen, kommt er mit uns. Wir legen ihn in den Schnee und ziehen ihn aus. Wir bedauern die 20 °C minus, und er scheint unser Mitgefühl zu schätzen. Er ist ein schöner Mann, mit eingefärbten Strähnen in den Haaren. Wir lächeln, während wir ihn ausziehen. Es fehlt uns durchaus nicht an Sinn für Ästhetik. Das größte Problem ist, ihn zum Stehen zu bringen, was nun wirklich eine Voraussetzung für diese olympische Disziplin ist. Aber in der Not lernt auch die Nackte spinnen, und eine von uns hat zum Glück

Ahnung von Physik. Wenn wir den Phallus mit Schnee und Wasser bedecken und ihn hochhalten, dann werden Schnee und Wasser bald zu Eis, und dann steht er allein, ganz ohne unsere Assistenz. Sie zieht ihren Taschenrechner hervor und berechnet, wie lange wir ihn so festhalten müssen. Dabei verrechnet sie sich, aber sehet! Der Herr blickt in Gnaden auf die Seinen, und Er läßt das Wunder geschehen: Er steht!

Das ist alles nur gerecht. Schließlich leben wir doch in einem sozialdemokratischen Land, wo alle dieselben Möglichkeiten haben müssen, bei freien Frauen!

Jede Teilnehmerin erhält fünf olympische Ringe aus Plastik, die sie dann werfen soll. Die Ringe wiegen nicht viel und sind wie geschaffen für ihre Aufgabe. Wir variieren die Entfernung und damit Herausforderung und Schwierigkeitsgrade. Wer die meisten Volltreffer erzielt, hat gewonnen. Alles ist wunderbar leicht und wunderbar gut. Wenn wir uns nicht konzentrieren, lachen wir, oder wir lächeln. Unsere Münder sind tiefrot.

Die Siegerin darf das Eis vom Phallus lecken. Es schmeckt ein bißchen wäßrig, und deshalb wird beschlossen, daß bei künftigen Olympiaden Speiseeis verwendet werden soll, mit sehr viel Eiern und Sahne und Rum- oder Vanillegeschmack. Nach der Veranstaltung diskutieren wir die Möglichkeiten, diese Disziplin auch bei den Olympischen Sommerspielen in Atlanta einzuführen, welche Wirkmittel sollten wir dabei verwenden? Einer von uns wird die Aufgabe übertragen, Kontakt zu Coca-Cola aufzunehmen, vielleicht können die ja eine Variante für heiße Tage entwickeln, möglicherweise mit Cola-Geschmack!

Der Siegerin steht die Welt offen.

Die Medaillen haben wir noch nicht gesehen, aber irgendwo funkeln sie.

Agnes von Krusenstjerna

Liebe ist nichts für Ängstliche

Angela stieß einen kurzen Ruf der Begeisterung aus, als sie in der Tür des Fischerhäuschens stand. »Oh, Thomas«, sagte sie und stellte sich auf die Zehenspitzen, um den Arm um seine Schultern legen zu können. »Dies wird unser Zuhause.« Er sah lächelnd auf sie nieder. »Ja, dies wird unser Zuhause«, sagte er. Sie ging vor ihm hinein. Das Häuschen bestand aus einem großen Zimmer, das tief wirkte, da es sich fast über die gesamte Breite und Länge des Hauses erstreckte. Die restliche Fläche nahm eine ganz kleine Küche ein, in die man durch eine Tür gelangte, die so niedrig war, daß ihr etwas Geheimnisvolles anzuhaften schien. Dort war nicht tapeziert. Die Wände bildeten dicke, ungehobelte Baumstämme, aus deren Holz offenbar immer noch goldbraunes Harz rann. Möbel gab es nicht viele: einen braunen Tisch mit einer bunten Tischdecke aus Bolivien, ein paar breite Klappbetten mit tiefroten Überdecken in einem Schwarzrot, durch das sie wie in Blut getaucht aussahen, Webwaren mit uraltem hieroglyphenartigen Muster, mexikanische Textilien, die an einem skandinavischen Strand von aztekischer Zauberei sprachen, ein Schrank, ein Waschtisch. Auf der Kommode, mitten unter Thomas' Büchern, lagen einige große rosa Meeresschnecken. Thomas nahm eine davon und hielt sie dicht an Angelas Ohr. »Hör mal«, sagte er. Sie hörte dem Rauschen zu, während sie zu ihm aufsah.

Es kam ihr vor, als würde dieses Brausen ihr gesamtes Wesen

erfüllen. Es war das Meer. Thomas hatte das ganze Meer an ihr Ohr gelegt, er, der alle Macht besaß. Und wenn sie nun die Augen schloß, glaubte sie, der Boden gäbe langsam unter ihren Füßen nach, und sie sanken zusammen tief, tief in ein warmes Dunkel von Wogen und sonderbaren Schlingpflanzen, die sie aneinander drückten, so daß sie kaum noch Luft bekamen.

Thomas hatte die Schnecke auf die Kommode zurückgestellt und hielt Angela in seinen Armen.

Sie hörte ihn sagen, daß Cecil den ganzen Tag auf Ösa sein würde und daß er das kleine Dienstmädchen wegen einer Besorgung fortgeschickt hätte, die sicher lange dauern würde.

Weil er mit mir allein sein will, dachte Angela da und zitterte etwas.

Sie hatte Thomas mehrere Tage nicht gesehen, nicht seit dem Tag in der Bibliothek auf Ösa.

Gestern jedoch war er nach Nybo auf Besuch gekommen, und obgleich sich ihnen nur schwerlich die Gelegenheit bot, allein miteinander zu sprechen – denn Alexandra und Lilian waren, ähnlich wie die meisten ihrer Standesschwestern in Schweden, seit den Tagen nach den zielsicheren Schüssen in Sarajevo vor heiligem Zorn derart entflammt und von unbezähmbarem Verlangen erfüllt, über Weltpolitik zu räsonieren, daß man sich nicht mehr zu helfen wußte – so war es ihm dennoch gelungen, ihr zuzuflüstern, daß er sich jetzt zum Fischerhäuschen hinüberbegebe und daß sie dorthin kommen solle.

»Ich habe sie hereingelegt«, sagte Angela und lächelte froh. »Ich sagte etwas, ich erinnere mich nicht, was, daß ich einen langen Spaziergang machen würde, glaube ich.«

»Du mußt beim Hereinlegen geschickt sein«, sagte Thomas ernst.

»Ja, ich muß in allem geschickt werden«, antwortete Angela.

»Es ist um deinetwillen«, fuhr er fort zu und zog die Augenbrauen zusammen. »Es wäre doch wohl nicht so gut, wenn jemand davon erführe.«

Sie ging schnell zum Bett und setzte sich darauf. Er stand weiterhin zögernd im Zimmer und sah sie an.

»Na!« sagte sie ein wenig ungeduldig.

»Es war doch letztes Mal so schrecklich«, murmelte er.

»Oh, es war da drüben so hart. Mir tat der Rücken weh.«

Er ging zu ihr und legte seine Hände auf ihre weichen Schultern. Sie trug ein etwas kindliches Sommerkleid aus gepunktetem Tüll. Ihre Arme waren bloß, und sie waren braun.

Seine Hände glitten an ihren Armen hinab.

»Bist du dir wirklich ganz sicher, daß du mich liebst, Angela?« fragte er, und er lächelte wieder.

»Ganz sicher!«

Sie schüttelte den Kopf, so daß ihr das blonde Haar in die Stirn fiel. Er strich es wieder zurück, er wollte ihre Augen sehen. Vielleicht wollte er auch ihre Verlegenheit genießen, vielleicht wollte er den Anfang machen, indem er langsam von dieser ersten äußeren Unschuld, von ihrer köstlichen mädchenhaften Schüchternheit kostete.

»Hast du keine Angst mehr?«

»Überhaupt nicht mehr!«

Doch eine Wolke überzog ihr Gesicht, eine glühende Röte, die ihre Erregung bezeugte.

Nun setzte er sich neben sie. Sie wartete. Ihre Hände schlossen sich um seine. Da küßte er sie. Ihre Lippen trafen seine so bereitwillig.

Jedoch erstarrte sie plötzlich. Sie hatten die Tür offen gelassen, und sie meinte, dort draußen Schritte zu hören. Bevor er wußte, was sie vorhatte, war sie aufgesprungen und zur Tür gelaufen. Er ging ihr lächelnd nach.

»Siehst du jemanden, Angela?« flüsterte er.

»Nein.«

»Wie bist du doch dumm. Wenn da wirklich jemand gewesen wäre, und du stündest mit den roten Wangen hier in der Tür … Was hätte der dann gedacht?«

Sie gestand lachend ihre Dummheit ein. »Hier ist nur das Meer«, sagte sie.

Und das Meer war dort! Es sollte unauflöslich mit ihrer Erinnerung an Thomas verbunden bleiben. Sie würde nie die Wellen an den Strand spülen hören können, ohne seine Küsse auf ihrem Mund zu spüren. Ihr kam nicht in den Sinn, daß auch für Petra die Erinnerung an Thomas mit dem Meer verbunden war. Die rastlosen Wanderer des Lebens lassen stets Frauen am Meeresstrand zurück.

Angela streckte die Arme nach dem Meer aus. In diesem Augenblick wünschte sie, die Meereswellen würden auf sie zustürmen. Sie würden sie auf ihre starken Rücken heben und sie in die fremden Länder führen, in denen Thomas so viele Jahre gelebt hatte. Sie wollte sie sehen, da er sie gesehen hatte. Sie wollte sie lieben, da er sie geliebt hatte. Und zum ersten Mal hatte ihr Herz eine angsterfüllte Vorahnung, die sich wie ein augenblicklicher Schmerz anfühlte, als würde Thomas sie verlassen und dorthin zurückkehren, woher er gekommen war. Sie vergaß es aber, da er seine Arme um sie legte und sie in das Zimmer zurückführte.

Angela sank auf das eine der beiden Klappbetten nieder, das Thomas ihrer Meinung nach in Gebrauch hatte. Thomas zauderte jedoch wieder.

»Willst du dir nicht einen Tee machen?« sagte er plötzlich. »Würdest du das nicht gern?«

»Doch«, antwortete Angela etwas erstaunt.

Als sie in die Küche gingen, schmiegte sie sich an ihn.

»Wolltest du auch ganz bestimmt, daß ich herkomme, Thomas?« fragte sie mit aufkeimender Angst in der Stimme.

»Sicher! Natürlich!«

Thomas nahm einen Kessel vom Regal und machte sich daran, den Spirituskocher zu entzünden.

»Oh, laß mich das machen!« bat ihn Angela.

Sie zündete ein Streichholz an, nachdem sie vorsichtig Spiritus nachgegossen hatte. Sie standen still und schauten zu, wie die kleine hellblaue Flamme brannte. Ein Sonnenstrahl tastete sich bis zum

Herd voran, und in dem stechenden Licht schien die Flamme zu verschwinden und zu einem bloßen Schatten zu werden, der rastlos um den Docht irrte. Doch mit einem Mal loderte es, und der Spirituskocher begann zu rauschen und zu donnern. Thomas pumpte, während Angela hinter ihm stand und ängstlich zuschaute. Wenn jetzt alles Feuer fing! Nun aber kam wieder die hellblaue Flamme hervor und brannte ruhig und beständig. Thomas setzte den Kessel auf.

»Nun decke ich den Tisch«, sagte Angela belebt.

Sie stellte sich auf die Zehenspitzen, um an die Teetassen zu gelangen, die oben auf einem Regal standen. Genauso hatte sie sich kürzlich gestreckt, um den Arm um Thomas' Schultern legen zu können. Thomas folgte ihr mit den Augen. Ja, sie liebte. Ihre geringste Bewegung glich einer Liebkosung. Sie befaßte sich mit diesen kleinen Dingen, berührte sie, hob sie an, schüttelte Zucker in die Zuckerdose, alles, als bereite sie einen feierlichen Akt vor. Als sie die Teeblätter in die Teekanne tat und ein paar Tropfen kochenden Wassers daraufgoß, damit sie ziehen konnten, spitzte sie zugleich die Lippen wie zu einem Kuß. Sie wollte trinken. Sie wollte essen. Sie wollte alles. Sie wollte sich neben Thomas auf dem Bett ausstrekken und mit ihm verschmelzen. Allein die Berührung dieser Dinge, die Thomas täglich benutzte, bereiteten ihr große Wonne.

Nun trug sie das Tablett hinein und stellte es auf den Tisch.

»Bitte schön!« sagte sie lächelnd.

Jedesmal, wenn sie die Tasse zum Mund führte, sah sie ihn über den Rand mit schwarzen Augen an, voller Erwartung.

»Erzähl mir doch etwas«, sagte sie schließlich.

»Ich habe mich nach dir gesehnt«, sagte Thomas. »Ich habe mir vorgestellt, wie es ist, wenn du hier bist.«

»Und jetzt bin ich hier!« sagte sie.

Da ging er hinüber auf ihre Seite des Tisches.

»Hast du bald deinen Tee ausgetrunken?« fragte er.

Sogleich nahm sie die Tasse zwischen beide Hände und begann, eifrig zu trinken. Er sah, wie ihr weißer Hals bei jedem Schluck in

Bewegung geriet. Er lächelte darüber, daß sie ihm immer so buchstäblich gehorchte. Ihre Wangen waren gerötet, als er die Tasse geräuschvoll abstellte.

»Komm her!«

Er hatte sich auf das Bett gesetzt, und sie stellte sich zwischen seine Knie.

»Nun wirst du die Liebe kennenlernen, Angela«, sagte er und schaute ihr geradewegs in die Augen. »Wenn du dich mir hingibst, so sollst du nicht denken, daß ich nur das von dir will, deinen Körper allein und den Genuß, den er mir vielleicht schenkt. Ich will deine Seele spüren, dein ganzes sonderbares Ich. Ich habe immer geglaubt, daß die physische Liebe die einzige Möglichkeit sei, die Seele des Lebens kennenzulernen. Das ist der Weg, den die Natur vorsieht, damit das Leben das Leben durchdringt. Wenn du in meinen Armen liegst, bist du du selbst, genauso wie du vor langer Zeit einmal du selbst gewesen bist, als du bei deiner Mutter ruhtest.

»Ars amatorica suecana!« unterbrach er sich plötzlich und lächelte selbstironisch. »Kompendium über die Kunst, in Schweden zu lieben! Im Land der Bildungsbewegung, in dem über alles Kurse abgehalten werden müssen.«

Abermals gelang es ihm, den Faden seiner Liebesphilosophie aufzunehmen, um sie in den bewußten und gläubigen Zustand zu versetzen, in dem er sie haben wollte und in den sie bereits sehr viel tiefer eingedrungen war, als er ahnte: »Deine Seele ist wie ein kleiner, klarer Tropfen, der lange am Blatt des Frauenmantels zitterte. Ich kann dem kleinen Tropfen nicht nahekommen, der in deinen Augen leuchtet und blitzt, ohne dich in meine Arme zu nehmen und dich an meine Lippen zu führen, ebenso wie ich den Frauenmantel an mein Gesicht führen und den Tropfen aus seinem Kelch leeren muß, um die Süße des Sommers und die Frische des Morgentaus zu spüren. Manch einer würde freilich sagen, daß man den gleichen Eindruck von Schönheit erlangt, wenn man still hinsieht, ohne etwas zu berühren oder zu brechen. Bei mir ist das aber nicht so. Ich gehöre nicht in die Kategorie der Zuschauer. Das tust du auch nicht, Angela. Die Liebe ist nicht für Betrachter. In allem irdischen Leben treibt die Liebe zum Handeln und zu Gesten, zu Küssen, die in alle roten Schlünde dringen, zu Umarmungen, die feurig alle Aushöhlungen füllen wollen. Die ganze Welt wogt von lebhaft Liebenden: die schönen Tiere lieben einander, sie haben fast dieselben Bewegungen wie wir, wenn sie ineinander eindringen. Und ich bin mir sicher, daß auch die Blumen und die Bäume lieben. Sie haben keine Angst, und du sollst auch keine Angst haben, Angela. Die Liebe ist nicht für Ängstliche.«

Er drückte sie fester an sich. Sie streichelte sein Haar mit behutsamen, kleinen, heißen Fingern. Bei diesen Worten war er wie der junge Johan von Pahlen. Plötzlich waren auch sie verwandt! Sie verstand ihn, so wie sie Johan verstanden hatte.

»Ich liebe dich«, flüsterte sie. »Und nun werde ich deine Geliebte, und ich werde keine Angst haben wie letztes Mal. Du siehst doch, daß ich überhaupt keine Angst habe.«

Da nahm er sie bei den Schultern und legte sie zurück aufs Bett.

Sie lag ein wenig außer Atem da und schaute ihn mit großen Augen an. Dann wollte sie aufstehen. Doch er hielt sie lachend zurück.

»Verstehst du nicht, Thomas?« flüsterte sie schnell. »Ich muß diese Kleider ausziehen. Ich will nicht, daß du Umstände meinetwegen hast wie damals im Bootshaus.«

Da ließ er sie aufstehen. Und in geschmeidigen Bewegungen löste sie sich aus den Kleidern. Nachdem sie sich das Kleid ausgezogen hatte und in Unterhosen und Hemd dastand, wurde sie ganz geschäftig. Sie legte das Kleid ordentlich auf einem Stuhl zusammen, genauso wie wenn sie abends zu Bett ging. Die Unterhosen legte sie darüber und strich sie glatt, wie um zu zeigen, wie ordentlich sie war. Die Schuhe und die Strümpfe behielt sie auch nicht an. Die ganze Zeit hatte sie ihm den Rücken zugewandt, damit er nicht ihre glühenden Wangen sehen sollte und fälschlicherweise den Eindruck bekam, sie habe Angst. Als sie aber auch das Hemd ausziehen wollte, wollten ihre Hände ihr nicht länger helfen. Da lief sie auf ihn zu und setzte sich neben ihn auf das Bett. Ihre runden Knie konnte das Hemd nicht verbergen.

»Sie sehen lächerlich aus«, sagte sie und versuchte zu lächeln.

Sie lehnte sich zurück und er warf sich neben sie. Das Bett knarrte.

»Es bricht«, murmelte Angela unruhig.

»Oh, nein!«

Er küßte sie auf die Brust, und sie erschauderte.

»Magst du das nicht?« fragte er.

»Doch. Doch. Beeil dich nur!«

Doch sie kannte noch nicht alle Geheimnisse. Sie lag da mit ausgestreckten und zusammengepreßten Beinen.

Er küßte weiterhin ihre beiden Brüste. Als er mit den Lippen die kleinen Brustwarzen berührte, erhoben sie sich, sie zuckte zusammen, und mit einer plötzlichen, unfreiwilligen Bewegung entblößte sie sich, ohne daß sie selbst es wahrnahm, indem sie ihre Beine spreizte.

Er hob sie beinahe zu sich hoch. Sie schrie nicht. Willig führte sie ihren Körper zu seinem.

»Oh, Thomas«, murmelte sie halberstickt.

Doch als Angela sich nun aus freien Stücken widerstandslos an Thomas drückte, verschwand jedweder Rest von Angst. Sie liebte diese Schwere über sich. Sie bohrte ihr Gesicht in seine Brust und wunderte sich eine Weile, warum er sich nicht auch ausgezogen hatte. Aber er braucht das wohl nicht. Als sie spürte, wie sich seine Arme hinter ihr schlossen und sie gefangen hielten, war sie geborgen und froh. Für einen Augenblick war er still. Sie meinte, sein Herz schlagen zu hören – nein, sie fühlte es. Sein Herz schlug zitternd gegen ihr gesamtes Wesen. Nun spürte sie, wie ihr Schoß gefüllt wurde. Sie machte sich so groß – so groß, damit er Platz hatte. Oh, es tat weh! Doch sie wollte tapfer sein! Sie hatte das Gefühl, daß der Raum um sie herum still wartete. Alles wartete mit ihr. Es war so still. Doch als das Rauschen der Wellen von draußen hereindrang, glaubte sie, die Wellen kämen ihr zu Hilfe. Und auf einmal verstand sie, daß sie nicht unbeweglich liegen durfte. Es tat doch weh. Wie machten es die Wellen dort draußen? Wie eine Woge durchlief es ihren Körper. Sie bewegte sich auf und ab, sacht wiegend. Selbst der Schmerz des Berstens war jetzt etwas unsagbar Schönes. Heldenmütig drückte sie Thomas an sich, und mit einem Mal spürte sie ihn ganz hineingleiten, bis zum Herzen, dachte sie mit Wollust. Und etwas Weiches und Warmes benetzte nun ihren Schoß, als wollte es ihrer brennenden Wunde Linderung verschaffen.

Er lag neben ihr.

»War es schlimm?« flüsterte er.

»Oh nein!«

Sie schlang ihre Arme um seinen Hals.

»Nun bin ich deine Geliebte«, sagte sie fröhlich.

»Ja«, sagte er.

Dann legte sie ihren Kopf an seine Brust. Sie lagen vollkommen still. Ihr ganzer Körper glühte. Obschon er seine Hände fortgenommen hatte, fühlte sie sie noch immer auf sich. Sie meinte, sie würde sie für immer fühlen. Sie glaubte auch, daß ihr Schoß immer diese Schwere tragen würde, die sich so lieblich anfühlte, als ob sie ihn in sich trüge. So fühlte es sich vielleicht an, wenn man ein kleines Kind trug. Plötzlich flüsterte sie: »Thomas, vielleicht bekomme ich ein Kind.«

»Du hast es aber wirklich eilig«, lächelte er. »Aber du mußt dich gedulden, so rasch geht es nicht.«

Da war sie enttäuscht, als sei etwas unvollendet geblieben. Sie dachte nicht näher darüber nach, wie sie allein mit einem Kind ihr Auskommen haben sollte. Einmal hatte sie sich freilich gefragt, ob er sie heiraten würde. Doch er war ja schon verheiratet. Tief in ihrem Herzen glaubte sie vielleicht dennoch, daß er eines Tages zu ihr kommen und ihr mitteilen würde, daß er nun frei sei, und daß sie seine Frau werden sollte. Aber darüber hatte sie sich nicht den Kopf zerbrochen. Ihr war es genug, sich ihm schenken und mit ihm zusammen sein zu dürfen.

Lächelnd glaubte sie, ihr Körper dehnte sich aus – wachse. Nie zuvor hatte sie ihren eigenen Körper so empfunden. Jetzt teilte sie ihn jedoch mit einem anderen – mit Thomas. Sie meinte, sie selbst sei ein bloßer Schoß, der Thomas umfing.

Sie hatte viele Fragen. Sie begann dicht neben ihm zu sprechen, nach wie vor mit dem Kopf an seiner Brust. Doch da er keine Antwort mehr gab, hob sie den Kopf und stellte fest, daß er eingeschlafen war.

Darauf stützte sie den Kopf in die Hand und lag still und schaute ihn an.

Rosa Liksom

Vier Variationen

Variation I

Der alte Mann kam herein und hängte seinen Mantel an den Türpfosten. Er nickte freundlich und setzte sich durchgefroren und müde vor den Ofen auf den Fußboden. Er war still in Gedanken versunken und schaute aus dem Fenster in die tiefschwarze Nacht. Es war Oktober, und es hatte Tag und Nacht so stark geregnet, daß der Hof sich völlig in Morast aufgelöst hatte. Der Mann lehnte am Ofen, um sich aufzuwärmen, und seine langen schwarzen Haare hingen schwer vom Regen hinunter. Er stellte die matschigen Schuhe an die Ofenluke, und die löchrigen Wollsocken hängte er zum Trocknen an die Ofentür. Draußen war das gleichmäßige Prasseln des Regens zu hören, und der Wind blies nasses Papier zwischen Holzschuppen und Brunnen hindurch. Der Hund schlief ruhig in seiner Hütte und wartete darauf, daß der Regen nachließ. Sein Wassernapf lief langsam über.

Der Mann warf einen flüchtigen Blick auf das am Tisch sitzende Mädchen und schwieg. Später setzte er sich auf den Hocker am Tischende um und versank in Halbschlaf, seine Augen waren leicht geschlossen, und seinen langen schwarzen Bart durchzogen graue Strähnen. Das Mädchen sah kurz zu dem Mann auf und richtete ihren Blick wieder auf das Buch, das sie den ganzen Abend über gelesen hatte. Nach einem Augenblick schaute sie den Mann erneut an. Er erschien ihr schön und sauber, und seine Gegenwart beruhigte das Mädchen.

Sie saßen den Abend lang zusammen, der Mann im Halbschlaf, das Mädchen das Buch lesend, so daß es mitunter die Anwesenheit des Mannes vergaß. Nach zehn Uhr fuhr der Mann aus seinem leichten Schlaf auf und schaute von hinter seiner Kaffeetasse dem Mädchen in die Augen. In seinen Augen lag der Blick eines Waldmenschen, begierig und lebhaft.

Das Mädchen war kaum fünfzehn. Ihre dickes, braunes Haar war zerzaust, und die grünen Augen sahen den Mann fragend an. Sie saßen bis Mitternacht zusammen und tranken schwarzen Kaffee in der großen niedrigen Wohnstube. Die Gaslampe erhellte die Zimmermitte, aber die Ecken blieben in Dunkelheit gehüllt. Im Ofen brannte das Feuer, der Spültisch war leer. Lange, bunte Flickenteppiche verliefen von einer Wand der Wohnstube zur anderen. Sie unterteilten sie der Länge nach gleichsam in drei Abschnitte. Mitten in der Stube stand ein alter Schaukelstuhl, auf dem eine unansehnliche Katze schlief.

»Lange Fahrt, müde vom Regen«, sagte der Mann und lächelte das Mädchen an. Das Mädchen nickte und überließ sich weiter dem Buch. Die Haare des Mannes waren zu unzähligen Locken getrocknet, in seinem Mund waren nicht mehr viele Zähne. Sein Lächeln war schüchtern, und seine Augen verweilten auf dem Gesicht des Mädchens, auf der Zimmerdecke, auf den Flickenteppichen und auf den brennenden Kerzen.

Nach Mitternacht hörte der Regen auf, und der Hund kam aus seine Hütte hervor. Tiefhängende Wolken jagten schnell über den Himmel hinweg, und das Universum kam zur Ruhe. Die kleinen Wogen auf dem See fanden ans Ufer, und der Sternenhimmel wuchs zu einem riesigen Bogen an. Der Hund spazierte eine kleine Runde und kehrte dann in seine Hütte zurück. Das Wasser rieselte die Dachrinnen hinunter in eine große blaue Plastikregentonne, schwappte über den Rand auf die Erde, floß in einem kleinen Bach und mündete in eine großen Wasserlache, die sich zwischen Brunnen und Haus angesammelt hatte.

Das Kerzenlicht flackerte beständig über den Tisch hinweg zum Gesicht des Mädchens. Sie hatte schon lange gewartet. Gewartet, daß jemand die Tür öffnen und zu ihr hereintreten würde. Sie erhob sich, räumte den Tisch ab und stapelte die Teller und Tassen auf den Spültisch, stand einen Augenblick in der Kammertür und entzündete dann die Öllampe auf dem Nachttisch. Der Mann blies die Kerzen aus und folgte dem Mädchen. Das Mädchen stand ihm zunickend im Türrahmen und strich sich leise übers Haar. Dann entkleidete sie sich und zog ein weißes, baumwollenes Nachthemd an, sah rasch zu dem Mann und lächelte ängstlich erwartungsvoll, schlug die Bettdecke zurück und legte sich auf die eine Hälfte des Bettes. Der Mann zog den zerknitterten Wollpullover und die Hosen aus, die an den Knien zerrissen waren. Er duftete nach Regen, Rauch und Moos, er setzte sich auf die Bettkante und betrachtete das Mädchen nachdenklich, nahm die kleine Hand in seine und küßte sie mit spröden Lippen. Unter der Daunendecke war es warm, und das weiße Bettzeug duftete nach Herbstwind. Sie lagen still und nahmen die Welt in sich auf. Sie lagen beieinander und betrachteten sich wie den ersten Schneeregen im Herbst. Sie waren eins.

Am Morgen, bevor das Mädchen aufstand, hatte der Mann im Ofen in der Küche Feuer gemacht und Kaffee gekocht. In der Wohnstube war es warm, das klare Morgenlicht drang durch die kleinen Fenster herein. Sie tranken den Kaffee und waren Mann und Frau. Der Mann zog dem Mädchen ein rotes Kleid mit grünen Strumpfhosen an. Sie lachten zusammen in den Spiegel und beobachteten durch das Fenster den Hund, der draußen neugierig umherschaute. Er wedelte mit dem Schwanz, als er das vergnügte Gesicht des Mädchens entdeckte. Um die Mittagszeit fegte das Mädchen die Wohnstube und ging hinter den Schuppen die Asche ausleeren. Der alte Mann band sich mit einem roten Seidenfaden seine langen Haare zu einem Knoten zusammen und flickte seine Hose mit einem gelben Seidenfaden. Er wirkte nicht mehr müde und verbraucht. Auf dem

Gesicht und in den Händen des Mannes lag Liebe, und sein Blick liebkoste die knochige Kindergestalt.

Der Hof war groß, und das Gras war noch grün. Sie gingen über den Hof, sammelten Abfall und trugen Holz in die Stube. Am Abend nahmen sie vor Sonnenuntergang die zwei Reusen hinter dem Schilf aus dem Wasser und verstauten sie für den Winter im Schuppen. Der Hund durfte frei auf dem Hof herumlaufen, und im Boot beschnupperte er das nach Teer riechende Holz. Das Mädchen ergriff die Hand des Mannes und flüsterte: »Dein Herz ist nicht von dieser Welt.«

Sie saßen den Abend zusammen, und der Mann erzählte ihr von seinen Reisen und aus seinem Leben. Das Mädchen hörte ihm zu und stellte sich die fremden Länder und Städte vor, in denen sie im Traum manchmal war. »Als Tourist auf der Welt sein, heute hier, morgen dort, entweder allein oder zu zweien. Die Welt ist groß genug.«

Sie umarmten einander und schliefen lang.

Bevor morgens die Post kam, brach der Mann auf. Er ging mit kurzen Schritten über den Hof und versprach, vor Weihnachten zurückzukehren.

Variation II

Eine kühle Dachkammer in einem leuchtend bunten Haus Ende Mai. Schnee liegt noch verweht um den Brunnen und an der nördlichen Hauswand. In der finsteren Nacht wiegt der Wind die Wipfel der Bäume im Dachfenster. Die schlafenden Schenkel fest zusammengepreßt, der Bauch eine gewölbte Halbkugel, und die Brüste ruhen in der Beuge der Achselhöhlen. Die Schenkel wie zwei Seehundkörper. Das schmutzige Laken und die verblichene Decke. Stille. Der barmherzige Jesus mit langem Haar und gepflegtem Vollbart schaut milde lächelnd von der Wand. Das gefallene Schaf im Schoß.

Sie zieht die Decke über das Gesicht und atmet den eigenen Atem. Ganz, als sei im Bett noch jemand. Die Sprungfedern in der Matratze geben nicht nach. Die Gedanken wandern zum Sohn des Vetters im Vorraum der Sauna. Zu den Schenkeln, über die Brust und ins Innere des tiefen Nabels. Die Hand schiebt sich zwischen die Beine und liebkost den bauschigen Hügel und das feuchte Tal. Der Wind wimmert durch den Dachboden und in den metallischen Innereien der Ölheizung. Sie räkelt das Laken in Falten. Sie fährt mit den Fingern hinein, vor und zurück. Durch die Finger, die Hand entlang auf das Bettlaken strömt der süß duftende Fluß. Sie atmet langsam und saugt das ganze Spektrum von Düften in sich ein, die ihr in den Sinn kommen. Die Wolken im Fenster starren für einen Augenblick auf sie. Die Äste schwanken. Sie liegt bewegungslos, kostet die Fingerkuppen und lauscht den dichten Schlägen ihres Herzens. Sie starrt die Welt mit großen ängstlichen Augen an. In der Nacht. Allein.

Variation III

Das Zimmer hatte schummrig beleuchtete Wände, und ein goldbeschlagener Theatersarg stand in der Mitte. Vom schweren Dachbalken hingen, von der Geschichte staubgeschwängert, zehn farbige Seidenschals. Sie lag im Bett und ließ die Augenwinkel, die Wangen und das blasse Gesicht von Tränen feucht werden. Sie zog das weiße, saubere Spitzenlaken zerknüllt in ihren Schoß. Sie zerdrückte es mit den schlanken, langen Fingern einer fünfunddreißigjährigen Frau. Spürte, daß der Wahnsinn die erste Stufe erreicht hatte.

Am Abend, als die Sonne ihre Bahn hinter dem Himmelssaum des Orange-Meeres zog, öffnete das Mädchen die Tür. Sie stand und schaute mit sanften Augen. Die Tränen waren vom weißleinenen Kopfkissen über das Laken auf den unbehandelten Holzfußboden getropft. Sie kam ans Bett, streichelte die Tränen und die leicht feuchten Haare. Sie streichelte mit den tiefbraunen Augen die unter reichlich Bettzeug Begrabene. Die Abendsonne spielte auf den schummerigen Wänden, und der behutsame Wind trieb die Wolken fort aus dem kühlen Schoß des Abends. Sie streckte vorsichtig ihre Hand aus. Sie berührte das traurige Gesicht und die kleinen Brüste. Sie bedeckte mit den zarten Lippen ihrer zwölf Jahre den schmerzgeschundenen Körper und den zierlichen Spann.

Variation IV

Im September, als eine Nacht die Wärme des Sommers und das Grün des Grases zerreißt, sitzt die Frau auf dem Hof und bedeckt ihr Gesicht mit den von der Arbeit aufgerissenen, kleinen Händen. Weiter entfernt auf dem See wanken die braunen Schilfrohre zwischen den blauen, kalten Wellen. Und die kleinen Vögel. Sie packen ihre Sachen, um weit weg zu fliehen.

Der Junge läuft mit seiner Schultasche in der Hand den Sandweg entlang und läßt die letzten warmen Erinnerungen des Sommers langsam durch sein Herz strömen. Er bleibt vor der Frau stehen und läßt seinen Blick über das schwarze Haar der Frau spazieren. Vom See ist das letzte Flüstern des Sommers zu hören und vom Wind, direkt hinter dem Haus, breitet der Herbst seine mächtigen Schatten aus.

Der Junge streckt seine Hand aus und berührt sanft die Schulter der Frau. Die Frau hebt ihre Hand und tastet unsicher, mit unendlicher Sehnsucht in ihren großen Augen. Sie gehen über den Hof ins Haus. Durch die leise Stube, die nach Kräutern duftende Küche in die von Träumen und unerfüllten Hoffnungen brennende Kammer. Der Junge zieht der Frau das sonnengebleichte Kleid aus. Die langen Haare der Frau reichen ihr bis zu den runden Brüsten. Das Dunkelbraun des Bauches, der Nabel und der lange erotische Hals.

Sein Blick kreist um den Körper der Frau. Die Augen des Jungen wie Fenster auf eine unbekannte Landschaft. Er zieht sein weißes

Baumwollhemd aus und wirft es auf den dunkelgefärbten Flickenteppich. Er öffnet den braunen, schmalen Ledergürtel und steht nackt vor der Frau. Der zarte Körper des Jungen ist kindlich-puppenhaft, weich und flüchtig wie der Blick eines neugeborenen Kalbes. Die Frau nickt. Der Junge kommt einen Schritt näher, vorsichtig lächelnd. Die Wände in der Kammer mit der leicht geblümten Tapete seufzen schwer in der nachmittäglichen Erfüllung.

Signe Narvesen

Die rote Tür

Baby spielte mit Henriksen unter der blaugeblümten Bettdecke, es war dunkel im Zimmer, und ihre Augen waren geschlossen. Der Telefonstecker war herausgezogen, lag neben den Pantoffeln auf dem Boden, und sie lag auf dem Rücken, zog die Knie an, spreizte die Beine und ließ ihn immer tiefer in sich hinein, ihre Hüften erwiderten jeden Stoß, sie öffnete den Mund und hörte sich selbst stöhnen, und sie hob die Füße von der Unterlage und strampelte die Decke fort. Ihr Stöhnen wurde zu kurzen Schreien, und sie streckte die Beine aus, so daß sie zur Zimmerdecke zeigten, die sie nicht sehen konnte. Jedesmal, wenn er den Gebärmutterzapfen traf, spürte sie einen leichten Schmerz, und sie spreizte die Beine so weit zur Seite wie nur möglich, und fühlte den Schmerz an der Innenseite der Oberschenkel, sie ließ sie so und erwiderte die Stöße schneller und schneller, bis sie kam. Sie heulte und erinnerte sich kurz an den alten Mann, der im Stockwerk unter ihr wohnte, heulte weiter, ihr ganzer Körper zitterte. Langsam ließ sie die Beine sinken, wobei sie über die schmerzenden Oberschenkelmuskeln jammerte. Sie lag ruhig da, holte tief Luft und wunderte sich, daß das Herz derartig in der Brust hämmern konnte, ohne sie zu sprengen. Sie zog die Banane aus der Scheide und warf sie zu Boden, und es war doch irritierend, daß das Innere so weich wurde und die Schale Risse bekam, dachte Baby, während sie weiter langsam ein- und ausatmete, nackt auf dem Bett liegend, die Arme zur Seite, mit gespreizten Beinen.

Henriksens Büro war groß und glänzend, und hinter dem ovalen Schreibtisch saß er mit seinen blonden Locken, seinen blauen Augen und dem offenen Hemd, das die Brusthaare sehen ließ, und seine Jeans waren eng und sein Bauch so flach. Baby bewunderte jeden Tag den flachen Bauch und zog ihren eigenen ein, wenn sie in dem knöchellangen Rock und der frischgebügelten Bluse vor ihm stand, aber lieber läge sie auf dem breiten, dunkelblauen Sofa, das da in der Ecke stand, dabei hatte sie dort noch nicht einmal zusammen mit Henriksen gesessen. Sie war einundfünfzig und er sechsunddreißig, aber sie konnte sich vorstellen, auf dem Sofa zu liegen, und jedesmal, wenn sie vor dem ovalen Schreibtisch stand, guckte sie zum Sofa und fragte sich, ob einige der jungen Frauen dort gelegen hätten, aber Henriksen lächelte nur, und er hatte so weiße Zähne. Große weiße Zähne, die sich in der blanken Tischfläche spiegelten, aber als er aufstand, sah Baby nicht auf seine Zähne, sondern auf die engen Jeans und die Wölbung zwischen seinen Beinen, und das erste Mal, als sie das sah und Henriksen grüßte, schlug sie die Augen nieder, aber später hielt sie den Blick aus und fing an, Bananen im Geschäft an der Ecke zu kaufen. Es kam vor, daß sie vom Sofa und von den großen, weißen Zähnen träumte, die sie bissen, und dann wachte sie auf, und der Schweiß lief ihr zwischen den Brüsten herab.

Jeden Samstag saß Baby auf ihrem rosageblümten Sofa, trank heißen Kräutertee und las die Zeitung, das war ihre ruhige Stunde, sie trug einen verwaschenen Jogginganzug und ließ ihren Bauch entspannt hängen, und sie atmete. Sie atmete in langen, tiefen Zügen, während sie die Zeitung las, und alles war still und gut um sie, bis Henriksen in die Firma kam, und bis die Zeitung anfing, diese Anzeige zu drucken. Die ersten Male sah sie nur kurz den Kasten unten auf der Zeitungsseite und blätterte schnell weiter, aber mit der Zeit begann die Anzeige ihr entgegenzuleuchten, und sie hatte rote dicke Kanten, und die Farbe wurde jeden Samstag kräftiger, und sie mußte lesen. Sie las jeden Buchstaben und begann jeden Samstag, in der Wohnung herumzulaufen, der Tee wurde kalt, und sie konnte ihre Hände nicht mehr an dem großen Becher wärmen, weil sie nicht ruhig sitzen konnte. Eines Abends ging sie in die Dunkelheit hinaus und tastete sich bis zu der kleinen Gasse vor, sie stand auf der anderen Seite hinter einem Baum und starrte auf die Tür, bevor sie sich umdrehte und zum Bus zurücklief, der sie nach Hause brachte – mit einem Murren im Zwerchfell. Montag bis Freitag zog sie den Bauch ein und schielte zu dem dunkelblauen Sofa und auf Henriksens enge Jeans, und jeden Samstag ging sie ruhelos auf den Holzdielen in ihrer Wohnung hin und her, und hinter den Rippen begann es immer stärker zu zittern, während die Anzeige ihr entgegenleuchtete. Die Rote Tür. Die Rote Tür. Die Rote Tür.

Es regnete schwach, als Baby im langen Rock, der frischgebügelten Bluse und den flachen Schuhen im Bus saß. Ihre Hände umklammerten die Tasche und drückten sie fest gegen den Bauch, sie starrte auf die Wassertropfen, die mit leichtem Zittern das Busfenster hinunterliefen. Die Straßenlaternen waren angezündet, aber in der kleinen Gasse war es sicher dunkler, dachte sie, das mußte es einfach sein, dachte sie und preßte ihre Tasche so hart gegen den Bauch, daß sie kaum noch atmen konnte.

Es war dunkel in der kleinen Gasse, und niemand kam ihr entgegen oder hinter ihr her, und der Regen dämpfte ihre Schritte. Immer noch mit der Tasche auf dem Bauch näherte sie sich der Roten Tür. Sie drehte sich um, sah niemanden, ging weiter, spähte nach vorn, sah niemanden, und plötzlich war sie da. Baby starrte auf die rote Farbe, atmete mit offenem Mund aus und ein. Das Zittern war jetzt unangenehm. Es störte sie, und ihr entfuhr ein wimmerndes »Nein«. Sie konnte gehen, zurücklaufen, ein Taxi anhalten und den Fahrer bitten, sie nach Hause zu der blaugeblümten Bettdecke und dem rosa Sofa zu fahren, und sie konnte in Zukunft samstags eine andere Zeitung lesen, und immer gab es so schöne Bananen zu kaufen in dem Geschäft an der Ecke.

Plötzlich hörte sie eine krächzende Stimme: »Die Tür ist offen!« und langsam öffnete sie Die Rote Tür und trat in den Flur. Vor ihr war eine lange, steile Treppe, mit dickem rotem Stoff bespannt, und alles, was sie hörte, als sie sich nach oben begab, war das Knacken in ihren Knien. Am oberen Ende der Treppe war ein enger Korridor mit hochlehnigen Stühlen, Kerzen an den Wänden und einem weißen Engel. Baby starrte das hübsche junge Gesicht und das bodenlange, weiße Gewand an. Sie konnte nackte Zehen entdecken, die unter dem Stoff hervorlugten, und ohne ein Wort nahm der Engel sie bei der Hand und führte sie in ein Zimmer, hier gab er ihr zu verstehen, daß sie sich setzen sollte. Dann verschwand er genauso lautlos, wie er gekommen war, und Baby saß allein da und schaute sich um, während sie ihre Tasche gegen den Bauch preßte. Neben ihr stand ein runder Tisch mit einem weiteren Sessel auf der anderen Seite. Alles war still – Gemälde an den Wänden, die bodenlangen Vorhänge, und die parfümierte Luft. Vor dem Fenster hing schwarzer Stoff. Sie war aus der Wirklichkeit herausgetreten, lehnte sich in dem weichen Sessel zurück, blinzelte mit den Augen und merkte, daß sie müde war. Sie war hineingegangen. Sie war durch Die Rote Tür hineingegangen.

Alles weitere erinnerte sie wie langsame Bewegungen im Nebel, aber sie mußte etwas gesagt haben, denn die Frau, die auftauchte, lächelte die ganze Zeit, aber Baby erinnerte sich nur noch daran, daß sie auf Madames dicken Körper gestarrt hatte, auf das glitzernde Kleid, die gelben Zähne, die wulstigen Lippen und die dunklen Augen. Und das Lächeln. Das Lächeln ihr gegenüber, dem Engel gegenüber, der Sherry servierte, IHNEN gegenüber, als sie hereinkamen. Einer nach dem anderen kamen sie herein, trugen kleine weiße Stoffstückchen vor dem Unterleib, sonst nichts. Die Haut kam ihr glatt und faltenfrei entgegen, und sie sah, wie die Muskeln sich bewegten. Sie starrte und starrte, aber sie mußte etwas gesagt haben, denn jetzt stand sie vor einem großen Bett auf einem weichen Teppich, es hingen Blumenbilder an den Wänden, und die Luft war erfüllt von dem heißen Duft vom Badezimmer. Sie konnte sich erinnern, daß sie bezahlt hatte. Viel. Denn sie hatte zwei bestellt.

Baby lief plötzlich ins Badezimmer, schloß die Tür ab, hob den Rock, zog den Slip hinunter und setzte sich auf den Klositz. Es lief und floß in die Schüssel, vielleicht würde es nie aufhören. Alles würde fließen, aus ihr herausfließen, und zum Schluß wäre nichts mehr da, sie könnte alles vergessen und im Nebel verschwinden.

Da klopfte es an der Tür. Leise, fast entschuldigend, und das Fließen hörte abrupt auf.

»Augenblick!«

Sie trocknete sich ab, spülte und zog sich hinter dem Vorhang aus, und der Nebel war wieder da, aber vielleicht war das auch nur der Dampf vom Schaumbad in der großen Badewanne. Sie wußte es nicht. Sie ging nackt durch den Raum, schloß die Tür auf, es knackte in ihren Knien, und sie versuchte zur Badewanne zu laufen, ohne auszurutschen, und der kurze Abstand war so lang, aber als sie hereinkamen, lag sie bis zum Kinn unter dem Schaum und starrte sie an. Sie lächelten, und sie waren schön, jeder Zentimeter ihres Körpers war schön, und plötzlich kam der Nebel wieder, sie schloß die Augen und lehnte ihren Kopf gegen die Badewannenkante, genau in diesem Augenblick trafen sie Dvoráks Töne zwischen den Brüsten. Sie wuschen ihren Körper mit weichen Schwämmen und langsamen Bewegungen, und sie spürte das Bedürfnis zu weinen, aber sie ließ es. Sanfte, langsame Bewegungen über ihren Bauch, die Beine und Arme entlang und über den Rücken, und langsam lichtete sich der Nebel, und sie schaute die beiden durch halbgeöffnete Augen an, und der Dunklere von ihnen wollte ihre Beine öffnen, aber sie hielt dagegen, und er lächelte und massierte statt dessen ihre Füße. Sie schloß die Augen und wollte sich öffnen, lag aber einfach ruhig im warmen Wasser und wollte nur genießen, und sie atmete tief ein und ließ die Luft mit einer Stimme wieder hinaus, die sie nicht wiedererkannte.

»Tragt mich«, flüsterte sie.

Sie öffnete die Augen, als sie ihr aus der Badewanne halfen und sie mit großen, weichen Handtüchern abtrockneten, und sie sah die Gesichter, die Nacken und die schlanken, muskulösen Brustkästen. Die flachen Bäuche. Ihr gefiel die Größe der Penisse, ihr gefielen die festen Pobacken und die Schenkel. Sie schloß die Augen wieder.

»Tragt mich«, flüsterte sie.

Und sie trugen sie hinaus aufs Bett.

Es brennt im Nabel, und die Wärme breitet sich vom Bauchnabel nach unten und oben bis zu den Brüsten aus, und er pustet warme Luft auf ihre steifen Brustwarzen, und die Wärme strömt nach hinten und brennt sich im Rückenmark ein, und sie möchte am liebsten ihren Bauchnabel öffnen und empfangen, und Hände streichen über ihren Bauch, ihr Gesicht, und die Poren weiten sich, nicht eine einzige Pore bleibt geschlossen, und sie will nirgendwo anders sein. Sie liegen auf ihr und unter ihr und eng an ihr, und ihre Haut ist von Haut bedeckt, und keine Pore ist allein, keine einzige Pore ist allein, sie öffnet ihren Mund und ruft. Hände öffnen ihre Beine, und sie vermißt kein Gesicht, sie will sich öffnen, zum ersten Mal, und langsam dringt es in sie ein, es müssen beide sein, denn ihre Scheidenwände zittern, und kein einziger Millimeter feuchter Haut ist allein, es dringt ein, und alles ist voller pochender Haut, und Hände umfassen ihren Kopf, und Lippen schließen ihre Augen, und es ist ganz in sie hineingedrungen, tief hinein, und sie öffnet sich, öffnet sich, öffnet sich zum allerallerersten Mal.

Der Montag war grau und feucht, und Baby kam in einem ihrer knöchellangen Röcke und einer frischgebügelten Bluse zur Arbeit. Sie setzte sich am Empfang hinter den Tresen und lächelte den anderen zu, die durch die Tür hereineilten, und die Lampen an der Decke leuchteten, und die hellgelben Wände mit den bunten Gemälden waren da, und Henriksen schloß sich wie üblich in sein großes Büro ein. Als die Uhr zwölf schlug, ging Baby in die Kantine hoch, und eine junge Aushilfskraft nahm ihren Platz ein. Exakt fünfundzwanzig Minuten später war Baby wieder zurück, beugte sich über den Computer und antwortete am Telefon mit den gleichen Worten wie an allen anderen Tagen, und alles war wie üblich, und die Deckenlampen leuchteten weiterhin in dem weitläufigen Foyer, aber um fünfzehn Uhr geschah etwas. Eine interne Durchsage versammelte alle Angestellten im Foyer, Gläser und Sekt wurden hereingebracht, und bald standen sie mit Gläsern in der Hand da und wandten ihr Gesicht Henriksens Tür zu, die geöffnet wurde. Hinter dem Tresen war Baby aufgestanden, stand da und nippte am Sekt, und Henriksen blieb direkt neben ihr stehen und wandte sich den anderen zu. Dann hielt er eine kurze Dankesrede und informierte über die Firmenergebnisse, die viel besser ausgefallen waren als erwartet. Deshalb diese Geste an einem grauen, feuchten Montag. Sie sollten mit Sekt anstoßen und sich für den Rest des Tages freinehmen, denn sie hatten gute Arbeit geleistet, sagte Henriksen, der da in seinen engen Jeans und einem dunkelblauen, am Hals offenen Hemd stand, und er schloß mit einem besonderen Dank an Baby. Seit zwanzig Jahren war sie hinter dem Tresen, und solche soliden Pfeiler waren für die Firma notwendig, sagte Henriksen, solche Menschen wie Baby, auf die man sich immer verlassen konnte, immer gleichbleibend freundlich, ruhig und korrekt, sagte Henriksen. Er hob sein Glas und lächelte Baby zu, die zurücklächelte, und dann ging er im Foyer herum, sprach mit den Angestellten und klopfte den jüngsten Frauen leicht auf die Schultern, lächelte sie an, und die Stimmung war hell und froh, und das Lachen traf die Deckenleuchten, und Baby stand hinter dem Tresen und trank Sekt und lächelte den wenigen zu, die ihr zuprosteten. Sie betrachtete die anderen Frauen, aber vor allem beobachtete sie Henriksen und dachte an Bananen, schloß die Augen und war wieder hinter der Roten Tür, und sie war ein solider Pfeiler, hatte Henriksen gesagt, und sie fühlte wieder die Hände und die Haut, und da passierte es. Langsam stieg das Gefühl von ihren Füßen nach oben, immer weiter hinauf, und sie nahm einen großen Schluck, und es breitete sich weiter nach oben aus, und sie trank die letzten Tropfen aus dem Glas und machte es einfach. Das Glas immer noch in der Hand, stellte sie einen Fuß auf die Stuhllehne und kletterte hinauf. Plötzlich stand sie oben auf dem Tresen in dem knöchellangen Rock und der frischgebügelten Bluse, und kaum jemand hatte es bemerkt, und sie schloß die Augen, streckte die Arme aus, öffnete den Mund und schrie: »Ha-a-a-a! Ha-a-a-a!«

In dem großen Foyer wurde es still. Allein Babys Schrei war noch zu hören, und alles, was man sah, war ihr Körper, die Arme hochgerissen, und das breite Lächeln.

»Ha-a-a-a! Ha-a-a-a!«

Sie öffnete ihre Augen und warf das Sektglas an die gelbe Wand, und das einzige Geräusch war das Klirren von Glas, bevor Baby zu steppen begann. Sie beugte sich vor, ergriff mit beiden Händen ihren Rock und trampelte mit dem einen Fuß im schwarzen Schuh auf den Tresen. Kurzes Knallen hallte zwischen den Wänden wider. Sie begann auch den anderen Fuß zu bewegen, während sie langsam den Rock nach oben schob. Ihre Schenkel kamen zum Vorschein, und Baby steppte schneller und immer schneller und wedelte mit dem Rock, und das einzige, was fehlte, war Musik, aber es gab niemanden, der daran dachte, denn Baby zog ihren Rock immer höher, und ihre Füße bewegten sich jetzt in rasender Fahrt, ihre Brüste hüpften auf und nieder unter der frischgebügelten Bluse, und ihre Schenkel zitterten. Sie streckte ihren Rücken und hob den Rock bis zur Taille, und sie trug keinen Slip, und die grauen Schamhaare standen in alle Richtungen, während Baby zu den Deckenlampen hinaufsah.

»Ha-a-a-a-a-a-a!«

Marina Cecilie Roné

Schmerz gehört einfach dazu

Sie hört die Bremsen, die ihr entgegenkreischen, und sie sieht den Wagen. Sieht, daß er rot und neu ist, gerade wie ihr Fahrrad, und er kommt auf sie zu, und irgendwie steht er still, und der Lärm und das Bild brechen durch den Schock und die Haut bis an die Nerven, die umgefegt werden, und sie stoßen alle gegeneinander, gerade wie ihre Dominosteine, die sie plötzlich vor sich sieht. Sie spürt, wie Skelett und Muskeln und Nerven zusammenhängen, sie spürt auf einmal sich selbst ganz, und sie spürt die Kälte, die sich auf mystische Art auflöst und zu weichem Salzwasser wird, das durch sie hindurch rieselt. Hinter den Augen, vor dem Wagen, sieht sie die Hand. Sie ist erhoben, über ihrem Kopf, und sie weiß, daß sie gleich auf sie niedersausen wird. Und sie sieht die Augen, die sie mit den Armen um Kopf und Körper in ein Fragezeichen zusammengekrümmt sehen. In diesem Augenblick kneift sie die Augen zusammen und sagt zu sich, jetzt geschieht es, jetzt geschieht es, und sie läßt es irgendwie geschehen. Ihr Körper ist bereit, er wartet, und sie klemmt eine Hand zwischen die Beine, und plötzlich sammelt sich alles unter ihrer Hand.

Irene spürt den Asphalt unter der Wange und den Arm, der neben ihr liegt, und es dauert einen Augenblick, bevor sie merkt, daß er ihr weh tut. Sie bewegt ein paar Finger, und es tut ein bißchen mehr weh. Der Kopf fühlt sich schwer an, wie wenn sie sehr müde ist, und sie hat nur Lust, liegen zu bleiben und den Asphalt zu beschnuppern. Hier gibt es nichts, das zu ihr dringen kann, sie ist weit weg von der Hand, die sich über sie erhebt, weit weg von der Tür, die sich hinter ihr mit einem winzigkleinen Klick schließt, weit weg davon zu warten, bis dein Vater nach Hause kommt, vom roten Wagen, der kreischend auf sie zu fährt. Der Wagen ist rot und neu, gerade wie ihr Fahrrad. Das Fahrrad, Irene öffnet die Augen hinaus zur Welt, das Fahrrad, sie fuhr auf ihrem Fahrrad, auf dem Weg zur Schule, der Arm, sie muß aufstehen, sie muß wieder auf die Beine kommen, vielleicht ist trotzdem nichts geschehen. Irene beginnt aufzustehen, und auf einmal ist da ein Mann und hilft ihr wieder auf die Beine. Sie sieht, daß er unter der Nase schwitzt, und die Augen sehen sehr groß aus, und sie versteht, daß es der Mann mit dem roten Wagen ist und daß es trotzdem geschehen ist. Sie war auf dem Weg zur Schule auf ihrem neuen roten Fahrrad, und sie darf nicht mit dem Fahrrad zur Schule, weil sie zu klein ist, sagen sie, und sie ist mit einem Wagen zusammengestoßen, und der Arm tut weh, und Mutter und Vater dürfen nicht wissen, daß sie mit dem Fahrrad zur Schule gefahren ist. Irene hört, daß ihr der Mann einen Haufen Fragen stellt, ob es weh tut, ob sie auf den Beinen stehen kann, ob er sie zur Notfallstation fahren soll, ob die Mutter oder der Vater zu Hause sind. Mutter und Vater, ja, die sind zu Hause, und sie will gern, daß er sie und das Fahrrad nach Hause fährt. Sie muß das Fahrrad nach Hause in den Keller bringen, damit es dort steht, wenn die Mutter heute abend heim kommt. Irene setzt sich in den Wagen und wartet, bis der Mann das Fahrrad im Kofferraum verstaut hat. Er schaut sie die ganze Zeit an, und sie strengt sich an, so auszusehen, als ob es nicht weh tut. Sie weiß, daß nur sie die schwarzen Punkte sehen kann, die vor ihren Augen tanzen. Dann lächelt er sie an, und sie kann sehen, daß der Schweiß unter der Nase am Verschwinden ist, und sie ist sicher, daß er an das glaubt, was sie sagt, und daß er sie gern nach Hause fahren will.

Als er weggefahren ist, nachdem er das Fahrrad auf ihren Wunsch in den Fahrradkeller hinuntergetragen hat, fällt ihr ein, daß sie nicht weiß, wie er heißt, und er weiß auch nicht, wie sie heißt, und sie denkt, daß er sicher auch am liebsten will, daß der Unfall ein Geheimnis bleibt. Sie zieht den Schlüssel hervor, der an einer Schnur um ihren Hals hängt und schließt die leere Wohnung auf.

Irene beugt sich hinunter, um die Post aufzuheben und stockt mitten in der Bewegung. Wenn Mama heute früh nach Hause kommt, kann sie sehen, daß Irene zu Hause gewesen ist, wenn die Post nicht mehr da liegt. Sie läßt sie liegen und geht in ihr Zimmer. Die schwarzen Punkte tanzen immer noch so vor ihr, daß sie die Dinge nicht so sehen kann, wie sie wirklich aussehen, und sie tut, als ob sie sie nicht sieht und zwingt die Augen, einige Buchstaben zu lesen, die auf einem Plakat stehen. Sie starrt und starrt, ohne zu zwinkern, und auch wenn die Augen weh tun, kann sie die Buchstaben doch nicht lesen. Irene läuft hinaus auf die Toilette und platscht eiskaltes Wasser ins Gesicht, mehr Wasser, massenhaft eiskaltes Wasser, das ihr die Bluse hinunter rinnt, das muß doch helfen. Sie sieht sich im Spiegel über dem Waschbecken, die schwarzen Flecken sind weniger und kleiner geworden, und sie sieht eine Schürfwunde auf der einen Wange. Irene beißt sich auf die Lippe und schaut sich um, dann wendet sie den Blick wieder zum Spiegel. Sie kann sagen, daß sie auf dem Schulhof gestürzt ist. Aber sie ist ja nicht in der Schule. Doch, wenn sie jetzt geht, kommt sie einfach zu spät in die Schule, und sie kann sagen, daß sie stürzte, und die Wunde auf der Wange beweist, daß das, was sie sagt, wahr ist. Sie stürzte, als sie aus dem Bus stieg. Das kann sie zur Mutter und zur Lehrerin sagen, und sie braucht nicht zu fürchten, daß sie miteinander reden, wenn sie beiden dasselbe erzählt. Und als sie vom Bus stürzte, stieß sie sich auch am Arm, sodaß er weh tut. Sie kann auch gar nichts über den Arm sagen, denn es ist der linke und sie macht alles mit dem rechten. Irene läßt sich rückwärts auf die Kissen in Mutters und Vaters Bett fallen. Sie spürt, daß die Muskeln warm und weich werden, und der Körper fühlt sich gleichzeitig leicht und schwer an, und es rieselt Salzwasser durch sie hindurch, und sie erinnert sich an die Sekunden, bevor der Wagen sie traf.

Sie erinnert sich an die Kälte, die zu Wärme statt Eis wurde, und sie erinnert sich an die Hand zwischen den Beinen und die Lust, alles geschehen zu lassen. Irene knöpft die Hosen auf, und sie zieht sie aus und nachher die Bluse. Als sie nackt ist, stellt sie sich vor den großen Spiegel, und sie sitzt wieder auf dem Fahrrad und sieht den Wagen auf sich zu rasen. Ohne Mühe teilt sie sich mit einem Finger, während sie sich in die Augen schaut. Das Salzwasser tost durch sie hindurch, und plötzlich braust es unter ihrer Hand.

Irene schaut ihren Körper durch matte, feuchte Augen an. Die Beine sind lang und gerade und dünn mit zwei klumpigen Knien in der Mitte. Seitlich an den Beinen sind violette Flecken, die langsam gelb werden. Der Nabel sticht hervor, und Irene berührt ihn nicht gern. Über dem Nabel ist der Körper beidseitig gerillt von den Rippen, die hervorstechen, und oben sitzen die zwei Batzen, wie die Mutter die kleinen Brustwarzen nennt. Irene ist froh, daß sie dünn ist. Sie findet Menschenfleisch, das in Schichten hängt, widerlich. Jedesmal, wenn sie Vaters und Mutters Brüste anguckt, wünscht sie nur, daß sie vorne immer flach bleibt, aber Vater sagt, daß es nicht mehr lange dauern kann, bis sie zu schwellen beginnen. Sie streicht sich mit beiden Händen den Körper hinunter. Dann fällt ihr die Zeit ein, und sie beeilt sich, ihre Kleider wieder anzuziehen, wenn sie jetzt nur nicht zu lange auf den Bus warten muß. Wenn sie nicht vor der großen Pause in der Schule ist, kriegt sie für den ganzen Tag eine Absenz. Sie zieht schnell eine Bürste durch das lange, bleiche Haar. Der Schlüssel hängt noch immer um ihren Hals, und sie will gerade die Tür zuschlagen, als ihr Mamas Lippenstifte einfallen. Sie will im Bus Lippenstift tragen. Irene findet einen knallroten und trägt ihn auf, ohne mit der Hand zu zittern. Zuerst die Oberlippe, dann die Unterlippe, und zuletzt reibt sie sie gegeneinander. Sie sieht sich ein letztes Mal im Spiegel an, dann steckt sie ein wenig Toilettenpapier in die Tasche und läuft hinunter zum Bus.

Irene kriegt Lust auf eine Tüte Speckschwarten, als sie sich im Schaufenster der Metzgerei neben der Haltestelle spiegelt. Sie zerrt an ein paar Haarsträhnen, damit sie mehr vor die Augen fallen, und will hineingehen. Ein Mann im Geschäft sieht sie an und schüttelt den Kopf. Irene kennt ihn gut, es ist der Metzgermeister, und sie hat keine Lust auf Speckschwarten mehr. Sie streckt einen Zeigefinger gegen das Fenster und schüttelt den Kopf gegen ihn. Dann dreht sie dem Fenster den Rücken zu, von der Art gibt es so viele.

Sie findet, daß sie schon lange gewartet hat, als sie endlich den Bus erblickt. Irene zeigt ihre Fahrkarte, und der Busfahrer will sie wie immer ein bißchen genauer anschauen. Irene streckt sie ihm mitten ins Gesicht. Sie weiß genau, daß der Fahrer denkt, daß das Mädchen zu alt aussieht, um immer noch mit einer Kinderkarte zu fahren. Sie starrt ihm geradewegs in die Augen, ohne ein Wort zu sagen. Er sagt auch nichts, und sie geht und setzt sich auf den Hintersitz vor dem Mittelgang. Der Bus schwenkt in die Straße ein, und Irene guckt über ihre Schultern. Natürlich glotzt der Metzger dem Bus nach.

Irene läßt den Blick über die Sitzreihen gleiten. Zwischen all den alten Damen streckt sich eine große, grobe Hand in die Höhe, um auf den Knopf zu drücken, und Irene legt die Beine übereinander. Der Mann steht auf und geht durch den Mittelgang. Er erblickt Irene, und sie starrt über seinen Kopf hinweg, als ob sie ihn nicht sieht, und sie merkt, daß er sie anschaut, und sie läßt die Zunge über die roten Lippen gleiten. Dann hält der Bus, und der Mann steigt aus. Irene schaut zum Fenster hinaus und lächelt ihn an. Er lächelt nicht zurück. Angsthase, denkt sie und dreht sich wieder um. Es sind noch zwei Männer im Bus. Sie sitzen vorne, beidseitig des Mittelganges. Irene muß erst nach weiteren vier Haltestellen aussteigen. Einer der beiden steht auf. Er ist jung, und Irene sieht ihn an, ohne es zu wollen. Dann beeilt sie sich, in die Ecke zu kriechen, damit er sie nicht sehen kann. Er schaut trotzdem in ihre Richtung. Dann steht der andere Mann auf, er ist älter, und Irene will sich wieder auf die Mitte des Sitzes zu bewegen, aber der junge Mann steht immer noch da, und sie bleibt verwirrt dort sitzen, wo sie sitzt. Sie zieht das Toilettenpapier aus der Tasche und putzt den Lippenstift weg, der Bus hält schon bald vor der Schule. Sie steht auf und geht am jungen Mann vorbei, ohne ihn anzusehen. Erst nachdem sie ausgestiegen ist, dreht sie sich um und schaut ihm nach. Er hat sein Gesicht abgewendet, und sie wirft den Kopf in den Nacken.

Als Irene den Schulhof betritt, fällt ihr der Unfall wieder ein und was sie sagen wird, und sie tut, als ob sie nicht merkt, daß ihre Hände kalt und feucht sind. Mit raschen Schritten geht sie zum Klassenzimmer. Sie zählt bis zehn, bevor sie die Türe öffnet, und sie sagt mit gleichgültiger Miene, Entschuldigung, daß ich zu spät komme, und sie erklärt warum, ohne jemanden anzuschauen. Als sie auf die Schürfwunde auf ihrer Wange zeigt, merkt sie, daß man ihr glaubt, und die Lehrerin kommt auf sie zu, um sie zu umarmen. Irene entfernt sich schnell und setzt sich auf ihren Platz.

Sie schaut sich in der Klasse um, um zu sehen, wer sich umdreht, um sie anzuschauen. Es sind viele, und Irene lehnt sich ruhiger zurück und beginnt, auf die Pause zu warten.

Die Kinder nehmen sie sofort in ihre Mitte, um zu erfahren, ob das, was sie der Lehrerin erzählt hat, wahr ist. Ihre Augen leuchten vor Erregung, und sie bringt jede einzelne dazu, zu versprechen, das Geheimnis nicht zu verraten. Sie müssen auf die Knie, so daß sie ihnen ins Haar spucken kann, sonst erfahren sie nichts. Eine weigert sich, sich anspucken zu lassen, und sie muß aus dem Ring und weg bis in die hinterste Ecke des Schulhofs. Die andern rufen der Abtrünnigen nach, und mit einer Handbewegung bringt Irene sie zum Schweigen. Sie erzählt ihnen vom Fahrrad und dem roten Wagen und dem Unfall und von den schwarzen Punkten, die ihr immer noch vor den Augen tanzen. Sie erklärt ganz genau, wie gefährlich es war, und sie zeigt ihren linken Arm, der jetzt ganz blau ist. Sie sieht, daß sie sie mit offenem Mund anstarren, und eine fragt, ob sie nicht sehr Angst hatte. Irene antwortet, daß es ja gerade darum spannend war. Man muß Angst kriegen, um es ordentlich zu erleben, aber das verstehen die ja nicht, die sind ja noch Kinder. Es sieht aus, als ob sie mit ihr einverstanden sind.

Für den Rest des Tages hat Irene die ganze Zeit einen Rattenschwanz von Kindern um sich, und sie spürt etwas in sich wachsen.

Sie hat Lust, sie zu schlagen und sie mit Nadeln zu stechen. Und nachher hat sie Lust, sie dazu zu bringen, mit dem Weinen aufzuhören. Irene dreht sich um und schaut ihre Klassenkameradinnen an. Es sieht aus, als ob sie auf etwas warten. Sie wendet den Kopf rasch wieder weg von diesen gehorsamen Augen.

Endlich läutet die große Glocke, und Irene läuft zum Bus. Es gelingt ihr, die Begleitung der andern abzuschütteln, denn der Bus kommt sofort. Sie lehnt sich zurück und schließt die Augen. Sie bemerkt gar nichts, weder die Straßen noch die Passagiere. Sie fühlt sich nur unendlich müde, und sie hat Lust, alles zu vergessen, was heute geschehen ist. Irene versucht, einen Ort zu finden, wohin sie in Gedanken reisen kann. Einen angenehmen Ort, wo es grün ist. Es kommt ihr nichts in den Sinn, und jetzt muß sie aussteigen. Es war ja nur ein Zeitvertreib gewesen.

Sie schaut weg, als sie beim Metzger vorbeigeht, um in ihre eigene Straße einzubiegen. Sie schließt die Tür auf, als ihr Herz auf eine andere Art zu schlagen beginnt. Etwas stimmt nicht, sie weiß es. Sie weiß immer, wenn etwas nicht stimmt. Sie steht still und wartet darauf, daß die Stimme aus der Küche nach ihr ruft, und sie denkt an den Lärm des Wagens, und das Salzwasser beginnt, durch sie hindurch zu rieseln. Dann hört sie die Stimme der Mutter, und Irene geht zögernd zu ihr hinein. Der Schweiß, der ihren Körper bedeckt, ist kalt, aber innen drin ist das Salzwasser warm. Es ist ihr klar, daß die Mutter vom Unfall weiß, und Irene wundert sich, wie sie es herausgefunden hat. Einen Augenblick später erfährt sie es, als die Mutter mit erschütternd ruhiger Stimme fragt, wie es kommt, daß ihr neues Fahrrad so aussieht. Die Räder sind verbogen und der Lack ist abgeblättert. Die eine Augenbraue ist in einem Bogen hochgezogen, und Irene weiß, daß die ruhige Stimme lügt. Die Mutter ist sehr wütend. Sie ist so wütend, daß sie sich zuerst Zeit gibt, so zu tun, als ob sie ruhig ist. Irene spürt die Raserei in sich aufsteigen, warum hat sie das Fahrrad vergessen. Keinen Augenblick hat sie daran gedacht, daß ihr neues rotes Fahrrad kaputt ist. Was jetzt geschehen wird, ist ihre eigene Schuld, ihre eigene Schuld. Irene schaut zur Mutter, um herauszufinden, wann es geschieht. Noch nicht, die Mutter ist allzu wütend, sie schreit jetzt, und Irene gelingt es nicht, den Worten nicht zuzuhören. Sie will gern, daß sie beim einen Ohr hinein- zum andern Ohr hinausgehen, aber sie setzen sich alle in ihrem Kopf fest. Nicht weinen, sie will nicht weinen vor der Mutter, und es gelingt ihr wirklich, so auszusehen, als ob es ihr gleichgültig ist, was passiert. Dann sagt die Mutter, daß es Irene immer völlig gleich ist, was man zu ihr sagt. Irene denkt, jetzt ist die erste Runde bald überstanden, in einer kleinen Weile wird sie in ihr Zimmer geschickt, und dort kann sie sitzen, bis der Vater nach Hause kommt. Im nächsten Augenblick sagt die Mutter genau diese Worte. Sie packt Irene am Arm und will sie in ihr Zimmer ziehen, aber dann entscheidet sie sich anders. Jetzt will sie wissen, was geschehen ist. Irene spürt, daß sie inwendig kalt wird, und sie weigert sich, zu antworten. Die Haut im Gesicht brennt. Das war die schlimmste Frage. Sie preßt die Lippen so hart zusammen, wie sie kann. Sie hat Angst, daß die Mutter die Worte aus ihr herausreißt, wenn der Mund offen steht. Sie schaut auf den Boden und weiß, wenn sie noch ein wenig aushält, gibt die Mutter auf.

Irene hört das Klicken des Schlüssels, der sich in der Tür hinter ihr dreht. Es gelingt ihr, noch ein bißchen auszuhalten. Wenn Vater nach Hause kommt … war das letzte, was die Mutter sagte. Irene schaut auf die Uhr und zählt die Stunden, bis Vater nach Hause kommt. Zweieinhalb Stunden, vielleicht drei, wenn sie Glück hat. Sie versucht, sich auszudenken, was sie tun kann, und es gibt nichts, worauf sie Lust hat. Dann zieht sie die Vorhänge vor und nimmt den Bettüberwurf ab und legt sich unter die Bettdecke. Sie starrt auf den schmalen Spalt unter der Tür. Es ist dunkel draußen im Flur, kann sie sehen, dunkler als in ihrem Zimmer. In zweieinhalb Stunden wird das Licht im Flur angezündet, und der dunkle Streifen unter der Tür wird gelb, und ein wenig später wird der Streifen zu einem Dreieck, wenn die Tür aufgeht, und Irene bleibt liegen und starrt auf den Boden vor der Tür, und die Tür wird ganz geöffnet, und sie sieht ein Paar große, schwarze Schuhe mitten im gelben

Dreieck. Sie sieht den Wagen auf sich zu rasen, und sie spürt die Kälte, die zu weichem Salzwasser wird, das durch ihren Körper rieselt, und Irene klemmt eine Hand zwischen die Beine und bewegt sie heftig hin und her. Das Salzwasser braust stärker und stärker, und sie öffnet sich, und es rinnt aus ihr heraus.

Irene trocknet das Gesicht mit der Rückseite ihrer Hand und schaut auf die Uhr. Noch eine halbe Stunde.

Hanneliina Seret

Frau N

Sie hatte von der gewürzten Scholle das Fleisch zwischen den Gräten herausgegessen und die Weinflasche fast halb ausgetrunken, als sie aus der Seitentasche ihres Koffers ein Notizheft herauszog, es aufschlug, datierte und das Datum einkringelte, so wie sie es in Anus Heft immer gemacht hatte.

Sie begann zu schreiben:

»Hier bin ich nun. Könnte nicht mehr allein sein. Überall sind Stimmen zu hören. Hinter der Trennwand meines Bungalows ist nichts als Atmen zu hören. Ich habe Fisch gekauft und ihn gegessen, obwohl ich keinen Hunger hatte. Habe Wein gekauft und ihn getrunken, denn ich hatte das Gefühl, daß mir irgend etwas auf der Seele liegt.«

Sie brach mitten drin ab, schaltete den Fernseher ein und starrte gleich auf eine Unterhaltungssendung mit deutschen Untertiteln, aber es passierte weiter nichts Aufregendes, wie das lärmende Lachen des Studiopublikums ihr glauben machen wollte. Sie trank weiter. Die Nacht war halb vorüber. Es war warm und feucht. Sie schaltete das Licht aus und setzte sich auf den Balkon hinaus, um in das stellenweise erleuchtete Schwarze zu schauen, und die vereinzelten Lichtreflexe auf der Wasseroberfläche ließen sie ahnen, daß es auch weiter draußen ein und dasselbe Meer war. So saß sie lang und trank mit bedächtigen Schlucken ihren Weißwein.

Sie hörte Flüstern – woher, konnte sie nicht gleich ausmachen –

aber bald war mehr zu hören, und sie stellte fest, daß die Stimmen vom Nachbarbalkon kamen.

Sie erhob sich leise von ihrem Stuhl und lugte vorsichtig über die Trennwand. Auf dem Boden des Balkons lagen auf einer Luftmatratze ein Mann und eine Frau oder ein Mädchen und ein Junge, so jung erschienen sie ihr. Das Licht drang diffus durch den Vorhang am Fenster. Das Mädchen trug nur einen Slip, und der Junge hatte sich ein großes, weißes Hotelhandtuch um die Hüften geschlungen.

»Hier ist niemand«, hörte sie das Mädchen flüstern.

»Nein«, sagte der Junge lauter.

Sie stand nur ein paar Meter von ihnen entfernt regungslos hinter der Trennwand und wagte nicht mehr, sich noch weiter zu bewegen, damit von ihr auf der anderen Seite nichts zu hören war. Hinein hätte sie nicht gekonnt, sie hätten die Tür gehört. Sie hätte sich auch nicht zurück auf ihren Stuhl setzen können, das Knarren hätten sie gehört. Sie spürte, wie sie in der Dunkelheit errötete, nicht allein nur aus Schamgefühl, sondern gleichzeitig auch aus Wut darüber, daß sie es soweit hatte kommen lassen, und sie schämte sich auch, denn, wenn ihre Nachbarn sie so im Morgenlicht entdeckt hätten, dann hätten sie es auch erfahren.

Der Junge fing an, die Brüste des Mädchens zu küssen, das Mädchen murmelte etwas und wickelte ihre und seine Haare um ihre Finger.

»Es ist warm«, flüsterte sie, während sie ihr Becken anhob, so daß der Junge ihr den Slip ausziehen konnte.

Die Luftmatratze knirschte unter ihren Bewegungen. Das Mädchen rutschte auf der großen Luftmatratze so weit nach unten, bis es an das Handtuch kam und es dem Jungen langsam von den Hüften ziehen konnte. Der Junge kniete sich hin, und das Mädchen begann, seinen Unterleib mit Küssen zu bedecken und seine Hoden zu streicheln.

»Ist es gut so?« flüsterte sie und machte es dem Jungen mit ihren Lippen und Händen.

Hinter der Trennwand bemerkte sie, daß sie ihre Hände zusammengepreßt hatte. So, als könnte sie gerade von diesem Augenblick an niemals mehr allein sein. Der Verlust, soweit hatte es kommen müssen. Es fiel ihr wieder ein, daß sie vor vielen Jahren irgendwo gelesen hatte, daß irgendein Stammesfürst eines Volkes aus der weit entfernten Südsee bei einem Besuch in Europa gesagt hatte: »Ihr hier sterbt zwei Mal: dann, wenn eure Lust stirbt und schließlich dann, wenn ihr zu Staub geworden seid.« So hatte er es formuliert.

Sie betrachtete das Mädchen, wie es mit ihren Händen kurze, ruckartige Bewegungen vor und zurück machte. Der Junge flüsterte ihr zu, sie sollte beide Hände zugleich nehmen, aber das Mädchen wiederholte nur: »Gleich, gleich doch.«

»Jetzt«, sagte der Junge. Das Mädchen nahm sein Glied in den Mund. Der Junge zuckte zusammen, und das Mädchen saugte an ihm und drückte mit ihrer Hand zu.

In der Dunkelheit starrte sie auf die beiden hinter der Trennwand. Sie fühlte sich wie ein altes, häßliches, eifersüchtiges Weib. Der Wein war ihr etwas zu Kopf gestiegen, oder sie vernahm das Rauschen des Meeres, die Stimmen der Nacht, die Geräusche der Insekten. Sie wollte weg und dann auch wieder nicht, sie wußte gar nichts mehr.

Der Junge ließ seine Finger über die Rundungen und den Bauch des Mädchens gleiten wie ein Vogel, der über ihre Haut lief, und das Mädchen rührte sich jedesmal so, als würde es sie kitzeln.

Die Nacht hatte sich schwarzblau ausgestreckt, die Zikaden zirpten. Wie sie still dastand, voller Lust, voller Eifersucht, voller alter, böser Bitterkeit, dachte sie, daß sie dazu verdammt war, an dieser Stelle auszuharren und mitanzusehen, wie sich die zwei beinahe zu ihren Füßen miteinander spielend vergnügten. Das Licht hinter den Vorhängen am Fenster streifte sie flüchtig, einem schimmernden, dämmrigweißen Schein gleich.

Der Junge spreizte die Beine des Mädchens weiter und streichelte den Venushügel und berührte mit seiner Zunge ihren Schoß, das

Mädchen drückte den Kopf des Jungen zu sich hinunter und umschloß seine Schultern mit ihren Beinen.

»Jetzt, jetzt, gleich«, flüsterte das Mädchen.

»Jetzt«, sagte er etwas lauter.

Der Junge legte sich auf sie und drang in sie ein. Sie bewegten sich miteinander.

Als das Mädchen zu stöhnen begann, wandte sie sich ab, öffnete die Tür zu ihrem Zimmer und floh hinein.

Sie saß im Dunkeln und wollte kein Licht machen, denn sie sollten nicht glauben, daß sie die Geräusche gestört hätten, oder daß sie sie gehört haben könnte. Sie saß nur da, versunken in viele und weitzurückliegende Erinnerungen; aber hinter all dem Positiven schien ein schmerzliches Stück zu stecken, überdeckt von einem schwarzen bis anthrazitfarbenen zerrissenen Vorhang.

Nach einer weiteren Stunde schlich sie sich auf den Balkon hinaus, um ihre Weinflasche zu holen. Sie lugte über die Trennwand. Sie schliefen dort nebeneinander auf der Luftmatratze mit dem weißen Handtuch unter sich, die linke Hand des Mädchens zwischen den Beinen des Jungen, so als wollte sie einen ängstlich schlafenden Vogel, eine Schwalbe, festhalten.

Sie schnappte sich die Weinflasche, schloß die Balkontür von innen, knipste die Nachttischlampe an und trank schnell ein ganzes Glas. Durch die Wärme schmeckte der Wein abgestanden, vielleicht war sie auch einfach nur müde. Sie konnte kaum schlucken, so wie damals, als kleines Kind, wenn sie traurig gewesen war und einen Kloß im Hals gehabt hatte.

Sie trug ein neues Datum in ihr Nachtbuch ein, da es schon lange nach Mitternacht war.

»Ich wünschte, es würde jemand manchmal noch die Beeren meines Busens pflücken, sie küssen, da ich es selbst nicht vermag.«

Ásta Sigurðardóttir

Streichhölzer

Vor der Erfindung der Streichhölzer wußten die Menschen und verstanden, was es kostete, das Feuer sterben zu lassen. Heute sind die Zeiten anders. Alles hat sich verändert, das Brennmaterial und die Methoden, es zu entzünden. Jetzt braucht man nicht länger eine Woche über die hohe See zum Festland zu reisen, um Feuer zu holen, wie Grettir aus Drangey, oder den Span in das heilige Wasser Gudmunds des Guten zu legen, damit der Zauberfunke dem Feuerholz entspringe. Nein, stellt euch vor, heute braucht man nur ein winzigkleines Streichholz an einem kleinen Schächtelchen zu reiben, dann flammt es schon auf, dieses glühende Element mit seinem übernatürlich flackernden Leben, das Menschen und Tiere gleichermaßen in seinem Bann hält.

Und wenn einem die Streichhölzer ausgehen, was dann?

Niemand kann sich all die Schwierigkeiten ausmalen, die es verursachen kann, wenn man plötzlich keine Streichhölzer mehr hat, und das an einem Sonntagabend, wenn Siggi vom Kiosk an der Ecke schon zugemacht hat und nach Hause gegangen ist. Es beginnt alles damit, daß man sich ganz sicher ist, noch mindestens eine ganz volle Schachtel im Nachttisch zu haben, wenn nicht sogar auch noch eine halbvolle im Bücherregal. Aber dann erweist sich die volle Schachtel gnadenlos als Aufbewahrungsort für alle möglichen Knöpfe und Schließen – und in der anderen sind nur Sozialdemokraten, wie abgebrannte Streichhölzer von manchen völlig zu Recht genannt werden. Nicht ein einziger Kommunist in der ganzen sozialdemokratischen Schachtel.

Jetzt hat die arme Ebba ein Problem. Was soll sie jetzt machen?

Es ist wahrlich schlimm, keine Zigaretten zu haben, aber mit einer ganzen Schachtel Chesterfields dazusitzen und nicht eine einzige davon anzünden zu können, ist mindestens genauso schlimm.

Der erste Ausweg ist, es mit dem Toaster zu versuchen. Wie jeder weiß, ist ein Toaster die überflüssigste und unnützeste Anschaffung in jedem Haushalt, der überhaupt so ein gutes Stück sein eigen nennt, und natürlich ist er auch heute kaputt, wie nicht anders zu erwarten war. Wahrscheinlich ist es nur die Leitung oder der Stecker – vielleicht auch etwas Ernsteres, ist ja auch egal – er verweigert jedenfalls kategorisch seine Dienste. Damit ist diese Hoffnung dahin.

Dann versucht man, seine Zigarette an einer Herdplatte anzuzünden. Auch das ist kein Kinderspiel, selbst wenn es sich nicht um einen dieser modernen Herde mit Überhitzungsschutz handelt.

Feuer fällt nicht länger vom Himmel, von Gott gesandt den Menschen zum Wohlgefallen.

Jeder auch nur einigermaßen bereiste und lebenserfahrene Mensch wurde vielleicht durch einen außergewöhnlich glücklichen Zufall einmal Zeuge jenes Schauspiels, bei dem ein so ziemlich allmächtiger Meister der Magie auf einer Herdplatte ein Feuer entfesselt, und zwar mit Hilfe einer Tageszeitung – vielleicht sogar des Morgenblatts. Diese Manifestation der Schöpfungskraft wird in den Augen der Masse allgemein als Zauberei betrachtet, ja sogar als Wunder. Mit dem Morgenblatt ein Feuer auf dem Herd anzuzünden!

Wahrscheinlich ist diese Prozedur noch erfolgversprechender, wenn man sie mit dem Fackelträger versucht, oder mit Licht in der Finsternis oder dem Göttlichen Funken und wie diese erbaulichen Schriften alle heißen (falls ihre Namen mehr als nur wohlklingende Lügen sind). Aber wie gesagt, der Versuch bleibt fruchtlose Mühe für alle, die nicht in dritter Generation auf väterlicher und mütterlicher Seite von alten Zaubergeschlechtern abstammen und eine gründliche pyrotechnische Ausbildung besitzen und möglichst zusätzlich noch Beistandszusagen himmlischer Mächte.

Für viele Leute bleiben also diese zwei Rettungsmethoden vollkommen ausgeschlossen. Aber es bleibt noch eine dritte: zu suchen. Zu suchen – ruhelos zu suchen in der Kammer und an der Bettstatt, in Kommoden und Kleiderschränken und allen Taschen, in Sesseln und Sofas, im Backofen, der Nähmaschine und der Badewanne.

Und dies wäre also die dritte Methode.

Denn falls man schließlich ein Streichholz findet, dann bricht die Schwefelspitze ab, bevor man es auch nur in die Nähe der Reibefläche an der leeren Streichholzschachtel führen kann.

Also wirklich! Das hier ist kein kleines Unglück, wie zum Beispiel irgendwelches Liebesleid. Das hier ist schlimmer. Man fühlt sich wie auf einer wüsten Insel, so verlassen wie ein mit allen Wassern gewaschener Seeräuber, der dem Schiffbruch durch ein Wunder lebend entkommen ist und nun seine letzten Überlebensaussichten vernichtet sieht auf dieser staubtrockenen, der gnadenlosen Sonnenhitze ausgesetzten Koralleninsel.

Welches auch nur halbwegs kultivierte Menschenwesen kann ohne Feuer leben? Doch nicht einmal ein völlig abgestumpftes Buschmännchen. Und in meinem Notfall handelt es sich nicht um eine Frage von Tagen oder Nächten, nein, es geht um Stunden, vielleicht sogar nur Minuten. Basta.

Und dann gerät man selbst in diese Lage. Du und ich.

Siggi vom Kiosk hat schon längst zugemacht und ist nach Hause gegangen zum Schlafen. Die Schwarzhaarige und die Blonde, die bei ihm kassieren – Gott weiß, wo die jetzt sind.

Man begibt sich zum Kiosk, in der vagen Hoffnung, daß Siggi vielleicht noch beim Geldzählen oder Aufräumen ist. Aber nein. Kein Siggi. Man geht ganz nah an das Fenster heran und betrachtet die beleuchteten Schätze drinnen. Einen ganzen Karton voller grüner Streichholzpackungen mit bunten Aufklebern. Man beginnt, lateinische Verben zu konjugieren: streichholzo, streichholzamus, streichholzatis, streichholzant, streichholzabimus, streichholzabitis, streichholzabunt.

Dann entwickelt sich die Idee einzubrechen. Natürlich passiert das nur den miserabelsten Charakteren, die Idee eines Einbruchs zu entwickeln. Obwohl im Falle einer Entdeckung die Umstände eigentlich für einen sprechen müßten, vor allem, wenn man nicht einmal den ganzen Karton stiehlt, sondern nur eine einzige Schachtel. Es wäre aber sicher geschickt, vorsichtshalber den Aufkleber von der Schachtel zu reißen, der ohnehin so häßlich ist, daß er keinen Verlust darstellen würde.

Dennoch läßt sich nicht abstreiten, daß ein solches Verhalten der Jugend nicht zum Vorbild gereichen würde. Und wer möchte nicht der Jugend zum Vorbild gereichen? Das ist natürlich eine rhetorische Frage. Also ist die Möglichkeit eines Einbruchs ausgeschlossen. Aber einen Ausbruch könnten wir uns vielleicht leisten!

Mir fallen zwei Lieder ein, von Dabbi Juan und von Johnny Böse, obwohl man die beiden nicht direkt vergleichen kann. Dabbi Juan: Die Hölle steht offen, der Himmel ist zu – die Hölle offen, da könnte man also hineinkommen, und an Feuer dürfte es dort nicht fehlen. Johnny Böse: Dort tanzen Teufel ums brennende Feuer, die warten auf Beute – man stelle sich vor – da könnte man sich wohl eine anzünden oder zwei, wenn die Herren Teufel höflich genug wären, einem auf einem Gabelzacken eine glühende Kohle anzubieten.

So ein richtig glühendes Feuer. Mich soll es nicht wundern, wenn der Herrgott unterliegt im Kampf um die Seelen der Menschen – jedenfalls bei uns im hohen Norden.

Und wenn ich so an den Herrgott und seinen Widersacher denke – da fallen mir endlich meine Nachbarn ein.

Vom Kiosk aus kann man weit sehen – dies ist ein hochgelegener Ort, und ich mustere meine Nachbarn der Reihe nach durch, wie ein Feldwebel mit einem Maschinengewehr. Bei Hildigunn ist alles dunkel, und ich weiß natürlich, daß sie krank ist und ständig erschöpft, auch wenn sie mir schon oft ausgeholfen hat. Daneben wohnt Brynhildur. Auch dort alles dunkel. Sie und ihr Mann sind auch ganztags berufstätig, und morgen ist Montag.

Es ist schon beinahe zwei Uhr, und zu Gunnbjörn kann ich auch nicht gehen, ich habe ihn schon um zu viele Gefallen gebeten.

Ich könnte natürlich noch bei der kleinen Thora vorbeischauen, dem Sonnenscheinchen mit dem ewigen Lächeln in den Augen. Alles Licht verloschen. Ihr Mann ist doppelt so alt wie sie und arbeitet wie ein Besessener, kein Wunder, daß da das Licht irgendwann verlischt.

Und keine Streichhölzer. Nirgends. Ich habe nicht einmal Geld für ein Taxi, obwohl es das beinahe wert wäre.

Aber wo verirren sich meine Gedanken hin? Du lieber Gott – hundert Kronen für eine einzige Schachtel Streichhölzer? Wo man sich kaum sein Essen leisten kann, ganz zu schweigen von den Zigaretten. Es muß noch eine andere Lösung geben.

Plötzlich geht mir ein Licht auf. Natürlich – warum ist mir das nicht früher eingefallen! Einfach das nächste Auto anhalten und fragen, ob sie mir nicht eine Schachtel Streichhölzer, oder wenigstens ein paar einzelne Streichhölzer, verkaufen oder schenken können – dein ganzes Leben lang werde ich dafür sorgen, daß du immer genug Streichhölzer hast, wenn du mir nur jetzt hilfst –, ich verspreche dir eine Zigarre – eine ganze Kiste Zigarren, wenn du möchtest, egal welche Sorte, gleich morgen früh, wenn Siggi seinen Kiosk wieder aufmacht. Ja, wenn du willst, auch Havanna, wenn die zu kriegen sind – der Castro, du weißt ja, wie der ist, falls du Zeitung liest.

Das erste Auto war ein cremefarbener Chevrolet, in dem zwei junge Männer saßen, die offensichtlich eine Frau in Wollsocken und flachen Halbschuhen für weit unter ihrer Würde hielten. Demonstrativ beschleunigten sie, als ich versuchte, sie anzuhalten.

Das nächste war ein roter Lieferwagen, ein 61er Volvo mit einem Mann am Steuer und einem blonden Mädchen neben ihm. Auch sie erhöhten ihre Geschwindigkeit eher noch, falls das möglich war, als sie mich winken sahen.

Dann verging eine ganze Weile, so fünf bis acht Minuten.

Ich war sehr hoffnungsvoll. Würde nicht jeder anhalten, um zu fragen, wie er einer in Not geratenen Frau helfen kann? Wo es so einfach ist, gegebenenfalls nein zu sagen und weiterzufahren?

Das dritte Auto war ein 64er Ford, ein Taxi, das gerade ein kurzes Stück die Straße hinunter seine Fahrgäste abgesetzt hatte. Ich winkte ohne schlechtes Gewissen, denn sein Leuchtschild zeigte an, daß es zu haben war. Der Fahrer hielt auch gleich an, aber als ich mein Anliegen vortrug, bekam er einen vorsichtig gesagt sehr merkwürdigen Gesichtsausdruck, dieser schöne junge Mann. Er errötete doch tatsächlich und erinnerte mich an irgendein Gemüse.

Seine Antwort war kurz und knapp: Erstens habe ich so etwas nicht und zweitens habe ich für so etwas auch keine Zeit.

Er gab Gas, ohne sich zu verabschieden.

Ich sah seine roten Rücklichter im Nebel der Nacht verschwinden.

Einige weitere Minuten vergingen, und ich vertrieb mir die Zeit damit, zu überlegen, an welches Gemüse das Gesicht des jungen Mannes mich erinnert hatte. Schließlich kam ich wieder darauf: eingelegter Kürbis.

Da kam auch schon das vierte Auto. Es war ein curryfarbener Rambler, sehr neu, vielleicht sogar Baujahr 65.

Ich verneigte mich und gab ein Zeichen. Der Mann am Steuer war ein respektgebietender älterer Herr, ganz in Schwarz gekleidet und mit einer Brille aus schwarzem Kunststoff. Wie auf einer Beerdigung. Aber die Beerdigungswürde verließ ihn, als er mich winken sah, denn er gab ruckartig Gas und wäre beinahe über den Straßenrand hinausgefahren, bis er sich faßte und schleudernd abbremste. Selbstverständlich hielt er mich für eine Hure, der es nicht für Nylonstrümpfe und die sonstige nötige Aufmachung reichte. Mit Mühe gelang es ihm, sein Auto wieder in die Mitte der Fahrbahn zu lenken. Enttäuscht sah ich ihn in der frühlingsfeuchten Nacht entschwinden. Es ging auf halb drei zu und ich mußte gefälligst einmal scharf nachdenken.

Kann es sein, daß niemand seinen Nächsten so sehr liebt, daß er schnellstmöglich anhält, um zu fragen, was mir fehlt? Und wenn er auch nicht jeden Nächsten gleich viel liebt, daß er zumindest so christlich ist, seinem Mitmenschen einen Gefallen zu tun? Das, was ihr dem Geringsten meiner Brüder tut, das habt ihr mir getan.

Allerdings habe ich durchaus schon Leute auf der Straße kaltblütig an verletzten, schreienden Kleinkindern vorbeigehen sehen – habe alte, einsame, kranke Menschen zitternd unter ihrer Bürde zusammenbrechen sehen, ohne daß es irgendjemandem eingefallen wäre, ihnen helfend die Hand zu reichen – habe eine verzweifelte kranke Frau jammernd auf einer vielbegangenen Straße ins Wanken geraten sehen, ohne daß es jemandem in den Sinn gekommen wäre, sie zu stützen, geschweige denn nach Hause zu bringen. Aber soviel war ja hier gar nicht verlangt. Es bedeutet nun wirklich keinerlei Umstände, sein Auto anzuhalten und mit seiner Mitschwester durch das Fenster ein paar Worte zu wechseln. Wo es so einfach ist, ihr die Hilfe zu versagen und die verlorene Zeit in ein paar Minuten wieder aufzuholen.

– Nein, das kann nicht sein, sagte ich laut zu mir selbst. – Bis jetzt sind nur vier vorbeigefahren. Das ist ein sehr kleiner Prozentteil der Gesamtbevölkerung.

In diesem Augenblick schoß ein grauer Skoda vorbei, ich hatte nicht einmal Gelegenheit gehabt, ein Zeichen zu geben. Gleich danach kam das sechste Auto. Es war ein dunkelgrüner Chrysler, Jahrgang 59 oder 60. Darin saß ein Mann mittleren Alters mit einer schwarzen Clubmütze, von etwas gewalttätigem Aussehen.

Obwohl ich mich zuerst freute, als er anhielt, bekam ich es mit der Angst zu tun, als ich sein Gesicht sah.

– Guten Abend und Verzeihung, sagte ich. – Ich würde sehr gern ein paar Streichhölzer kaufen – ich bezahle auch dafür. Ich brauche sie im Moment nämlich sehr dringend.

Er sah mir direkt in die Augen, bevor er antwortete, und ließ Stille zwischen uns eintreten. Vielleicht wollte er mich mit Blicken töten, und ich verdankte es nur seiner äußersten Gnade, daß er es nicht tat.

– Es ist wohl etwas spät, um einen guten Abend zu wünschen, sagte er langsam. – Wohl besitze ich Streichhölzer und außerdem noch zwei Zigarrenanzünder. Das ist die eine Sache. Aber die andere Sache ist, daß ich mit Leuten, die sich nicht einmal um solche Kleinigkeiten selbst kümmern können, nichts zu schaffen haben will. Gute Nacht.

Wie von selbst bewegte sich die Fensterscheibe nach oben, und es zeigte sich, daß dieser würdige Herr nicht weniger beherzt Gas gab als seine Vorgänger. In wenigen Sekunden war sein Auto im gelbgrauen Nebel verschwunden.

Ich stand völlig erstarrt vor Staunen und konnte keinen klaren Gedanken fassen. Weshalb in aller Welt hatte dieser Mann eigentlich angehalten? Das zu verstehen war meiner begrenzten Geisteskraft offensichtlich nicht gegeben. Trotzdem hielt ich meine Hand weiter ausgestreckt – halb betäubt, wie jemand, der in einem letzten, verzweifelten Versuch, sein Leben zu retten, nach der Hand eines fernen Retters greift – aber das soll hiermit in die Annalen eingehen, daß zwischen fünfzig und sechzig Autos vorbeifuhren, ohne auch nur die Fahrt zu verlangsamen. So etwas hätte ich nie für möglich gehalten. Langsam wurde mir kalt. Alles schien sinnlos. – Keine Möglichkeit zu finden, sich auch nur eine einzige Zigarette anzuzünden!

Und es geht nicht besser weiter.

Da kommt die Polizei von Kópavogur. Mir wird es wieder heiß, denn auch wenn die Polizei von Kópavogur relativ ungefährlich ist, gibt es einfach zu wenig zu tun für vierzehn – sage und schreibe vierzehn Polizisten in einem so friedlichen Örtchen wie Kópavogur. Und dieses verdammte Nichtstun hat noch niemandem gutgetan, wie sich schon oft gezeigt hat. Es kann ihnen zum Beispiel einfallen, Leute einfach zum Verhör mitzunehmen, völlig unbescholtene Bürger, die nicht einmal an einem alkoholischen Getränk geschnüffelt, geschweige denn an einen Einbruch gedacht haben.

Wenn die mich nun durchschauten.

Das Schlimmste ist dabei eigentlich gar nicht, verhört zu werden, sondern in diesem aussichtslosen Kampf um die Freiheit des einzelnen aushalten zu müssen, und das in einer Republik mit einer Einwohnerzahl, die nicht der Rede wert ist. Das ist das Beschissenste überhaupt.

Aber Gott sei ewig Dank, Lob und Ehre seculus seculorum. Dort sausten sie die Straße nach Kársnes hinauf, ohne mir mehr Beachtung zu schenken als dem Laternenpfahl, neben dem ich stand.

Sie sind weg, sagte ich frohlockend zu mir selbst, als die eitergelben Dachleuchten des Polypenblechkistchens hinter der Kurve beim Valur-Neubau in der Dunkelheit verschwanden. Eine solche halsbrecherische Fahrweise hatte ich die ganze Nacht nicht gesehen, und ich hatte doch geraume Zeit hier gestanden.

Es war schon nach drei, und ich verstand jetzt auch, warum sie es so eilig hatten. Um diese Tageszeit würde Þorður in der Blumenhalle wohl kaum Vogtsrosen und Sigurgeirstulpen verkaufen. Und überhaupt. Wer weiß, auf was für Ideen der Þorður immer kommt.

Im Norden hatte es nun langsam begonnen zu tagen. Leuchtendes Morgenrot sättigte den Nebel mit glühendrotem Schein, und die See war wie Milch. Die Häuser reckten ihre Giebel und schienen auf einmal unglaublich groß, wie gigantische Steinburgen im Gebirge, Heimstatt von Riesen, nicht menschlicher Wesen. Das Glühen am Himmel wurde so intensiv, daß alles hell erleuchtet lag. Wenn man jetzt nur einen halben Kerzenstumpf hätte!

Mir war mittlerweile lausig kalt, und ich hatte nur noch einen Wunsch: den Rauch einer Zigarette zu inhalieren. Ich streichelte die Zigarettenpackung in meiner Tasche, aber das war ebenso sinnlos wie das Verb streichholzo auf Latein zu konjugieren.

Warum konnte nicht ein einziger meiner Freunde zufällig hier vorbeikommen? Nur ein einziger. Aber nichts als diese verdammten Einpersonengefährte.

Aber da kam noch so eines – ein rotschwarzer De Soto mit einer Dame am Steuer. Höflich legte ich meine Hand vor die Stirn und neigte mein Haupt dem Straßenschotter zu wie ein Indianer.

Die Dame hielt sofort, und ich war voller Staunen über ihre Schönheit und die Pracht ihrer Kleidung. – Endlich, endlich. Die Dame öffnete die Autotür ein Stück. – Was kann ich für Sie tun? fragte sie mit einem merkwürdig hoffnungsvollen Unterton in der Stimme. Sie lispelte ein wenig.

Verwirrt betrachtete ich ihr gelbes Samtkostüm und die schneeweißen Handschuhe, die auf dem mit dunkelrotem Leder bezogenen Steuer ruhten. Meine müden, schmerzenden Augen wurden geblendet von den kostbaren Schmuckstücken an ihren Ohren und dem Blond ihrer Haare. War das die Islandsonne? Vielleicht die Personifikation der Schönheit Islands selbst? Das hielt ich in diesem Augenblick beinahe für das Wahrscheinlichste, auch wenn sie ein wenig lispelte und einen De Soto fuhr. Ich wagte kaum, mein Anliegen vorzutragen, so würdevoll erschien sie mir.

– Ich brauche dringend Feuer, sagte ich. – Ich dachte, ich hätte Streichhölzer in der Schublade, aber dann waren nur noch total abgebrannte Sozialdemokraten in der Schachtel. Ich versuchte, meine Stimme so bescheiden und demütig wie möglich klingen zu lassen, damit sich die Dame nicht beleidigt fühlte. – Sich keine Zigarette anzünden zu können ist schlimm, wenn man ab und zu gern mal eine raucht, fügte ich entschuldigend hinzu.

– Das ist alles, wonach dich verlangt? fragte die Dame. Ich sah und hörte nun, daß die Dame sich wohl unter dem Einfluß irgendwelcher berauschender Mittel befand.

– Ja, das ist alles, antwortete ich verlegen.

– Bist du dir sicher, daß dich nach nichts anderem verlangt? fragte sie und lehnte sich hinüber zu der offenen Tür. – Willst du nicht mitkommen – komm mit zu mir – komm, bitte.

Sie war sehr erregt, beinahe außer sich, und schien völlig dicht zu sein.

– Leider geht das nicht, sagte ich. – Nicht jetzt zumindest. Das Kind schläft ja zu Hause. Und nicht ein einziges Sandmännchen, das darauf aufpassen könnte.

Ich lehnte mich gegen den geteerten Telephonmast und wagte

nicht näherzukommen. Aber nun kam sie aus dem Auto und auf mich zu. Sie streifte ihre Handschuhe ab und fauchte mich an.

– Ich durchschaue euch, euch alle, alle, die ihr behauptet, Lesben zu sein. Auch dich mit deinen Rehäugelchen. – Nicht jetzt, später, sagst du. Sie keuchte vor Wut.

Ihr schönes Antlitz war völlig verzerrt. Das war keine Fee mehr – sondern eine Hexe – die Teufelsmutter persönlich.

Sie schrie auf mich ein, daß ihre Stimme sich überschlug und ihre glänzenden Reißzähne zwischen den feuerroten Lippen aufblitzten.

– Ihr wollt doch alle nur das eine – etwas Längliches, mit einem häßlichen, roten Kopf am Ende. Streichhölzer, daß ich nicht lache – ihr wollt doch nur einen Mann! Ihr versteht nichts von wahrer Liebe. Nur von Geilheit. Nichts als Geilheit! Hier hast du dein Streichholz. –

Ich bekam eine glühende Ohrfeige auf jede Backe, bevor ich überhaupt reagieren konnte. Ich sah nur ihre blaulackierten Nägel wie Kugelblitze aufleuchten.

Ich schwankte und hielt mich an dem teerigen Mast fest.

– Nimm dies, sagte sie heiser. – Streichhölzer!

Sie warf sich in ihren De Soto und schlug die Tür zu. Ich blickte ihm lange nach. Im rotglühenden Nebel, der vom Meer heraufstieg, sahen seine Rücklichter aus wie eitrige Beulen.

Langsam drehte ich mich um und machte mich unsicheren Schrittes auf den Heimweg. Kalte Tränen des Schmerzes brannten in meinen Augen, und ich ließ alle Hoffnung auf das langersehnte Feuer fahren.

Ragna Sigurðardóttir

Lauch oder Aprikose?

Ich drehte mich nicht um. Stand nicht auf. Saß ganz still und fühlte, wie mir das Blut langsam zu Kopf stieg, bis meine Wangen glühten. Die Scham breitete sich über meinen Körper aus, nie wieder auszulöschen.

Der Tag war vergangen mit ungeduldigem Warten auf nichts, Fahrigkeit, Gereiztheit, die an Aggressivität grenzte. Später versuchte ich, diesem heißen Tag die Schuld zu geben, die erstickende Hitze verantwortlich zu machen für die innere Unruhe, die mich schließlich dazu brachte, zu weit zu gehen.

Zu der Tageszeit, wenn die Sonne durch das Wohnzimmerfenster auf die Schiebetür zwischen Wohnzimmer und Schlafzimmer hereinscheint, durch die leicht durchsichtige Seidenbespannung vor dem Glas in der Tür ein Viereck aus Licht auf das weiße Bettzeug wirft, stand ich vor dem Spiegel im Schlafzimmer und schminkte mich, ich stand im Schatten. Zog einen schwarzen Rand um meine Augen und malte mit dem Konturenstift sorgfältig die Form meiner Lippen nach, als ob ich glaubte, sie würden für mich sprechen, gleich in welcher Sprache, wenn mir diese Linie nur gelänge.

Ich kannte sie nicht gut, aber ich wußte, woher sie kam, ihren Dialekt fand ich immer schwer verständlich. Ich kannte ihre Brüder, wußte, daß ihre Eltern tot waren und daß sie keine Kinder hatte. Ich hatte ihren Lebensgefährten zwei oder drei Mal getroffen bei gesellschaftlichen Anlässen, aber nie mit ihm gesprochen. Vor drei Jahren hatte er sie betrogen, ich wußte nicht, ob sie das wußte. Ihr Verhältnis ging mich nichts an. Ich hatte das Gefühl, ihren Alltag zu kennen, zu wissen, wann sie aufstand, was sie tat, wie sie es tat. Es war aber auch möglich, daß ich mich irrte. Ich wußte nicht, was sie gern aß, ob sie Musik liebte, welche Romane sie las, welche Filme sie sich im Kino ansah. Ihre Kleidung verriet mir mehr über ihr Einkommen als über ihren Geschmack. Sie war eben eine Bekannte. Die Gelegenheiten, zu denen wir uns nicht aus Zufall getroffen hatten, konnte ich an den Fingern einer Hand abzählen. Niemals hatten wir ein vertrauliches Gespräch geführt. Ihre Arbeitsmethoden interessierten mich im Grunde mehr als ihr Privatleben, obwohl das eine schwer vom anderen zu trennen war. Das Spannendste an ihr war, daß meine Einschätzungen völlig verkehrt sein konnten, und das führte schließlich dazu, daß ich zu weit ging.

Die Wohnung war klein und in keiner Weise ungewöhnlich, sie überraschte mich nicht, zumal ich schon einmal zu Besuch gewesen war. Die Möbel erinnerten an eine Büroeinrichtung. Nichts fiel irgendwie aus dem Rahmen. Alles war durchdacht und praktisch, wie zu erwarten. Vor den Fenstern zum Garten hingen keine Gardinen, die Scheiben waren nicht geputzt. Das Wohnzimmer war voll, von Freunden über Bekannte bis zu bekannten Gesichtern ohne Namen war alles vertreten. Ich war unruhig und wußte nicht, was mich störte. Vor meinem inneren Auge sah ich sie allein in diesem Wohnzimmer sitzen, an einem regnerischen Morgen, an einem Winternachmittag oder einem heißen Sommertag wie diesem, der sich jetzt dem Abend zuneigte. Die Vorstellung erfüllte mich mit Traurigkeit, aber ich wußte nicht, wer von uns beiden trauriger war, und nach einer Weile begann ich, über andere Dinge nachzudenken.

Alle Flächen kamen mir bekannt vor, ich kannte die Außenseite dieser Dinge. Schreibtische dieser Art, mit schweren grauen Tischplatten auf lackierten Stahlbeinen und zwei Schubladen rechts, sah man oft in Läden für gebrauchte Büromöbel. Den Teppich hatte ich auch schon einmal woanders gesehen. Preiswertes Kunststoffmaterial, unauffällig dunkelgrau und leicht zu saugen. An der Wand stand ein großes schwarzes Sofa mit gerader Lehne, offensichtlich aus den sechziger Jahren. Die Wände waren hellgrau, ich kannte die Farbe, dies hier war Perlgrau. Ich hatte sie im Farbengeschäft um die Ecke gesehen. Die Wohnung hätte eine Gästewohnung sein können für Künstler, die sich eine Weile in einer fremden Stadt aufhalten wollen, aber sie wohnte hier. Es war eine Arbeitswohnung, in der es keine Sonntagmorgen gab. Sie erschien mir unpersönlich, aber das Unpersönliche zu lieben ist auch etwas Persönliches. Die Wohnung verriet so wenig über sie wie sie selbst, kaum konnte ich meinen Ärger beherrschen.

Ich versuchte, mir darüber klarzuwerden, was ich eigentlich herausfinden wollte, konnte mir aber nur sagen, was es nicht war. Ich hatte weder Interesse an ihren Privatangelegenheiten noch an ihren Geheimnissen. Auch ihre Schwächen waren am besten bei ihr selbst aufgehoben. Ich wollte nicht wissen, welche Probleme sie hatte, was sie an sich selbst oder anderen haßte, wem sie einmal das Herz gebrochen oder wer sie verletzt hatte. Ihre Jugend war für mich uninteressant, wie ihr Verhältnis zu ihren Eltern gewesen war, war mir gleichgültig. Ich wollte mich weder an ihrer Schulter ausweinen noch ihr meine dazu anbieten. Dennoch gefiel sie mir. Ich suchte nicht nach Informationen, die meine Vorstellung von ihr bestätigen würden, ich hätte es bevorzugt, mich zu irren, falsch zu verstehen. Es ging mir dabei nicht um Verstehen im Sinne von Verständnis zwischen zwei Frauen, sondern von Übereinstimmung zwischen verschiedenen Vorstellungen, und nur zwischen ihnen.

Sie besaß kein Musikinstrument. Auf dem kleinen Kühlschrank, der anscheinend in keiner Küchenecke Platz gefunden hatte, stand ein Kassettenspieler von schlechter Qualität. Darum herum lagen unordentlich verstreut ein paar Kassetten, die offensichtlich nicht ihr gehörten. Weder kannte ich diese Musik noch gefiel sie mir. Irgendeine unmögliche Mischung. Kein Gesang, nur Instrumentales. Diese Musik hatte nichts mit ihr zu tun. Wahrscheinlich war es eine Kassette, die einer der Gäste mitgebracht hatte. Sie wurde wieder und wieder abgespielt.

Ich war allein und im Begriff, mich dort hinaufzustehlen, wo es mir verboten war. Beinahe aus Versehen, ich hatte das nicht geplant, als ich kam. Ich war von mir selbst überrascht, normalerweise tat ich nichts ohne reifliche Überlegung, nichts Heimliches oder Verbotenes, und dieses Gefühl versetzte mich in eine angenehme Spannung. Vom unteren Stockwerk klangen Musik und laute Stimmen nach oben. Wohliges Halbdunkel lag um mich, und das Summen des Computers teilte die Schuld mit mir. Einen Augenblick vergaß ich mich, und dieser Augenblick erhob sich über die Wirklichkeit. Ich brach Regeln, und ich genoß es in höchster Erregung. Plötzlich fühlte ich mich ihr sehr nahe, so als ob ich auf einmal unter die Oberfläche gekommen wäre, ihre Gedanken lesen könnte, wie ich wollte, und die unerlaubten aussondern. Ich hatte in diesem Augenblick das Gefühl, daß sie eigentlich von mir dort oben wissen müßte und mit meinem Herumschnüffeln einverstanden wäre, als ob eine unausgesprochene, selbstverständliche Übereinkunft zwischen uns bestünde. Aber natürlich lag das alles ohnehin außerhalb ihrer Vorstellungskraft.

Ihre Hände waren elegant und schmalgliedrig und die Nägel gepflegt, klarlackiert. Ich wußte nicht, ob sie sie nur zur Dekoration lackierte oder zum Schutz, weil ihre Nägel leicht brachen oder einrissen. Sie hatte eher Lehrerinnenhände als Mädchenhände, nicht verführerisch, sondern vertrauenerweckend. An der rechten Hand trug sie einen Silberring mit einem kleinen, schwarzen Stein, der aussah wie ein Erbstück. Zu Hause hätte ich ihn einen Blutstein genannt, aber hier wußte ich seinen Namen nicht, und er war mir auch egal. Ihre Hände waren kräftig und zupften weder an etwas herum noch bewegten sie sich unruhig, sie standen ihr gut. Aber sie rauchte Zigaretten, eine nach der anderen, und ich dachte, vielleicht machte die Rolle der Gastgeberin sie ein wenig nervös.

Ich hatte kein festes Weltbild. Nur ein paar Prinzipien, abhängig von Zeitpunkt und Ort. Die Wirklichkeit hatte ich schon lange verloren, und ich konzentrierte mich auf Kleinigkeiten, wie den Tee nach allen Regeln der Kunst zuzubereiten oder japanische Gerichte mit japanischen Stäbchen zu essen, ich bemühte mich stets, das passende Wort zu finden, sprach zum Beispiel nie von schwarzem, sondern von dunklem Kaffee. Versuchte herauszufinden, was richtig und was falsch war, obwohl ich wußte, daß ich damit nur die Wahl und nicht die Wahrheit hatte. Ich tat mein Bestes, das zu wählen, was für alle am besten war, und nicht nur an mich zu denken. Dieser Abend war eine Ausnahme.

Oben war ein Flur mit hellem Parkettboden und drei Türen. Zum Schlafzimmer und zu einer Art Arbeitszimmer standen die Türen halboffen, die dritte war zu. Ich warf einen raschen Blick ins Schlafzimmer, auf das ungemachte Doppelbett, die Kleidung auf den Stühlen und die offenen Schranktüren, und drehte mich um. Ich öffnete nicht die Tür, die geschlossen war, sondern ging auf Zehenspitzen hinüber zum Arbeitszimmer. Ich trug Schuhe mit einer harten Ledersohle, und obwohl ich wirklich vorsichtig war, schienen meine Schritte auf dem Dielenboden zu dröhnen, aber die Musik unten war sehr laut und ich wußte, daß mich niemand hören konnte. Ohne weiter nachzudenken schob ich langsam die angelehnte Tür auf und schlich mich ins Arbeitszimmer.

Zu dieser Jahreszeit war es abends lange hell, aber nun setzte die Abenddämmerung ein, und Bäume und Sträucher verloren ihre Farbe und bildeten, nicht mehr auseinanderzuhalten, eine schattige, dunkle Wand um das Haus. Der Garten war völlig ungepflegt, alles andere hätte mich auch überrascht. Trotzdem sah ich im Garten schmutzige Arbeitshandschuhe auf der Erde liegen, nahe der Tür. Vielleicht war das verstrüppte Durcheinander, das jetzt in der Dunkelheit versank, absichtlich angelegt. Jemand öffnete ein Fenster, drinnen war es heiß, und der Zigarettenrauch setzte sich in allem fest. Der Abend war heiß und still wie der ganze Tag gewesen war, kein Lufthauch rührte sich.

An der Wand, an der das Fenster zum Garten hinausging, befand sich eine kleine Büste von ihr selbst, ein Gipsabguß auf einem kleinen, schwarzen Regal, das einen Teil des Kunstwerks zu bilden schien. Ich konnte aus dieser Abbildung nichts lesen, keine typische Form erkennen, und ich verstand nicht, warum das Regal schwarz lackiert war, es paßte einfach nicht zu der Gipsbüste. Ich fühlte wieder, wie sich dieser Unmut in mir regte.

Zuerst ging ich hinüber zu dem kleinen Bücherschrank. Überflog die Namen der Autoren, kannte aber keinen von ihnen. Hier war nichts, was mir irgendwelche Anhaltspunkte bot, und ich schlich vorsichtig zum Schreibtisch hinüber. Ich sah zur Tür, die wieder halb zugefallen war, aber noch brauchte ich keine Angst zu haben, ich war allein hier oben, und niemand würde mich so schnell vermissen. Ich war ganz ruhig. Als ob ich tatsächlich das Recht besäße, hier zu sein und herumzustöbern in Dingen, die mich nichts angingen. Aus dem Wohnzimmer hörte ich Gelächter und Musik. Meine Hände waren weiß im Lichtschein, der von der Straßenlaterne vor dem Fenster hereinfiel, knochig und kraftlos, sie gefielen mir nicht. Der Lichtstrahl fiel auf einige handbeschriebene Blätter, die ungeordnet auf dem Schreibtisch herumlagen. Ich nahm eines von ihnen mit dem Daumen und dem Zeigefinger und hielt es ins Licht. Die Handschrift konnte ich auf den ersten Blick nicht lesen, ich entzifferte das Wort »Abstand« und legte das Blatt zurück auf den Tisch, versuchte, es wieder genau an die gleiche Stelle zurückzulegen; manche haben so ein gutes Gedächtnis. Als mir bewußt wurde, daß ich im Begriff war, meine Spuren zu verwischen, erschrak ich. Mein Herz begann zu rasen, und ich fühlte die Spannung in meine Fingerspitzen schießen wie einen Stromschlag. Anstatt schnellstens das Zimmer zu verlassen, solange ich noch Zeit dazu hatte, und mich wieder nach unten zu begeben, wo man meine Abwesenheit jeden Augenblick bemerken mußte, wendete ich mich dem Computer zu.

Ich versuchte nicht, mich ihm mit den unklaren Fragen zu nähern, die mir im Kopf herumschossen. Ich wußte, daß er mir lange und unverständliche Antworten geben würde, die sich weit vom Thema entfernten. Sie redete ewig um alles herum, antwortete selten direkt, so als ob es unmöglich wäre, sich abschließend zu etwas zu äußern, als ob alles immer von den Umständen abhinge. Als ob sie nicht wüßte, was sie von diesem oder jenem hielt. Ich mußte warten und sehen, was zu Tage käme, aber meine Geduld war begrenzt und meine Aggressivität drohte, die Überhand zu gewinnen.

Immer weniger sagte ich, was ich sagen wollte, im letzten Augenblick endete ich immer in grammatischen Unwegsamkeiten und veränderte meine Sätze entsprechend; was ich ursprünglich sagen wollte, war spurlos aus meinem Gedächtnis verschwunden. Im letzten Augenblick wählte ich ein anderes Verb, tauschte ein Adjektiv aus und bemerkte dabei, daß die Knöpfe auf ihrer Bluse nicht die waren, die dort hingehörten. Ich kannte diese Blusen. Statt der ursprünglichen Perlmuttknöpfe hatte sie weiße, flache, leicht glänzende Knöpfe aufgenäht. Matte wären besser gewesen, hätten auch besser zur Wohnung gepaßt. Ich beugte das Verb falsch und korrigierte mich sofort selbst. Wenn ein Knopf fehlte, war es selbstverständlich besser, sie alle auszuwechseln.

Ich kannte diese Computermarke nicht, aber aus Gewohnheit beugte ich mich über das Gerät, um es hinten auszuschalten, der Schalter war an der gleichen Stelle. Ich schaltete ihn an und er summte leise. Einen Augenblick fürchtete ich, daß er mich laut begrüßen würde, aber er blieb still. Ich öffnete die Diskettenbox und nahm wahllos eine heraus. Mit klopfendem Herzen legte ich sie ein, hielt die Maus fest in der verschwitzten Hand und verbannte die idiotische Idee, ich dürfe nur keine Fingerabdrücke hinterlassen, aus meinem Gehirn.

Den Gürtel an ihrer Hose kannte ich, der gehörte ihr nicht. Ihre Schuhe waren schwarz und gewöhnlich, in einem Laden gekauft, von dem ich wußte, daß er ihr nicht gefallen konnte, und sie waren frisch geputzt. Es war nicht zu erkennen, ob sie sie speziell für diesen Anlaß geputzt hatte. Möglicherweise auch am Tag zuvor, aus einem anderen Grund, oder vielleicht hatte sie nur eilig nachpoliert. Die Absätze waren schiefgelaufen und die Zeit gekommen, sie reparieren zu lassen.

Vorsichtig ließ ich mich auf dem Schreibtischstuhl mit Rollen nieder und öffnete das Dateienverzeichnis. Das graue Licht vom Bildschirm fiel auf mich und die Tastatur. Ich war in eine Datei von Adressen und Telefonnummern geraten. Schnell ließ ich die Liste durchlaufen, und zu meinem Schrecken stieß ich auch auf meinen eigenen Namen. Wieder kam mir zu Bewußtsein, was ich hier eigentlich tat, wie rücksichtslos mein Eindringen war, wie zuvor, als ich bemerkte, daß ich sorgfältig meine eigenen Spuren verwischte. Da stand mein Name, war ich verzeichnet als eine ihrer Bekannten, und ich stand nun da als Schnüfflerin und Schwindlerin. Gleichzeitig war ich ärgerlich wegen dieser unerwarteten Komplikation.

Schnell nahm ich die Diskette heraus und steckte sie zurück an ihren alten Platz in der Box. Der Name auf der nächsten weckte mein Interesse, ich kannte ihn. Es war der Name eines Stückes, von dem ich im Vorjahr eine Aufführung gesehen hatte. Das Stück hatte mir gefallen, ohne daß ich verstanden hätte, wovon es eigentlich handelte, und ich hatte mich auch nicht bemüht, es herauszufinden. Eigentlich hatte ich mir vorgenommen, den Computer auszuschalten, wieder nach unten zu gehen und noch eine Weile an der Party teilzunehmen, ohne schlechtes Gewissen, denn schließlich wäre ich rechtzeitig zurückgekehrt. Aber ich machte weiter, legte schnell die Diskette ein. Ein Bild erschien auf dem Schirm, das gleiche, das ich schon öfter gesehen und daher wieder erwartet hatte. Die Farben waren kräftig und leuchtend, verschiedene eingepackte Dinge unterschiedlicher Form. Die Form deutete an, was der Inhalt sein könnte, war aber nicht eindeutig. Eine Schaufel oder ein Schrubber, eine Geige oder ein Kleiderhänger, ein Blumentopf oder ein Putzeimer? Ich versuchte nicht, diese Möglichkeiten weiter zu ergründen, denn diesmal konnte ich tun, was ich wollte. Ich war kein teilnahmsloser Zuschauer. Ich konnte das Bild nach Belieben vergrößern oder verkleinern. Die Farben verändern. Details vergrößern. Oder Notizen und Überlegungen lesen, die nicht für meine Augen gedacht waren. Das letzte schien mir das Spannendste zu sein.

Wäre es um einen unbekannten Menschen gegangen, wäre ich vielleicht gleichgültiger gewesen, ich hätte nichts zu verlieren gehabt. Dann wäre meine Neugier niemals stark genug geworden, und obwohl die Spannung, die Grenze zu überschreiten, genauso existiert hätte, wäre doch nur von einem Spiel die Rede gewesen. Aber das hier war kein Spiel. Ich hatte Regeln gebrochen, war in Gefahr, mein Gesicht zu verlieren, wenn man mich entdeckte, konnte meinen guten Ruf zerstören. Die Unruhe, die den ganzen heißen Tag unter der ruhigen Oberfläche gelauert hatte, ergriff nun völlig von mir Besitz. Ich wollte nicht die üblichen Wege gehen, sondern eine Abkürzung nehmen. Zeit sparen, Energie sparen, mich selbst auf eigennützige Weise schonen. Ich wollte etwas bekommen ohne Gegenleistung.

Sie hatte graue Augen, die selten lachten, und wenn sie lächelten, waren sie immer auf der Hut, forschend, leuchteten nicht, vergaßen sich nie. Ich hatte sie sich nie vor Lachen verdrehen gesehen. Immer wachsam und bedacht, warum, wußte ich nicht.

Der Text, den ich öffnete, hatte offensichtlich mit dem Stück zu tun, und ich überflog einige Sätze. Immer noch klang die Musik von unten herauf, immer noch die gleiche Kassette, so daß ich davon ausgehen konnte, daß ich höchstens ein paar Minuten hier oben gewesen war. Gleichzeitig wußte ich jedoch, daß ich nicht sicher war, jeden Moment konnte mich jemand hier entdecken. Ich sah den Augenblick kommen und fühlte mich nicht mehr wohl, die Spannung verwandelte sich in Angst und ich beschloß aufzuhören, aber trotzdem saß ich regungslos. Als ob ich über die Straße ginge und sähe ein Auto herannahen, aber ginge trotzdem weiter, überließe es dem Fahrer, mir auszuweichen, falls er könnte; als ob ich sicher wäre, wenn ich ihn einfach nicht sähe. Und dabei auf den Aufprall wartete. Ich hielt die Maus gedrückt und wollte den Text nur schnell einmal durchlaufen lassen, aber plötzlich ließ sich die Maus nicht mehr steuern. Der Pfeil stand unbeweglich in der rechten Ecke des Bildschirms. Ich fühlte Stiche in den Schläfen. Ich hatte endgültig genug. Genug davon, mich lächerlich zu machen. Ich hatte an ihrem Computer herumgespielt und dabei irgendeinen Fehler gemacht. Ich hämmerte mit der Faust auf die Maus, aber der Pfeil bewegte sich nicht. Ich hielt den Atem an. Am liebsten hätte ich einfach schnell abgeschaltet, wäre hinausgelaufen, hinunter, und hätte diese ganze dumme Sache vergessen, aber ich hatte Angst, etwas von der Festplatte zu löschen, etwas Unwiederbringliches. Ich kannte diesen Computer nicht. Ich fühlte, wie es mir heiß wurde und ich zu schwitzen begann. In meiner Verzweiflung fiel mir ein, daß es sich vielleicht um einen Wackelkontakt handeln könnte. Ich folgte der Leitung der Maus bis zu ihrem Stecker hinten am Computer und steckte ihn fester in den Anschluß. Versuchte es wieder. Der Pfeil bewegte sich, und ich atmete durch. Ich starrte auf den Bildschirm und begann wieder, den Text zu überfliegen, in der Hoffnung, eine Abkürzung zu finden, eine Öffnung in der Oberfläche, irgend etwas, das ich ohne weiteres verstehen könnte. Die Datei schien aus Zitaten zu bestehen, ohne das angegeben war, woher sie stammten. »Wenn E eine Äußerung ist, C ihre Bedeutung und R die Beziehung zwischen beiden, die das Zeichen konstituiert, dann ist die Formel einer Aussage (ERC) RC«. Das sagte mir natürlich gar nichts, und enttäuscht ließ ich die Datei durchlaufen auf der Suche nach etwas Auffälligerem. Dabei wußte ich, daß es dort nichts zu finden gab. Dieser Satz hatte es mir gesagt. Dieser Weg war eine Sackgasse, und ich mußte zusehen, daß ich hier wieder herauskam. Am liebsten wäre ich wieder unten auf der Party gewesen und hätte das Ganze so schnell wie möglich versucht zu vergessen. Ich würde nie jemandem davon erzählen können. Ich stieß auf die Frage »Lauch oder Aprikose?« und schüttelte den Kopf, aber die Worte blieben mir im Gedächtnis haften, ohne daß ich es wollte. Mein Interesse war plötzlich erloschen. Ich wollte nichts mehr wissen und wünschte mir nur sehnlichst, ich wäre niemals hier hineingekommen. Konnte nicht mehr verstehen, was mich dazu bewegt hatte, den Computer einzuschalten. Du Idiot, sagte ich in Gedanken zu mir selbst. Meinte für einen Augenblick, Schritte auf der Treppe zu hören, mein Herz raste, ich lauschte, hörte aber nichts. Die schlechte Stimmung dieses Tages war plötzlich von mir abgefallen, meine Unruhe verschwunden. Ich lehnte mich im Stuhl zurück. Wußte, daß ich mich beeilen mußte, aber saß still, als ob ich schon wüßte, daß alles zu spät war, daß es nun kein Zurück mehr gab. Sah auf den Schirm, auf dem Worte und Zitate standen, die mich nichts angingen und die ich gar nicht sehen wollte. Ich las nicht mehr, saß nur da und starrte, konnte kaum glauben, was ich getan hatte, verstand mich selbst nicht mehr. Ich wußte nicht mehr, warum ich geglaubt hatte, hier etwas zu finden, und hatte vergessen, wonach ich überhaupt gesucht hatte. Ich dachte an sie, dort unten, die nicht wußte, wie ich hier oben herumgeschnüffelt hatte. Ich hatte ihr Verachtung entgegengebracht und mich selbst erniedrigt.

Ich erschrak, als ich den Lichtstreifen auf dem Boden sah, von draußen vom Gang. Die Tür quietschte leise. Ich erinnerte mich an die Schritte auf der Treppe einige Zeit zuvor, zweifellos hatte sie schon eine ganze Weile dort gestanden.

Kim Småge

Flucht

Es war eine Flucht. Nicht Hals über Kopf, nicht in Panik, ich war nicht umzingelt von lodernden Flammen und warf mich nicht ins Feuer, wie es heißt, daß Haustiere es tun. Es gab keine Flammen, um sich hineinzuwerfen. Es war kalt. Eiskalt war es. Eine Eisschicht auf der anderen. Dauerfrost. Der innere Alltag und der äußere Alltag, alles lag unter Dauerfrost. Das war meine Schuld. Ich hatte die Jahreszeiten eingefroren, ich hatte das Eis herbeigerufen – die Liebe nach Sibirien verbannt.

Ich begriff es nicht, konnte es nicht akzeptieren. Nach Tagen, Wochen, Monaten verstand ich. Ich war die Ursache, war der unfreiwillige Grund. Sein Rücken im Ehebett erzählte es mir, die Entschuldigungen erzählten es, der gesenkte Blick, die Haut- und Körperkälte erzählten es. In vielen, langen, stummen, kalten Monaten war das die Botschaft. Und die Aggression, die folgte. Seine Aggression.

Ich floh. Reiste zu den Sonnenstrahlen, von denen ich wußte, daß es sie irgendwo gab, leckende Sonnenstrahlen, die meine äußerste Hautschicht auftauen konnten, die ein wenig Wärme in meine Zellen ritzen konnten. Jede Berührung ritzte meine Haut. Ich ertrug nur keine weiteren eiskalten Ritze.

Ich suchte einen Strand, einen ganz speziellen Strand. Ich wußte, daß es ihn geben mußte. Ein warmer Sandstreifen am Meer, ein kühler Luftzug, der über die dort liegenden, dort sitzenden, dort spielenden Körper strich. Ein Strand mit Familien, mit Mutter, Vater, Kind und alten Verwandten, unter Sonnenschirmen oder belaubten Bäumen sitzend, – ein paar Quadratmeter Strand ohne langbeinige, nordische Frauen, ohne taxierende, dunkelhaarige Jünglinge. Ein Strand, an dem sich niemand oben ohne sonnte.

Er lag da und wartete auf mich. Am Ende einer dreistündigen Busfahrt lag er. Alle Flugzeugpassagiere und Rucksacktouristen hatten sich unterwegs aufgelöst. Jedenfalls waren sie verschwunden, hatten den Sonnentraum mitgenommen und ihren Strand gefunden.

Die steile Felswand wand sich im Zickzack durch eine fruchtbare, grüne Landschaft. Obstbäume hingen voller roter, gelber, lila Früchte, kleine Felder tauchten auf, Maultiere, mit überfüllten Körben beladen, trotteten steile Pfade hinab, Bauer und Bäuerin hinterdrein, die Blumenpracht funkelte mir entgegen, wuchs auf mich zu, blendete mich. Ich schwelgte in Farben und Formen, zog die fremden, berauschenden Düfte ein, Düfte nach Wein, Zwiebeln und Früchten, – reife, schwere Düfte. Und den Geruch nach salzigem Meer, einem unendlichen, funkelnden Meer. Es war voller Luftspiegelungen, von einem Augenwinkel zum anderen rollte es dumpf heran, die niedrige Abendsonne ließ das Wasser dickflüssigem Gold ähneln. Es war so intensiv, es ließ mir keine Wahl, meine Haut wurde feucht von etwas Kaltem, das schmolz, etwas, das schmolz, aufgesogen wurde und in der Hitze verdampfte. Am Meeresufer hielt der Bus, am Ende einer weißgekalkten Häuserreihe, dahinter lagen Obst- und Beerengärten im Schatten, davor die Häuser für die Menschen. Kleine Gemüsebuden, kleine Straßencafés, Tresen mit frischgebackenen, duftenden Brotwaren, Wagen mit Erfrischungen, Zeitungen, Zigaretten. Der Ort brodelte vor Leben. Keine Touristen, keine Wolkenkratzerhotels, keine sophisticated Restaurants, das war ein Ort, der nie in einer Touristenbroschüre gestanden hatte. Der Rhythmus war anders – wie ein Herzschlag.

Ich ging in das einzige Hotel des Ortes, eine Pension, bekam ein Zimmer mit Blick aufs Meer, stand zwischen den Grünpflanzen auf dem Balkon und sog die Eindrücke in mich auf. Familienstrand. Die meisten waren damit beschäftigt einzupacken, stopften Handtücher und Badereifen, Wasserflaschen und Sonnencreme in die Taschen, zogen sich Hemden und Kleider über, zogen die Kinder an. Ja, das war mein Strand, mein Ort. Auf dem Strand wollte ich liegen, das Juchzen und Lachen um mich herum hören, der Kinderschelte lauschen, den Wasserball von einem Dreijährigen an den Kopf bekommen. Die Gedanken ausschalten, nur daliegen und dahinschmelzen. Den Eisgriff im Nacken loswerden, die Sonne in mich aufnehmen und allein in einer Gemeinschaft liegen.

Ich weiß nicht, in welcher Nacht es war. In der dritten? Der vierten? Die Sonne ging auf, und die Nachtdämmerung legte sich aufs Land, ohne daß ich ein Kalenderblatt abreißen mußte. Meine Armbanduhr lag nicht aufgezogen auf dem Tisch, ich schlief, wenn ich müde war, aß, wenn ich Hunger hatte. Der Abend war kühl gewesen, der Inlandswind strich über mich, als ich vor Georgeos' Café saß und zitterndes, weißes Muschelfleisch in mich schlürfte. Muscheln und Zitrone, frisches, weißes Brot, ein leichter Wein. »Sensuelles Essen«, sagte er, »das wird dir gut tun – das tut allen Menschen gut. Roh, direkt aus dem Meer. Iß, Frau.« Ich aß. Sensuelles Essen oder nicht, das Muschelfleisch war gut. Danach ging ich nach Hause, zog mich aus, vermied mein Spiegelbild, als ich Schminke, Schweiß und Salz aus meinem Gesicht entfernte, kroch zwischen die sauberen Bettlaken, streckte mich aus und schlief. Schlief. Und erwachte, mit wunderbar schwerem Körper, angenehm schwer. Ich hörte die Zikaden ihre Melodie zirpen, ich hörte sanfte Meereswellen, die kaum am Strand ausrollten, meine Hände strichen über warme Körperhaut, die Augen sogen die milde, dunkle Nacht auf. Ich stand auf, ging auf den Balkon, blickte über eine sternenübersäte Meeresoberfläche, spürte, wie die Samtnacht die Landschaft streichelte. Und entdeckte die Zigarettenglut. An den Umriß eines Baumes gelehnt stand ein Mann, halb dem Meer, halb mir zugewandt. Im Profil. Die Glut seiner Zigarette flog wie eine Feuerfliege vom Mund zur Hüfte, zum Schenkel. Im Bogen. Ruhig, stumm, ohne Namen und Gesicht stand er in der Dunkelheit. Das Sternenlicht fiel auf ein weißes T-Shirt, zeichnete die Konturen von Schultern, Oberarmen, gebogenen Lenden ab. Es geschah etwas in mir, nein, es brach kein Damm oder etwas in der Art. Ich wußte nur, er war der MANN, ich war die FRAU. Hier und jetzt. Ich wußte, er wartete auf die FRAU. In einer dunklen, mondlosen Nacht wartete er. Und ich wollte die FRAU sein. Mußte es wagen, die FRAU zu sein. Ich wollte. Ich glitt leise zurück ins Zimmer, tastete mich zu einem Stuhl hin, fand ein Tuch, dünner Seidenstoff in Burgunder und Silber, drapierte es mit neuerlernten Reflexen um meinen Oberkörper, von Achselhöhle zu Achselhöhle, verbarg die Brüste. Nein! So war es nicht richtig, ich ließ den Stoff herabgleiten, hielt ihn erst um die Hüften fest, er sollte einen langen Rock bilden. Barfuß und mit nacktem Oberkörper ging ich in die Nacht hinaus.

Er roch nach Meer. Salzigem Meer. Körper. Schon als ich aus der Tür trat und die Sandkörner unter meinen Füßen spürte, schnupperte ich den Geruch nach Meer und Körper. Er drehte sich nicht um, als ich herankam, ließ mich einfach zu sich kommen. Ich glitt zwischen ihn und das Meer, zwischen ihn und die Sterne, der Schatten war absolut. Wir waren zwei Umrißmenschen. Mein Umriß zeigte einen nackten Oberkörper, ein wenig Stoff um die Hüften geknotet, nackte Beine. Eine Frau, die wollte, eine Frau, die sich anbot? Sein Umriß lag im Schatten des Baumes, verborgen. Ich konnte ihn nicht deuten, bekam sein Gesicht nicht zu fassen, wußte nicht, ob es Begierde, Verachtung, Überraschung oder Wiedererkennen spiegelte. Ich wußte nur, daß ich mußte, wollte. Ich wollte hier stehen, ganz unabhängig von der Fortsetzung. Dann spürte ich es, ich spürte ein Zittern, ein Vibrieren ging von uns beiden aus, etwas, das sich traf, ich spürte, wie die Welt ausgeschlossen wurde, fühlte, daß wir die einzigen waren, die in dieser Nacht lebten, daß wir der Kern waren, daß der Wind, die Luft, die Dunkelheit zwischen unseren Körpern ganz von uns beiden erfüllt war. Meine Haut erschauerte, gierig, die Stimmung zu bewahren. Seine Finger kamen, strichen über meine fröstelnde Haut, glätteten sie, fühlten, streichelten, – die Innenseiten der Arme, die Achselhöhlen, die Schultern, tiefer. Tiefer. Zu den Brüsten hin, zur nackten Brust. Meine Beine trugen mich fast nicht mehr, ich wollte fallen, zusammensinken, Wahnsinn simulieren, schluchzend eine Szene machen und in mein Hotelzimmer verschwinden. Aber seine Hände erlaubten es mir nicht, sie strichen federleicht über die Brust, wandten sich wieder nach oben hin, strichen fester hinab, kniffen sanft, fuhren fort. Es waren Männerhände, die auf Entdekkungsreise waren, die wußten, daß es auch meine Entdeckungsreise war, Männerhände, die diese Loipe prachtvoll fanden. Vom Kinn, Hals zu den Schultern, dem Rücken, den Armen, der Brust, dem Bauch, dem Nabel. Dort hielt er an. Nahm mich bei der Hand und führte mich zum Strand hinunter. Ich hätte heulen können. Hätte alles für ihn tun können. Ein Klischee, ich weiß, aber es stimmte. Und ich tat es.

Die ganze Nacht über spielten wir, liebten wir, lachten und weinten, bissen und streichelten uns. Im warmen Sand. Weiche, runde Sandkörner klebten an uns, wir rollten uns in ihnen herum, es war, als wären sie die Fortsetzung der Haut, ein Streicheln. Wir saugten daran fest, Bauch an Bauch, in kleinen Rinnsalen lief der Sand zurück zum Strand, feucht, naß.

Das Meer empfing uns, wir gingen hinein, spritzten uns gegenseitig naß, wir machten kleine Wellen, tauchten unter, wurden zu einem einzigen Körper, schwammen in stiller, stummer Dunkelheit – dehnten Grenzen aus. Ich war in dieser Nacht Aphrodite, natürlich war ich Aphrodite. Ich wurde aus dem Schaum der Wellen neu geboren, stieg aus dem Meer, zwinkerte dem Olymp zu, auf dem der Rest des Göttergeschlechts saß und zustimmend nickte. Sie waren froh, ich war froh. Sie gönnten es einer Menschen-Aphrodite, für sie war ich schön, und es gefiel ihnen nicht, wenn das Schöne in der Welt eingefroren darniederlag, zu Eis erstarrt war. Ich erzählte dem MANN das, hockte mich nieder und erzählte es dem Mann, der ausgestreckt im Sand lag. Er nickte, antwortete mit wohlklingenden Lauten, nicht mit Worten, wir besaßen nicht die gleichen Worte, er antwortete mit zärtlichen, sanften, vorsichtigen, fordernden Händen. Mit Küssen. Er ließ mich eine Einheit werden. Alles, was war und was nicht war, wurde zu einem Ganzen, wurde zu meinem Ich. ICH. Wer war er? Ein Papagallo? Ein glutäugiger, leidenschaftlicher Jüngling? Ein erwachsener, erfahrener Mann auf der Suche? Ein Familienvater, der zufällig an einen Baum gelehnt dagestanden hatte, eine letzte Zigarette rauchend, bevor er heim zu Frau und Kindern ging? Ein Weinbauer aus der Region? Oder ein Fischer? Ein Muschelfischer? Keine Ahnung. Ich sah ihn nie wieder, wir trennten uns, als der Osthimmel sich leicht rosa färbte, er gab mir die Zärtlichkeit, die ich einst bekommen hatte, die Zärtlichkeit, die in einem anderen Leben gegeben wurde. Jetzt holte ich mir dieses Leben zurück. Er half mir dabei. Und wie er mir half. Das Spiel und die Liebe, die Hände und die Zärtlichkeiten, das Zögern und die Leidenschaft, die ich mit diesem Mann erlebte, halfen mir. Die Rolle, in die ich gezwängt worden war, wurde in dieser Nacht zur Hölle geschickt.

Vielleicht lag er am nächsten Tag am Strand, sonnte sich oder spielte mit dem Ball, schimpfte seine Kinder aus, trank Wasser oder Wein, brachte dem Jüngsten das Schwimmen bei. Ich weiß es nicht. Das war nicht wichtig.

Zwei Tage später fuhr ich ab. Ich fuhr heim zu dem, mit dem ich seit zwanzig Jahren verheiratet bin, zu dem, der meinen Körper in- und auswendig kennt, zu dem, mit dem ich zwei Kinder habe, zu dem, der vor einem Jahr ein Fremder wurde. Zu dem, den ich seit einem Menschenalter geliebt habe und mit dem ich Sex gehabt habe – ein Mann, sicher in seiner Männerrolle, wie er sagte. Wie nannte er mich doch? Krüppel? Nein, sicher nicht, solche Worte nimmt er nie in den Mund. Aber genau *das* meinte er, das hat er mir jedesmal signalisiert, wenn ich um ein Streicheln gebettelt habe, um eine Umarmung gebetet, um Haut und Nähe gefleht habe. Und einen Rücken zur Antwort erhielt. Krüppel.

Ich fuhr heim. Ich fuhr heim und erzählte ihm, wer von uns beiden der Krüppel war. *Ich* mit meiner einen Brust? Oder er, der die Hände mit zwei Brüsten füllen mußte, um lieben zu können?

Birgitta Stenberg

Die Oase

»Hier müssen wir die Hauptstraße verlassen. Sehen Sie die Oase, Madame? Ich weiß, daß es dort einen Mechaniker gibt, den wir schicken können, um Ihren Wagen zu holen. Es ist nicht gut, wenn er zu lange unbewacht dasteht.«

»Ich begreife nicht, wieso kein Benzin mehr da war, der Tank muß leck sein.«

»Es ist alles möglich, Madame.«

»Madame Daumier.«

»Und mein Name ist Sourun el Habib. Meine Freunde nennen mich Ahmed.«

»Ich bin sehr dankbar, daß Sie mir helfen wollen, Monsieur.«

Der Mann neben mir antwortete nicht, er lachte und verneigte sich leicht wie zur Bestätigung meiner Worte. Wir unterhielten uns auf Französisch, der Landessprache während der Kolonialzeit.

Ich war wirklich erleichtert, als seine Limousine vor meinem Auto auftauchte, kurz nachdem dieses stehengeblieben war. Er war offenbar aus meiner Gesellschaftschicht, dunkelhäutig und wie ein Scheich mit Stirnband, Kopftuch und bodenlangem Gewand gekleidet. Eine Goldkette hing auf seiner behaarten Brust.

Der Fahrer trug eine Lederuniform. Hier in dem Auto mit air condition war das vielleicht bequem, aber sicher nicht draußen in der Hitze.

»Etwas zu trinken?«

Ahmed öffnete eine Luke in der Trennwand zum Fahrersitz, und ich sah eine Reihe eiskalter Flaschen und Dosen. Er nahm eine lustig geformte Flasche, die mich an einen erigierten Penis erinnerte. Er goß ein Glas ein und reichte es mir. Seine Hand war muskulös, und die Adern lagen darauf in schimmernden Erhebungen. Er war bis auf die Handrücken hinauf behaart.

»Und Sie selbst?«

»Das enthält eine Spur Alkohol«, antwortete er. »Ich habe gerade Coca-Cola getrunken.«

Das Getränk war süß und duftete nach Rosen und Mandeln. Es schmeckte mir, und ich leerte das Glas. Halbwegs erwartete ich, daß er mir mehr anbieten würde. Statt dessen nahm er mir das Glas mit einer bestimmten Geste aus der Hand und stellte es in den Schrank.

»Wir sind gleich da.«

Hinter der Schirmmütze des Chauffeurs sah ich die Oase näherkommen, immer noch über dem Horizont wie eine Fata Morgana. Sie erschien nicht besonders groß, nur ein paar brennend weiße Hauswände, umgeben von hohen Bäumen. Ihr Grün war silbergrau mit diesem bleichen Farbton, den die Gewächse bekommen, wenn sie mit Wüstensand gepudert werden.

Ich seufzte. Meine phantastischen neuen Freundinnen erwarteten mich am Abend, aber es war zu befürchten, daß die Autoreparatur sich hinziehen würde. Das Warten auf Ersatzteile konnte in diesen Regionen zu einer Frage von Wochen werden. Es war einfach Pech, daß das Auto ausgerechnet jetzt kaputtgehen mußte.

Ein entgegenkommender LKW hatte eine lange Staubwolke aufgewirbelt, in die wir hineinfuhren. Die Luftspiegelung verschwand, wir waren allein auf der Welt, umhüllt von einem leichten Nebel, in dem die Sonnenreflexe sich in den größten Staubpartikeln spiegelten. Ich lehnte mich zurück und schlug die Beine übereinander. Die Berührung der Schenkel ließ einen unerwarteten Schauer der Begierde durch meinen Körper fahren. Ich schloß die Augen und dachte an das, was geschehen war.

Es war auf einem Kurs für Ausländer in der Landessprache, wo sie mir aufgefallen waren, zwei Französinnen, die immer zusammen waren. Ich schloß aus ihren Gesprächen, daß sie zusammen wohnten und nahm an, daß es sich um ein lesbisches Paar handelte. Es sollte sich zeigen, daß es eine andere Art von Gemeinschaft war.

Es passierte an einem Vormittag, als ich mit meinen Büchern auf einer Bank gut versteckt zwischen den Büschen im Universitätsgarten saß. Als die Frauen herankamen, wußte ich bereits, daß sie mich suchten. Und tatsächlich, sie fragten, ob sie sich setzen dürften. Zu meinem Erstaunen setzte sich jede auf eine Seite und näher an mich heran, als üblich ist.

Sie stellten sich vor. Charlie war blond, Anne rothaarig. Beiden hatten kurze Haare und trugen Jeans und Schmuck und Armbanduhren in maskulinem Stil. Zähe junge Frauen in den Zwanzigern. Charlies Nasenbein war gebrochen, sie sah aus wie ein kleiner Boxer. Es lag eine merkwürdige Spannung in ihrer Art, mit mir zu reden, eine Ladung, die mich unaufhörlich an die beiden in einem Bett mit mir denken ließ.

Etwas krampfhaft versuchte ich, ein Gespräch über einen Text anzufangen, den sie gerade zum Übersetzen bekommen hatten. Sie antworteten desinteressiert und einsilbig.

Charlie legte ihren Arm auf der Bankrückenlehne um mich. Es war deutlich zu spüren, daß sie nicht zufällig meinen Hals dabei streifte.

Ich spürte eine Liebkosung an meinem nackten Arm und sah Annes starke Finger daran entlanggleiten.

»Was für süße kleine Daunen du hast. Ganz durchsichtig.«

Charlies Hand umfaßte sanft meinen Nacken.

»Ich möchte dich küssen.«

»Wir möchten dich küssen«, korrigierte Anne. »Wir sehnen uns danach, seit wir dich das erste Mal gesehen haben.«

»Aber …«

Zunächst begriff ich gar nichts. Charlies Hand tastete sich unter meiner Bluse zu meiner Brust vor. Die Brustwarze versteifte sich und sandte ein zuckendes Signal in meinen Schoß. Ihr Haar kitzelte mich an der Stirn, als sich unsere Lippen trafen. Die Zunge glitt hinein und preßte sich weich gegen meine. Es war ein wunderbarer Kuß, und ich erwiderte ihn und legte meine Arme um ihren Hals. Immer noch mit ihrem Mund an meinen gepreßt zog Charlie mich auf den Rücken, während Anne meine Oberschenkel hochhob, so daß ich mit den Knien an der Schmalseite der Bank zu liegen kam. Während Charlie weiterhin meinen Hals und meine Brust küßte, zogen sie mich aus. Anfangs versuchte ich sie aufzuhalten, aber ihre Hände waren flink und effektiv. Als Annes roter Schopf zwischen meinen Beinen versank, gab ich meinen Widerstand auf. Ihre Zunge glitt über die Haut und näherte sich meinem Slip.

»Aber wenn nun jemand …«

Atemlos schob ich Charlie von mir und versuchte mich aufzusetzen. Anne hob den Kopf und lachte, wobei sie ihre Zunge ausstreckte und mit ihr spielte.

»Und was macht das?«

Ich lauschte und sah mich unruhig um.

Auch Charlie guckte vergnügt und antwortete, indem sie mich wieder küßte. Ich spürte, wie Anne meinen Slip herunterzog und meine Beine auseinanderschob. Ihre Zunge kehrte zurück und schickte einen heißen Strahl der Begierde durch meinen Schoß, es war einfach unwiderstehlich, auf diese Art und Weise erobert zu werden. Ich erwiderte Charlies Kuß von neuem, umarmte sie, hob die Beine und schlang sie um Annes Rücken, um die suchende Zunge fester an mein Geschlecht zu drücken. Mein Herz schlug. Es war ein so überraschendes Erlebnis, daß es zu meiner Verwunderung nicht länger unangenehm war, sich vorzustellen, es könnte jemand kommen und uns überraschen, ganz im Gegenteil. Vielleicht lag es daran, daß wir drei waren, und damit die Intimität der Zweisamkeit bereits gebrochen war.

Nachdem ich spürte, wie dieser herrliche Lustschwall mich erneut durchfuhr, ließ ich sie mit mir machen, was sie wollten. Nicht einmal als ich hüpfende Schritte und Lachen hörte, gab ich mir irgendwelche Mühe, mich zu verbergen. Die Schritte kamen direkt auf uns zu, aber auf der anderen Seite der dichten Hecke hinter der Bank, ich hörte das Laub rascheln. Genau in dem Moment machte Anne ihre Zunge breit und platt und strich mit ihr über die Klitoris auf und ab, ließ sie ein wenig in mich hineingleiten, kehrte dann aber wieder zurück zu der kleinen Kugel. Danach saugte sie sie vorsichtig zwischen ihre Zähne, während ihre kühlen Finger den Weg in meine heiße Scheide suchten. Sie drehten sie darin herum und begannen rhythmisch zu pochen, während sie gegen den bekannten Punkt dicht am Rand des Venusbergs drückten.

Charlie hörte plötzlich auf, mich zu küssen und setzte sich auf. Mir war, als hörte ich ein paar Mal einen Fotoapparat klicken, aber gerade in dem Moment hatte ich einen Orgasmus, den ersten, den ich in meinem zweiunddreißigjährigen Leben bekam, ohne es selbst zu machen. Er durchfuhr mich mit einer Kraft, daß ich keine Luft mehr bekam. Mir schossen Tränen in die Augen.

Ohne ein Wort tauschten die beiden den Platz, und mein Mund füllte sich mit dem salzigen Geschmack meiner Möse von Annes Lippen, während Charlie auf der Erde auf die Knie ging und sich zwischen meine Schenkel preßte. Ihr Griff war anders als Annes, sie befeuchtete zunächst einen Daumen in mir und führte ihn dann vorsichtig in meinen Anus. Als ich versuchte, zu protestieren, wurde ich von Anne zur Ruhe gebracht, sie küßte mich sanft und bedeckte dabei meine Brüste mit beiden Händen. Der zweite Orgasmus war heftiger als der erste, er dauerte länger und brannte in mir. Auch Anne ließ mich los, aber diesmal hörte ich keine Kamera, ich war hilflos, wunderbar gefangen und schrie laut, als sich die rote Dunkelheit in meinem ganzen Körper ausbreitete.

Sie halfen mir wieder in die Kleider und hoben meine Bücher auf. Dann setzten sie sich wie zuvor zu meinen Seiten. Zuerst schwiegen sie. Charlie saß vorgebeugt da, die Ellbogen auf den Knien und das Kinn in den Händen. Anne dagegen hatte mich an ihre Brust gezogen und strich mir übers Haar.

»Ich bin glücklich«, sagte ich.

»Wir auch«, sagte Charlie. »Genauso wollen wir es haben. Du auch?«

»Obwohl es unmöglich ist. Ich bin verheiratet.«

»Das wissen wir. Wir wissen, wer du bist«, erklärten beide gleichzeitig.

Dann begannen sie zu erzählen. Sie erklärten, daß sie unbedingt ein Verhältnis mit mir haben wollten. Außerdem wollten sie, daß ich bezahle.

»Das ist ja nicht so merkwürdig. Wir wissen, mit wem du verheiratet bist, und daß du ein riesiges Vermögen hast. Und wir brauchen immer Geld, Anne und ich.«

Ich zog mich nicht von ihnen zurück, wehrte Annes Liebkosung nicht ab. Mir wurde klar, daß da wirklich jemand gewesen sein mußte, der uns durch die Büsche hindurch photographiert hatte. Daß die Mädchen mich offensichtlich erpressen wollten.

Ruhig warteten sie auf meine Antwort. Ich glaube, sie wußten, daß sie mich in der Hand hatten, diese funkelnden, lebendigen Mannweiber, so selbstsicher in ihrer Erotik. Und sie hatten mir zwei Orgasmen bereitet, das war kein Zufall. Ich war endlich der Falle meiner Einsamkeit entkommen.

»Natürlich bezahle ich euch, ihr habt recht, das ist doch ganz klar. Das nächste Mal treffen wir uns bei mir zu Hause, dann kann ich euch meinem Mann vorstellen.«

Sie sahen mich verwundert an, während ich eine Brieftasche herausnahm und einen Scheck für sie ausschrieb. Die Summe entsprach ein paar Tausendern, und das war offensichtlich mehr, als sie erwartet hatten. Wenn sie überhaupt was erwartet hatten, ich hätte genauso gut die Polizei rufen können. Wie konnten sie wissen, daß ich nicht der Typ war.

Ein wenig vulgär wurden sie, als Charlie mir anvertraute, daß sie sich nie getraut hätten, wenn sie nicht ein Geheimnis von einem Dienstmädchen meines Hauses erfahren hätten.

»Ein Geheimnis?«

»Dein Mann ist fast nie zu Hause, und stattdessen benutzt du einen Vibrator.«

»Woher weiß das Mädchen das denn?«

»Wenn du ihn benutzt, gibt es in ihrem Radio Störungen.«

Sie grinsten verschmitzt, und Anne schüttelte mich ganz leicht und küßte mich auf die Wange. Als wenn ich jetzt zu ihnen gehörte. Charlie drohte mit dem Zeigefinger.

»Den Mist brauchst du nicht mehr, wo du jetzt uns hast.«

»Nein, das stimmt.«

Ich lachte sie auch an, aber alles andere als froh. Da sie jetzt dieses Foto hatten, war ich gezwungen, meinem Mann alles zu beichten.

Am folgenden Tag war mein Mann während der Siesta zufälligerweise zu Hause, zufälligerweise, weil er zu der Zeit mehr auf Dienstreisen im Flugzeug als zu Hause war. Ich sagte ihm ganz kurz, daß ich ein lesbisches Paar getroffen hatte, das mich in ihre Gemeinschaft aufgenommen hatte, und das ich gern wiedertreffen würde.

Pierre betrachtete mich schweigend. Es irritierte mich, wie er einfach auf dem Bett lag, die Arme unterm Kopf verschränkt, und spöttisch dreinblickte. Schließlich brach er in lautes Lachen aus und streckte mir die Arme entgegen.

»Komm, laß uns miteinander schlafen. Dann können wir dabei an deine kleinen Freundinnen denken.

»Ich kann nicht phantasieren. Ich will, daß alles real geschieht.«

»Das schaffst du doch nie. Ich weiß, was ihr Frauen eigentlich wollt, wovon ihr träumt. Ich hab's in einem Buch gelesen. Aber das zu verwirklichen, was ihr wirklich wollt, dazu bist du bestimmt zu feige.«

»Ich will mit den beiden Frauen zusammensein.«

»Quatsch. Du bist eine schlechte Schauspielerin. Komm her. Du bist immer noch mit mir und keinem sonst verheiratet.«

Statt etwas zu erwidern, biß ich die Zähne zusammen und kroch ins Bett, mit dem Rücken zu ihm. Warum nicht tun, was er wollte, genau wie er es vorgeschlagen hatte. Danach erwartete mich trotz allem meine neue Welt voller Orgasmen.

Seine Hand strich flüchtig über die Außenseite meiner Schenkel und näherte sich meinem Po. Wie immer vermied er es, meine Möse mit den Fingern zu berühren. Statt dessen zwängte er seinen willigen Ständer mir zwischen die Beine.

Er kam nicht in mich, etwas hilflos stocherte er ein wenig mit dem heißen Schwanzkopf gegen meine Schamlippen. Weiterhin berührte er mich nicht mit den Händen, weigerte sich, meiner Feuchtigkeit zu nahe zu kommen.

»Schieb mich rein«, bat er.

Aus alter Gewohnheit tat ich, was er sagte. Als ich ihm geholfen hatte, gab ich ein leises Stöhnen von mir. Das war unser Code dafür, daß er in der richtigen Position war und sich nur weiter in mich hineinpressen mußte. Er war kräftig gebaut und sein Schwanz groß und stark.

Ich hatte nie seinen Ständer mit zurückgeschobener Vorhaut gesehen, vielleicht war sie zu eng. Einmal fragte ich ihn, aber er versicherte mir, daß es schon in Ordnung sei, daß sie zurückglitt, sobald er in mir war.

Ich wußte nicht, ob das stimmte.

Wie üblich döste ich vor mich hin, während ich auf der Seite lag und seine Stöße zählte. Beim einundzwanzigsten kam er. Mit dem dreißigsten hatte er das meiste Sperma ausgepumpt und lag still.

Ich wartete höflich ein paar Minuten, bevor ich ihn herausdrückte. Wie üblich protestierte er und murmelte dann:

»Das Taschentuch, wo ist das Taschentuch?«

Ich hatte es bereits unter dem Kopfkissen hervorgeholt und gab es ihm in die Hand, immer noch mit dem Rücken zu ihm. Das Sperma kitzelte an meinem Schenkel.

»Bist du?« fragte er, und wie immer nickte ich, fügte jedoch hinzu:

»Ich will doch die Mädchen wiedertreffen.«

Plötzlich verstummte die air condition. Es war ein heißer Tag in dem Ort am Rande der Wüste. Ohne Elektrizität würden wir bald in unserem Schweiß baden.

Ich verabscheute alle diese aufdringlichen, physischen Zeichen, die mir signalisierten, daß ich meinen Körper nicht kontrollieren konnte. Oder meine Stimmung. Ich war in der Schweiz von Nonnen erzogen worden. Nicht zu einem einzigen Streit hatte ich mich während unserer dreijährigen Ehe herabgelassen.

Statt dessen spielte ich gewissenhaft meine Rolle als Pierre Daumiers Ehefrau, der als Industrieller so erfolgreich war, daß er in der Presse schon als Magnat bezeichnet wurde. Seine Arbeitsbelastung hinderte uns daran, normal zu leben, manchmal vergingen Wochen zwischen seinen Reisen um die Welt und meinem faulen Leben an Orten wie Chamonix, London oder Nairobi. Wochen, bis wir uns wiedersahen.

Daß wir immer noch in diesem Land unter der brennenden Sonne wohnten, hing damit zusammen, daß Pierre das Geschäft seines Lebens mit dem Emir machte, der, obwohl es eine offizielle Regierung gab, derjenige war, der die Wirtschaft des Reiches steuerte.

Eines Tages hatte Pierre mich gebeten, meine erotischen Träume zu beschreiben. Ich holte eine Geschichte mit Lederpeitsche und Gewalt hervor, merkte aber hinterher, daß es nicht meine eigenen Phantasien waren, da ich keine hatte. Ich war keine Masochistin, das war nur etwas, von dem ich gelesen hatte, daß Frauen dazu masturbieren. Er nickte, genau das hatte er auch gehört.

Mein Körper fühlte sich schwer und unförmig an, als ich mich vom Bett erhob und ins Bad ging. Erst als Pierre allein im Schlafzimmer war, rief er: »Ich warne dich, wehe du verläßt mich für so eine Schnapsidee mit zwei Weibern! Ich warne dich wirklich, ich werde das nicht tolerieren!«

Ich war zu müde, um zu antworten. Die stickige Luft im Zimmer plagte mich bereits, wie auch das Bewußtsein, mit Pierre eingesperrt zu sein, nur weil ich mich nicht traute, die Siestazeit zu stören. An einem so sengenden Nachmittag war alles um uns herum tot, ich wußte, daß es in dieser ruhenden Stadt nichts zu tun gab.

Ich blieb im Badezimmer stehen und drehte vergeblich an den Wasserhähnen und verabscheute meinen Körper, an dem das Sperma am Schenkel herunterrann. Daß ich nicht die Überreste seiner Berührung, seines Körpers, von meiner Haut wegspülen konnte.

Ich verlor die Fassung.

»Hörst du mich? Na, du wirst mich wohl kaum zu Tode bumsen. Du bestimmt nicht.«

Ich hörte meine kreischende Stimme, und mir wurde vor Erstaunen fast schwindlig: Brauchte es nicht mehr, damit ich außer mir geraten und die Beherrschung verlieren würde? Oder war wirklich etwas mit mir auf der Bank passiert, hatte ich mich verändert?

Vielleicht hatte er mich gar nicht gehört. Ich war als Dame in sein Leben getreten und als solche wollte ich ihn auch verlassen. Überhaupt: verlassen? Uns ging es gut miteinander. Aber ich brauchte auch Charlie und Anne, ich verzehrte mich nach ihnen.

»Liebling, wir wollen nicht streiten«, rief ich.

Die air condition setzte wieder ein, die Wasserpumpe auch. Ich überwand mich, steckte den Kopf durch die Tür und winkte fröhlich. Er sah mich gedankenversunken an.

Ich dachte an diesen Nachmittag, als die Limousine sich der Oase näherte. Da fiel mir eine Ansammlung von Autos vor einem der Häuser auf. Das hohe, viereckige Gebäude war nicht so blendend weiß wie die anderen. Es hatte auch als einziges eine Tür, eine schwarze, die angelehnt war. Alle anderen Häuserwände waren ohne sichtbare Türen.

Der Fahrer lenkte das Auto zwischen einige parkende Fahrzeuge und stellte den Motor ab. Während ich wartete, daß er mir die Tür öffnen würde, bemerkte ich eine andere Bewegung im Auto. Auf dem Rücksitz saß eine verschleierte Frau, umgeben von drei stummen Kindern. Ich lächelte sie höflich an.

Sie sah mir direkt in die Augen, viel zu lange, als daß es nichts bedeuten sollte. Danach warf sie einen bedeutungsvollen Blick auf die halboffene Tür, wandte sich wieder mir zu und schüttelte langsam und deutlich den Kopf in einer ruhigen Bewegung. Dann senkte sie ihre Augenlider und legte beschützend ihren Arm um eines der Kinder. Danach sah sie nicht mehr auf.

Ahmed sagte dem Fahrer etwas in der Landessprache, worauf dieser sich verbeugte und die Straße entlangging.

Gemeinsam näherten wir uns der Tür. Auf dem Vorplatz vor dem Haus erfaßte der heiße Wind mein weites Kleid und wehte es hoch. Ich spürte, wie ich errötete und drückte den Stoff mit beiden Händen nach unten, während ich gleichzeitig von einer plötzlichen Aufgekratztheit ergriffen wurde, die ich mir nicht erklären konnte. Sie ähnelte dem Gefühl, das ich hatte, wenn ich mich auf die schwarzen Pisten hinunterstürzte, einer Mischung aus Angst und reinem Abenteuer.

Etwas würde jetzt passieren.

Der Sand wirbelte bei jedem unserer Schritte auf und wehte weiter zu den Dünen. Die Sonne stand im Zenit, der Schatten einer Palme, an der wir vorbeigingen, lag wie ein Kreis um ihren Stamm.

An der Hauswand hockten ein paar Männer, in weiße und blaue Gewänder gehüllt. Alle folgten mir mit ihren Blicken, als ich mich mit Ahmed an meiner Seite dem Barschild mit der von Sand und Wind halb weggewischten Schrift näherte.

In dem Augenblick, als ich das Gebäude betrat, sah ich, daß die Männer lachten.

Drinnen war es so dunkel, daß ich geblendet stehen blieb. Das Licht kam nur aus einigen Öffnungen in der Wand direkt unter dem Dach, es sickerte in groben Strahlen durch den Staub. Das erste, was ich erkennen konnte, war ein gebogener Bartresen mit hohen, zierlichen Hockern. Ein paar Flaschenreihen bedeckten die Wand hinter dem Mann an der Bar. Er stand mit dem Rücken zu uns und war mit einer Kaffeemaschine beschäftigt. Sein schwarzes Haar war gelockt und glänzend über der sauberen weißen Jacke, und es hatte den Anschein, als wäre er von einem modischen Touristikhotel an diesen abseits gelegenen Ort ausgeliehen worden. Es gab auch Tiere hier drinnen, ich hörte das Meckern einer Ziege, die hinten im Raum an einen Esel angebunden war. Es gab keinen Fußboden. Ein kleiner schwarz-weiß gefleckter Hund sprang umher und schnüffelte im Sand.

Mehrere Männer saßen um den Tisch herum, einige in langen Gewändern, andere in Hemden und Jeans. Ein kleiner Junge starrte mich mit großen Augen an und bekam sofort von einem dicken Mann neben ihm eins auf den Kopf. Der Junge drehte sich weg.

Zögernd folgte ich Ahmed zur Bar hin. Etwas war seltsam an diesem Ort. Plötzlich spürte ich im Rücken, wie die Männer meinen Körper betrachteten. Als ich mich der Reihe hoher Barhocker näherte, bekam ich mit einem Mal eine sonderbare Scheu, mich dort mit dem Rücken zu ihnen niederzulassen. Hinaufzuklettern und meinen Po auf einem der kleinen gepolsterten, mit Plastikfolie überzogenen Stühle vor ihnen allen niederzulassen, nein, das wagte ich nicht.

Da entdeckte ich, daß die Bar wie ein J geformt war. Erleichtert ging ich zum kurzen Schenkel des Js. Dort war ich von der Brust abwärts vor ihren Blicken geschützt, während ich selbst das Lokal überblicken konnte.

Um in dem heißen Raum keine Knitter in mein Kleid zu bekommen, saß ich kerzengerade auf dem Stuhl. Ich preßte die Schenkel auf den Foliensitz und ließ mich langsam nieder, stemmte meine hohen Hacken gegen den Metallring zwischen den Stuhlbeinen. Ein heißer Luststrahl durchfuhr augenblicklich meine Schenkel bis hinauf in meinen Schoß. Verblüfft spürte ich, daß sich meine Klitoris zusammenzog, immer wieder, mit kleinen, brennenden Zukkungen.

Erschrocken über die Stärke des unerwarteten Gefühls sah ich auf den Tresen hinunter. Dieser vollkommen neue Trieb, diese Sehnsucht. Ahmed stand schräg hinter mir. Wenn er doch endlich näher käme, oder irgendeiner dieser unbekannten Männer, wenn nur jemand von hinten kommen würde und mich mit kräftigen

Händen in der Taille umfassen. Sich gegen mich pressen und mich dann nach vorne beugen, bis die Brust auf dem Tresen ruhte und zum Ausschnitt hochgeschoben wurde.

Ich, die doch nie über Sex phantasiert hatte. Jetzt dachte ich daran, wie es wäre, das leise Kratzen am Stoff zu hören, wenn eine fremde Hand sich unters Kleid schiebt. Einen Augenblick lang würde ich warten, vollkommen gespannt, die Schenkel an den Stuhl gepreßt und den Hintern leicht angehoben und ihm zugewandt. Meine Schamlippen sollten die Unterlage flüchtig berühren, wie damals, als Anne sie zunächst nur leicht mit den Lippen streifte. Die Flüssigkeit sollte vor Erwartung aus mir heraustropfen. Und schließlich sollte die Hand mich mit zwei Fingern an den behaarten äußeren Schamlippen berühren. Sie auseinanderschieben, während die Fingerspitzen nach vorn gleiten. Die anderen beiden Finger sollten an meinen nassen inneren Schamlippen entlangrutschen, bis sie sich um den angeschwollenen Kitzler versammeln. Den sollte er dann in einem festen Griff packen, während ich versuchte, ohne Erfolg herauszukommen. Allein die Berührung und die Machtlosigkeit würden den ersten Orgasmus hervorrufen, aber oberflächlich und kurz, nur gut genug, um bei mir ein jämmerliches Flehen um mehr hervorzurufen.

Erschrocken bemerkte ich meinen schnellen Atem. Als ich mich endlich traute, den Blick zu heben, stand der Barkeeper direkt vor mir. Ich sah in seine eisblauen Augen, die zu seiner braunen Haut und dem schwarzen Haar wie ausgemeißelt wirkten. Er reichte mir ein Glas und lachte.

»On the house.«

»Trinken Sie langsam«, sagte Ahmed ruhig.

Meine Hand zitterte. Mir war klar, daß das rotbraune Getränk etwas Gefährliches enthalten konnte, vielleicht einen Mickey Finn, der mich bewußtlos machte. Oder ein Aphrodisiakum. Ich hatte von einem Schwamm gelesen, obwohl das wohl in Mexiko war, der das Opfer jegliche Handlung ausführen ließ, »mit offenen Augen und verblendeter Seele«.

Jetzt fiel mir auch das Kopfschütteln der Frau draußen im Auto wieder ein.

Aber etwas war mit mir geschehen, es brannte in meinem Schoß, daß ich nicht klar nachdenken konnte.

Der Mann hinter der Bar hatte mir wieder den Rücken zugewandt, er servierte einigen Männern Kaffee, wobei diese es vermieden, mich anzusehen, aber sich ganz offensichtlich der Tatsache genau bewußt waren, daß ich dort war.

Ich hob das Glas. Es wurde still in dem großen Lokal, als ich es an die Lippen führte. Der Barkeeper stand bewegungslos da.

Der Drink schmeckte nach Rosen und Mandeln. Ich leerte das Glas.

Noch bevor ich es wieder hingestellt hatte, ging ein Geräusch wie von einer Böe durch den Raum. Alle holten tief Luft.

Die einzigen, die mich nicht beachteten, waren die Tiere. Der kleine Hund tanzte herum und versuchte, einen Floh über seiner Schwanzwurzel zu erwischen.

Jetzt hatte ich es getan. Jetzt war es unwiderruflich.

Ich schlug die Augen nieder. Die merkwürdig eisblaue Iris des Barkeepers tauchte auf der dunklen Innenfläche meiner Augenlider auf und drehte sich langsam. Vielleicht würde ich das Bewußtsein verlieren. Ich spürte ein kurzes Gefühl der Angst vor der Wirkung des Getränks, vielleicht würde es das Gehirn schädigen und vielleicht hatte ich viel zuviel zu mir genommen. Aber jetzt konzentrierte sich eine dumpfe, dunkle Geilheit in meinem Unterleib, sie wanderte wie eine schwarzglänzende Kraft in meinem Körper herum. Sie ließ der Furcht keinen Platz. Außerdem hatte ich Ahmed zur Sicherheit, ich war nicht allein.

Der Mann hinter der Bar fragte etwas in der Landessprache. Es gelang mir nicht zu verstehen, was er sagte, aber Ahmeds Antwort begriff ich:

»Zweiunddreißig Jahre. Sie ist eine untreue Ehefrau.«

Und jetzt spürte ich seine Hände um meine Taille, die weiterwogten, an der Möse zogen, daß es weh tat.

»Sollen wir sie nicht fesseln?« fragte eine Stimme, erhielt aber nur ein Lachen als Antwort. Eine schwarze Binde wurde mir über die Augen geschoben.

Jetzt spürte ich den Geruch und die Hitze vieler Körper. Irgend jemand, vielleicht Ahmed, schob mein Kleid hoch und steckte einen Finger unter meinen Slip. Er schob ihn zur Seite, überlegte es sich dann aber und zerriß statt dessen den dünnen Stoff. Ich wurde auf den Stuhl gedrückt.

»Fühl mal, wie naß sie ist.«

Mehrere Hände fummelten an meiner Quelle. Ahmed schmiegte sich eng an mein Ohr und flüsterte: »Ich gebe Ihnen jetzt einen Befehl, Madame. Ich werde Sie in die passende Stellung bringen, und Sie dürfen nur das tun, was ich Ihnen sage. Ansonsten werden wir Sie bestrafen.«

Ich erzitterte und nickte ergeben. Da spürte ich eine neue Berührung, einen anwachsenden Druck gegen meine Möse. Er war groß, heiß und schwer, aber die Androhung von Strafe ließ mich nicht wagen, die Beine zu spreizen, um ihn hineinzulassen. Ich mußte auf den Befehl warten. Dem Mann gelang es nicht, in mich einzudringen. Nach einem weiteren kurzen Versuch zog er sich zurück.

»Wo ist der Junge?«

Ich hörte schnelle, hüpfende Schritte und eine helle Stimme, die noch nicht im Stimmbruch gewesen war:

»Hier, ich bin hier!«

»Wir müssen ihn hochheben.«

Die Männer lachten. Jemand ergriff meine eine Hand und führte sie nach hinten. Die kleine Erektion des Jungen war steif wie ein Stock, ich massierte sie, aber der Mann rief Halt. Da schob ich sie in mich, bebend vor Eifer.

»Lieg still«, warnte Ahmed, als sich gleichzeitig der kleine Schwanz des Jungen zuckend in mir bewegte. Er kam nicht weit, und ich jammerte vor Sehnsucht, ihn härter in mich pressen zu können. Das nicht tun zu dürfen, war nicht auszuhalten, aber es ließ meine Lust gleichzeitig anschwellen. Der Orgasmus kam gleichzeitig mit dem des Jungen, während er von den grölenden Männern aus mir gezogen wurde. Ich spürte, wie seine starke kleine Faust aus Protest eine meiner Pobacken zerkratzte.

Sie hoben mich von dem Stuhl und legten mich in den Sand, während sie mir die Kleider auszogen. Der erste, der sich über mich senkte, roch stark nach Leder, und ich nahm an, daß es der Fahrer war. Er bumste mich, ohne sich um meine nackten Brüste zu kümmern. Zwei andere leckten meine Brustwarzen, und ein Mann packte mein Haar. Er drehte meinen Kopf zur Seite und schob seinen Schwanz in meinen Mund. Über mir, in der keuchenden Gruppe, hörte ich Pierres Stimme: »Ich werde dich auch bumsen, und du wirst nicht erfahren, welcher von allen ich war. Ich weiß noch nicht, ob wir die Tiere auch noch ranlassen sollen, nach uns.«

Der Fahrer zog sein Glied heraus und ließ es über mich ergießen, bis ins Gesicht. Man drehte mich herum, stellte mich auf alle viere und bestieg mich. Die Droge wirkte immer noch, und ich hatte keine Probleme, sie entgegenzunehmen. Ein Mann kniete sich offenbar vor mich, er schob sich dicht heran, ich kam in dem Moment, als mein Mund sich mit Sperma füllte, getragen von einem Orgasmus in einem Krampf, der wie eine weiße Flamme war, die schließlich in ein rhythmisches Auspressen in der Scheide überging. Diese pumpende Berührung ließ den Unbekannten hinter mir vor Genuß aufbrüllen, und wir sanken alle zusammen zu Boden.

Als ich aufwachte, war ich in ein langes, weites Gewand gekleidet. Immer noch mit verbundenen Augen wurde ich von meinem Mann aus dem Gebäude geführt.

Es war jetzt Nachmittag, ich spürte den heißen Sand unter meinen nackten Füßen, und ging auf Zehenspitzen, um mich nicht zu verbrennen. Auch das Auto war zu heiß, um es anzufassen, Pierre hielt mich zurück und hatte mir seine Arme um die Taille gelegt, bis die Türen geöffnet wurden.

Er hob mich auf den Rücksitz und ließ mich in seinem Schoß liegen. Der Wagen fuhr los. Es dauerte einige Minuten, bis die air condition wirkte, dankbar fühlte ich den ersten kühlen Luftzug auf meinem glühenden Gesicht.

Erst als wir die Oase hinter uns gelassen hatten, zog Pierre vorsichtig die Binde von meinen Augen. Ahmed saß auf dem Vordersitz neben dem Fahrer.

»Hatte ich nicht recht, mein Liebling«, sagte Pierre. »Das war es doch, was du wolltest.«

»Ich weiß nicht, wer von denen du warst.«

»Effektvoll mit hellblauen Kontaktlinsen als Barkeeper«, lachte Ahmed. War es seine Idee gewesen?

»Schauspieler können ziemlich erfinderisch sein.«

»War er auch dabei?«

»Alles wirst du nicht erfahren«, antwortete mein Mann. »So willst du es doch haben.«

»Wo fährst du mich hin?«

»Nach Hause.«

Zufrieden kroch ich näher an ihn heran. Mein ganzer Körper war müde. Das Sperma, das mir die Schenkel und den Hals entlanggelaufen war, war getrocknet. Es würde schön sein, nach Hause zu kommen. Frisch und sauber aus der Dusche zu steigen.

Danach war dann ich an der Reihe, ihm ein neues Abenteuer anzubieten. In unserem Gästezimmer mit den durchsichtigen Spiegeln würde ich ihm eine Vorstellung mit Charlie und Anne darbieten. Das hatte er wirklich verdient, wo er mir doch den Unterschied zwischen Liebe und Erotik gezeigt hatte.

Súsanna Svavarsdóttir

Schrei in der Wildnis

Der Saal, der bis zur letzten Reihe gefüllt war mit Leuten, die gespannt auf sein Violinsolo warteten, versank um sie, sobald er den Bogen hob. Es war viele Jahre her, daß er hier im Heimatland aufgetreten war. Er legte den Bogen an die Saiten, und die ersten Töne der Meditation Opus 42 von Tschaikowsky drangen sanft in ihr Bewußtsein ein.

Sie hatte ihn vor fünf Jahren getroffen. Damals, siebzehn Jahre alt, war sie mit ihren Eltern auf dem Weg zu einem Motorschlittenausflug zu den warmen Quellen im Thermalgebiet Landmannalaugar gewesen. Sie waren mit zwei Autos bis nach Sigalda gefahren, wo die Führer mit den Schlitten warteten. Kurz bevor sie abfahren sollten, sah sie ihn kommen. Er strahlte Gelassenheit aus, war groß und durchtrainiert, das Haar voll, früher dunkel, jetzt mit grauen Einsprengseln. Er sah sie an, während er hinüber zum Haus ging, wo gerade das letzte Gepäck aus den Autos verstaut wurde. Sein Blick war durchdringend. Schwarz. Er trug Jeans und ein rotes Seidenhemd, die Jacke lässig über die Schulter geworfen. Die Kälte schien seiner breiten Brust, die sich im Takt seiner tiefen Atemzüge hob und senkte, nichts anhaben zu können. Er kam näher und näher. Es war ihr, als wolle er in sie hinein, durch sie hindurch. Sie fühlte, wie ihr Widerstand schwand in der Dunkelheit, die sich mit diesem Blick um sie legte. Ein Schauer überlief sie, als er kurz vor ihr stehenblieb, sich umwandte und der schwache Duft seines Parfüms sie streifte. Ihr Magen zog sich zusammen. Ihr Mund war auf einmal trocken, sie atmete schwerer. Sie stand wie angewurzelt und spürte, wie ihr Körper langsam gefühllos wurde. Nur ein kribbelndes Gefühl wanderte von den Zehen die Schenkel hinauf, und ihre Brustknospen wurden hart unter dem dicken Pullover. Sie hoffte, er würde sich nach ihr umdrehen. Sie hoffte, er würde sich nicht nach ihr umdrehen. Sie schloß die Augen und atmete tief ein, um dieses zauberhafte Gefühl zu bewahren, das er in ihr wachgerufen hatte. Wie ein Rausch, dachte sie, unbeweglich, kraftlos in allen Gliedern.

Sie spürte kaum, wie ihr Vater sie bei der Hand nahm und zu dem Auto führte, in dem sie sitzen sollten. Sie versuchte, sich nach dem Mann umzusehen, aber sie sah alles nur wie durch einen Schleier.

»Ist alles in Ordnung?« fragte ihr Vater.

»Ja ja«, flüsterte sie, »ich bin nur etwas müde.« Sie hörte ihre eigene Stimme, heiser und dunkel, und wagte nicht, ihrem Vater ins Gesicht zu sehen. Sie ging nach vorn und setzte sich auf den Sitz vor ihren Eltern. Sie machte die Augen zu und beschloß, so lange wie möglich in diesem Rauschzustand zu verharren. Er erinnerte sie an irgend etwas. Aber woran?

Sie senkte den Kopf und rief die Erinnerungen wach. Sie war damals zehn Jahre alt und zu Besuch bei ihrer Tante Laufey. Laufey hatte einen zwölfjährigen Sohn. Ihr Cousin und sie wuchsen auf wie Geschwister. So lange sie sich erinnern konnten, hatten sie zusammen gebadet und in einem Bett geschlafen, und zwar bis Laufey weggezogen war, als die Kinder sechs und acht Jahre alt waren. Danach schliefen sie nur noch zusammen, wenn die Mutter und die Tante sich besuchten.

Zu der Zeit, als Tante Laufey wegzog, hatte ihr Sohn Egill gerade angefangen, seine Cousine in die Geheimnisse des Liebeslebens einzuweihen, die er von einem älteren Jungen im Viertel erfahren hatte. Und sie hatte ihm aufmerksam zugehört, wie immer, wenn Egill etwas erzählte.

Dann kam diese eine Nacht, als sie zehn und zwölf Jahre alt waren. Sie waren mit ihren Müttern nach dem Abendessen noch im Schwimmbad gewesen und hatten dort geplanscht und herumgealbert, Fangen gespielt und sich gegenseitig untergetaucht. Sie waren aufgedreht und erhitzt gewesen, als ihre Mütter sie aus dem Wasser geholt hatten. Zu Hause bekamen sie warmen Kakao und Hefekringel, um wieder etwas zur Ruhe zu kommen. Dann wurden sie ins Bett geschickt.

Schnell zog sie sich ihr Nachthemd über und sprang kichernd ins Bett, weil sie die erste sein und innen liegen wollte. Sie sog den Geruch der blendendweißen Bettwäsche ein. Seidendamast. Tante Laufey benutzte nie etwas anderes. So weich und glatt und rein. Immer spürte sie ein Kribbeln unter der Haut, wenn sie mit der Hand die Decke hinunterstrich, die ihren Körper umhüllte. Sie sah zu, wie Egill seinen Pyjama anzog. Seine Wangen waren rot, die Augen schelmisch zusammengekniffen. Wie immer. Aber als er ins Bett stieg und sich auf das Kissen neben sie legte, veränderte sich sein Blick. Er sah sie an wie von weit her. Sah ihr aber fest in die Augen dabei, und atmete heftiger. Er nahm ihre Hand, steckte sie ein klein wenig zögernd unter den Bund seiner Pyjamahose und flüsterte: »Komm mit.«

Er hielt sie mit festem Griff am Handgelenk und führte ihre Hand nach unten. Strich mit ihrer Hand vorsichtig über sein Glied, hinunter zwischen die Schenkel.

»Fühl mal«, sagte er, mit halbgeschlossenen Augen. Er ließ ihren Arm los und bewegte seine Hände langsam wieder nach oben, während er ihre zwischen seinen Schenkeln eingeklemmt hielt. Sie fühlte, wie er ihre Hüfte berührte. Dann langsam ihren Schenkel entlang streichelte. Ihr Nachthemd nach oben zog. Seinen Mund auf ihre flache Brust legte und mit der Zunge zart die Brustknospe berührte.

»Komm mit«, flüsterte er noch einmal. Dabei schob er seine Hand wieder zwischen ihre Schenkel und streichelte mit leichter, spielerischer Bewegung ihre geschlossenen Schamlippen. Sie schloß die Augen, ihr Atem wurde schwerer, und ein unbekanntes Wohlgefühl durchschauerte sie. Sie hoffte, dieser Augenblick würde niemals enden.

Plötzlich zog er seine Hand zurück und streifte seine Hose nach unten. Sie fühlte, daß sein Glied ein wenig hart geworden war, als er fragte: »Siehst du das?« Sie kicherte.

Sie mußte leise lächeln bei der Erinnerung daran.

Im Laufe der nächsten zwei Jahre hatten sie einige Male diese spielerischen Berührungen getauscht. Dann fanden ihre Mütter, daß sie nun zu alt waren, um in einem Zimmer zu übernachten.

Und nun fühlte sie, wie der Duft seines männlichen Parfüms ihr Bewußtsein füllte. Sie öffnete die Augen, als er gelenkig auf den engen Sitz vor ihr kletterte. Der Mann im roten Seidenhemd.

Bewegungen wie eine Katze, dachte sie, als ihre Augen sich für einen Moment trafen und das Feuer seines Blicks sie ganz umschloß. Eine eigenartige Unruhe ergriff sie. Sie sehnte sich danach, ihn zu berühren. Seine Augenlider mit ihren Lippen zu berühren. Diese feuergefährlichen Augen zu schließen, die Lust entflammten und sich in sie hineinbrannten.

Den größten Teil der Fahrt stellte sie sich schlafend. Sie berauschte sich an seinem Duft und gab sich dem schwebenden Gefühl hin, in das dieser Mann sie versetzte. Die wohlige Taubheit im ganzen Körper.

Das Verbotene, dachte sie, und ein heißer Strom durchlief sie.

Den ganzen Weg nach Sigalda genoß sie es, jeden einzelnen Nerv in ihrem Körper nach diesem Mann verlangen zu fühlen. Sie fürchtete sich davor, ihm gegenüberzustehen. Konnte es gleichzeitig kaum erwarten.

Aber was dachte der Violinspieler? Hatte er irgendein Interesse an Olga? Bemerkte er überhaupt die Wirkung, die er auf sie ausübte? Meinte er es ernst, oder sah er nur ein unreifes junges Mädchen in ihr und hätte es absurd gefunden, einen zweiten Blick auf sie zu werfen? Kitzelte sie seinen Ehrgeiz?

Als er von dem Platz, wo man die Autos beladen hatte, ins Haus ging, hatte er sofort die Abneigung gespürt, die ihm von den anderen Reiseteilnehmern entgegenschlug. Er wußte nur zu gut, was die Leute von ihm hielten wegen der Geschichten, die von ihm als rücksichtslosem Frauenhelden in Umlauf waren. Zu allerletzt erwartete er jedoch, auf dieser Motorschlittenfahrt in amouröse Abenteuer zu geraten.

Dann hatte er in die großen, braunen Augen dieses Mädchens gesehen. So jung, daß sie nichts geheimhalten konnten. Ihre Lippen öffneten sich leicht, und er fühlte sein Herz rasen, als er zum Haus hinüberging. Ihre Augen zogen ihn magnetisch an. Dessen wurde er sich erst bewußt, als er fast vor ihr stand. Dann erinnerte er sich wieder an die gesellschaftlichen Spielregeln. Die er besser kannte als das Mädchen. Olga. Er drehte sich um und schloß die Augen, um dieses schöne Bild in seinem Inneren zu bewahren.

Es war eben diese Unschuld, die Scham noch nicht kannte, die ihn zu jungen Mädchen hinzog. Unschuld, die nur so lang wahrte wie dieser eine Augenblick, in dem sie zur Frau erblühten. Wenn ihr zarter, kindlicher Körper runde, weiche Formen annimmt und die Muskeln fester werden. Voller Sehnsucht nach der Wollust, die dem Frauenleib bestimmt ist. Ihr Herz frei von Angst und voller Erwartung. Neugeborene Gefühle, Vorboten eines neuen Lebens; das Schönste in der Natur jedes menschlichen Wesens, das, wie alles, doch nur zum Leben erwacht, um wieder zu sterben.

»Dirty old man« war eine Beleidigung, die er oft von anderen Mitreisenden gehört hatte, die es nicht ertrugen, wie er es genoß, Körper zu erobern und seine Stärke unter Beweis zu stellen, sooft er auf gleichgesinnte Frauen traf, was leider nur zu selten geschah. Seine Freundinnen wurden daher immer jünger. Sie waren auf der Schwelle zum Erwachsenwerden, und die Beziehungen mit ihnen endeten immer dann, wenn die Scham über sie zu herrschen begann, jene gesellschaftliche Doktrin, die besagte: Der Körper und seine Gefühle sind etwas Peinliches, wofür man sich genieren muß.

Was für eine Vergeudung von möglicher Lust, dachte der Violinspieler.

Es wurde auch erzählt, er könne seine Frauen nicht länger ertragen, wenn sie über dreißig seien. Er war dreimal verheiratet gewesen und hatte zwei Kinder mit jeder Frau. Dabei konnte er sich durchaus mit ihrem Alter abfinden. Er konnte sich nur nicht damit abfinden, daß ihre Verpflichtungen als Mutter und Hausfrau sie dem Ehebett entfremdeten. Er hatte sie begehrt. Sie ihn nicht. Er konnte nicht mit einer Frau leben, die ihn nicht begehrte.

Körperlose Erfahrung.

Er hatte Leute davon erzählen hören, was für eine großartige Erfahrung es sei, in tiefer Hypnose den Körper zu verlassen und durch den Raum zu schweben. Über solche Erzählungen hatte er sich immer gewundert. Soweit er feststellen konnte, lebten die meisten seiner Mitmenschen ohnehin außerhalb ihres Körpers. Diese Erfahrung der Körperlosigkeit sollte zu einem dauerhaften Erfolg im Kampf gegen die körperlichen Begierden führen. Die Leute suchten nach ihrer Seele, obwohl niemand zu wissen schien, wo sie zu finden wäre.

Was ihm daran Probleme bereitete, war die Reihenfolge der Schritte, in der diese Suche vor sich gehen sollte. Als erstes muß man diese unberührbare Seele finden, um sie als zweites mit dem Körper zu vereinigen, der dann einfach zur Stelle ist. Auf dieser Irrfahrt, die ein Leben lang dauern kann und die man den Weg zur Vollkommenheit nennt, schienen ihm die Leute ihren Körper eher zu verlieren. Ganz sicher wüßten sie gar nicht, womit sie ihre Seele vereinigen sollten, falls sie sie fänden.

Der Violinspieler war der Überzeugung, daß sich die Seele bereits an ihrem richtigen Platz befand. Daß sie das bedeutete, was den einzelnen insgesamt ausmachte: Körper, Verstand, Empfindungen, Triebe. Als er jünger war, hatte er diese Anschauung oft mit Nachdruck im Gespräch vertreten, aber mit den Jahren behielt er sie mehr und mehr für sich. Der Körper und seine Triebe paßten den Leuten nicht. Sie wollten beides verneinen dürfen. Alles andere war unnatürlich!

Dabei war er immer von der Natürlichkeit des Menschen überzeugt gewesen, und es fiel ihm schwer, den Zeitpunkt in der Entwicklung vom Kind zum Erwachsenen zu erkennen, an dem sie angeblich zur Unnatur wurde. Besonders da all seine Sehnsucht sich stets auf den weiblichen Körper gerichtet hatte. Seine Begierden hatten sich nicht verändert, sie waren an sich zeitlos. Nicht typischerweise einem bestimmten Alter zugehörig. Sie waren einfach da.

Und nun saß er im Auto und konzentrierte sich angestrengt darauf, nicht das Mädchen zu berühren, daß auf dem Sitz hinter ihm saß – obwohl er ein Begehren von ihr ausgehen fühlte, das an Kraft dem seinen nicht nachstand.

Er konzentrierte sich darauf, wie schon so oft zuvor, zu verstehen, warum die Menschen ihre körperliche Existenz so vehement verneinten. Aber fühlte seinen Willen und seinen Widerstand dahinschmelzen unter Olgas heißem, jungem Atem.

Erst am letzten Abend der Fahrt trafen sie einander wieder. Mit Absicht hatte er einen anderen Raum in der Hütte gewählt als Olga und ihre Eltern. Er fühlte, wie sie ihm nachsah, wenn er sich von ihr abwandte; vermied ihre Augen. Die zwei Tage, die sie über das verschneite Hochland reisten, fühlte er die ganze Zeit, wie diese Augen nach ihm suchten, jedesmal wenn die Gruppe halten mußte, um einen Schlitten aus einer Schneewehe zu befreien oder sich gegenseitig bei einer Flußüberquerung zu helfen. Olga brannte sich tiefer und tiefer in sein Bewußtsein. Seine Widerstandskraft versiegte und er mußte sich eingestehen, daß seine Augen auch nach ihr suchten.

An den Abenden war er froh, wenn die Leute sich in der Hütte versammelten, um zu feiern und zu singen. Er war ein Ästhet und verschwand daher lieber. Zu den Thermalquellen.

Es waren diese himmlischen Erdlöcher, voll warmen Wassers, die ihn im Winter hierher in das unwirtliche Hochland zogen.

Er war auf dem Weg nach draußen, am letzten Abend, als ihn jemand fragte, ob er wohl verrückt sei, bei einem solchen Schneesturm das Haus zu verlassen. Der Violinspieler machte sich nicht die Mühe zu antworten. Er hatte Angst, daß ihm jemand folgen könnte, wenn er den Genuß beschrieb, sich gleichzeitig im eiskalten Griff des Todes und dem heißen Schoß der Mutter Erde zu befinden.

Als er sich der Quelle näherte, hörte er Gelächter herüberklingen. Er blieb stehen und lauschte. Er hörte das Lachen einer Frau, aber in dem Schneesturm war schwer auszumachen, aus welcher Richtung es kam. Er hatte wenig Verlangen danach, diesen Augenblick mit Leuten zu teilen, die keine Ahnung hatten, wie gefährlich es sein konnte, sich betrunken in einer heißen Quelle zu wälzen. Aber er wußte, daß das Quellbecken so groß war und der Schneesturm so dicht, daß er niemanden zu treffen brauchte. Er setzte sich wieder in Bewegung, bevor die Kälte ihn ganz überwältigte. Er beeilte sich, hinaus auf den kleinen Steg zu kommen. Zog den Skianzug aus. Stand einen Augenblick nackt und atmete die eiskalte Luft ein. Er fühlte, wie seine Muskeln steif wurden, bevor er sich vorsichtig in das heiße Quellwasser hinabließ und versuchte festzustellen, aus welcher Richtung das Kichern und Lachen kam. Er schwamm schnell hinüber zu der Stelle, wo er wußte, daß dort das heiße Wasser aus der Erde in das Becken sprudelte. Fühlte, wie sein Körper weich wurde, drehte sich auf den Rücken und ließ sich von der Strömung treiben, den Kopf zurück ins Wasser gelegt. Das Lachen verschwand, und er genoß das Gefühl, sich ohne eigene Anstrengung zu bewegen. Nichts anderes als das Gluckern und Sprudeln des Wassers drang an seine Ohren. Wenn er den Kopf hob, hörte er das Lachen wieder, durchdringend und hell. Nach einiger Zeit erkannte er die Umrisse zweier Gestalten, die im Wasser herumtollten. In dem Schneesturm erschienen sie riesengroß, und er fühlte einen Schauer über den Rücken laufen. Er überlegte kurz, wieder umzukehren, blieb aber, als er hörte, daß es zwei Frauen waren, die kreischten und wie verrückt lachten. Er ließ sich nähertreiben.

Als er die Mädchen erreichte, sah er, daß die eine von ihnen Olga war. Sie stand aufrecht und goß Wasser über das andere Mädchen, das lachend versuchte, aus der Quelle aufzustehen, aber dabei ausrutschte. Er blieb einen Moment still und betrachtete ihren jungen, schönen Körper, so weich und ohne Scham. Das andere Mädchen kam endlich hoch, und er sah, daß es die junge, rothaarige Frau war, die ihm ein paar Mal auf der Fahrt ins Auge gefallen war, ohne daß sie jedoch sein besonderes Interesse geweckt hätte.

Das rothaarige Mädchen warf sich auf Olga, und sie stürzten beide ins Wasser, wo sie lachend miteinander rangen. Als sie beide wieder auf die Beine kamen, betrachtete er sie genauer, fasziniert. Er konnte die Augen nicht abwenden von diesen schönen Mädchen, die doch so ungleich waren. Olga war eher klein, dunkel und kräftig. So weich und heiß. Das rothaarige Mädchen war groß und schlank, mit elfenbeinweißer Haut. So würdevoll, dachte er. Sie war wie ein helles Licht, das seinen Schein auf Olga warf. Er wunderte sich, daß ihre Schönheit ihm nicht früher aufgefallen war, erinnerte sich dann aber, daß er die ganze Zeit nur an Olga gedacht hatte.

Er sah ihnen eine Weile beim Spielen zu. Beobachtete sie, wie sie sich gegenseitig ins Wasser schubsten, einander festhielten. Langsam kam er noch ein wenig näher, sicher, daß ihn der heiße Dampf, der von dem Wasser aufstieg, und der Schneesturm unsichtbar machen würden. Nun sah er deutlich ihre blitzenden, lachenden Augen. Sie warfen sich aufeinander wie kleine Kätzchen, kniffen und bissen sich spielerisch, tauchten sich im heißen Wasser unter und tauchten lachend wieder auf, bis sie erschöpft schienen. Da stand Olga nun, herausfordernd, mit funkelnden Augen, und wartete auf einen neuerlichen Angriff ihrer Freundin.

Aber die erhob sich langsam und stand still. Sie betrachteten einander einige Zeit, sie atmeten schnell und heftig. Olga trat einen Schritt zurück, aber das rothaarige Mädchen folgte ihr. Berührte sie jetzt beinahe. Streckte die Hand aus. Streichelte mit leichter, langsamer Bewegung über ihre Brüste. Olgas Gesicht drückte Erstaunen aus. Offensichtlich wußte sie nicht, ob sie stehenbleiben oder lieber weglaufen sollte. Aber dieser kurze Augenblick des Zögerns reichte, um dem Zauber des rothaarigen Mädchens zu erliegen. Das übermütige Spiel hatte ihre Lust mit solcher Macht geweckt, daß ihr Verstand ihr nicht gebieten konnte aufzuhören. Das rothaarige Mädchen streichelte ihren Körper; ihre Hände liebkosten Schultern und Brust, spielten dann den glatten Bauch hinunter, gefolgt von Lippen und Zunge. Olga stand regungslos. Sie atmete jetzt ruhiger und tiefer. Das Mädchen berührte sie an der Hüfte und drückte leichte Küsse auf ihre Schamlippen und Schenkel. Streichelte diesen schönen Körper und bedeckte ihn mit Küssen, während sie sich langsam wieder nach oben bewegte, wo ihre Lippen sich in einem langen, leidenschaftlichen Kuß trafen. Alle Hemmschwellen waren überwunden, und tief stöhnend liebkosten und küßten sie einander. Eine lobte flüsternd die Schönheit der anderen. Alles um sie herum war vergessen. Der Schneesturm umwehte sie lautlos, aber hatte keine Macht über sie. Er war ihr Schild, schützte sie vor dem anklagenden Blick des sittsameren Zeitgenossen, war ihr Helfer und Freund.

Der Violinspieler war der einzige Zuschauer dieses zauberhaften Schauspiels. Obwohl er nun fast bei ihnen stand, war er sich sicher, daß ihr Spiel zu heftig und ihre Lust zu groß wäre, als daß sie ihn bemerken würden. Und sah zu, wie das rothaarige Mädchen langsam nach unten glitt und mit ihren dicken, weichen Lippen und ihrer Zunge Olgas Geschlecht verwöhnte.

Sie war es, die ihn entdeckte. Mit einer plötzlichen Bewegung stieß sie das rothaarige Mädchen von sich. Die sah auf, und Olga zeigte mit einem Kopfnicken auf den Violinspieler. Das rothaarige Mädchen drehte sich langsam um. Sah ihm in die Augen. Er fühlte, wie das Blut in seinen Adern hämmerte. Er wollte um Verzeihung bitten und fliehen, aber sein Körper war ganz in der Gewalt dieser Zauberfrauen, und als das rothaarige Mädchen seine Hand nach ihm ausstreckte, reichte er ihr die seine. Sie zogen ihn an sich. Er tauchte ein in ihre gemeinsame Umarmung, fühlte sich ganz umgeben von ihrem heißen, weichen Fleisch, als er sein Glied in Olga hineingleiten ließ.

Heftig nahm er sie beide abwechselnd. Schlug mit seinem Körper gegen ihre heißen, weichen, bis sie sich aus seinen Armen lösten und davontreiben ließen. Einander umarmten und ihn provozierend ansahen. Er verfolgte sie, willenlos, in ihrer Gewalt, wohin sie ihn auch lockten. Fühlte Hitze und Kälte nicht mehr, die seinen Körper angriffen; nur die Mädchen, die mit ihm spielten, heiße, gierige Küsse tauschten, während sie ihn streichelten. Dann bewegten sie sich mit ihren Zungen zärtlich seinen Körper hinab, küßten seine Beine.

Er konnte ihre Berührungen nicht länger unterscheiden. Fühlte Zähne an seinen Brustwarzen knabbern, während heiße Lippen sein Glied küßten, eine Zunge ihn neckte, leichte Bisse, Hände, die seine Schenkel und Lenden hinauffuhren, Nägel, die kratzten und stachen, Finger, die fest in sein Fleisch griffen, und schließlich, wie sein Glied zwischen Lippen glitt, die ihn fest umschlossen hielten, während gleichzeitig eine Zunge zart in ihn eindrang.

Er fühlte, wie sich aller Schmerz der Erde in ihm sammelte, aus den Tiefen seines Innersten wie ein Blitz hervorschoß und aus ihm herausbrach in einem Schrei, der über die schneebedeckten Weiten der Wildnis gellte. Er zitterte am ganzen Körper; etwas in ihm schien zu zerbrechen, er fühlte in diesem Augenblick eine unbeschreibliche Wollust durch sich hindurchströmen, und er begann tief und hemmungslos zu schluchzen.

Er weinte im Schoß der Mädchen, die ihn zärtlich liebkosten. Ihre Berührungen wurden wieder unterscheidbar. Ihre Küsse leicht und tröstend, während sein Weinen ruhiger wurde und er sanft einschlief. Sicher in der Umarmung der Mädchen, die den beißenden Frost und die heftigen Windböen von ihm fernhielten.

Und nun betrachtete sie ihn beim Spielen der Violine. Sah ihn an und sah ihn an, aber hörte nur das Heulen des Sturmes und das Pfeifen der Böen, die das schützende, warme Wasser der Quelle aufpeitschten. Weder ihn noch das rothaarige Mädchen hatte sie nach der Nacht in der Wildnis noch einmal getroffen.

Er bewegte den Bogen in den gefühlvollen, unendlich zarten Schlußtönen der Meditation über die Saiten. Ein Moment Stille im Saal, bevor der Applaus einsetzte. Er verbeugte sich, sein Blick schweifte über das Publikum. Ihre Augen trafen sich, und sie wußte, daß er auf sie warten würde. Warten, daß sie käme und fragte, was aus dem rothaarigen Mädchen geworden sei.

Barbara Voors

Das Glücksrad

Ich bin wohl eine sehr moderne Hexe. Ich entdeckte meine Fähigkeiten auf eine seltsame Art. Das Leben, das sich meinen immer müder werdenden Augen darbietet, kommt mir eigentlich nicht mehr besonders seltsam vor. Nicht jetzt, wo es enträtselt ist. Völlig durchschaut. Mich erstaunt nicht mehr viel. Einmal vor langer Zeit – und diese Geschichte handelt von jener Zeit – war das Leben ein einziges großes Mysterium, das mich auffangen würde. Darauf wartete ich. Doch ja, so war ich.

Heute scheint mir, je vertrauter ich mit dem Geheimnisvollen werde – mit dem Okkulten, wenn man so will – desto banaler wird in meinen Augen das Leben. Banal in dem Sinne, daß ich zu sehen glaube, was der Mensch ist, all die variantenreichen Schichten der Eitelkeit durchschaue. Diese Eitelkeit, die einmal mein Brot war, ja, sie war mein täglich Brot. Eitelkeit, Naivität und Unschuld waren meine Waffenträger, und zusammen würden wir dem Leben entgegentreten, so sah ich das mit vierundzwanzig. Noch immer kann ich mich sehen, ins Wanken geraten im Augenblick der Begegnung. Dort! Dort ist es! Das Leben! Wie ein Matrose, der Land sieht. So sah ich es. Unvorbereitet in Schuhen mit niedrigen Absätzen – wie sonst, wenn man groß und eine Frau ist? Aber zugleich überaus vorbereitet; ich hatte ja schließlich mein ganzes Leben der großen Aufgabe gewidmet, GLÜCKLICH zu werden. Das GLÜCK beinhaltete allerlei Leckerbissen, aber an der herausragendsten Stelle, im Zentrum, stand der Mann.

Um ihn drehte sich das Glücksrad. Das Glück, das darin lag, sich einen Mann zu angeln, von einem Mann gerettet, ausgefüllt zu werden, war mein einziger Ehrgeiz im Leben, wie der so manch anderer.

Banal, ich war banal. Naiv, ich war naiv. Das stört mich, jetzt im nachhinein, das stört mich. Aber ich war, wie es von mir erwartet wurde, in flachen Schuhen, Ende der Achtziger. Das Haar zu allen möglichen Formen aufgesteckt. Die Kleider mit dem Ziel ausgewählt, möglichst einen Eindruck des wahren Ichs wiederzugeben. Wie kann man versuchen, einen Eindruck von etwas hervorzurufen, was man bereits ist? Das ist mir unbegreiflich. Das ist, als ob man sagt: »Oh mein Gott! Ich habe vergessen, wie ich bin, wenn ich natürlich bin. Erzähl mir, wie bin ich?«

So strengte ich mich an. Mit verschiedenen Tricks aus der Welt der Massenmedien, unserer Kultur, tat ich alles, um ein *Image* zu erschaffen, genau das Bild, das die anderen von mir bekommen sollten.

»Nicht zu gewagt«, dachte ich. »Ich darf nicht zu gewagt aussehen. Das finden die Männer vielleicht am Anfang attraktiv, aber das führt zu nichts Ernstem, zu nichts Beständigem.« So banal. »Aber vielleicht eine Mischung von romantisch und frech? Eine schwarze Hose, aber eine Spitzenbluse dazu? Ich habe das Gefühl, das ist richtig, wirklich ganz genau richtig.« Ich wußte nicht, wer ich war, sonst hätte ich es doch wohl mit Bestimmtheit sagen können? Ich nahm freudig alle Schulen, Stücke, Rollen an, die in den Zeitungen offeriert wurden. Wenn da stand: »Sinnliches Mädchen für Filmrolle gesucht«, bewarb ich mich natürlich sofort um die Rolle. Wenn ich die Rolle bekam, würde man mir vielleicht sagen können, wer ich war? Wenn man mich haben wollte, war ich genau das: sinnlich. Ich bekam die Rolle nicht, auch keine andere. Aber ich hatte meine Fahrkarte für das Leben bekommen, und ich hatte nicht vor, sie im Zug, aus der Handtasche oder auf dem Weg zu verlieren. Ich hatte meine Fahrkarte für das Leben, und die Männer sollten meine Prämie sein, wenn ich schließlich und endlich zehntausend Kronen auf dem Glücksrad gewinnen würde, Auto mit Mann inklusive. Ein Glücksrad, darauf wollte ich mich drehen. Wer konnte ahnen, daß ein solches Leben so enden könnte. Von dieser Seite der Ewigkeit danke ich Felix für seine Unwissenheit und Vorhersehbarkeit, diese Eigenschaften, denen es schließlich gelang, meine drei zu töten.

Es ist leicht, diese Frau, die ich war, anzuklagen, lächerlich zu machen, zu verhöhnen. Eine Vierundzwanzigjährige mit minimalem Kontakt zur Wirklichkeit, eine Frau, die Diät hielt, damit ihr ehemaliger Freund sie in der Stadt treffen und sehen könnte, wie dünn sie geworden war. Dünn, und deshalb glücklich. Eine Frau, die sich cool gab, denn so würde man glücklich, hieß es in den Achtzigern. Die Frau, die sich cool gab und dann wochenlang weinte, weil der Mann nicht anrief. Die Frau, die die Liebe noch nicht einmal gesehen hätte, wenn man sie ihr vor die flachen Schuhe gelegt hätte. Sie wollte keine Liebe, sie wollte LIEBE. Das ist ein großer Unterschied. Und diese Frau war ich. Also muß ich sie verteidigen, auch wenn meine Ironie und meine Wut manchmal überhandnehmen und sie lächerlich machen. Vielleicht mache ich diese Frau aus Angst davor lächerlich, daß sie am äußersten Rand meiner Seele immer noch am Leben ist. Vielleicht lebt sie dort noch. Ich glaube, daß es so ist, warum sonst sollte ich ihretwegen weinen? Heute noch.

Die Aufgabe einer Hexe, meine Aufgabe, ist es, die eigenen Kräfte zu benutzen. Sie zu beherrschen, sie auszunützen. Manchmal frage ich mich, wie ich sie finden konnte, wie die Kräfte ganz instinktiv zu mir kamen. Natürlich ist das etwas, was wir alle in uns tragen, uns aber zu sehen weigern. Ich glaube, grenzenlose Wut kann eine Frau zu dem Punkt treiben, an dem ich bin. Die Wut trieb mich hierher. Nicht Sentimentalität, Nostalgie oder Eifersucht. Die lassen Frauen nur voller Tränen und ohne Zweck und Ziel zurück, zu kraftlos, um etwas aus ihrem Leben zu machen. Ich berichte all das, weil ihr wissen sollt, daß es nicht leicht ist, sich dafür zu entscheiden, alles zu durchschauen, was wir Hexen ja tun müssen. Aber auch, damit ihr die Alternativen sehen könnt.

Es war kein leichtes Leben, aber ein interessantes. Eigentlich war es leichter als die Welt des Glücksrads. Zum Glück blieb es mir erspart, in Felix' Glücksrad dabeizusein. Er stieß mich hinaus, aber ich, ich zog ihn bei meinem Fall mit. Wir fielen beide, aber es zeigte sich, daß ich es war, die fliegen konnte. Ich kann beinahe darüber lachen, aber dieses Lachen bleibt mir doch im Halse stecken. So im nachhinein wünschte ich vielleicht, daß ich die Bedeutung des wirklichen Lebens begriffen hätte, eines Lebens, in dem man die Liebe findet und sie behutsam bewahrt, ohne feste Vorstellungen. All das habe ich verloren, aber ich habe meine Kraft gewonnen. Und es ist eine Kraft von der Art, die niemals losläßt. Das ist die Wahl, die man treffen muß. Ich weiß nicht, ob meine Wahl gut war, ich weiß nur, daß ich nicht anders handeln konnte. Also kann man es vielleicht nicht einmal eine Wahl nennen.

1989, ein Schloß in Bayern

So sah ich es, so muß es berichtet werden. Ich erinnere mich an dies:

Dank des Sommers trug ich mein allerschönstes Kleid, das nach einer Mischung aus Unschuld und Sünde aussieht. Ich war sehr zufrieden. Mein Haar hatte ich zurückgekämmt, es wippte im Rhythmus des ruckelnden Autos, als ich die Landstraße entlangfuhr. Rechts und links der Autofenster sah ich die Alpen. Sie erhoben sich vor meinen blauen Augen wie Trolle. Wie Trolle. Auf den Bergen lag nur ganz oben ein bißchen Schnee, und sie sahen deshalb aus wie Eisbecher, deren Spitzen von weißer Glasur bedeckt sind. Aber den Bergen war das vermutlich einerlei. Ich lehnte mich im Sitz zurück und strich mit einer Hand über meine Schenkel, um festzustellen, ob sie genauso weich waren wie Zeitung, Film, Kino, Masseur, Kaufhaus es empfohlen. Ich hatte so ein Gefühl, als ob das Leben auf dieser Seite der Alpen anfinge. In diesem Moment fing es an. Ich, ich war unterwegs, und obwohl ich damals noch nichts von Felix wußte, sah ich ihn bereits vor mir. Gibt es eine perfektere Art, seinen zukünftigen Mann zu treffen als auf einer Hochzeit in Bayern? Das glaubte ich nicht, es war genauso, wie ich es mir ausgemalt hatte. Voller Unschuld, Eitelkeit und Naivität. Es war genauso, wie ich es mir ausgemalt hatte.

Eine entfernte Kusine, eine von der deutschen Sorte, sollte heiraten: einen Baron mit einem Schloß und einer Kirche. Eine Hochzeit, bei der ich dabeisein sollte. Ich war dort. Ich war erst vierundzwanzig, und die Schuhe waren, wie ihr wißt, flach. Ich war keine physische Unschuld – dafür war ich viel zu *cool* gewesen – aber eine im Geiste. Geistig gesehen war ich unschuldig und wartete auf meinem Podest, auf dem ich seit meiner Geburt gesessen hatte. Bereit, auf das Glücksrad zu springen. Bereit.

Das Schloß war ganz aus grauem Stein. Vielleicht war ich ein bißchen enttäuscht. Wo waren die Türme, die Zinnen, die Farben, die Gladiatoren, die RICHTIGEN MÄNNER? Gab es sie? Ich stieg aus dem Auto direkt in Felix' Arme hinein. Genauso war es. Aus dem Auto und in Felix' Arme hinein. Vielleicht soll ich an dieser Stelle aufhören? Nein, dies ist eine Sittenschilderung, wenn auch ohne feste Moral.

Ja, da stand er. Sofort wußte ich, daß er es war. (Unschuld, Eitelkeit und Naivität.) Mein Herz klopfte, oder etwa nicht?

»Es ist nett, daß wir uns kennenlernen«, sagte er. »Ich heiße Felix.«

»Ich weiß.«

»Du weißt?«

»Daß es schön ist, daß wir uns kennenlernen.«

Mein Lächeln übertraf das auf den Titelseiten.

»Natürlich.«

»Absolut!«

Ich glaubte, es sei ein Spiel, bei dem man so tut, als wäre nichts, während der Körper in Wirklichkeit hingerissen ist. Aber Felix, Felix spielte nicht. Ganz genauso war er. Und ganz genau so redeten wir weiter miteinander. Immer angenehmer und angenehmer. Immer bezaubernder, faszinierender, verführerischer.

Als Hexe mit einem etwas weiteren Horizont finde ich, ich sollte euch das störende Moment ersparen, das sich ergäbe, würde ich den vernichtenden Erfolg des Glücksrads bei diesem Treffen von Felix und mir beschreiben.

Das ist ermüdend, und manchmal fühle ich mich wirklich alt. Oder habe ich mich irgendwie immer noch nicht aus dem Traum befreit, hoffe ich doch noch, daß es anders hätte ausgehen können? Wenn alles so gekommen wäre, wie ich es gewollt hatte. Und dabei weiß ich doch, das hätte bedeutet, daß noch eine Frau schwach geworden wäre, daß noch eine Frau die Kräfte verloren hätte, die sie besitzt, ohne jedoch viel darüber zu wissen. Nein, ich bereue nichts. Aber ich finde es ermüdend, oder *sage,* daß ich es ermüdend finde, vielleicht weil es irgendwo noch schmerzt. Denn diese Frau, die war ich.

Felix und ich tanzten unter den Kronleuchtern aus Kristall, die der Baron meinte sich leisten zu können, ebenso wie wir meinten, wir könnten es uns leisten, weiter zu tanzen. Natürlich war er der Prinz, auf den ich gewartet hatte und so weiter, aber vielleicht war ich trotzdem ein bißchen enttäuscht. Wo war das Geheimnisvolle, die Romantik, wo die Pferde? Ich hatte wohl mehr erwartet, aber ich sah ein, daß das eine Sache war, *die man packen mußte.* »Romantisches Mädchen mit Schwung für Lebensrolle gesucht.« Ich bewarb mich um die Rolle, und für diesen Abend bekam ich sie. Mir war allerdings entgangen, was deutlich in dem Vertrag stand, mit durchsichtiger Schrift: daß es nur für einen Abend war – nicht für ein ganzes Leben.

Er sagte: »Alle müssen ihr Vermögen auf ihre eigene Art machen.«

»Natürlich.«

»Und ich habe meins mit Schuhsohlen verdient.«

»Wie bitte?«

»Ja, ich habe ein Paar Sohlen mit Luftkissen erfunden. Die stecke ich in Millionen von coolen und modernen Schuhen, die ich »Doktor Felix« nenne. Sie sind fuß- und trendgerecht und natürlich ein enormer Verkaufsschlager.«

»Ich verstehe«, seufzte ich, zufrieden mit dem Verkaufserfolg, während ich die Sohlen ein bißchen überkandidelt fand.

Wie ich mich täuschte.

»Wie gesagt, alle müssen ihr Vermögen auf ihre eigene Art machen. Und so habe ich meins gemacht«, sagte er und klopfte mit den Luftkissensohlen den Takt.

Ich schloß die Augen und flüsterte – im Bewußtsein, daß nicht mehr viel Zeit blieb: »Rette mich, rette mich in ein glücklicheres Leben, ein würdigeres Leben, ein besseres Leben. Rette mich, du allein.«

Wie könnte man das verzeihen?

Und er führte mich aus dem Saal, denn was sonst konnte er tun, hinauf in das Dachzimmer, das man ihm zugeteilt hatte und damit auch mir.

»Ich schenke mich dir, schenke mich dir. Hier bin ich«, flüsterte ich zu Felix' großem Schrecken.

Dort taten wir miteinander, was Ende der Achtziger von einem jungen Paar erwartet wurde. Ich war mir dessen bewußt, daß der eigentliche Akt mir keinerlei Vergnügen bereitete, aber auch, daß das etwas war, *was man packen mußte.* So viel größer würde das Vergnügen auch später nicht sein, wenn wir – jeder in seinem Paar »Doktor Felix« – durch das Leben wanderten. Gleichzeitig sah ich es auch eher als ein Zeichen von Stärke denn von Schwäche; es bewies ganz einfach, daß ich *Stil und Klasse* hatte. Und wer wollte nach Kondomen fragen, wenn die Erotik in all ihrer Unvollkommenheit schon das Zimmer besetzt hatte?

»Jetzt hast du mich«, sagte ich, während ich zu sehen glaubte, wie Mondstrahlen Lichtmuster auf unsere nackten Arme zeichneten.

Ich schenkte mich. Ich verstehe kaum, wer ich war, obwohl ich heutzutage viel Phantasie besitze. Für Hexen ist das zwingend notwendig, um etwas ausrichten zu können. Phantasie und eine große Portion Glauben. Glauben an die Stärke des eigenen Willens, Glauben an die eigene Kraft, die zwischen den Rippen gesteckt und nur darauf gewartet hat, Seele und Körper übernehmen zu dürfen.

Nichts von dem, was dann geschah, kann man Felix' Schuld nennen. Er handelte folgerichtig, so wie es von einem Mann erwartet wurde, der bloß eine weitere dumme Gans vernascht hatte, die glaubte, sie würde für jeden ihrer vergossenen Schweißtropfen bezahlt werden. In Rosen bezahlt für Schweiß. Dumme Gänse, die nichts nahmen, nur gaben. Ja, er handelte erwartungsgemäß, aber das hinderte mich nicht daran, doch noch Rache zu nehmen. Auch ich, als frischgebackene Hexe, handelte folgerichtig.

Am Morgen wachte ich von seinem Geschnarche auf. Das störte den Frieden, den ich mir vom Zwitschern der Vögel erwartet hatte. Ich streckte mich und suchte an meinem Körper nach Zeichen von ihm. Ich fand keins. Das enttäuschte mich. Die Liebe hinterläßt doch wohl Spuren, oder nicht? Auch sein Körper wies keine deutlichen Spuren meiner Hände auf. Keine Brandmale, keine Liebesspuren, keine Wunden, Krater, Dellen. Nichts. Ich entschloß mich, etwas Seltsames zu tun – jedenfalls erschien es mir damals seltsam. Aus dem Badezimmer holte ich seine schwarze, leicht gebogene Nagelschere. Aus der Schreibtischschublade nahm ich einen Briefumschlag, auf den ich schrieb: »Felix und ich, Sommer 1989 in Bayern. In zwanzig Jahren zu öffnen. Weißt du noch?« Mein Plan war, daß das ein liebes Andenken für uns beide werden sollte. Mit der Schere schnitt ich ihm alle Nägel und einige kurze Locken seines Haares ab. Das alles legte ich in den Umschlag, den ich daraufhin verschloß.

Ich seufzte hingerissen. Welche Erinnerung das sein würde! Felix und ich im Grün der Hollywoodschaukel, wo er zu mir sagen würde:

»Stell dir bloß mal vor, Liebling, daß ich damals so blondes Haar hatte! Jetzt ist es ganz grau.«

Und ich, ich würde sagen:

»Und ich liebe dich noch immer genauso sehr. Noch immer genauso glücklich.«

Und mit einem Lächeln würden wir, Schulter an Schulter, einschlafen. Glücksrad.

Nun kam alles anders. Es kam alles anders. Wir verließen einander am Schloßtor, so als ob nichts geschehen wäre, was natürlich auch stimmte. Wir trennten uns am Schloßtor, er in der Wirklichkeit, ich im Himmel.

»Auf Wiedersehen«, sagte er, genauso höflich wie bei meiner Ankunft.

»Auf Wiedersehen«, sagte ich, erneut im Glauben, es sei ein Spiel.

»Wer kann am uninteressiertesten tun, ohne vor Wehmut und Sehnsucht zu sterben?« hieß das Spiel, das wir meiner Ansicht nach spielten. Ich glaube eigentlich, daß ich gewonnen habe. Mit einem Winken aus dem Autofenster, einer Handbewegung, hatte ich Felix' Leben verlassen. Aber weil ich mich im Himmel befand, wo eine ganz andere Sprache gesprochen wird, hörte und sah ich nichts von dem, was Felix wirklich sagte.

»Auf Wiedersehen«, sagte er, um meine Abfahrt noch mehr zu beschleunigen.

Ich schwankte auf meinen nicht vorhandenen Absätzen und flüsterte gefühlvoll: »Du vergißt es doch nicht? Die schönen Kinder, die wir zusammen haben werden?«

»Oh, nein. Ich weiß es noch.«

Ja, ich weiß es noch. Ich weiß noch, wie ich in meine Heimatstadt Paris zurückkehrte, in der sicheren Hoffnung, daß er mich bald aufsuchen würde. Denn so geschieht es, wenn es geschieht, und jetzt, wo ich mich ihm auf eine solch exquisite Art geschenkt hatte, brauchte ich nur noch zu warten. Und ich wartete. Ich wartete ständig, während die Zeit verging und die Straßen kochten vor Sehnsucht und Warten und vergeblich und vielleicht. Es war unerträglich heiß. Der Schweiß floß mir in die Augen, während ich wartete, einkaufte, schlief, wartete, saubermachte, wartete und ans Telefon ging. Keiner kam. Ich bemerkte, daß sogar mein Körper anfing, vor Hitze anzuschwellen. Meine Brüste wuchsen in meinen Händen, mein Bauch wölbte sich unter meinen Fingern. Ich sah meinen Körper an, und er gehörte mir nicht mehr, und ich verstand nicht, was vor sich ging. Und er kam nicht.

Es war unglaublich einsam, es war erniedrigend, und ich war sehr schwach und wollte ernsthaft, ehrlich und in der Wirklichkeit, daß er kommen und mir helfen sollte. Mir helfen, nicht mich retten. Aber irgendwann war es zu spät, und ich saß da und beobachtete meine Brustwarzen, die ihre Farbe und Form änderten, und schließlich war die Zeit so weit fortgeschritten, daß ich gezwungen war, in die Wirklichkeit einzutreten, um mir Antworten zu holen. In der Wirklichkeit gab es Schwangerschaftstests. Und in der Wirklichkeit wurde mir auch klar, daß Felix und ich ein Kind miteinander haben würden. Nein, das war nicht romantisch, nicht einmal bezaubernd, es war einfach so, wie es war, und jetzt mußte er sich wirklich sehen lassen, mußte erscheinen. Wie der Hase aus dem Hut des Zauberers.

Jetzt begann die Suche nach »Doktor Felix«. Ich durchstreifte die Schuhgeschäfte der Stadt auf meiner Wanderung zu dem verlorenen Vater. In einem Teil der Geschäfte hatte man noch nie von seinen Schuhen gehört. Andere führten seine Schuhe, aber hatten keine Ahnung vom Namen des Herstellers oder seiner Adresse. In einem bekam ich die Telefonnummer der Fabrik. Dort sagte mir ein Mann am Telefon, daß der Name des Besitzers geheim sei, denn sonst fiele Herr Felix vielleicht Entführungsversuchen zum Opfer. Nein, es sei ganz unmöglich, seine Adresse und Telefonnummer weiterzugeben. Unmöglich.

Seit ich Bayern vier Monate zuvor verlassen hatte, hatte ich ständig meine »Doktor Felix«-Schuhe getragen, die ich mir natürlich sofort gekauft hatte. Inzwischen war es in Paris so heiß gewesen, daß ich mich gezwungen gesehen hatte, die Luftkissensohlen herauszunehmen. Jetzt dienten sie einzeln meinem Fensterrahmen als Zierde. Neben den Luftkissensohlen lag der Umschlag mit seinen Haaren und Nägeln. Während ich mit dem unmöglichen Mann von »Doktor Felix« sprach, ergriff mich eine solche Verzweiflung, daß ich die Sohlen nahm und sie gegeneinanderschlug, so daß der Umschlag mit den Nägeln und Haaren auf den Boden fiel. Genau in diesem Moment stockte der Mann am Telefon, änderte seine Meinung und murmelte etwas wie, es sei wohl doch das beste für

Herrn Felix, wenn er mit der Dame selbst sprechen könne. Ich bekam sofort die Adresse samt Telefonnummer. Erfüllt von unterdrücktem Stolz schrieb ich ihm, und während mein Bauch wuchs, wartete ich auf die Antwort, die natürlich nicht kam. Es blieb mir keine andere Wahl als anzurufen.

»Felix? Ich bin es.«

»Oh.«

»Ja. Ich möchte wissen, ob du meinen Brief bekommen hast.«

»Welchen Brief?«

»Du hast ihn bekommen. Was glaubst du, was ich machen soll?«

»Liebling, ich hatte so viel zu tun und habe mir solche Sorgen gemacht, daß ich wie gelähmt war«, sagte Felix.

Ich weinte jetzt, eine lange Zeit der Einsamkeit kann bewirken, daß noch die ignorantesten Worte himmlisch, ja fast glaubhaft klingen.

»Du mußt hierherkommen und mir helfen. Du mußt.«

»Na klar, aber du kannst doch wohl jetzt kein Kind haben?«

»Ich?«

»Ich meine, wir können doch wohl jetzt kein Kind haben?«

Der Mann, der sein Vermögen mit Luftkissensohlen gemacht hatte, überlegte, wie er um zwanzig Jahre Unterhaltszahlungen herumkommen könnte.

»Du mußt es abtreiben. Für uns.«

Ich war sehr müde:

»Vielleicht. Vielleicht hast du recht. Aber du mußt unbedingt hierherkommen und mir helfen.«

Vielleicht? Vielleicht ist es das, was ich mir nie vergeben kann. Daß ich nicht die Stärke hatte, deutlich meine Meinung zu sagen. Daß ich nicht alleine zurechtkam, daß ich nichts dagegen sagte. Trotzdem weiß ich nicht, ob ich jetzt ein Recht habe zu urteilen.

Es war nicht deine Schuld, daß es so kam, es war meine. Das ist schwer zu ertragen.

Die Abtreibung war sehr schmerzhaft. Das Kind war schon zu groß. Es war ganz einfach zu alt, und es fragte mich nachts, warum ich es nicht beschützt hatte, warum es nicht mit mir leben durfte, warum es sterben mußte. Warum? Es war eine Sondererlaubnis nötig, um diese Abtreibung durchzuführen, die eher eine Geburt war. Felix beschaffte die Erlaubnis, er sagte, ich könnte aus medizinischen Gründen kein Kind haben. Das klang lieb, fast fürsorglich. Er konnte leider nicht zur Abtreibung kommen, aber wir hatten uns einmal getroffen. Bei dieser Gelegenheit bekam ich das Geld, mit dem fünf Monate Apathie geheilt werden sollten. Ich weiß nicht, wieviel Geld ich bekam. Ich weiß nicht, wieviel Geld nötig ist, um einen anderen Menschen zu heilen. Ich glaube, eine solche Summe existiert nicht. Aber ich war – noch – zu schwach, um mich selbst zu heilen. Und zu naiv, um der Wirklichkeit zu begegnen. Am Morgen bekam ich Tabletten, um die »Scheinwehen« auszulösen, durch die später am Abend das Kind »geboren« werden sollte, das meines war. Ich benutze Anführungszeichen, um die Distanz herstellen zu können, die ich brauche. Um mich in die Lage zu versetzen, überhaupt berichten zu können. Ich verzeihe mir nicht, ich verzeihe Felix nicht.

Ich konnte nicht weinen. Noch immer habe ich nicht geweint. Es war, als ob ich langsam hart wurde, als ob die Naivität, die Eitelkeit und die Unschuld dort zusammen mit dem Kind sterben mußten. Als ob ich dazu gezwungen war, all dies schmerzhaft herauszupressen, und zurück blieben nur diese Wut, diese Ironie, vielleicht Bitterkeit, die mich bis heute antreiben. Das, was mich zu einer Hexe gemacht hat.

Als das Kind draußen und tot war und ich in einem mintgrünen Krankenhaussaal lag, war ich hart und kalt wie die Krankenhauspritsche selbst. Ich war krank, aber gesund. Ich war ganz, aber halb. Ich war allein, aber voll von bösen Geistern, die endlich ihr Zuhause gefunden hatten: in meinem Körper. Ich hieß sie willkommen. Ich brauchte sie, wenn die Krankenschwestern vorbeigingen und mich mit mißtrauischen Augen ansahen, die sagten: Wie konntest du? In deinem Alter? Wie konntest du?

Es gab keine Erklärung, keine Entschuldigung. Ja, ich war niemand. Überhaupt niemand. Aber ihr hättet mir helfen müssen.

Felix hatte versprochen, falsch, *ich* hatte mir ein Glücksrad versprochen, schon seit ich klein war, und niemand hatte sich die Mühe gemacht, mich darüber aufzuklären, daß es so etwas nicht gibt. Daß ein Glücksrad nichts Begehrenswertes, ja nicht einmal etwas Wünschenswertes ist. Niemand hatte mir das erzählt. Ich glaube, das ist der Grund, warum ich diese Geschichte erzähle.

Zurück in meiner Wohnung war ich sehr entschlossen. Meine bösen Geister waren immer bei mir und warnten mich vor der Sentimentalität, die zwangsläufig kommen mußte. Der Nostalgie. Sie bewachten mein Herz und ließen keinen Gedanken an das Glücksrad hinein. Sie achteten darauf, daß ich alles tat, was sie von mir erwarteten. Ich nahm die Luftkissensohlen, die immer noch auf ihrem Platz auf dem Fensterrahmen lagen. Sie waren ein bißchen trocken geworden und sehr sauber. Ich öffnete den Umschlag und nahm Felix' zehn Nägel und seine blonden Locken heraus. Aus dem Kühlschrank holte ich meinen Sekundenkleber und klebte alles auf die Luftkissensohlen, die Hälfte auf jede. Es war, als hielte ich Felix in meinen Händen, um ihn zu lenken. Und das war genau das, was ich tat. Ich zog meinen schärfsten Nagel quer über die Seite der rechten Sohle. Das hinterließ eine tiefe Narbe und die tiefe Befriedigung, Felix am Abend in meiner Wohnung auftauchen zu sehen, vernichtet, mit einer tiefen Wunde quer über der rechten Wange. So tief wie ein Frauennagel. So tief wie ein Kastenzeichen.

Er sah mich an, verwirrt, so als wisse er nicht richtig, wer er war. Er wußte es nicht. Wir sahen uns an, und ich war ganz ruhig, und ich legte meine Hand an seine Wange, um festzustellen, ob die Wunde durch meine Berührung heilen würde. Sie heilte. Sein Gesicht verzog sich leicht, als er mich ansah, und seine Gewissensbisse fraßen sich quer durchs Zimmer, und er war ganz still, konnte nichts sagen.

»Du weißt, was ich mit dir machen werde?« sagte ich.

Er nickte nur.

»Ich werde dich benutzen, wann immer ich Lust dazu habe.«

Er nickte, vernichtet bis hinunter zu seinen Luftkissensohlen. Ich benutzte ihn; brachte ihn dazu, mir die Lust zu geben, die ich bis dahin nicht gekannt hatte. Brachte ihn dazu, sich zu erniedrigen. Brachte ihn dazu, mich emporzuheben, mich zu bewundern. Ich weiß nicht, was passierte. Irgendwie war auch ich vernichtet, als ob meine eigene Kraft auch mich verletzte.

»Was passiert?« fragte ich.

»Ich weiß«, antwortete er mit nahezu unhörbarer Stimme. »Ich weiß nicht. Es tat weh und ich dachte an dich. Ich mußte hierherkommen.«

»Ich verstehe.«

Am Anfang war es furchteinflößend. Die Macht, die ich über ihn hatte. Aber ich gewöhnte mich daran, man gewöhnt sich schnell. Manchmal ließ ich ihn in Ruhe, die Sohlen durften friedlich im Schatten meiner Bücher liegen. Aber manchmal spielte ich mit ihm. Es war, als hielte ich sein Herz zwischen meinen Fingern. Immer fester hielt ich es, immer fester.

Auf einem meiner einsamen Spaziergänge sah ich eines Tages Felix, bleich nach den nächtlichen Übungen mit mir. Er ging mit einer Frau, die seine Ehefrau sein mußte, neben einem Kinderwagen her. Eine Frau, die ich hätte sein können. Ich fühlte mich unglaublich erleichtert; darüber, daß mir das erspart geblieben war! Trotzdem fühlte ich eine Erniedrigung, gemischt mit etwas Erhebendem. Irgendwie war es, als hätte ich eine Lebensaufgabe gefunden. Er, sie und das Kind, das ich einst getötet hatte. Als ob es keine mildernden Umstände mehr gäbe. Als ob es sie nie gegeben hätte und Felix' Schicksal ab jetzt uneingeschränkt mir gehörte.

Mit winzigen Nadeln durchbohrte ich an diesem Abend die Sohlen. Ich zerlegte seinen Körper in schmerzende Stücke, und ich wußte, daß er dadurch für alle Zeit unbrauchbar für mich werden würde. Das war mir egal. Es muß wahnsinnig wehgetan haben. Er schrieb es mir, in einem Brief: »Es tut so wahnsinnig weh, ich glaube nicht, daß du dir das vorstellen kannst.«

Ich glaube doch, daß ich es konnte. Zugleich hatte ich einen ziemlich merkwürdigen Humor entwickelt. Ab und zu schickte ich Abtreibungsofferten an seine Frau. Nur so, als Erinnerung. Oder ich schickte kleine, von mir rot angemalte Babys aus Plastik, in die ich hineingeschnitten hatte. Sie mußte mit ihrem schönen neuen Kinderwagen losgehen und sie auf der Post abholen. Das muß beängstigend gewesen sein, besonders am Anfang, als ihr, mein Kind noch so klein war. Ich fand es gerecht. Es machte ihnen angst, mir machte es Spaß. Vielleicht war es dieser schnelle Wechsel von dummer Gans zu Hexe, vielleicht wurde ich deshalb so. Oder vielleicht bestrafte ich mich selbst am schwersten.

Ja, ich bin eine moderne Hexe, ich zog seine Qualen nicht in die Länge. Sein Brief quälte mich selbst:

»Es ist nicht auszuhalten. Es sticht in den Armen, der Brust, den Beinen. Nicht auszuhalten. Was passiert mit mir?«

An diesem Abend entschloß ich mich, die Luftblasen in den Sohlen vollständig aufzuschneiden. Ich tat es, eher mit Routine als mit Gefühl. Ich ließ nicht zu, daß es mir etwas ausmachte. Ließ es nicht zu.

Man sagte, daß er unter großen Qualen starb. Das verstehe ich. Am nächsten Tag stand etwas über ihn in der Zeitung. Es hieß, es sei völlig unerklärlich, daß sein ganzer Körper sich wie von selbst aufgetrennt habe. Unerklärlich? Ich sage doch, das ganze Leben ist jetzt erklärbar geworden. Aber vielleicht nur für mich. Da stand auch, daß er am Dienstag beerdigt werden soll. Aber laut alter Hexentradition soll das Opfer natürlich verbrannt werden, genauso, wie wir einst für unsere Kraft brannten.

Am selben Abend verbrannte ich die Sohlen in meinem Kamin, und als ich am nächsten Tag die Zeitung aufschlug, stand da:

»BERICHTIGUNG: die *Einäscherung* fand gestern statt. Empfang am Dienstag.«

Ich zog mich schwarz an und fand mich in der Rolle einer trauernden alten Freundin auf dem Empfang ein, und weil seine Frau nichts von mir wußte, empfing sie mich mit einer rührseligen Umarmung. Das Kind, ein Mädchen mit funkelnden Augen, lag in einem Korb an ihrer Seite. Ich führte sie ein Stück von dem Kind weg, während ich beruhigend mit ihr sprach.

»Ich war eine enge Freundin von Felix«, sagte ich.

Sie lächelte unter Tränen.

»Er ist ein wunderbarer Mann.«

»*War*. War ein wunderbarer Mann.«

»War«, berichtigte sie sich gehorsam.

Was für eine dumme Gans.

Leider war sie wirklich sehr überkandidelt, und das trug zu meinem Entschluß bei. Während alle tief ins Gebet versunken waren, ergriff ich den Korb mit ihrer Tochter und verließ die Veranstaltung. Später sagten alle, sie seien »gelähmt« gewesen. Ich nahm sie mit, wollte nicht, daß sie so eine Frau wie ihre Mutter werden sollte. Oder besser: Ich wollte nicht, daß sie die Vierundzwanzigjährige mit flachen Schuhen werden sollte, die ich selbst einmal war. Ich wollte, daß sie stark werden sollte und etwas Besonderes, und daß sie sich selbst retten sollte.

Ich tat es. Ich wurde die Hexe, die ich immer noch bin, und ich rettete Felix' Tochter aus dem Himmel in die Wirklichkeit, wo eigentlich alle Frauen zu Hause sind. Meine Unschuld, meine Eitelkeit oder meine Naivität haben mir nie gefehlt. Wie sollten sie? Ich bin erleichtert darüber, daß mir Felix' Glücksrad erspart geblieben ist. Ich bin froh, daß es mir erspart geblieben ist, weiter ein solches Leben zu führen, getrieben von dem ewigen Bedürfnis zu gefallen. Eine GUTE MUTTER zu sein, ständig verfügbar, begehrenswert, unkompliziert, mit Doppelbelastung, lächelnd, flexibel in sexy, aber dennoch praktischer Unterwäsche. Ich bin froh, daß mir Felix erspart geblieben ist. Es wäre zu anstrengend gewesen, um es zu schaffen.

Vor dreihundert Jahren wurden Frauen auf Scheiterhaufen verbrannt. Heute sind wir mehr, die die Macht besitzen, den Gang der Geschichte zu unserem eigenen Vorteil zu ändern. Aber viel zu wenige, die es wagen oder sich auf ihre eigene Kraft verlassen, außerhalb der Klischees. Es gilt, eine andere Sicht des Lebens zu finden. Das ist die Voraussetzung. Ich frage mich, was geschehen würde, wenn alle Frauen das Leben so wie ich sehen, es völlig durchschauen würden.

Ich möchte gern darauf hinweisen, daß es keinesfalls allein die Schuld der Männer ist, daß alles so banal geworden ist. Es ist vor allem unsere eigene Schuld. Wir haben die Zeitungen gekauft, das Glücksrad, das Gefallen, die Kleider, die Cellulitiscreme, das Lächeln – die Befriedigung, die darin liegt, das zu sein, was andere von uns erwarten. Wir haben das komplette Programm gekauft und nicht einmal den Kanal gewechselt. Wir sind nicht abgesprungen. Wenn wir es nur wagten.

Vielleicht denkt ihr, daß es sich ungemütlich anhört, als Hexe zu leben. Vielleicht ist es ungemütlich, aber es ist vor allem lehrreich. Vielleicht ist auch die Geschichte meines Lebens banal, aber es ist meine Geschichte, niemand kann sie mir wegnehmen. Ich sehe schon ein, daß ihr mich weder verstehen noch mir vergeben könnt. Das verlange ich nicht. Im vollen Bewußtsein, daß in meinem Bericht Details fehlen, die möglicherweise mildernd sein könnten, habe ich sie dennoch weggelassen. Ich habe genug von Details; was man tut, das zählt.

Was man tut, das zählt.

Meine Tochter ist nun erwachsen; ich sehe sie als meine an. Jeden Morgen, wenn die Sonne ihre Augen wieder funkeln läßt, flüstere ich ihr zu: »Rette dich selbst, Liebling. Rette dich mit allen Mitteln selbst.«

Die Autorinnen

Anne Marie Bjerg

Geboren 1937 in Kopenhagen. Ihr erster Roman erschien 1979 und hatte gleich großen Erfolg. 1985 folgte ein Band mit Erzählungen, aus dem auch »Die Wahrheit der Tiere« stammt. »Die Wahrheit der Tiere« ist ihre erste Übersetzung ins Deutsche, aus dem Dänischen übersetzt hat Dagmar Lendt.

Monika Björk

Sie ist eine der bekanntesten Krimiautorinnen Schwedens, und wenn sie nicht gerade an einem neuen Roman arbeitet, dann betreibt sie Journalismus. Derzeit schreibt sie an einem Buch über ein Viertel ihrer Heimatstadt Stockholm und dessen EinwohnerInnen. Die hier abgedruckte Erzählung hat Maike Dörries aus dem Schwedischen übersetzt.

Toril Brekke

Geboren 1949 in Oslo, war von 1986 bis 1991 Vorsitzende des Norwegischen Schriftstellerverbandes und ist seit 1992 Präsidentin des norwegischen PEN. Ihr erster Roman erschien 1976. Internationalen Ruhm erlangte sie mit den historischen Romanen *Linas Kinder* (deutsch 1999) und *Sara* (deutsch 2002), in deutscher Übersetzung liegen außerdem Jugendbücher und Erzählbände vor. Die Erzählung »Eine funkelnde Straße aus leuchtendem Lächeln« wurde speziell für *Heißer Norden* geschrieben und von Gabriele Haefs übersetzt.

Inger Edelfeld

Geboren 1956 in Stockholm, begann schon als Teenager, literarisch zu schreiben und zu zeichnen. Im Alter von einundzwanzig Jahren konnte sie ihren Debütroman, *Tüchtiger Junge*, veröffentlichen. Seither sind zahlreiche Kinder-, Jugend- und Erwachsenenbücher von ihr erschienen, die aber generationenübergreifendes Lesepublikum haben. Die vielseitige Autodidaktin ist neben ihrer Arbeit als Schriftstellerin auch als Buch-Illustratorin und Zeichnerin von Comics tätig. Ihre Themen sind vielfach Identität und Verwandlung; ihre Figuren sind Frauen, die Grenzen überschreiten, die nicht in ihre Umgebung passen, und Frauen als Ungeheuer. Jedoch auf reine Frauenthemen läßt sich Edelfeldts Werk ebensowenig festlegen wie auf ein bestimmtes literarisches Genre. So wurde sie von der Kritik, nicht ganz zu ihrem eigenen Mißfallen, als literarisches Chamäleon bezeichnet. Auf dem deutschsprachigen Buchmarkt sind derzeit zwei Jugendbücher aus Edelfeldts Feder nachzulesen: *Brief an die Königin der Nacht* und *Kamalas Buch*. Die Romane *Der gute Mörder* (2000), *Helenas freier Tag* (1997) und *Jim im Spiegel* (1998) erschienen ebenfalls auf deutsch. Die Erzählung »Am Fenster« hat Dagmar Mißfeldt aus dem Schwedischen übertragen.

Christine Falkenland

Geboren 1967 in einem großen Haus in idyllischer Landschaft. Als Kind malte sie mit Lippenstift Herzen neben die Stellen in der Bibel, wo von Liebe die Rede ist. Als Erwachsene schrieb sie dann auch selber über Liebe. Ihr erstes Buch erschien 1990, seither sind vier Gedichtsammlungen gefolgt (*Schädelstätte*, 1992; *Illusion*, 1994; *Wir*, 1994; *Blutbuch*, 1995). In deutscher Übersetzung erschienen ist der Roman *Mein Schatten* (2001). »Fleisch von Königen« stammt aus der schwedischen Erotik-Anthologie *Das rote Buch der Frauen*, Stockholm 1996, und wurde von Dagmar Mißfeldt ins Deutsche übersetzt.

Guðrun Guðlaugsdóttir

Geboren 1944 in Reykjavík. Verheiratet, Mutter von sechs Kindern. Studium an der Hochschule für dramatische Kunst. Zu ihren Veröffentlichungen zählen die Gedichtbände *Ich gehe zu dir* (1990); *Ein Schiff der Hoffnung* (1992); *Mehr und genug* (1992), die autobiographische Schilderung der dramatischen Beziehung zu ihrem ersten Mann, und der Roman *Nelken und dunkle Nächte* (1993). Die Autorin lebt in Reykjavík und arbeitet als Journalistin für die große isländische Tageszeitung *Morgunblaðið* und den Rundfunk. Die Übersetzung aus dem Isländischen erfolgte durch Maria-Claudia Tomany.

Mette Hansen

Geboren 1948 in Oslo. Mehrfach preisgekrönte Romanautorin, hat Bücher für Jugendliche und für Erwachsene veröffentlicht. In den letzten Jahren hat sie vor allem Hörspiele für den norwegischen Rundfunk verfaßt. »Wenn sie im Bus sitzt« ist ihre erste Übersetzung ins Deutsche. Übersetzt von Gabriele Haefs.

Torill Thorstad Hauger

Geboren 1943, ist in ihrer Heimat vor allem durch ihre Kinderbücher zur Wikingerzeit bekannt. Aber auch andere historische Bücher, bei denen das Schicksal der Frauen im Mittelpunkt steht, hat sie geschrieben. Für viele ihrer Bücher hat sie in Norwegen wichtige Preise erhalten. Ins Deutsche sind von ihr einige Kinder- und Jugendbücher übersetzt worden, zuletzt aber der historische Roman *Mond über Eikaberg* (2000), der zur Zeit der Hanse spielt. Die Erzählung »Lady Godiva«, die in einer norwegischen Frauenzeitschrift abgedruckt war, wurde von Christel Hildebrandt aus dem Norwegischen übersetzt.

Anna-Leena Härkönen

Geboren 1965 in Ostbottnien. Schriftstellerin, Sängerin und Schauspielerin. Ihr erstes Buch, einen Jugendroman, *Häräntappoase* (dt. *Der traurige Skorpion*, 1989) veröffentlichte sie bereits mit achtzehn Jahren. Sie erhielt für dieses später auch verfilmte Buch in der legeren Umgangssprache der Jugendlichen über Probleme mit Eltern, Schule und vor allem dem jeweils anderen Geschlecht den finnischen Literaturpreis für das beste Erstlingswerk des Jahres. Ihr dritter Roman, *Akvaariorakkautta*, 1991 (dt. *Aquariumsliebe*, 1994) war in Finnland und Schweden ein Bestseller. In der Übersetzung von Dagmar Mißfeldt erschien 2001 der satirische Roman *Herzstechen*. Die Geschichte »Der Lottogewinner« stammt aus dem Jahr 1993 und wurde von Dagmar Mißfeldt übersetzt.

Anna Heinämaa

Geboren 1961 in Helsinki. Sie schloß 1989 ihr Studium der Literatur und der russischen Sprache ab. Von 1985 bis 1991 lebte sie in Moskau, wo sie u. a. als Reiseleiterin, Dolmetscherin und Aufsicht in einem Spielkasino tätig war. Nach ihrer Rückkehr nach Finnland arbeitete sie als Schriftstellerin und nebenberuflich als Übersetzerin für Russisch. Ihr Erstlingswerk, der Jugendroman *Iira* (1990), erhielt den finnischen Staatspreis. In den vergangenen Jahren sind weitere Romane und Hörspiele veröffentlicht worden. In deutscher Übersetzung liegt der Kurzkrimi »Die Geliebte« vor (in der Anthologie *Mord am Fjord*, 1994). Seit einiger Zeit lebt Anna Heinämaa auf einem alten Gutshof im Süden Finnlands. Ihren Aufenthalt in der damaligen Sowjetunion hat sie mehrfach literarisch verarbeitet, so auch in der hier von Dagmar Mißfeldt übersetzten Kurzgeschichte »Sawidowo« (1991).

Vigdis Hjorth

Geboren 1959 in Oslo. Studium in Oslo und Bergen. Ihr erstes Buch veröffentlichte sie mit vierundzwanzig Jahren, und als sie danach in einem Zeitungsinterview sagte, Schreiben sei für sie eine erotische Tätigkeit, wurde sie noch Monate später mit obszönen Anrufen belästigt. In deutscher Übersetzung liegen mehrere Jugendbücher und Romane vor, zuletzt erschien der Roman *Die Liebeskur* (2003), ein Band mit ihren gesammelten Glossen zum Thema Erotik ist in Vorbereitung. Aus dem Norwegischen übersetzte Gabriele Haefs.

Hanne-Vibeke Holst

Geboren 1959, ist eine der erfolgreichsten Autorinnen Dänemarks. Sie hat ihren Mann bei seiner Diplomatenlaufbahn begleitet, später dann aber selbst Bücher, Theaterstücke und Filmdrehbücher geschrieben. Am bekanntesten ist ihre *Therese-Triologie,* drei Bücher über eine Journalistin, die versucht, Karriere, Mann und Kind und ihre Gefühle unter einen Hut zu bringen. Sie sind unter den Titeln *Mann umständehalber abzugeben, Meerjungfrau sucht Mann fürs Leben* und *Sag jetzt nichts, Liebling* auch auf Deutsch erschienen. Ihr neuestes Buch, das demnächst auch auf deutsch herauskommt, handelt von einer jungen Ministerin, die sich gegen die alte Politikergarde durchzusetzen versucht. Die Geschichte »Arztbesuch« ist der Anthologie *Skud* entnommen und wurde von Christel Hildebrandt aus dem Dänischen übersetzt.

Lotte Inuk

Geboren 1965 als Charlotte Christina Hoff Hansen. Nachdem sie drei Jahre in Grönland verbracht hatte, bekam sie den Spitznamen »Inuk«, was Mensch auf Grönländisch bedeutet. Bereits mit siebzehn Jahren debütierte sie mit einem Jugendroman und lebt seitdem in erster Linie vom Schreiben, was natürlich mit allen möglichen Jobs verbunden werden muß. Inzwischen hat sie mehr als fünfzehn Bücher geschrieben, die meisten für Jugendliche, aber auch ein Bilderbuch und eines für Erwachsene. »Latin Lover« ist ihre erste Übersetzung ins Deutsche. Übersetzt hat Christel Hildebrandt.

Margaret Johansen

Geboren 1923 in Oslo. Hat im Laufe der Jahre viele Romane und Erzählungen veröffentlicht. Auf deutsch sind die Romane *Du kannst doch nicht einfach gehen* (1983) und *Damenwalzer* (1985) erschienen. Die Geschichte »Sex sechsundsechzig« war für eine norwegische Zeitschrift bestimmt, die seit Jahren zu den Hauptabnehmerinnen von Margarets Geschichten zählte. Diese Geschichte wollten sie aber nicht haben, denn alte und dicke Leute dürfen nun mal keinen Sex haben. Die Übersetzung aus dem Norwegischen besorgte Gabriele Haefs.

Maria Jotuni

1880–1943. Sie gehörte zu den bedeutendsten VertreterInnen des Naturalismus ihres Heimatlandes Finnland, wenngleich ihr Œuvre nicht besonders umfangreich ist. Sie schuf neben Novellensammlungen einige Romane und auch Bühnenstücke. Ihre Themen umfassen das Verhältnis zwischen Frau und Mann ebenso wie die sozialen Gegensätze, die sich, bei Jotuni zu grausamen Lebenssituationen erstarrt, in individuelle Moralprobleme verwandeln. Trotz der ernsten Thematik gelingt es ihr oft, die bittere Lebenskritik mit Humor zu verbinden. So zeigen die Titel ihrer frühen Novellensammlungen einen ironischen Gegensatz zu deren Inhalt, wie z. B. die Sammlungen *Rakkautta* (*Liebe*, 1907) und *Suhteita* (*Verhältnisse*, 1905), aus der die Kurzgeschichte »Anita« entnommen ist, die von Joachim Gerdes aus dem Finnischen ins Deutsche übersetzt wurde.

Rønnaug Kleiva

Geboren 1951. Sie ist in Norwegen vor allem als Lyrikerin bekannt, hat aber auch Romane und Kinderbücher veröffentlicht. »Die olympischen Ringe« ist ihre erste Übersetzung ins Deutsche. Die Idee dafür kam ihr während der Olympischen Winterspiele 1994, als sich ihre Landsleute einem kollektiven Olympiarausch hingaben. Die Übersetzung aus dem Norwegischen besorgte Gabriele Haefs.

Agnes von Krusenstjerna

1894–1940. Die hier vorliegende Geschichte stammt aus dem siebenbändigen, autobiographischen Romanzyklus *Fröknarna von Pahlen* (*Die Fräulein von Pahlen*), der von 1930–35 erschien. Mit bis dahin in der schwedischen Literatur unerhörter Kühnheit brach die Autorin in diesem Werk sämtliche moralische Tabus. Selbst adeliger Herkunft, in der Geniertheit und dem Unverständnis dieser Kreise dem Sexuellen gegenüber aufgewachsen, rebellierte die übersensible Schwedin gegen jene sterile Moral, unter der sie zeit ihres Lebens litt und die sie am Ende ins

Irrenhaus brachte. Schon in ihren früheren Werken, den *Tony*-Büchern (1922–26) hatte sie sich gegen diese Moral gewandt. Gleich nach der Veröffentlichung der ersten Bände des *Fröknarna von Pahlen*-Zyklus, in dem einige Abschnitte auch heute noch Anstoß erregen könnten, brach ein Sturm der Entrüstung los und entfachte die sogenannte »Krusenstjerna«-Fehde, eine heiß geführte Debatte über das Verhältnis von Kunst und Moral. Erst nach dem Erscheinen des Zyklus *Fattigadel* (1935–38) glätteten sich die Wogen, und die Autorin fand endgültig literarische Anerkennung. Ins Deutsche übersetzt gibt es außer diesem einen hier erschienen Text nichts. Aus dem Schwedischen übersetzt hat Dagmar Mißfeldt.

Rosa Liksom

Geboren 1958 in Lappland. Anna Ylävaara ist der bürgerliche Name der Underground-Schriftstellerin, Malerin, Musikerin und Filmemacherin Rosa Liksom. Mit nur fünfzehn Jahren brach sie aus ihrem Heimatdorf nach Frankreich und New York auf. In Moskau und in Kopenhagen, genauer gesagt im autonomen Stadtteil Christiania, verdiente sie sich u. a. als Verkäuferin und Kellnerin ihren Lebensunterhalt. Eines ihrer Studienfächer war Volkskunde mit dem Spezialgebiet GroßstadtbewohnerInnen, ein Themenbereich, den sie oft literarisch umsetzt. Ihren literarischen Durchbruch hatte sie 1985 mit *Yhden yön pysäkki* (*Halt für eine Nacht*), einer Sammlung von Prosaskizzen. Daraus sind die vier Stücke unserer Sammlung entnommen. Mit ihren skurrilen, grausamen und verblüffenden Geschichten erregte sie bald im internationalen Literaturbetrieb Aufsehen und wurde in Finnland 1986 zur Künstlerin des Jahres gewählt. In deutscher Übersetzungen liegen neben einigen Kurzgeschichten in verschiedenen Anthologien der Roman *Crazeland* (1999) vor. Die »Variationen« wurden von Christine Helena Krüger und Dagmar Mißfeldt übersetzt.

Signe Narvesen

Geboren 1950, lebt in Oslo. Sie hat eine Ausbildung als Sozialarbeiterin und als Journalistin, wollte aber schon immer schreiben. 1993 debütierte sie mit der Novellensammlung *Dyrene,* aus der die Geschichte »Die rote Tür« stammt, 1999 erschien ihr erster Roman. »Die rote Tür« wurde von Christel Hildebrandt aus dem Norwegischen übersetzt.

Marina Cecilie Roné

Geboren 1967 in Kopenhagen. Gleich mit ihrem ersten Erzählband (1992) galt sie in ihrer Heimat als literarisches Wunderkind. Ihre Erzählungen wurden in mehrere Sprachen übersetzt, die im vorliegenden Buch enthaltene Geschichte ist jedoch ihre erste Übersetzung ins Deutsche. Übersetzt hat Claudia Palser-Kieser.

Hanneliina Seret

Ein Pseudonym, das bisher nur einmal 1993 mit dem Buch *Suhteellisia iloja* (*Freuden einer Beziehung*) aufgetaucht ist. Daraus stammt der in diesem Band vorliegende Abschnitt aus dem Kapitel »Frau N (Nachtbuch, allegro)«, den Dagmar Mißfeldt aus dem Finnischen übersetzt hat. Inzwischen flog auf, daß sich hinter dem Namen der finnische Schriftsteller Olli Jallonen verbarg. Damit war die Tätigkeit der Hanneliina Seret beendet.

Ásta Sigurðardóttir

1930–1972. Studium an der Pädagogischen Hochschule in Reykjavík; Fotomodell; Hausfrau; Mutter von fünf Kindern. Zu ihren Lebzeiten veröffentlichte die Dichterin nur einen Band mit Kurzgeschichten, *Von Sonntagabend bis Montagfrüh* (1961), dessen Titelgeschichte in deutscher Übersetzung im Band 143 der Literaturzeitschrift *die horen* (1986) vorliegt. Um fünf weitere, später entdeckte Erzählungen und ihre Gedichte erweitert, wurde dieser Band unter dem Titel *Geschichten und Gedichte* 1985 wieder aufgelegt. Zum zwanzigsten Todestag der Autorin legte die Journalistin Friðrika Benónðs eine Schilderung des ereignisreichen und skandalumwitterten Lebens der Dichterin vor (*Mein Lachen ist Trauer*, 1992). Die Übersetzung aus dem Isländischen erfolgte durch Maria-Claudia Tomany.

Ragna Sigurðardóttir

Geboren 1952 in Reykjavík. Studium an der Schule für Kunst und Kunsthandwerk in Reykjavík, danach an der Jan-van-Eyck-Akademie in Maastricht/Holland. Ihre künstlerischen Projekte kreisen immer wieder um eine Verbindung von Visual Arts und Text. 1991 wurde eines ihrer Werke in dem zweisprachigen (auf Isländisch und Englisch erschienen) Buch mit Texten und Photographien, *27 rooms*, dokumentiert. Weiter wurden publiziert: drei Prosalyrikbücher und der Liebesroman *Die Stadt* (1993). Die Autorin lebt derzeit in Dänemark und arbeitet an einem neuen Roman. Die Übersetzung aus dem Isländischen erfolgte durch Maria-Claudia Tomany.

Kim Småge

Geboren 1945 in Trondheim. Sie hat, ehe sie zum Schreiben kam und in Norwegen den ersten feministischen Krimi aller Zeiten vorlegte, u. a. als Lehrerin, Bäuerin und Sekretärin gearbeitet und war zeitweise Norwegens einzige Tauchlehrerin. Sie hat für ihre Krimis in Norwegen mehrere Preise erhalten und hat insgesamt bis jetzt dreizehn Bücher geschrieben. Ihre Krimis sind auch auf Deutsch erschienen u. a. unter den Titeln *Die Containerfrau* und *Die weißen Handschuhe.* Die Übersetzung von »Flucht« aus dem Norwegischen ist von Christel Hildebrandt.

Birgitta Stenberg

Geboren 1932 in Schweden, veröffentlichte ihr erstes Buch 1956 und hat seitdem eine Reihe autobiographisch inspirierter Romane veröffentlicht sowie auch Bücher für Kinder und Jugendliche geschrieben.Insgesamt umfaßt ihr Werk bisher gut fünfundzwanzig Titel, Prosa, Lyrik, Kinderbücher und Romane. 1992 gab sie eine erotische Novellensammlung schwedischer AutorInnen heraus – und die Novellensammlung *Sex kvinnors lusta,* aus der die hier abgedruckte Erzählung stammt. Die Übersetzung aus dem Schwedischen ist von Christel Hildebrandt.

Súsanna Svavarsdóttir

Geboren 1953 in Reykjavík. Zu ihren Veröffentlichungen zählen *Gummienten schwimmen nicht. Buch der Interviews* (1991), der Roman *Mitten im Traum* (1991), die Theaterstücke *Wirklichkeit* (1986) und *Ich träume keinen Unsinn* (1996) sowie ihre Sammlung erotischer Kurzgeschichten *Die Schatten des Wiegenliedes* (1995). Nach fast zehnjähriger Tätigkeit als Kulturredakteurin der Tageszeitung *Morgunblaðið* arbeitet die Autorin nun seit 1995 als freie Schriftstellerin, Kritikerin und Journalistin. Die Übersetzung aus dem Isländischen besorgte Maria-Claudia Tomany.

Barbara Voors

Geboren 1969. Sie lebt in Stockholm und veröffentlichte dort schon mit einundzwanzig Jahren ihren ersten Roman. Seither sind ein weiterer Roman und einzelne Erzählungen erschienen. In deutscher Übersetzung liegen die Romane *Klaras Tagebuch* (2000) und *Savannas Geheimnis* (2002) vor. »Das Glücksrad« wurde von Karin Ertl aus dem Schwedischen übersetzt.

Die Herausgeberinnen

Gabriele Haefs (*1953 in Wachtendonk), Christel Hildebrandt (*1952 in Lauenburg) und Dagmar Mißfeldt (*1964 in Hamburg) wohnen in Hamburg und haben jeweils (gemeinsam mit anderen Fächern) nordische Sprachen studiert. Christel Hildebrandt und Gabriele Haefs sind nicht nur gefragte Übersetzerinnen, sondern auch ein bereits eingespieltes Herausgeberinnenteam, Dagmar Mißfeldt (*1964 in Hamburg), auch tätig als Dozentin für Schwedisch an der Universität Lüneburg, ergänzt das erfolgreiche Duo mit gediegenem Wissen auch zu Finnland. Neuestes Produkt zu dritt: Die Anthologie *Skål, Admiral von Schneider,* Skandinavische Geschichten zum Thema Alkohol.

Wir bedanken uns bei folgenden Verlagen:

Anne Marie Berg: »Køn«, aus: *Friste livet og andre moralske historier*, 1985
Marina Cecilie Roné: *Det skal gøre ondt først*, 1991
beide bei: Gyldendal Forlag, København K

Hanne-Vibeke Holst: »Konsultasjonen«,
Lotte Inuk: »Latin Lover«, beide aus: *Skud*, 1993,
Aschehoug Forlag, København K

Mette Hansen: »Når hun sitter på bussen«, aus: *Norske Sengehester 1*, 1991
Vigdis Hjorth: »Drømmen«, aus: *Tungekysset*, 1991
Rønnaug Kleiva: »De olympiske ringene«, aus: *I ovnen er lammet*, 1995
bei: Cappelens Forlag, Oslo

Kim Småge: »Flukten«, aus: *Decamerone 90*, 1990,
bei: Aschehougs Forlag, Oslo

Inger Edelfeldt: »Vid fönstret«, aus:
Erotische Erkundungen – Schwedische Frauen erzählen, 1995
bei: Verlag Volk und Welt, Berlin

Agnes von Krusenstjerna: »Kärleken är inte til för de rädda«, aus:
Erotiska berättelser, 1994
bei: Bonniers Förlag, Stockholm

Barbara Voors: *Lyckohjul*
Monika Björk: *Inte fan behövde hon något norrsken mer*
Christine Falkenland: *Kött av konungar*
alle bei: Trevi, Stockholm

Guðrun Guðlaugsdóttir: *Goður skati*
Ragna Sigurðardóttir: *Aprikosa eða laukur*
bei: Forlagið, Reykjavík

Ásta Sigurðardóttir: *Eldspytur*
Súsanna Svavarsdóttir: *Hróp i byggdum*
bei: Mál og Menning, Reykjavík.

Anna-Leena Härkönen: »Lottovoittaja«, aus: *Karusellimatka*, 1993
Maria Jotuni: »Anita«, aus: *Suhteita*, 1905
Hanneliina Seret: »Rouva N (Yökirja, allegro)«, aus: *Suhteellisia iloja*, 1993
bei: Otava, Helsinki

Rosa Liksom: »Neljä variaatiota«, aus: *Yhden yön pysäkki*, 1985
bei: Werner Söderström Förlag, Helsinki

Liebesgeschichten im Unionsverlag

Tschingis Aitmatow *Dshamilja*
Die Geschichte von Dshamilja und Danijar wurde »zur schönsten Liebesgeschichte der Welt«.

Assia Djebar *Nächte in Straßburg*
Eine Frau erlebt mit ihrem Liebhaber neun Nächte voll sinnlicher Trunkenheit, aber auch geteilter Erinnerungen. Selbst in den lustvollen Stunden können unter der Oberfläche beklemmende Schatten der Vergangenheit aufbrechen wie schlecht verheilte Wunden.

Nagib Machfus *Die Nacht der Tausend Nächte*
Am Morgen der Tausendundersten Nacht übernimmt Nagib Machfus von Scheherazade den Faden und erzählt weiter: vom grüblerisch gewordenen Sultan, vom Widerwillen Scheherazades, von Geistern und Dämonen, die mit den Menschen spielen und sie auf die Probe stellen.

Nizami *Leila und Madschnun*
Leila und Madschnun entbrennen schon als Kinder in Liebe zueinander, doch ihre Familien widersetzen sich der Heirat. Verzweifelt zieht Madschnun in die Wüste. Seine Verse, in denen er Leila besingt, dringen auf den Karawanenwegen der Wüste bis in die Gassen und Bazare der großen Städte – und schließlich auch zu Leila.

Mehmed Uzun *Im Schatten der verlorenen Liebe*
Memduh Selim, ein Wegbereiter der kurdischen Erneuerungsbewegung zu Beginn des Jahrhunderts, wird zermürbt zwischen Verantwortung und Liebe. Der moderne Schlüsselroman der kurdischen Geschichte.

Das Zuckerrohr der Königin
Unbefangen erzählen diese Märchen und Mythen nur von dem einen: von der Liebe, ihrem unbeschwerten Genuß und der phantasievollen Beseitigung ihrer Hindernisse.

Black Erotica
Über die Bedeutung von Lakritze und Schokocreme, über Rauch, Lilien und Jade – ein Fest der sinnlichen Genüsse. Hier ist zusammengetragen, was schwarze zeitgenössische Autorinnen und Autoren über Liebe, Sex und Erotik schreiben.

Liebesfieber
Mutig und ohne Hemmungen erkunden diese lateinamerikanischen Autorinnen ihren eigenen Körper und den des Geliebten und berichten von ihren Entdeckungsreisen im Kontinent der Liebe.